# HOLD ME - VERBUNDEN

## VERSCHLEPPT 3

## ANNA ZAIRES

♠ MOZAIKA PUBLICATIONS ♠

Veröffentlicht von Mozaika Publications, einer Druckmarke von Mozaika LLC.
www.mozaikallc.com

Aus dem Amerikanischen von Grit Schellenberg
Lektorin: Kerstin Frashier

Cover: Najla Qamber Designs
www.najlaqamberdesigns.com

e-ISBN: 978-1-63142-105-1
Print ISBN: 978-1-63142-310-9

# I

# DIE RÜCKKEHR

1

*Julian*

EIN UNTERDRÜCKTER AUFSCHREI WECKT MICH AUF, reißt mich aus meinem unruhigen Schlaf. Mein unverletztes Auge öffnet sich augenblicklich durch den Adrenalinrausch, und ich schnelle nach oben, was meine angebrochenen Rippen zu einem lautlosen Aufschrei veranlasst. Der Gips an meinem linken Arm knallt gegen den Herzfrequenzmonitor, der neben meinem Bett steht, und der Schmerz, der mich durchfährt, ist so intensiv, dass sich alles um mich herum übelkeitserregend dreht. Mein Puls hämmert, und ich brauche einen Moment, um zu begreifen, was mich aufgeweckt hat.

Nora.

Sie scheint schon wieder einen Albtraum zu haben.

Mein auf Kampf eingestellter Körper entspannt sich etwas. Wir befinden uns nicht in Gefahr, niemand ist gerade hinter uns her. Ich liege neben Nora in meinem luxuriösen Krankenhausbett, und wir befinden uns beide in Sicherheit. Dieses Schweizer Krankenhaus ist so sicher, wie Lucas es möglich machen kann.

Der Schmerz in meinen Rippen und meinem Arm hat leicht nachgelassen, ist erträglicher geworden. Ich bewege mich vorsichtiger und lege meine rechte Hand auf Noras Schulter, um sie durch sanftes Schütteln aufzuwecken. Sie hat mir den Rücken zugedreht, und ihr Gesicht zeigt in die andere Richtung, weshalb ich nicht sehen kann, ob sie weint. Ihre Haut ist allerdings kalt und feucht von dem ganzen Schweiß. Sie muss schon eine ganze Weile in dem Albtraum gefangen sein. Außerdem zittert sie.

»Wach auf, Baby«, flüstere ich und streichele ihren schlanken Arm. Ich kann das Licht durch die Vorhänge hereinscheinen sehen und nehme an, dass es bereits Morgen sein muss. »Es ist nur ein Traum. Wach auf, mein Kätzchen …«

Sie versteift sich, als ich sie berühre, und ich weiß, dass sie noch nicht vollkommen wach ist, sondern immer noch von ihrem Albtraum gefangen gehalten wird. Sie atmet hörbar unregelmäßig, und ich spüre, dass sie zittert. Ihre Qualen zerreißen mich, verletzen mich mehr, als jede Wunde es könnte, und das Wissen, wieder einmal dafür verantwortlich zu sein – sie nicht in Sicherheit behalten zu haben –, verbrennt mich innerlich.

Ich bin wütend auf mich selbst und auf Peter Sokolov – den Mann, der es zugelassen hat, dass Nora ihr Leben riskierte, um meines zu retten.

Vor meiner verfluchten Reise nach Tadschikistan war sie gerade dabei gewesen, langsam über Beths Tod hinwegzukommen, hatte weniger Albträume. Jetzt sind die alten Träume jedoch zurück – und es geht Nora schlechter als jemals zuvor, wie die Panikattacke beweist, die sie gestern beim Sex hatte.

Ich möchte Peter dafür umbringen – und das werde ich auch, sollten sich unsere Wege erneut kreuzen. Der Russe hat mein Leben gerettet, aber dafür Noras aufs Spiel gesetzt – und das werde ich ihm niemals verzeihen können. Und seine verdammte Namensliste? Die kann er vergessen. Auf gar keinen Fall werde ich ihn dafür belohnen, mich derart hintergangen zu haben, egal, was Nora ihm versprochen hat.

»Komm schon, Baby, wach auf«, versuche ich es erneut und lasse mich mit Hilfe meines rechten Armes wieder auf das Bett sinken. Meine Rippen schmerzen bei dieser Bewegung, aber nicht so schlimm wie vorher. Ich schiebe mich vorsichtig näher an Nora heran, bis mein Körper sie von hinten berührt. »Du bist in Ordnung. Es ist alles vorbei, ich verspreche es dir.«

Sie atmet ein, als ob sie Schluckauf hätte, und ich spüre, wie ihre Spannung nachlässt, als sie begreift, wo sie sich befindet. »Julian?«, flüstert sie und dreht sich herum, um mich sehen zu können. Ich sehe, dass sie geweint hat, da ihre Wangen tränenfeucht sind.

»Ja. Du bist in Sicherheit. Es ist alles in Ordnung.« Ich strecke meine rechte Hand aus, um meine Finger über ihr Kinn gleiten zu lassen, während ich die zerbrechliche Schönheit ihres Gesichts bestaune. Meine Hand sieht auf ihrem zarten Gesicht riesig und rau aus, besonders durch meine abgebrochenen Nägel und die Verletzungen, die mir Majid mit den Nadeln zugefügt hat. Der Unterschied zwischen uns ist riesig – und das, obwohl Nora auch nicht ganz unverletzt ist. Die Reinheit ihrer goldenen Haut wird durch eine Verletzung auf ihrer linken Gesichtshälfte beeinträchtigt, die ihr diese Al-Quadar-Arschlöcher zugefügt haben, als sie sie bewusstlos schlugen.

Wenn sie nicht schon tot wären, würde ich sie mit meinen bloßen Händen dafür in Stücke reißen, dass sie sie verletzt haben.

»Wovon hast du geträumt?«, frage ich leise. »Von Beth?«

»Nein.« Sie schüttelt den Kopf, und ich kann sehen, dass sich ihre Atmung langsam wieder normalisiert. Aus ihrer Stimme kann ich allerdings immer noch Entsetzen heraushören, als sie rau erwidert: »Diesmal von dir. Majid hat dir deine Augen herausgeschnitten, und ich konnte ihn nicht aufhalten.«

Ich versuche, mir keine Reaktion anmerken zu lassen, aber das ist unmöglich. Ihre Worte bringen mich zurück in diesen kalten, fensterlosen Raum, zurück zu diesen übelkeitserregenden Empfindungen, die ich in den letzten Tagen vergessen wollte. Mein Kopf beginnt bei der Erinnerung an diese Qualen zu dröhnen, und meine halbverheilte Augenhöhle brennt wieder leer. Ich kann spüren, wie Blut und andere Flüssigkeiten mein Gesicht hinablaufen, und mein Magen krampft sich bei dieser Erinnerung zusammen. Schmerzen sind mir nicht gerade fremd, genauso wenig wie Folter – mein Vater glaubte, sein Sohn sollte allem standhalten können – aber mein Auge zu verlieren war das mit Abstand qualvollste Erlebnis meines Lebens.

Zumindest körperlich.

Emotional gesehen wird Noras Erscheinen in jenem Raum diese Ehre zuteil.

Ich muss meinen ganzen Willen aufbringen, um meine Gedanken wieder der Gegenwart zuzuwenden, sie von dem betäubenden Entsetzen abzulenken, das ich verspürte, als Majids Männer sie in diesen Raum zerrten.

»Du hast ihn gestoppt, Nora.« Es bringt mich um, dies zuzugeben, aber nur ihrem Mut habe ich es zu verdanken, jetzt nicht in einem tadschikischen Müllcontainer zu verrotten. »Du bist zu mir gekommen und hast mich gerettet.«

Ich habe immer noch Schwierigkeiten, zu glauben, dass sie das getan hat – dass sie sich freiwillig in die Hände psychotischer Terroristen begeben hat, um mein Leben zu retten. Sie hat es nicht getan, weil sie der naiven Überzeugung war, dass sie ihr nichts antun würden. Nein, mein Kätzchen wusste ganz genau, wozu sie fähig waren, und hatte trotzdem den Mut, zu handeln.

Ich habe mein Leben dem Mädchen zu verdanken, das ich entführt habe, und ich weiß nicht so recht, wie ich damit umgehen soll.

»Warum hast du es getan?«, möchte ich von ihr wissen und fahre mit meinem Daumen den Rand ihrer Unterlippe entlang. Tief in mir weiß ich es, aber ich möchte hören, dass sie es zugibt.

Sie blickt mich an, und in ihren Augen sehe ich immer noch die Schatten ihrer Träume. »Weil ich nicht ohne dich überleben kann«, sagt sie ruhig. »Das weißt du, Julian. Du wolltest, dass ich dich liebe, und das tue ich. Ich liebe dich so sehr, dass ich für dich durch die Hölle gehen würde.«

Ich sauge ihre Worte mit gieriger, schamloser Freude auf. Ich kann nicht genug von ihrer Liebe bekommen. Ich kann nicht genug von ihr bekommen. Anfangs wollte ich sie wegen ihrer Ähnlichkeit zu Maria, aber meine Freundin aus Kindheitstagen hatte nie derartige Gefühle in mir hervorgerufen. Meine Zuneigung zu Maria war unschuldig und rein gewesen, genauso wie Maria selbst.

Meine Besessenheit von Nora ist etwas völlig anderes.

»Hör mir mal zu, mein Kätzchen …« Ich lasse ihr Gesicht los und lege meine Hände auf ihre Schultern. »Du musst mir versprechen, dass du nie wieder so etwas tun wirst. Selbstverständlich bin ich glücklich darüber, am Leben zu sein, aber ich wäre lieber gestorben, als dich einer solchen Gefahr ausgesetzt zu sehen. Du wirst nie wieder dein Leben für mich riskieren. Hast du mich verstanden?«

Ihr Nicken ist nur ganz leicht, fast nicht zu sehen, und sie hat ein rebellisches Funkeln in den Augen. Sie möchte nicht, dass ich wütend werde, also widerspricht sie mir nicht. Allerdings habe ich den starken Eindruck, dass sie das tun wird, was sie für richtig hält, egal, was sie jetzt gerade sagt.

Das schreit eindeutig nach härteren Maßnahmen.

»Gut«, sage ich seidig. »Denn das nächste Mal – sollte es ein nächstes Mal geben – werde ich jeden umbringen, der dir entgegen meiner Anweisungen hilft, und das langsam und schmerzvoll. Verstehst du mich, Nora? Wenn jemand auch nur ein Haar deines Kopfes in Gefahr bringt, ob um mich zu retten oder aus einem anderen Grund, wird diese Person einen sehr unangenehmen Tod haben. Habe ich mich klar ausgedrückt?«

»Ja.« Jetzt sieht sie blass aus und presst ihre Lippen zusammen, als müsse sie sich einen Widerspruch verkneifen. Sie ist wütend auf mich, hat aber gleichzeitig Angst vor mir. Nicht ihretwegen – diese Angst hat sie überwunden –, aber wegen der anderen. Mein Kätzchen weiß, dass ich genau das meine, was ich sage.

Sie weiß, dass ich ein gewissenloser Mörder bin, der nur eine einzige Schwäche hat.

Sie.

Ich verstärke meinen Griff an ihrer Schulter und

beuge mich nach vorn, um sie auf ihren geschlossenen Mund zu küssen. Einen Moment lang sind ihre Lippen hart und widerstehen mir, aber sobald meine Hand unter ihren Hals gleitet und ihren Nacken umfasst, atmet sie hörbar aus, und ihre Lippen werden weich, um mich eindringen zu lassen. Die Hitze, die in meinem Körper aufsteigt, überkommt mich stark und plötzlich, und mein Geschlecht verhärtet sich unkontrollierbar, als ich sie schmecke.

»Entschuldigen Sie bitte, Herr Esguerra …« Diese weibliche Stimme wird von einem schüchternen Klopfen an der Tür begleitet, und ich bemerke, dass es die Schwestern auf ihrem morgendlichen Rundgang sind.

*Scheiße.* Ich bin kurz versucht, sie zu ignorieren, aber ich denke, dass sie nach einer Weile wiederkommen werden – wahrscheinlich genau dann, wenn ich in Noras engem Gang stecke.

Ich lasse Nora widerstrebend los und rolle mich auf meinen Rücken, eine Bewegung die so stark schmerzt, dass ich nach Luft schnappen muss. Während ich darauf warte, dass der Schmerz nachlässt, sehe ich Nora dabei zu, wie sie vom Bett springt und sich schnell einen Bademantel überzieht.

»Soll ich ihnen die Tür öffnen?«, fragt sie, und ich nicke resigniert. Die Krankenschwestern müssen meine Bandagen wechseln und überprüfen, ob es mir gut genug geht, um heute reisen zu können – ein guter Grund für mich, mit ihnen zu kooperieren.

Je schneller sie fertig sind, desto eher kann ich dieses verdammte Krankenhaus verlassen.

Sobald Nora die Tür öffnet, treten zwei weibliche Schwestern ein, die von David Goldberg begleitet werden, einem kleinen, glatzköpfigen Mann der mein persönlicher Arzt auf meinem Anwesen ist. Er ist ein hervorragender Unfallchirurg, weshalb er die Reparaturarbeiten an meinem Gesicht überwacht hat, um sicherzustellen, dass der plastische Chirurg es nicht versaut.

Ich möchte Nora nicht mit meinen Narben abschrecken, wenn es sich vermeiden lässt.

»Das Flugzeug wartet schon«, sagt Goldberg, als die Schwestern damit beginnen, die Bandagen an meinem Kopf zu entfernen. »Wenn es keine Anzeichen für eine Infektion gibt, sollten wir nach Hause fliegen können.«

»Hervorragend.« Ich liege still und ignoriere die Schmerzen der Untersuchung. Nora nimmt sich währenddessen einige Kleidungsstücke aus dem Schrank und verschwindet in das Badezimmer, welches an unseren Raum grenzt. Ich höre das Rauschen von Wasser, und mir wird klar, dass sie beschlossen haben muss, die Zeit für eine Dusche zu nutzen. Wahrscheinlich ist das ihre Art, mir ein wenig aus dem Weg zu gehen, da sie immer noch wütend wegen meiner Drohung ist. Mein Kätzchen ist sehr empfindlich, was Gewaltanwendungen bei Personen betrifft, die sie als unschuldig ansieht – wie bei diesem dummen Jungen Jake, den sie in der Nacht geküsst hat, als ich sie entführte.

Ich will immer noch seine Eingeweide dafür herausreißen, dass er sie geküsst hat … und vielleicht werde ich das eines Tages auch tun.

»Keine Anzeichen einer Infektion«, teilt mir Goldberg mit, als die Schwestern die Verbände abgenommen haben. »Die Wunden heilen gut.«

»Schön.« Ich atme tief ein, um den Schmerz zu kontrollieren, während die zwei Schwestern die Nähte reinigen und meine Rippen wieder verbinden. Ich habe in den letzten Tagen nur die Hälfte meiner verschriebenen Dosis an Schmerzmitteln genommen, und das spüre ich auch. In einigen Tagen werde ich gar keine Medikamente mehr nehmen, um zu verhindern, von ihnen abhängig zu werden.

Eine Abhängigkeit ist mehr als genug.

Als die Krankenschwestern mich gerade verbinden, kommt Nora aus dem Badezimmer. Sie ist frisch geduscht und trägt Jeans und eine kurze Bluse. »Alles in Ordnung?«, fragt sie und schaut zu Goldberg.

»Es geht ihm gut genug, um zu reisen«, erwidert er und lächelt sie warm an. Ich denke, er mag sie – was für mich in Ordnung ist, da er homosexuell ist. »Wie fühlen Sie sich?«

»Gut, danke.« Sie hebt ihren Arm, um ihm ein großes Wundpflaster an der Stelle zu zeigen, an der die Terroristen ihr fälschlicherweise ihr Verhütungsimplantat herausgeschnitten haben. »Ich bin froh. wenn die Stiche erst einmal draußen sind, aber es tut nicht besonders weh.«

»Schön, es freut mich, das zu hören.« Goldberg

wendet sich wieder mir zu und fragt: »Für wann sollen wir den Abflug vorbereiten?«

»Lucas soll das Auto in zwanzig Minuten bereitstehen haben«, sage ich ihm und stelle vorsichtig meine Füße auf den Boden, als die Schwestern den Raum verlassen. »Ich werde mich anziehen, und dann können wir los.«

»In Ordnung«, erwidert Goldberg und dreht sich herum, um den Raum zu verlassen.

»Warten Sie, Dr. Goldberg, ich werde mit Ihnen nach draußen kommen«, sagt Nora schnell und hat dabei etwas in ihrer Stimme, was meine Aufmerksamkeit auf sich zieht. »Ich brauche etwas von unten«, erklärt sie.

Goldberg sieht überrascht aus. »Natürlich.«

»Was brauchst du denn, mein Kätzchen?« Ich stehe auf, obwohl ich nackt bin, und Goldberg wendet freundlicherweise seinen Blick ab, als ich Noras Arm ergreife, um sie davon abzuhalten, hinauszugehen. »Was brauchst du denn?«

Sie sieht betreten aus, und ihr Blick schweift unruhig umher.

»Was ist es, Nora?«, frage ich erneut, da meine Neugier geweckt ist. Mein Griff um ihren Arm verstärkt sich, als ich sie zu mir heranziehe.

Sie schaut zu mir auf. Ihre Wangen sind gerötet, und sie hat einen entschlossenen Zug um ihr Kinn. »Ich brauche die Pille danach, in Ordnung? Ich wollte sichergehen, sie zu bekommen, bevor wir abreisen.«

»Oh.« Einen Moment lang setzen meine Gedanken

aus. Ich hatte gar nicht daran gedacht, dass Nora ohne das Implantat schwanger werden könnte. Ich habe sie jetzt seit zwei Jahren in meinem Bett, und die ganze Zeit über war sie durch das Implantat geschützt gewesen. Ich habe mich so sehr daran gewöhnt, dass ich nicht einmal auf den Gedanken gekommen bin, dass wir jetzt Verhütungsmittel benutzen müssen.

Offensichtlich hat Nora jedoch daran gedacht.

»Du möchtest die Pille danach?«, wiederhole ich langsam und versuche, mich an den Gedanken zu gewöhnen, dass Nora – meine Nora – schwanger sein könnte.

Schwanger mit meinem Kind.

Ein Kind, das sie offensichtlich nicht möchte.

»Ja.« Ihre dunklen Augen sehen riesig aus als sie mich anschaut. »Es ist natürlich unwahrscheinlich von diesem einen Mal, aber ich möchte es nicht riskieren.«

Sie möchte es nicht riskieren, mit einem Kind von mir schwanger zu sein. Meine Brust fühlt sich eigenartig eingeschnürt an, als ich die Angst erkenne, die sie unbedingt verstecken will. Sie macht sich Sorgen über meine Reaktion, hat Angst, dass ich sie davon abhalten werde, diese Pille zu nehmen.

Angst davor, dass ich sie zu einem ungewollten Kind zwingen werde.

»Ich bin direkt vor der Tür«, sagt Goldberg, der die Spannung in diesem Raum offensichtlich spüren kann und verschwindet, bevor ich etwas erwidern kann.

Nora hebt ihr Kinn und schaut mir in die Augen. Ich kann die Entschlossenheit auf ihrem Gesicht sehen, als sie sagt: »Julian, ich weiß, wir haben niemals darüber gesprochen, aber …«

»Aber du bist nicht bereit«, unterbreche ich sie, und die Enge in meiner Brust verstärkt sich. »Du möchtest zum jetzigen Zeitpunkt kein Baby.«

Sie nickt mit aufgerissenen Augen. »Genau«, erwidert sie vorsichtig. »Ich habe noch nicht einmal meine Ausbildung beendet, und du bist verletzt …«

»Und du bist dir nicht sicher, dass du ein Kind mit einem Mann wie mir haben möchtest.«

Sie schluckt nervös, aber leugnet es nicht und schaut auch nicht weg. Ihr Schweigen ist eindeutiger als jede Antwort, und aus dem engen Gefühl in meiner Brust wird ein eigenartiger Schmerz.

Ich lasse ihren Arm los und trete zurück. »Du kannst Goldberg ausrichten, dass er dir die Pille und das Verhütungsmittel geben kann, das er für das beste hält.« Meine Stimme klingt ungewöhnlich kalt und distanziert. »Ich werde mich jetzt waschen und anziehen.«

Und bevor sie die Gelegenheit hat, etwas zu sagen, gehe ich ins Badezimmer und schließe die Tür hinter mir.

Ich möchte die Erleichterung auf ihrem Gesicht nicht sehen.

Ich möchte nicht darüber nachdenken, wie sich das anfühlen würde.

## 2

Nora

FASSUNGSLOS BEOBACHTE ICH, WIE JULIANS NACKTER Körper im Badezimmer verschwindet. Seine Verletzungen sind offensichtlich, denn seine Bewegungen sind weniger geschmeidig als sonst, auch wenn sie immer noch anmutig sind. Selbst nach diesen höllischen Qualen ist sein muskulöser Körper stark und athletisch, und der weiße Verband um seine Rippen verstärkt die Breite seiner Schultern und den Bronzeton seiner Haut.

*Er hat keine Einwände gegen die Pille danach.*

Als ich diese Tatsache verdaut habe, bekomme ich vor Erleichterung weiche Knie, und die Anspannung und der erhöhte Adrenalinspiegel sind plötzlich weg. Ich war mir fast sicher gewesen, er würde es nicht zulassen; sein Gesichtsausdruck während unseres Gespräches war verschlossen, unleserlich … gefährlich in seiner Unleserlichkeit. Er hatte meine fadenscheinigen Ausreden über meine Schule und seine Verletzungen durchschaut, sein unverletztes Auge funkelte mit einem kalten, blauen Licht, das einen Angstknoten in meinem Magen hervorgerufen hat.

Aber er hat mir die Pille nicht verweigert. Im Gegenteil, er hat sogar vorgeschlagen, dass ich außerdem ein neues Verhütungsmittel von Dr. Goldberg bekommen sollte.

Ich bin schon fast überschwänglich vor Freude. Julian muss trotz seiner eigenartigen Reaktion mit mir auf der Keine-Kinder-Seite stehen.

Da ich mein Glück nicht überstrapazieren möchte, verlasse ich schnell das Zimmer, um mir Dr. Goldberg zu schnappen. Ich möchte sichergehen, alles, was ich brauche, zu bekommen, bevor wir die Klinik verlassen.

Verhütungsimplantate sind im Dschungel nicht so leicht zu erhalten.

»Ich habe die Pille genommen«, teile ich Julian mit, als wir es uns in seinem Privatjet gemütlich gemacht haben – der gleichen Maschine, die uns nach Julians Rückkehr im Dezember von Chicago nach Kolumbien gebracht hatte. »Und das hier habe ich außerdem bekommen.« Ich hebe meinen Arm an und zeige ihm das kleine Pflaster an der Stelle, an der mir das neue Verhütungsimplantat eingesetzt wurde. Mein Arm schmerzt stumpf, aber ich bin so glücklich über das neue Implantat, dass mich das unangenehme Gefühl nicht stört.

Julian schaut von seinem Laptop auf und hat immer noch diesen verschlossenen Gesichtsausdruck. »Gut«, antwortet er kurz angebunden, bevor er sich wieder der E-Mail an einen seiner Ingenieure zuwendet. Er beschreibt gerade die genauen Spezifikationen der neuen Drohne, die er entwickeln möchte. Ich weiß das, weil ich ihn vor ein paar Minuten gefragt habe, was er macht, und er es mir erklärt hat. In den letzten Monaten ist er mir gegenüber viel offener geworden – weshalb ich es eigenartig finde, dass er dem Thema Geburtenkontrolle ausweicht.

Ich frage mich, ob er es vielleicht nicht besprechen möchte, weil Dr. Goldberg anwesend ist. Der Mann sitzt im vorderen Bereich der Maschine, also fast vier Meter von uns entfernt, aber wir sind nicht völlig ungestört. Wie dem auch sei, ich beschließe, es für den Moment gut sein zu lassen und es zu einem geeigneteren Zeitpunkt erneut anzusprechen.

Während das Flugzeug aufsteigt, betrachte ich die Schweizer Alpen, bis wir über den Wolken sind. Danach lehne ich mich zurück und warte auf unsere hübsche Flugbegleiterin – Isabella – die uns unser Frühstück bringen wird. Wir haben das Krankenhaus heute Morgen so schnell verlassen, dass die Zeit nur für einen Kaffee gereicht hat.

Einige Minuten später betritt Isabella in einem hautengen roten Kleid die Kabine. In ihren Händen hält sie ein Tablett mit Kaffee und einem Teller voll Gebäck. Goldberg scheint eingeschlafen zu sein, also kommt sie mit einem verführerischen Lächeln auf den Lippen direkt zu uns.

Als Julian im Dezember kam, um mich zu holen und ich sie zum ersten Mal sah, war ich verrückt vor Eifersucht. In der Zwischenzeit habe ich erfahren, dass Isabella nie etwas mit Julian hatte und mit einem der Wächter des Anwesens verheiratet ist – zwei Tatsachen, die meine Eifersucht ein wenig beruhigt haben. Ich habe diese Frau in den letzten Monaten nur ein- oder zweimal gesehen; im Gegensatz zu den meisten Angestellten von Julian verbringt sie den Großteil ihrer Zeit außerhalb der Siedlung, da sie für ihn ihre Augen und Ohren bei verschiedenen luxuriösen Privatjetanbietern offen hält.

»Du wärst überrascht, wie sehr sich nach ein paar Drinks in neuntausend Metern Höhe bei den Menschen die Zungen lösen«, hat Julian mir einmal erklärt. »Geschäftsführer, Politiker, Kartellbosse ... Sie alle mögen es, Isabella bei sich zu haben, und achten nicht immer auf das, was sie in ihrer Gegenwart sagen. Ich habe es ihr zu verdanken, alle möglichen Informationen, angefangen von internen Börsentipps bis hin zu Drogendeals, in unserem Gebiet erfahren zu haben.«

Aus diesem Grund bin ich nicht länger ganz so eifersüchtig auf Isabella, finde aber immer noch, dass ihr Verhalten Julian gegenüber für eine verheiratete Frau ein wenig zu kokett ist. Andererseits bin ich wahrscheinlich nicht die geeignetste Person, um angemessenes Verhalten von verheirateten Frauen beurteilen zu können. Sollte ich einen Mann länger als eine Sekunde anschauen, wäre das sein Todesurteil.

Julian hebt das Konzept des Besitzanspruchs auf ein ganz neues Niveau.

»Möchten Sie einen Kaffee?«, fragt Isabella, als sie neben seinem Stuhl steht. Heute starrt sie ihn weniger an, aber trotzdem spüre ich immer noch den Drang, sie für das einladende Lächeln, das sie meinem Ehemann schenkt, in ihr hübsches Gesicht zu schlagen.

Ich muss zugeben, dass Julian wohl nicht der Einzige ist, der Besitzansprüche stellt. So eigenartig das auch sein mag, dieser Mann, der mich entführt hat, gehört mir. Das ergibt keinen Sinn, aber ich habe es schon vor langer Zeit aufgegeben, einen Sinn in der verrückten Beziehung mit Julian zu suchen.

Es ist leichter, sie einfach zu akzeptieren.

Auf Isabellas Frage hin schaut Julian von seinem Laptop auf. »Gerne«, erwidert er, bevor er in meine Richtung schaut. »Nora?«

»Ja, bitte«, sage ich höflich. »Und einige von diesen Croissants bitte.«

Isabella schenkt jedem von uns eine Tasse ein, stellt den Teller mit dem Gebäck auf meinen Tisch und stolziert mit einem aufreizenden Hüftschwung zurück zum vorderen Teil des Flugzeugs. Einen Moment lang bin ich wieder eifersüchtig, bis ich mich daran erinnere, dass Julian mich will.

Er will mich sogar zu sehr, aber das ist ein anderes Thema.

Die nächste halbe Stunde verbringe ich mit lesen, Croissants essen und Kaffee trinken. Julian scheint stark mit seiner E-Mail über das neue Drohnendesign beschäftigt zu sein, und ich möchte ihn nicht stören. Ich versuche, mich stattdessen auf mein Buch zu konzentrieren, einen Science-Fiction-Thriller, den ich im Krankenhaus gekauft habe. Meine Aufmerksamkeit lässt allerdings zu wünschen übrig, und alle paar Seiten streifen meine Gedanken ab.

Es fühlt sich eigenartig an, hier zu sitzen und zu lesen. Irgendwie surreal. So als sei nichts passiert. So, als hätten wir nicht gerade erst Qualen und Folter überlebt.

So, als hätte ich nicht kaltblütig einem Mann das Gehirn weggeschossen.

So, als hätte ich nicht fast schon wieder Julian verloren.

Mein Herz beginnt schneller zu schlagen, und die Bilder meines Albtraums von heute Morgen steigen wieder klar und deutlich in meinem Kopf auf. *Blut ... Julians Körper aufgeschnitten und verstümmelt ... Sein wunderschönes Gesicht mit leeren Augenhöhlen ...* Das Buch rutscht aus meinen zitternden Händen und fällt auf den Boden, als ich versuche, durch meine plötzlich zugeschnürte Kehle Luft einzuatmen.

»Nora?« Starke, warme Finger schließen sich um

meine Handgelenke und durch den panischen Schleier der meinen Blick vernebelt sehe ich Julians bandagiertes Gesicht vor mir. Er hält mich in einem festen Griff, während sein Laptop vergessen auf dem Tisch neben ihm liegt. »Nora, kannst du mich hören?«

Es gelingt mir, zu nicken, und meine Lippen mit der Zunge zu befeuchten. Mein Mund ist vor Angst ganz trocken, und meine Bluse klebt durch den Schweiß an meinem Rücken. Meine Hände umklammern die Kante meines Sitzes, und meine Nägel graben sich in das weiche Leder. Ein Teil von mir weiß, dass mir mein Kopf einen Streich spielt – dass diese panische Angst unbegründet ist –, aber mein Körper reagiert so, als sei die Bedrohung real.

So, als seien wir wieder zurück auf der Baustelle in Tadschikistan und der Gnade Majids und der anderen Terroristen ausgesetzt.

»Atme, Baby.« Julians Stimme ist beruhigend, als er seine Hand hebt, um mein Kinn zu liebkosen. »Atme langsam, tief … So ist es gut, braves Mädchen …«

Ich mache, was er sagt, und schaue ihm ins Gesicht, während ich tief einatme, um meine Panik in den Griff zu bekommen. Nach einer Minute verlangsamt sich mein Herzschlag, und meine Hände lösen sich vom Rand meines Sitzes. Ich bin immer noch zittrig, aber die erstickende Angst ist verschwunden.

Der Vorfall ist mir unangenehm, und ich umfasse Julians Hand, um sie von meinem Gesicht wegzuziehen. »Es ist alles in Ordnung«, kann ich mit einer halbwegs ruhigen Stimme sagen. »Es tut mir leid. Ich weiß nicht, was gerade mit mir los war.«

Er blickt mich mit funkelnden Augen an, und ich erkenne in seinem Blick eine Mischung aus Wut und Frustration. Seine Finger halten die meinen noch immer umfasst, so als widerstrebe es ihm, mich loszulassen. »Mit dir ist nicht alles in Ordnung, Nora«, sagt er harsch. »Ganz im Gegenteil.«

Er hat recht. Ich möchte es nicht zugeben, aber er hat recht. Seit Julian das Anwesen verlassen hat, um die Terroristen zu jagen, ist mit mir nichts mehr in Ordnung. Seit seiner Abreise bin ich ein Wrack gewesen – und jetzt, da er wieder da ist, scheint es noch schlimmer zu sein.

»Mir geht es gut«, erwidere ich, damit er nicht denkt, ich sei schwach. Julian wurde gefoltert und scheint damit zurechtzukommen, während ich ohne einen guten Grund zerbreche.

»Gut?« Er zieht die Augenbrauen in die Höhe. »Du hattest innerhalb der letzten vierundzwanzig Stunden zwei Panikattacken und einen Albtraum. Das ist nicht gut, Nora.«

Ich schlucke und schaue auf meinen Schoß, auf dem er meine Hand in einem festen, besitzergreifenden Griff hält. Ich hasse die Tatsache, dass ich das ganze Zeug nicht einfach abstreifen kann, so wie das bei Julian der Fall zu sein scheint. Er hat zwar immer noch Albträume von Maria, aber das Foltern durch die Terroristen scheint ihn kaum berührt zu haben. Dabei sollte er eigentlich derjenige sein, der ausrastet, nicht ich. Ich bin kaum angefasst worden, während er tagelang gequält wurde.

Ich bin schwach, und ich hasse es.

»Nora, Baby, hör mir zu.«

Ich blicke auf, da mich die sanfte Note in Julians Stimme überrascht, und sehe, dass er mich eindringlich anschaut.

»Das ist nicht deine Schuld«, sagt er ruhig. »Nichts davon. Du hast eine Menge durchgemacht, und du bist traumatisiert. Du musst mir nichts vormachen. Wenn du anfängst, eine Panikattacke zu bekommen, sag mir bitte Bescheid, und ich helfe dir dabei, sie zu überwinden. Hast du mich verstanden?«

»Ja«, flüstere ich und bin eigenartig erleichtert, dass er mir das gesagt hat. Ich weiß, dass es ironisch ist, dass gerade der Mann, der die Dunkelheit in mein Leben gebracht hat, mir dabei hilft, mit ihr zurechtzukommen, aber genau so war es von Anfang an.

Schon immer habe ich in den Armen meines Entführers Trost gefunden.

»Gut. Vergiss das nicht.« Er beugt sich zu mir, um mich zu küssen, und ich treffe ihn auf halbem Wege, da ich an seine verletzten Rippen denke. Seine Lippen sind ungewöhnlich weich, als sie meine berühren, und ich schließe die Augen, als auch der letzte Rest meiner Angst durch die Hitze, die mich bis ins Innerste erwärmt, verfliegt. Meine Hände finden sich auf seinem Nacken zusammen, und ein Stöhnen vibriert leise in meiner Kehle, als seine Zunge mit ihrem vertrauten Geschmack und ihrer dunklen Sinnlichkeit in meinen Mund eindringt.

Er stöhnt auf, als ich seinen Kuss erwidere und meine Zunge um seine schlinge. Sein rechter Arm schlingt sich um meinen Rücken, und ich fühle die wachsende Anspannung in seinem starken Körper. Er atmet schneller, sein Kuss wird hart und verschlingend, und mein Körper beginnt zu pulsieren.

»Schlafzimmer. Jetzt.« Er knurrt diese Worte fast, während er seinen Mund wegreißt, sich hinstellt und mich von meinem Sitz hochzieht. Bevor ich etwas erwidern kann, schlingt er seine Finger um meine Handgelenke und schiebt mich zum hinteren Teil des Flugzeugs. Ich bin dankbar dafür, dass Dr. Goldberg fest schläft und Isabella sich wieder im vorderen Teil des Flugzeugs befindet; so gibt es niemanden, der sehen könnte, wie Julian mich ins Bett schleift.

Als wir uns in dem kleinen Raum befinden, schließt er die Tür mit einem Tritt und zieht mich zum Bett hinüber. Selbst verletzt ist er immer noch unglaublich stark. Seine Stärke erregt mich, aber macht mir gleichzeitig Angst. Nicht, weil ich befürchte, dass er mir wehtun wird – ich weiß, dass er es wird, und ich weiß, dass ich es genießen werde –, sondern weil ich gesehen habe, wozu er fähig ist.

Ich habe gesehen, wie er einen Mann nur mit einem Stuhlbein bewaffnet umgebracht hat.

Diese Erinnerung sollte mich abschrecken, aber irgendwie ist dieser Gedanke genauso erregend wie angsteinflößend. Und Julian ist ja schließlich nicht der Einzige, der diese Woche ein Leben genommen hat.

Jetzt sind wir beide Mörder.

»Zieh dich aus«, weist er mich an, bleibt einige Zentimeter vor dem Bett stehen und lässt meine Handgelenke los. Ein Ärmel seines Shirts ist abgetrennt worden, um Platz für den Gips an seinem linken Arm zu machen, und mit dem Verband um sein Gesicht sieht er gleichzeitig verwundet und gefährlich aus – wie ein moderner Pirat nach einem Raubzug. An seinem rechten Arm zeichnen sich die Muskeln ab, und sein unbedecktes Auge strahlt blau in seinem gebräunten Gesicht.

Ich liebe ihn so sehr, dass es schmerzt.

Ich gehe einen Schritt zurück und beginne, mich auszuziehen. Meine Bluse ist zuerst dran, danach kommt die Jeans an die Reihe. Als ich nur noch einen weißen Tanga und einen dazu passenden BH trage, sagt Julian rau: »Steig auf das Bett. Ich will dich auf allen vieren mit dem Po zu mir gedreht haben.«

Hitze bahnt sich ihren Weg meine Wirbelsäule entlang nach unten und intensiviert das wachsende Verlangen zwischen meinen Schenkeln. Ich drehe mich herum, tue, was er möchte, und mein Herz schlägt voller nervöser Vorfreude. Ich erinnere mich an das letzte Mal, an dem wir in diesem Flugzeug Sex hatten – und an die blauen Flecken, die meine Schenkel die nächsten Tage geschmückt haben. Ich weiß, dass es Julian noch nicht wieder gut genug geht, um etwas ähnlich Anstrengendes zu tun, aber dieses

Wissen verringert weder meine Angst noch meinen Hunger.

Mit meinem Ehemann gehen Angst und Verlangen Hand in Hand.

Als sich mein Po auf seiner Lendenhöhe befindet, ist Julian mit meiner Stellung zufrieden und tritt näher an mich heran, schiebt seine Finger unter das Bündchen meines Tangas und zieht ihn bis zu meinen Knien herunter. Ich erschaudere bei seiner Berührung, mein Geschlecht zieht sich zusammen, und er stöhnt, als seine Hand meine Schenkel entlangfährt, um schließlich in meine Falten einzutauchen. »Du bist so unglaublich feucht«, flüstert er rau, als er zwei große Finger in mich hineinschiebt. »So nass für mich, und gleichzeitig so eng … Du willst das, oder etwa nicht, Baby? Du willst, dass ich dich nehme, dich ficke …«

Ich stöhne, als er die Finger krümmt und einen Punkt berührt, der meinen ganzen Körper versteifen lässt. »Ja …« Ich kann kaum sprechen, als die Hitzewellen über mich hinwegrollen und meinen Kopf vernebeln. »Ja, bitte …«

Er lacht auf, ein Laut, der leise und voller dunkler Lust ist. Er zieht seine Finger zurück und hinterlässt mich leer und pulsierend. Bevor ich protestieren kann, höre ich das Geräusch eines Reißverschlusses, der geöffnet wird, und spüre den weichen, großen Kopf seines Geschlechts, der gegen meine Schenkel stößt.

»Das werde ich«, flüstert er mit belegter Stimme, während er sich meiner Öffnung nähert. »Ich werde dir so viel Lust bereiten«, seine Spitze dringt in mich ein, und mir stockt der Atem, »dass du für mich schreien wirst. Das wirst du doch, Baby?«

Und ohne meine Antwort abzuwarten, ergreift er meine rechte Hüfte und dringt vollständig in mich ein. Ich schreie stöhnend auf. Wie immer ist sein Eindringen zu viel für meine Sinne, seine Größe dehnt mich so weit aus, dass es schon fast schmerzhaft ist. Wäre ich nicht so erregt, würde er mir wehtun. In diesem Fall ist seine Rauheit allerdings ein köstliches Extra, das meine Erregung steigert und mein Geschlecht noch feuchter werden lässt. Mit meinem Slip um den Knien kann ich meine Beine nicht weiter spreizen, und er fühlt sich riesig in mir an, jeder Millimeter ist hart und brennend heiß.

Ich erwarte, dass er passend zu dem ersten Stoß eine brutale Geschwindigkeit vorgeben wird, aber jetzt, da er sich in mir befindet, bewegt er sich langsam. Langsam und bedächtig, jede Bewegung so kalkuliert, dass sie meine Lust maximiert. *Rein und raus, rein und raus ...* Es fühlt sich an, als würde er mich von innen heraus streicheln, jedes Gefühl herauskitzeln, zu dem mein Körper fähig ist. *Rein und raus, rein und raus ...* Ich bin kurz vor meinem Orgasmus, aber ich kann nicht kommen, nicht, solange er sich in diesem Schneckentempo bewegt. *Rein und raus ...*

»Julian«, stöhne ich, und er wird noch langsamer, so dass ich frustriert wimmere.

»Sag mir, was du willst, Baby«, flüstert er und zieht sich fast vollständig aus mir zurück. »Sag mir ganz genau, was du willst.«

»Fick mich«, hauche ich, und meine Hände krallen sich zu Fäusten geballt in die Laken. »Bitte, lass mich kommen.«

Er lacht erneut auf, aber diesmal hört es sich angespannt an, sein Atem wird schwer und ungleichmäßig. Ich spüre sein Geschlecht tiefer in mir, und ich spanne meine inneren Muskeln um ihn, zwinge ihn, sich nur ein kleines bisschen schneller zu bewegen, mir das kleine bisschen mehr zu geben, das ich brauche …

Und endlich gibt er nach.

Er hält meine Hüfte fest und nimmt mich härter und schneller. Seine Stöße vibrieren in mir, senden aus meinem Innersten Lustwellen aus. Meine Hände krallen sich in das Bettlaken, und meine Schreie werden mit der steigenden Anspannung in mir lauter, bis das Gefühl unerträglich wird … und dann explodiere ich in eine Million Stücke, während sich mein Körper hilflos um sein massives Geschlecht krampft. Er stöhnt, seine Finger graben sich in mein Fleisch, als sich sein Griff an meiner Hüfte verstärkt und ich fühle, wie er sich gegen meinen Po reibt und in mir zuckt, als er sich entlädt.

Als alles vorbei ist, zieht er sich aus mir zurück und nimmt Abstand. Ich zittere wegen der Intensität meines Orgasmus, lasse mich auf die Seite fallen und drehe meinen Kopf, um ihn anzusehen.

Er steht mit seiner geöffneten Jeans da, und seine Brust hebt und senkt sich mit seinem schweren Atmen. Sein Blick ist voller unterschwelliger Lust, als er mich anblickt, und seine Augen sind auf meine Schenkel geheftet, wo gerade sein Samen aus meiner Öffnung rinnt.

Ich erröte und schaue mich auf der Suche nach einem Taschentuch im Raum um. Zum Glück finde ich eine Box auf einem Regal in der Nähe des Betts. Ich greife danach und wische den Beweis unserer Vereinigung weg.

Julian beobachtet meine Handlungen schweigend. Dann tritt er zurück, und sein Gesichtsausdruck wird verschlossener, als er sein weiches Geschlecht zurück in seine Jeans schiebt und den Reißverschluss nach oben zieht.

Ich nehme mir die Decke und ziehe sie auf mich, um meinen nackten Körper zu bedecken. Mir ist kalt, und ich fühle mich plötzlich bloßgestellt, während die Hitze in mir verschwindet. Normalerweise würde Julian mich nach dem Sex in seinen Armen halten, unsere Nähe verstärken und durch Zärtlichkeiten die Rauheit ausbalancieren. Heute scheint er das allerdings nicht vorzuhaben.

»Ist alles in Ordnung?«, frage ich zögerlich. »Habe ich etwas falsch gemacht?«

Er lächelt mich kalt an und setzt sich neben mich auf das Bett. »Was hättest du denn falsch gemacht haben können, mein Kätzchen?« Er schaut mich an, nimmt eine meiner Locken in seine Hand und reibt sie zwischen seinen Fingern. Trotz dieser spielerischen Geste glänzt sein Auge hart und verstärkt meine Furcht.

Und plötzlich habe ich eine Eingebung. »Es ist die Pille danach, habe ich recht? Du bist wütend, weil ich sie genommen habe?«

»Böse? Weil du kein Kind mit mir haben möchtest?« Er lacht, aber die Kälte dieses Geräusches erzeugt einen Knoten in meinem Magen. »Nein, mein Kätzchen, ich bin nicht böse. Ich wäre ein furchtbarer Vater, und das weißt du auch.«

Ich blicke ihn an und versuche zu verstehen, wieso ich mich wegen seiner Worte schuldig fühle. Er ist ein Mörder, ein Sadist, ein Mann der mich rücksichtslos entführt, mich gefangen gehalten hat, und trotzdem fühle ich mich schlecht – so als hätte ich ihm ungewollt wehgetan.

So als hätte ich etwas falsch gemacht.

»Julian …« Ich weiß nicht, was ich sagen soll. Ich kann nicht lügen und behaupten, dass er ein guter Vater sein würde. Er würde das durchschauen. Also frage ich vorsichtig: »Möchtest du Kinder haben?«

Dann halte ich die Luft an, während ich auf seine Antwort warte.

Er schaut mich an, und sein Gesichtsausdruck ist wieder unleserlich. »Nein, Nora«, sagt er ruhig. »Kinder sind das Letzte, was wir gerade gebrauchen könnten. Du kannst alle Verhütungsimplantate haben, die du möchtest. Ich werde dir keine Schwangerschaft aufzwingen.«

Ich atme hörbar erleichtert auf. »Gut. Aber warum …«

Bevor ich meine Frage zu Ende aussprechen kann

steht Julian auf und beendet damit unsere Unterhaltung. »Ich bin in der Hauptkabine«, sagt er ruhig. »Ich muss arbeiten. Komm doch zu mir, wenn du angezogen bist.«

Und damit verschwindet er aus dem Zimmer und lässt mich nackt und verwirrt im Bett zurück.

## 3

*Julian*

ICH HABE GERADE ZUR HÄLFTE DEN BERICHT MEINES Portfolio-Managers über eine potentielle Investition durchgelesen, als Nora leise in dem Sitz neben mir Platz nimmt. Als sie damit beginnt, ihr Buch zu lesen, kann ich einfach nicht widerstehen und drehe mich zu ihr, um sie anzuschauen.

Nach diesen wenigen Minuten getrennt von ihr ist mein irrationales Bedürfnis, auszuholen und sie zu verletzen, verschwunden. An seine Stelle ist eine unerklärliche Traurigkeit getreten … ein eigenartiges und unerwartetes Gefühl von Verlust.

Ich verstehe das nicht. Ich habe Nora nicht angelogen, als ich ihr gesagt habe, ich wolle keine

Kinder. Ich habe über dieses Thema nie viel nachgedacht, aber jetzt, da das Thema aufgetaucht ist, kann ich mir nicht vorstellen, ein Vater zu sein. Was würde ich mit einem Kind tun? Es wäre nur eine weitere Schwäche, die meine Feinde ausnutzen könnten. Babys interessieren mich nicht, und ich habe auch keine Ahnung davon, wie man sie aufzieht. Meine Eltern waren in dieser Hinsicht mit Sicherheit keine guten Vorbilder. Ich sollte glücklich darüber sein, dass Nora keine Kinder möchte, aber stattdessen habe ich mich gefühlt, als habe sie mir in die Eier getreten, als sie die Pille danach ansprach.

Als sei es die schlimmste Zurückweisung.

Ich hatte versucht, nicht weiter darüber nachzudenken, aber als ich gesehen habe, wie sie sich mein Sperma von ihren Schenkeln gewischt hat, kamen diese unwillkommenen Gefühle wieder hoch und haben mich daran erinnert, dass sie das nicht von mir möchte.

Dass sie das niemals von mir wollen wird.

Ich verstehe nicht, warum das so wichtig ist. Ich habe niemals vorgehabt, eine Familie mit Nora zu gründen. Die Hochzeit war ein Mittel gewesen, um unsere Verbindung zu festigen. Sie ist mein Kätzchen ... meine Obsession und mein Eigentum. Sie liebt mich, weil ich sie dazu gebracht habe, mich zu lieben, und ich will sie, weil ich sie brauche, um zu leben. Kinder sind kein Teil dieser Dynamik.

Das können sie nicht sein.

Nora erwischt mich dabei, wie ich sie betrachte,

und lächelt mich vorsichtig an. »An was arbeitest du?«, fragt sie und legt ihr Buch aufgeschlagen auf ihrem Schoß ab. »Immer noch an dem Design der Drohne?«

»Nein, Baby.« Ich zwinge mich dazu, mich auf die Tatsache zu konzentrieren, dass sie für mich nach Tadschikistan gekommen ist – dass sie mich genug liebt, um etwas so Krankes zu machen – und meine Stimmung beginnt sich zu heben, bis die restliche Enge in meiner Brust verschwindet.

»Was ist es dann?«, bohrt sie nach, und ich muss ungewollt lächeln, da mich ihre Neugier amüsiert. Nora gibt sich nicht länger damit zufrieden, nur einen Bruchteil meines Lebens mit mir zu teilen; sie möchte alles wissen, und sie wird zielstrebiger in ihrem Wunsch, Antworten zu bekommen.

Würde das jemand anderes machen, würde ich wütend werden. Bei Nora macht es mir allerdings nichts aus. Ich genieße ihre Neugier. »Ich lese mir einen Bericht über ein mögliches Investment durch«, erkläre ich ihr.

Sie schaut interessiert aus, also erzähle ich ihr, dass es sich um ein biotechnisches Start-up-Unternehmen handelt, welches sich auf Medikamente für chemische Vorgänge im Kopf spezialisiert hat. Falls ich mich dazu entscheiden sollte, einzusteigen, wäre ich ein sogenannter Engelsinvestor – einer der Ersten, der das Unternehmen unterstützt. Risikokapital hat mich schon immer interessiert; ich mag es, an der Spitze der Neuheiten in allen möglichen Bereichen zu stehen und davon so gut wie möglich zu profitieren.

Sie hört meinen Erklärungen offensichtlich fasziniert zu, ihre dunklen Augen sind die ganze Zeit auf mein Gesicht gerichtet. Ich mag das, die Art, wie sie wie ein Schwamm Wissen aufsaugt. Es macht mir Spaß, ihr Dinge beizubringen, ihr verschiedene Bereiche meiner Welt zu zeigen. Die wenigen Fragen, die sie mir stellt, sind clever und zeigen mir, dass sie ganz genau versteht, worüber ich rede.

»Wenn dieses Medikament Erinnerungen auslöschen kann, könnte es dann nicht auch zur Behandlung des posttraumatischen Belastungssyndroms und dergleichen verwendet werden?«, möchte sie wissen, nachdem ich ihr von einem der vielversprechendsten Produkte des Start-up-Unternehmens erzählt habe, und ich bejahe ihre Frage, weil ich vor einigen Minuten zu der gleichen Erkenntnis gekommen bin.

Das hatte ich nicht vorausgesehen, als ich sie entführt habe – diese wahre Freude daran, Zeit mit ihr zu verbringen. Als ich sie entführte, war sie ein reines Sexualobjekt, ein wunderschönes Mädchen, von dem ich so besessen war, dass ich sie nicht mehr aus meinen Gedanken drängen konnte. Ich hatte nicht erwartet, dass sie neben meiner Bettgefährtin auch meine Partnerin und meine Freundin werden würde, hatte nicht geahnt, dass ich es genießen würde, einfach Zeit mit ihr zu verbringen.

Ich wusste nicht, dass sie mich genauso sehr besitzen würde wie ich sie.

Es ist wirklich das Beste, dass sie daran gedacht hat,

die Pille zu nehmen. Wenn wir erst einmal beide geheilt sein werden, kann wieder Normalität in unser Leben einkehren.

Unsere Normalität zumindest.

Ich werde Nora bei mir haben und sie nie wieder aus dem Blick verlieren.

ALS WIR LANDEN, IST ES DUNKEL. ICH FÜHRE EINE schläfrige Nora aus dem Flugzeug, und wir steigen in das Auto, welches uns nach Hause bringen wird.

*Nach Hause.* Es ist eigenartig, diesen Ort wieder als Zuhause anzusehen. Es war mein Zuhause, als ich ein Kind war, und ich habe es gehasst. Ich habe alles an ihm gehasst, von der feuchten Hitze bis zu dem aufdringlichen Geruch der feuchten Dschungelvegetation. Als ich älter wurde, fühlte ich mich allerdings zu genau solchen Orten hingezogen – zu tropischen Plätzen, die mich an den Dschungel erinnerten, in dem ich aufgewachsen bin.

Ich brauchte Noras Gegenwart hier, um zu verstehen, dass ich das Anwesen doch nicht hasse. Dieser Ort war niemals das Objekt meines Hasses – das war immer die Person, der es gehörte.

Mein Vater.

Nora unterbricht meine Überlegungen, als sie sich auf dem Rücksitz näher an mich anschmiegt und sanft in meine Schulter gähnt. Das Geräusch ist einer Katze so ähnlich, dass ich lache und meinen Arm um ihre Taille lege, um sie näher an mich zu ziehen. »Müde?«

»Hmm.« Sie reibt ihr Gesicht an meinem Hals. »Du riechst gut«, murmelt sie.

Und schon werde ich steinhart, da ich auf das Gefühl ihrer Lippen auf meiner Haut reagiere.

Scheiße. Ich atme frustriert aus, als das Auto vor dem Haus anhält. Ana und Rosa stehen auf der vorderen Veranda, um uns zu begrüßen, und mein Schwanz beult meine Hose aus. Ich rutsche zur Seite und versuche, Nora ein wenig von mir wegzuschieben, damit meine Erektion verschwinden kann. Ihr Ellenbogen streicht an meinen Rippen entlang, und ich spanne mich vor Schmerzen an, während ich in Gedanken Majid zur Hölle und zurück wünsche.

Ich kann es nicht abwarten, endlich geheilt zu sein. Selbst der Sex heute hat geschmerzt, besonders, als ich am Ende schneller wurde. Nicht dass es meine Lust stark beeinträchtigt hätte – ich bin mir sicher, ich könnte Nora auf meinem Totenbett nehmen und es genießen – aber es hat mich trotzdem gestört. Ich mag Schmerzen beim Sex, aber nur, wenn ich sie zufüge.

Das Gute ist allerdings, dass meine Erektion jetzt nicht mehr ganz so sichtbar ist.

»Wir sind da«, sage ich zu Nora, als sie sich ihre Augen reibt und erneut gähnt. »Ich würde dich über die Schwelle tragen, aber ich befürchte, dass ich es diesmal nicht schaffen werde.«

Sie blinzelt, schaut einen Augenblick lang verwirrt aus, und dann breitet sich ein strahlendes Lächeln auf ihrem Gesicht aus. Sie erinnert sich auch daran. »Ich bin ja keine frischverheiratete Braut mehr«, entgegnet sie grinsend. »Also bist du aus dem Schneider.«

Ich grinse mit einem ungewöhnlich freudigen Gefühl in der Brust zurück und öffne die Autotür.

Sobald wir aussteigen, werden wir von zwei weinenden Frauen überfallen. Oder, um genauer zu sein, wird Nora überfallen. Ich sehe amüsiert dabei zu wie Ana und Rosa sie lachend und gleichzeitig weinend umarmen. Nachdem sie mit Nora fertig sind, drehen sie sich zu mir um, und Anas Schluchzen verstärkt sich, als sie mein bandagiertes Gesicht sieht. »Pobrecito …« Sie verfällt ins Spanische, was ihr häufig passiert, wenn sie aufgebracht ist, und Nora und Rosa versuchen sie damit zu beruhigen, dass ich mich erholen werde, und das Wichtigste sei, dass ich am Leben bin.

Die Besorgnis der Haushälterin ist zugleich rührend und besorgniserregend. Ich habe schon immer vermutet, dass die ältere Frau sich um mich sorgt, aber ich hatte nie bemerkt, dass sie so starke Gefühle für mich hegt. Solange ich zurückdenken kann, war Ana eine warme und beruhigende Person auf meinem Anwesen – jemand, der mich mit Essen versorgt hat, für mich geputzt hat und meine Verletzungen in der Kindheit versorgt hat. Ich habe sie trotzdem niemals zu nahe an mich herankommen lassen, und zum ersten Mal bereue ich es ein wenig. Weder sie noch Rosa, die Angestellte, mit der sich Nora angefreundet hat, versuchen mich zu umarmen, wie sie es bei meiner Frau getan haben. Sie denken, ich würde es nicht mögen, und wahrscheinlich haben sie recht.

Die einzige Person, deren Zuneigung ich möchte – nein, nach deren Zuneigung ich mich sehne –, ist Nora, und das ist auch erst seit Neuestem so.

Nachdem die drei Frauen ihre gefühlvolle Wiedervereinigung beendet haben, gehen wir alle ins Haus. Obwohl es schon so spät ist, sind Nora und ich hungrig, und wir verschlingen das Essen, das Ana uns in Rekordzeit zubereitet, bevor wir uns satt und müde in unser Schlafzimmer zurückziehen.

Eine schnelle Dusche und einen ebenso schnellen Quickie später schlafe ich mit Noras Kopf auf meiner unverletzten Schulter ein.

Ich bin bereit dafür, mein normales Leben wieder aufzunehmen.

DER SCHREI, DER MICH AUFWECKT, LÄSST DAS BLUT IN meinen Adern gerinnen. Voller Verzweiflung und Grauen hallt es von den Wänden wider, und Adrenalin schießt durch meine Adern.

Ich bin aus dem Bett und stehe, noch bevor ich verstehe, was gerade passiert. Als das Geräusch nachlässt, nehme ich meine Waffe aus dem Versteck in meinem Nachttisch und mache gleichzeitig mit meinem Handrücken das Licht an.

Meine Nachttischlampe beleuchtet den Raum, und

ich kann sehen, dass Nora in der Mitte des Bettes zitternd unter ihrer Decke liegt.

Niemand sonst befindet sich in dem Raum, wir sind nicht in Gefahr.

Mein Herzrasen beginnt sich zu verlangsamen. Wir sind nicht angegriffen worden. Der Schrei muss von Nora gekommen sein.

Sie hatte wieder einen Albtraum.

*Scheiße.* Der Drang, etwas Gewalttätiges zu tun, ist fast zu stark, um ihn unterdrücken zu können. Er füllt jede Zelle meines Körpers, und ich zittere vor Wut, mit dem Wunsch, jedes einzelne Arschloch zu töten und zu zerstören, das dafür verantwortlich ist.

Mit mir angefangen.

Ich drehe mich weg und atme einige Male tief durch, um die in mir schäumende Wut zurückzuhalten. Es gibt hier niemanden, an dem ich mich auslassen könnte, keinen Feind, den ich zerstören kann, um meinen Zorn zu mindern.

Nur Nora ist hier, und für sie muss ich ruhig und rational sein.

Nachdem einige Sekunden vergehen und ich sicher bin, ihr nichts anzutun, drehe ich mich wieder herum und lege die Waffe zurück in die Schublade meines Nachttisches. Dann gehe ich ins Bett zurück. Meine Rippen und Schultern schmerzen dumpf, und mein Kopf pocht wegen meiner plötzlichen Bewegung, aber dieser Schmerz ist nichts im Vergleich zu der Schwere in meiner Brust.

»Nora, Baby ...« Ich beuge mich über sie, ziehe die

Decke von ihrem nackten Körper und lege meine rechte Hand auf ihre Schulter, um sie zu wecken. »Wach auf, mein Kätzchen. Es ist nur ein Traum.« Ihre Haut fühlt sich unter meiner Berührung feucht an, und die wimmernden Geräusche, die sie von sich gibt, schmerzen mehr als jede Folter Majids. Frische Wut steigt in mir hoch, aber ich unterdrücke sie, um weiterhin eine leise und ruhige Stimme zu haben. »Wach auf, Baby. Du träumst. Das ist nicht real.«

Sie rollt sich auf den Rücken, und ich sehe, dass ihre Augen geöffnet sind.

Offen und ins Leere starrend, während ihre Brust sich senkt und hebt und ihre Hände sich verzweifelt ins Bettlaken krallen.

Sie träumt nicht – sie befindet sich mitten in einer ausgewachsenen Panikattacke, die wahrscheinlich von einem Albtraum ausgelöst wurde.

Ich möchte meinen Kopf in den Nacken werfen und meine Wut herausbrüllen, aber das tue ich nicht. Sie braucht mich jetzt, und ich werde sie nicht im Stich lassen.

Niemals wieder.

Ich knie mich hin, grätsche mich über ihre Hüfte und beuge mich nach unten, um ihr Kinn mit meiner rechten Hand festzuhalten. »Nora, schau mich an.« Ich sage diese Worte im Befehlston, harsch und fordernd. »Schau mich an, mein Kätzchen. Jetzt.«

Trotz ihrer Panik gehorcht sie, da ich sie zu stark konditioniert habe, als dass sie sich mir widersetzen könnte. Ihre Augen wenden sich mir zu, um meinen

Blick zu erwidern, und ich sehe, dass ihre Pupillen erweitert sind, ihre Iris geradezu schwarz · zu sein scheinen. Außerdem hyperventiliert sie mit offenem Mund, während sie versucht, genug Luft einzuatmen.

Scheiße und nochmal Scheiße. Mein erster Instinkt ist, sie an mich zu drücken, zärtlich und beruhigend zu sein, aber dann erinnere ich mich an ihre Panikattacke der vergangenen Nacht, als wir gerade Sex hatten, und dass ihr nichts zu helfen schien.

Nichts außer Gewalt.

Also anstatt ihr endlos süße Worte zuzuflüstern, beuge ich mich nach vorn, stütze mich auf meinen rechten Ellenbogen und küsse sie hart und brutal, während ich sie mit meiner Hand an ihrem Kinn festhalte, damit sie sich nicht wegdrehen kann. Meine Lippen prallen gegen ihre, und meine Zähne versinken in ihrer Unterlippe, als ich meine Zunge grob in sie schiebe, in sie eindringe und ihr wehtue. Das sadistische Monster in mir ist höchst erfreut über den metallenen Geschmack ihres Blutes, während der andere Teil von mir unter den Qualen ihrer Psyche leidet.

Sie stöhnt in meinen Mund, aber das Geräusch ist jetzt anders, eher erschreckt als verzweifelt. Ich kann spüren, wie sich die Anspannung ihres Brustkorbs löst, als sie tief einatmet, und ich verstehe, dass meine raue Art und Weise, zu ihr durchzudringen, funktioniert, dass sie sich jetzt mehr auf ihren körperlichen Schmerz konzentriert und weniger auf ihren geistigen. Ihre Fäuste entspannen sich, ihre Hände krallen sich nicht länger im Bettlaken fest und sie beruhigt sich unter mir, während sich ihr Körper aus einer anderen Art der Angst anspannt.

Eine Angst, die meinen dunkelsten, raubtierhaftesten Teil erregt – den Teil, der sie bezwingen und verschlingen will.

Die Wut, die immer noch in mir brodelt, verstärkt diesen Hunger, vermischt sich mit ihm und nährt sich an ihm, bis ich dieses Bedürfnis, dieses gedankenlose, furchtbare Verlangen verspüre. Mein Blickfeld engt sich ein, bis alles, was ich noch wahrnehme, das seidige Gefühl ihrer blutig schmeckenden Lippen und die Wölbungen ihres nackten Körpers sind, der sich klein und hilflos unter mir befindet. Mein Geschlecht versteift sich schmerzhaft, als sie meinen rechten Unterarm mit beiden Händen umfasst und ein leises, gequältes Geräusch von sich gibt.

Plötzlich ist der Kuss nicht länger genug. Ich muss alles von ihr haben.

Ich lasse ihr Kinn los und drücke mich mit einem Arm nach oben, um mich hinzuknien. Sie blickt mich mit ihren geschwollenen, blutroten Lippen an. Sie keucht immer noch, und ihre Brust bewegt sich schnell, aber der leere Blick in ihren Augen ist verschwunden. Sie ist bei mir – sie ist geistig komplett anwesend –, und das ist das Einzige, wonach mein innerer Dämon gerade verlangt.

In einer schnellen Bewegung gehe ich von ihr herunter, ignoriere den Schmerz in meinen Rippen und fasse erneut in meine Nachttischschublade.

Allerdings ziehe ich diesmal keine Waffe, sondern eine geflochtene Riemenpeitsche aus Leder hervor.

Noras Augen weiten sich. »Julian?« Ihre Stimme ist durch die Nachwirkungen der Panikattacke immer noch atemlos.

»Dreh dich herum.« Meine Stimme ist rau und verrät das gewalttätige Verlangen, das in mir brodelt. »Jetzt.«

Sie zögert einen Moment, bevor sie sich auf den Bauch rollt.

»Auf deine Knie.«

Sie stellt sich auf alle viere und dreht ihren Kopf zu mir, um auf weitere Anweisungen zu warten.

*So ein gut erzogenes Kätzchen.* Ihre Folgsamkeit steigert meine Lust, meinen verzweifelten Hunger, sie zu besitzen. In dieser Stellung sind ihr Po und ihre Muschi deutlich zu sehen, weshalb mein Geschlecht noch weiter anschwillt. Ich will sie ganz verschlingen, will jeden Millimeter ihres Körpers für mich beanspruchen. Meine Muskeln spannen sich an, und fast ohne zu denken schwinge ich die Peitsche, lasse die Lederriemen auf die weiche Haut ihres Hinterns knallen.

Sie schreit auf, ihre Augen schließen sich, als ihr Körper sich anspannt und die Dunkelheit in mir mich übermannt und alle Überreste des rationalen Denkens unterdrückt. Ich betrachte fast wie aus einer Entfernung, wie die Peitsche ihre Haut immer wieder küsst, rosafarbene Spuren und errötende Striemen auf ihrem Rücken, Po und Oberschenkeln hinterlässt. Sie zuckt bei den ersten Schlägen zusammen, schreit vor Schmerzen auf, bis ich einen Rhythmus finde und ihr Körper sich zum Takt der Schläge entspannt, auf sie wartet, anstatt dem Schmerz zu widerstehen. Sie schreit leise, und ihre intimen Falten beginnen durch die Feuchtigkeit, die sich in ihnen sammelt, zu glänzen.

Sie reagiert auf das Auspeitschen wie auf sanfte Zärtlichkeiten.

Meine Hoden spannen sich an, als ich die Peitsche fallen lasse, mich hinter sie begebe und meinen Unterarm unter ihre Hüfte gleiten lasse, um sie zu mir zu ziehen. Mein Geschlecht drückt sich gegen ihren Eingang, und ich spüre die feuchte Hitze, die meine Eichel mit einer cremigen Schicht überzieht. Sie stöhnt, drückt sich nach hinten, und ich dringe in sie ein, zwinge ihr Fleisch, mich zu umhüllen, mich aufzunehmen.

Ihr Geschlecht ist unglaublich eng, und ihre inneren Muskeln drücken mich wie eine Faust zusammen. Es ist egal, wie oft ich sie nehme; jedes Mal ist es irgendwie anders, die Gefühle intensiver und reicher als in meiner Erinnerung. Ich könnte für immer in ihr bleiben, ihre Weichheit und feuchte Hitze spüren. Aber ich kann es nicht – dieser primitive Drang, mich zu bewegen, in sie zu stoßen, ist zu stark, um ihm nicht nachzugeben. Mein Herzschlag dröhnt in meinen Ohren, und mein Körper pulsiert mit wildem Verlangen.

Ich bleibe bewegungslos, solange ich kann, bevor ich beginne, mich zu bewegen, meine Lende mit jedem

Stoß gegen ihren rosafarbenen, frisch verprügelten Hintern zu drücken. Sie stöhnt bei jedem Stoß, ihr Körper spannt sich um mein eindringendes Geschlecht, und die Empfindungen steigern sich, werden so intensiv, dass sie kaum zu ertragen sind. Meine Haut prickelt durch meinen sich nähernden Orgasmus und ich beginne, sie schneller und härter zu nehmen, bis ich spüre, dass sie anfängt zu kommen, sich ihre Muschi um mich krampft, während sie meinen Namen ruft.

Das lässt meine Dämme brechen. Der Orgasmus, den ich zurückgehalten habe, überkommt mich mit explosiver Stärke, und ich ergieße mich mit einem rauen Stöhnen in sie, während mein Körper von einer unglaublichen Lust überkommen wird. Es ist ein Glücksgefühl wie kein anderes – eine Ekstase, die weit über körperliche Befriedigung hinausgeht. Es ist etwas, was ich nur mit Nora kennengelernt habe.

Was ich nur mit Nora erleben werde.

Schwer atmend ziehe ich mich aus ihrem Körper zurück und lasse sie aufs Bett fallen. Dann lasse ich mich auf meine rechte Seite gleiten und ziehe sie an mich, weil ich weiß, dass sie nach der Gewalt Zärtlichkeiten braucht.

Und auf eine gewisse Art und Weise brauche ich sie auch. Ich muss sie trösten, sie beruhigen. Ich muss sie an mich binden, wenn sie am verletzlichsten ist, damit ich ihrer Liebe sicher sein kann.

Das mag ein wenig kaltblütig sein, aber ich überlasse solche wichtigen Dinge nicht dem Zufall.

Sie dreht sich herum, um mich anzuschauen, und vergräbt ihr Gesicht in meiner Halsbeuge, während ihre Schultern zittern, da sie leise schluchzt. »Halte mich fest, Julian«, flüstert sie, und ich komme ihrem Wunsch nach.

Ich werde sie immer festhalten, egal was passiert.

II

---

# DIE HEILUNG

»Julian, hast du mal eine Minute für mich?«

Ich betrete das Büro meines Mannes und gehe zu seinem Schreibtisch hinüber. Er blickt auf, um mich zu begrüßen, und ich kann den enormen Fortschritt seiner Heilung in den letzten sechs Wochen immer noch kaum glauben.

Sein Gips am Arm ist genauso verschwunden wie seine restlichen Verbände. Julian ist seine Heilung genauso angegangen wie jedes seiner Vorhaben: mit einzigartiger Rücksichtslosigkeit und Entschiedenheit. Sobald Dr. Goldberg damit einverstanden gewesen war, den Gips zu entfernen, hat sich Julian in die Physiotherapie gestürzt und jeden Tag stundenlang damit verbracht, die Übungen zu trainieren, die die

Mobilität und Funktionalität seiner linken Körperhälfte wiederherstellen sollten. Da auch seine Narben langsam verschwinden, gibt es Tage, an denen ich fast vergesse, wie schwer er verletzt worden war – dass er durch die Hölle gegangen ist und relativ unversehrt wieder zurückgekommen ist.

Selbst sein Augenimplantat stört mich nicht mehr. Unser Aufenthalt in der Schweizer Klinik und die ganzen Prozeduren kosten Julian zwar Millionen – ich habe die Rechnung in seinem Posteingang gesehen –, aber die Ärzte haben an seinem Gesicht phänomenale Arbeit geleistet. Das Implantat ähnelt seinem echten Auge so sehr, dass es fast unmöglich ist es als ein künstliches zu erkennen, wenn Julian einen direkt anschaut. Ich habe keine Ahnung, wie sie es hinbekommen haben, genau den richtigen Blauton zu treffen, aber das haben sie, und zwar bis hin zu allen Schlieren und natürlichen Farbvariationen. Dank eines Biofeedback-Apparates, den Julian als Uhr trägt, verkleinert sich die künstliche Pupille sogar bei grellem Licht und vergrößert sich, wenn er aufgeregt oder erregt ist. Diese Uhr misst seinen Puls und seine elektrodermale Aktivität und sendet diese Informationen zu dem Implantat, damit es möglichst natürliche Reaktionen aufweist. Das Einzige, was das Implantat nicht kann, ist, die Bewegung des normalen Auges nachzuahmen … und Julian kann damit nichts sehen.

»Dieser Teil – die Verbindung zum Gehirn – wird noch einige Jahre dauern«, hat Julian mir vor einigen

Wochen gesagt. »Sie arbeiten gerade in einem Labor in Israel daran.«

Das Implantat ist also ziemlich lebensecht. Und Julian lernt gerade, den eigenartigen Anblick, dass sich nur ein Auge bewegt, dadurch zu minimieren, dass er seinen ganzen Kopf dreht, wenn er jemanden anblicken möchte – so wie er es gerade mit mir tut.

»Was ist los, mein Kätzchen?«, fragt er lächelnd. Seine wunderschönen Lippen sind jetzt vollständig geheilt, und die verblassenden Narben auf seiner linken Wange geben seinem Aussehen eine gefährliche, aber trotzdem anziehende Nuance. Es scheint, als würde sich ein Teil seiner inneren Dunkelheit jetzt auch auf seinem Gesicht widerspiegeln, und anstatt abschreckend auf mich zu wirken, zieht es mich nur noch mehr an.

Wahrscheinlich, weil ich diese Dunkelheit jetzt brauche – sie ist das Einzige, was mich im Moment bei gesundem Verstand hält.

»Monsieur Bernard hat mir gerade erzählt, dass er einen Freund hat, der daran interessiert wäre, meine Bilder auszustellen«, sage ich und versuche so zu klingen, als würde ich häufig solche Angebote von Weltklasse-Kunstlehrern bekommen. »Er besitzt wohl eine Kunstgalerie in Paris.«

Julian zieht seine Augenbrauen in die Höhe. »Wirklich?«

Ich nicke und kann meine Aufregung kaum verbergen. »Ja, kannst du das glauben?« Monsieur Bernard hat ihm Bilder meiner letzten Arbeiten geschickt, und der Galeriebesitzer meinte, dass sie genau das seien, wonach er gesucht hat.

»Das ist großartig, Baby.« Julians Lächeln wird stärker, und er streckt sich nach mir aus, um mich auf seinen Schoß zu ziehen. »Ich bin so stolz auf dich.«

»Danke schön.« Am liebsten möchte ich herumspringen, aber ich begnüge mich damit, meine Arme um seinen Hals zu schlingen und ihm einen dicken Kuss auf den Mund zu geben. Natürlich übernimmt Julian die Führung, sobald sich unsere Münder berühren, und verwandelt meine Dankbarkeitsbezeugung in einen verlängerten, sinnlichen Überfall, der mich atemlos und benebelt zurücklässt.

Als er mich endlich wieder Luft holen lässt, brauche ich einige Sekunden, um mich daran zu erinnern, wie ich auf seinem Schoß gelandet bin.

»Ich bin so stolz auf dich«, wiederholt Julian mit sanfter Stimme und schaut mich dabei an. Ich kann die Ausbeulung seiner Erektion spüren, aber er geht nicht weiter. Stattdessen lächelt er mich warm an und sagt: »Ich muss Monsieur Bernard dafür danken, diese Fotos gemacht zu haben. Falls der Galeriebesitzer deine Arbeit ausstellen sollte, sollten wir vielleicht eine kleine Reise nach Paris machen.«

»Wirklich?« Ich starre ihn an. Das ist das erste Mal, dass Julian vorschlägt, nicht die ganze Zeit auf dem Anwesen zu bleiben. Und nach Paris reisen? Ich kann meinen Ohren kaum glauben.

Er nickt und lächelt dabei immer noch. »Natürlich.

Al-Quadar ist keine Bedrohung mehr. Sicherer als jetzt werden wir wahrscheinlich niemals sein, also sehe ich keinen Grund dafür, warum wir uns nicht mit genügend Sicherheitspersonal ein wenig Paris anschauen sollten – ganz besonders, wenn es so einen überwältigenden Grund dafür gibt.«

Ich grinse ihn an und versuche, nicht darüber nachzudenken, warum die Al-Quadar keine Bedrohung mehr ist. Julian hat mir nicht viel über diese Operation erzählt, aber das Wenige, was ich weiß, ist schon ausreichend. Als unsere Retter die Baustelle in Tadschikistan untersuchten, fanden sie einen riesigen Berg wertvoller Informationen. Nach unserer Rückkehr auf das Anwesen wurde jede Person, die auch nur die kleinste Verbindung zu der Terrororganisation hatte, umgebracht, einige schnell und andere langsam und schmerzhaft. Ich weiß nicht, wie viele Menschen in den letzten Wochen ihr Leben verloren haben, aber es würde mich nicht wundern, wenn ihre Anzahl eine dreistellige Nummer wäre.

Der Mann, der mich gerade in seinen Armen hält, ist für diesen Massenmord verantwortlich – und trotzdem liebe ich ihn mit meinem ganzen Herzen.

»Eine Reise nach Paris wäre toll«, erwidere ich und schiebe alle Gedanken an Al-Quadar beiseite. Stattdessen konzentriere ich mich auf diese unfassbare Möglichkeit, dass meine Bilder in einer echten Kunstgalerie ausgestellt werden könnten. Meine Bilder. Es ist so schwer zu glauben, dass ich Julian vorsichtig frage: »Du hast Monsieur Bernard nicht gebeten, das zu tun, stimmt's? Oder seinen Freund bestochen?« Da Julian seine finanziellen Mittel genutzt hat, um mich in das heiß umkämpfte Online-Programm der Stanford University zu schleusen, würde ich ihm auch das zutrauen.

»Nein, Baby.« Julians Lächeln wird breiter. »Ich habe nichts damit zu tun, ich schwöre es. Du hast wirklich Talent, und dein Lehrer weiß das.«

Ich glaube ihm, wenn auch nur aus dem Grund, dass Monsieur Bernard in den letzten Wochen von meinen Werken geschwärmt hat. Die Dunkelheit und Komplexität, die er von Anfang an in meiner Kunst gesehen hatte, ist jetzt deutlicher zu erkennen. Malen ist einer der Wege, auf denen ich mit meinen Albträumen und meinen Panikattacken fertigwerde. Sexueller Schmerz ist ein anderer – aber das ist eine andere Sache.

Da ich nicht weiter über meinen kaputten psychischen Zustand nachdenken möchte, springe ich von Julians Schoß. »Ich werde es meinen Eltern erzählen«, sage ich strahlend, während ich auf die Tür zugehe. »Sie werden ganz aus dem Häuschen sein.«

»Mit Sicherheit werden sie das.« Er lächelt mich ein letztes Mal an und wendet seine Aufmerksamkeit dann wieder dem Computerbildschirm zu.

～

DAS VIDEOGESPRÄCH MIT MEINEN ELTERN DAUERT FAST eine ganze Stunde. Wie immer habe ich zuerst ganze zwanzig Minuten damit verbringen müssen, meiner Mutter zu versichern, dass ich in Sicherheit bin, dass ich immer noch auf dem Anwesen in Kolumbien bin und dass niemand hinter uns her ist. Nachdem ich aus der Chicago Ridge Mall verschwunden bin, sind meine Eltern nun davon überzeugt, dass Julians Feinde überall sind und jederzeit zuschlagen können. Wenn ich mich im Moment nicht täglich entweder telefonisch oder per E-Mail bei meinen Eltern melde, geraten sie in helle Panik.

Natürlich denken sie auch nicht, dass ich bei Julian sicher bin. In ihren Köpfen ist er nicht anders als die Terroristen die mich entführt haben. Um ganz ehrlich zu sein, denkt mein Vater sogar, dass Julian schlimmer ist – schließlich hat er mich ja entführt, und das gleich zweimal.

»Eine Galerie in Paris? Das ist wundervoll, Süße!«, ruft meine Mutter aus, als ich endlich dazu komme, ihr die Neuigkeiten mitzuteilen. »Wir freuen uns so sehr für dich!«

»Konzentrierst du dich auch noch auf die Uni?«, fragt mein Vater stirnrunzelnd. Er ist weniger begeistert von meinem Malen. Ich denke, er hat Angst, ich werde jeden Gedanken an die Universität verbannen und ein hungernder Künstler werden – eine Angst, die unter den gegebenen Umständen mehr als absurd ist. Wenn ich mir über eines keine Sorgen machen muss, dann ist es Geld. Julian hat mir erst neulich erzählt, dass er einen Treuhandfonds in meinem Namen eingerichtet und mich auch in seinem

Testament als einzigen Erben festgelegt hat. Falls ihm etwas zustoßen sollte, wäre finanziell für mich gesorgt – genauer gesagt hätte ich genug Geld, um ein kleines Land zu bewirtschaften.

»Ja, Papa«, sage ich geduldig. »Mach dir keine Sorgen – ich konzentriere mich immer noch auf die Uni. Ich habe dir doch gesagt, dass ich dieses Jahr einfach weniger Kurse besuche. Im Sommer werde ich dafür mehr besuchen, und das Ganze wird sich wieder ausgleichen.«

Julian hat, als wir zurückgekommen sind, darauf bestanden, dass ich dieses Jahr einen Gang zurückschalte, und trotz meiner anfänglichen Einwände bin ich froh, dass er es getan hat. Aus irgendeinem Grund fühlt sich in diesem Vierteljahr alles schwerer an. Ich brauche ewig, um meine Hausarbeiten zu schreiben, und ich bin völlig erledigt, wenn ich für Prüfungen lernen muss. Selbst mit diesen wenigen Kursen fühle ich mich überfordert, aber das ist nichts, was ich meinen Eltern erzählen möchte. Es ist schon schlimm genug, dass Julian sich Sorgen macht.

So große Sorgen, dass er für mich einen Psychiater auf das Anwesen gebracht hat.

»Bist du sicher, Süße?«, fragt meine Mutter und betrachtet mich besorgt. »Vielleicht solltest du dir im Sommer freinehmen und dich einige Monate entspannen. Du siehst wirklich erschöpft aus.«

*Scheiße.* Ich hatte gehofft, dass meine dunklen

Augenringe bei einem Videogespräch nicht ganz so deutlich zu erkennen sein würden.

»Mir geht es gut, Mama«, sage ich. »Ich bin einfach spät ins Bett gegangen, weil ich noch lange gelernt und gemalt habe, das ist alles.«

Ich bin außerdem mitten in der Nacht schreiend aufgewacht und konnte nicht wieder einschlafen, bis Julian mich ausgepeitscht und genommen hat, aber das müssen meine Eltern ja nicht wissen. Sie würden nicht verstehen, dass Schmerzen auf mich jetzt eine therapeutische Wirkung haben und dass ich jetzt etwas brauche, was ich früher gefürchtet habe.

Dass ich diese grausame Seite Julians von ganzem Herzen angenommen habe.

Als wir dabei sind, unsere Unterhaltung zu beenden, erinnere ich mich an etwas, was mir Julian einst versprochen hat: dass er mit mir meine Familie besuchen würde, wenn die Gefahr durch die Al-Quadar abgewendet wäre. Mein Herz zerspringt fast vor Freude, aber ich beschließe, nichts davon zu sagen, solange ich nicht mit Julian beim Abendessen darüber gesprochen habe. Ich sage meinen Eltern einfach nur, dass wir uns bald wiederhören werden, und logge mich aus der sicheren Verbindung aus.

Es gibt zwei Dinge, die ich heute Abend mit Julian besprechen muss … und beide werden nicht ganz einfach sein.

～

»EINE REISE NACH CHICAGO?« JULIAN SIEHT ETWAS überrascht aus, als ich dieses Thema anspreche. »Aber du hast deine Eltern doch erst vor weniger als zwei Monaten gesehen.«

»Genau, an dem Abend, bevor die Al-Quadar mich entführt hat.« Ich puste in meine Pilzcremesuppe, bevor ich meinen Löffel in die heiße Flüssigkeit sinken lasse. »Ich war so krank vor Sorge um dich, dass ich mir nicht sicher bin, ob dieser Abend als Zeit mit meiner Familie angesehen werden kann.«

Julian betrachtet mich einen Augenblick lang, bevor er murmelt: »In Ordnung. Damit könntest du recht haben.« Dann beginnt er, seine Suppe zu essen, während ich ihn anblicke und es kaum glauben kann, dass das so einfach war.

»Also werden wir hinfliegen?« Ich möchte sichergehen, dass ich nichts falsch verstanden habe.

Er zuckt mit den Schultern. »Wenn du möchtest. Sobald deine Prüfungen vorbei sind, können wir fliegen. Wir müssen die Sicherheitsmaßnahmen am Haus deiner Eltern verstärken und ein paar zusätzliche Maßnahmen ergreifen, aber es sollte möglich sein.«

Ich beginne zu lächeln, bis ich mich an etwas erinnere, was er mir einmal gesagt hat. »Denkst du, dass wir meine Eltern in Gefahr bringen, wenn wir dorthin fliegen?«, frage ich, und plötzlich ist mir schlecht. »Könnten sie ein Ziel werden, wenn du so engen Kontakt zu ihnen hast?«

Julian schaut mich ruhig an. »Das ist möglich. Eher unwahrscheinlich, aber nicht völlig von der Hand zu weisen. Die Gefahr wäre viel größer, sollten Terroristen gerade auf Rache aus sein, aber ich habe noch andere Feinde. Keiner von ihnen ist allerdings derart entschlossen, mir etwas anzutun – zumindest nicht, soweit ich weiß – aber trotzdem gibt es einige Individuen und Organisationen, die mich gerne in ihre Finger bekommen würden.«

»Okay.« Ich schlucke einen Löffel Suppe hinunter und bereue es sofort, da die cremige Flüssigkeit meine Übelkeit nur verstärkt. »Und du denkst, sie könnten meine Eltern als Geiseln nehmen?«

»Es ist unwahrscheinlich, aber ich kann es nicht völlig ausschließen. Deshalb habe ich von Anfang an Sicherheitsmaßnahmen für deine Familie ergriffen. Es ist eine Vorsichtsmaßnahme, sonst nichts – aber meiner Meinung nach ist es eine nötige Vorsichtsmaßnahme.«

Ich atme tief ein und gebe mein Bestes, um meinen aufgewühlten Magen zu ignorieren. »Also würde es ihre Gefahr erhöhen, wenn wir nach Chicago reisten?«

»Ich weiß es nicht, mein Kätzchen.« Julian sieht fast so aus, als täte ihm das leid. »Ich nehme an, dass es das nicht tut, aber ich kann es nicht garantieren.«

Ich nehme mein Glas in die Hand und trinke einen Schluck Wasser, um den fettigen Geschmack der Suppe von meiner Zunge zu spülen, von dem mir gerade so schlecht wird. »Was wäre, wenn ich allein flöge?«, schlage ich, ohne großartig darüber nachzudenken, vor. »Dann käme niemand auf den Gedanken, dass du ein enges Verhältnis zu deinen Schwiegereltern hast.«

Julians Gesicht verdunkelt sich sofort. »Du allein?«

Ich nicke und spanne mich durch seinen Stimmungswechsel instinktiv an. Auch wenn ich weiß, dass Julian mir nichts antun würde, kann ich nichts dagegen tun, dass ich Angst vor seinen Launen habe. Ich bin zwar jetzt aus freiem Willen mit ihm zusammen, aber er hat immer noch die absolute Kontrolle über mein Leben – genauso wie damals, als ich noch seine Gefangene auf der Insel war.

Trotzdem ist er immer noch ein gefährlicher Mörder ohne Moral.

»Du wirst nirgendwo allein hingehen.« Julians Stimme ist sanft, aber seine Augen blicken hart wie Stahl. »Wenn du mit mir nach Chicago fliegen möchtest, können wir das tun – aber ohne mich wirst du dieses Anwesen nicht verlassen. Hast du mich verstanden, Nora?«

»Ja.« Ich nehme noch ein paar Schlucke Wasser, da ich in meinem Hals immer noch den Nachgeschmack der Suppe habe. Was hat Ana da heute Abend hineingetan? Sogar der Geruch ist unangenehm. »Ich verstehe.« Meine Worte klingen eher ruhig als aufgebracht – hauptsächlich, weil mir zu schlecht ist, um mich über Julians selbstherrliche Einstellung zu ärgern. Ich leere mein Wasserglas und meine: »Es war ja nur ein Vorschlag.«

Julian blickt mich einige Minuten lang an und nickt dann leicht. »In Ordnung.«

Bevor er etwas hinzufügen kann, betritt Ana den Raum und bringt den nächsten Gang – Fisch mit Reis und Bohnen. Als sie meine fast unberührte Suppe sieht, runzelt sie die Stirn. »Magst du die Suppe nicht, Nora?«

»Doch, sie ist köstlich«, lüge ich. »Ich bin einfach nicht sehr hungrig und will noch Platz für den Hauptgang haben.«

Ana schaut mich besorgt an, räumt aber den Tisch ab, ohne noch etwas dazu zu sagen. Seit unserer Rückkehr ist mein Appetit sehr schwankend gewesen, es ist also nicht das erste Mal, dass ich nichts gegessen habe. Ich habe mich zwar nicht gewogen, aber ich würde sagen, dass ich in den letzten Wochen ein paar Pfund abgenommen habe – was in meinem Fall nichts Gutes ist.

Auch Julian runzelt die Stirn, aber sagt nichts, als ich beginne, mit dem Reis auf meinem Teller zu spielen. Ich möchte gerade wirklich nichts essen, aber ich zwinge mich dazu, mir eine Gabel Reis in den Mund zu schieben. Der Reis schmeckt auch zu intensiv, aber ich bin entschlossen, zu kauen und zu schlucken, da ich nicht möchte, dass Julian sich darauf konzentriert, dass ich nichts esse.

Ich muss etwas Wichtigeres mit ihm besprechen.

Sobald Ana das Zimmer verlassen hat, lege ich meine Gabel beiseite und blicke meinen Ehemann an. »Ich habe eine weitere Nachricht erhalten«, erkläre ich ihm ruhig.

Julians Kiefer spannt sich an. »Ich weiß.«

»Du überwachst meine E-Mails?« Mein Magen zieht sich erneut zusammen, diesmal mit einer

Mischung aus Übelkeit und Wut. Ich sollte wohl nicht überrascht sein, denn schließlich habe ich ja auch die Tracker immer noch in meinem Körper, aber irgendetwas an diesem selbstverständlichen Eindringen in meine Privatsphäre ärgert mich.

»Natürlich.« Er sieht nicht so aus, als würde er es auch nur ein kleines bisschen bereuen. »Ich habe mir gedacht, dass er dich erneut kontaktieren würde.«

Ich atme langsam ein und erinnere mich daran, dass es sinnlos ist, mich mit ihm darüber zu streiten. »Dann weißt du auch, dass Peter uns nicht in Ruhe lassen wird, bis du ihm die Liste gegeben hast«, erwidere ich so ruhig wie möglich. »Er weiß irgendwoher, dass du sie letzte Woche von Frank bekommen hast. In seiner Nachricht stand, dass es Zeit ist, dich an dein Versprechen zu erinnern. Er wird es nicht auf sich beruhen lassen, Julian.«

»Wenn er dich per E-Mail bedroht, werde ich sichergehen, dass er uns in Ruhe lässt.« Julians Stimme wird hart. »Er weiß, dass es keinen Sinn hat, über dich zu mir durchzudringen.«

»Er hat dein Leben und mein Leben gerettet«, erinnere ich ihn zum tausendsten Mal. »Ich weiß, dass du wütend bist, weil er sich deinen Anordnungen widersetzt hat, aber hätte er das nicht getan, wärst du jetzt tot.«

»Und du hättest keine Albträume und Panikattacken.« Julians sinnliche Lippen beben. »Das geht jetzt seit sechs Wochen so und wird überhaupt nicht besser, Nora. Du schläfst kaum, isst fast nichts, und ich kann mich gar nicht daran erinnern, wann du das letzte Mal laufen warst. Er hätte dich niemals dieser Gefahr aussetzten dürfen …«

»Er hat das gemacht, was nötig war!« Ich schlage mit meinen Handflächen auf die Tischplatte und stehe auf, da ich nicht länger still dasitzen kann. »Denkst du, dass ich mich besser fühlen würde, wenn du gestorben wärst? Denkst du, dass ich keine Albträume hätte, wenn Majid uns deinen Körper stückweise zugesendet hätte? Mein kranker Kopf ist nicht Peters Schuld, also hör endlich damit auf, ihn für das ganze Schlamassel verantwortlich zu machen! Ich habe ihm die Liste versprochen, und ich möchte sie ihm geben!« Als ich den letzten Satz ausspreche, schreie ich schon, weil ich so wütend bin, dass mir Julians Laune egal ist.

Er blickt mich mit zusammengekniffenen Augen an. »Setz dich hin, Nora.« Seine Stimme klingt gefährlich sanft. »Jetzt.«

»Oder was?«, fordere ich ihn ungewöhnlich risikobereit heraus. »Oder was, Julian?«

»Willst du wirklich damit weitermachen, mein Kätzchen?«, fragt er mit leiser Stimme. Als ich ihm nicht antworte, deutet er auf meinen Stuhl. »Setz dich hin und iss das Essen auf, das Ana für dich gekocht hat.«

Ich erwidere seinen Blick einige Sekunden länger, weil ich nicht nachgeben möchte, setze mich dann aber wieder hin. Diese Welle trotziger Wut die mich so plötzlich übermannt hatte, ist verschwunden, und ich fühle mich ausgelaugt und möchte weinen. Ich hasse die Tatsache, dass Julian Kämpfe so leicht gewinnen kann und ich immer noch zu viel Angst habe, um seine Grenzen zu testen.

Zumindest, wenn es um so etwas Unwichtiges geht, wie dieses Essen zu beenden.

Wenn ich mich durchsetzen möchte, dann bei etwas Wichtigem.

Ich richte meinen Blick auf meinen Teller, nehme meine Gabel wieder zur Hand, spieße ein Stück Fisch auf und versuche, meine stärker werdende Übelkeit zu ignorieren. Mein Magen protestiert bei jedem Bissen, aber ich zwinge mich so lange zum Essen, bis ich fast meine halbe Portion verspeist habe. Julian hat in der Zwischenzeit seinen ganzen Teller geleert, da unser Streit seinen Appetit offensichtlich nicht beeinträchtigt.

»Nachtisch? Tee? Kaffee?«, fragt Ana, als sie zurückkommt, um unsere Teller abzuräumen, und ich schüttele schweigend meinen Kopf, da ich diese angespannte Mahlzeit nicht unnötig in die Länge ziehen möchte.

»Nein danke, ich möchte auch nichts, Ana«, erwidert Julian höflich. »Alles war wie immer hervorragend.«

Ana strahlt ihn erfreut an. Mir ist aufgefallen, dass Julian sie seit unserer Rückkehr häufiger lobt – dass sein Verhalten ihr gegenüber generell etwas wärmer geworden ist. Ich weiß nicht, was diesen Wandel hervorgerufen hat, aber Ana ist sehr glücklich darüber.

Rosa hat mir erzählt, dass die Haushälterin in den letzten Wochen nicht besonders gut drauf war.

Als Ana damit beginnt, den Tisch abzuräumen, steht Julian auf und kommt zu mir, um mir seinen Arm anzubieten. Ich hake mich bei ihm ein, und wir gehen schweigend nach oben. Während wir die Treppen hinaufsteigen, schlägt mein Herz immer schneller, und meine Übelkeit verstärkt sich.

Der Streit von heute Abend bestätigt das, was ich schon seit Längerem weiß: Julian wird nie Vernunft annehmen, was die Liste für Peter betrifft. Wenn ich mein Versprechen halten möchte, muss ich die Angelegenheit selbst in die Hand nehmen und es in Kauf nehmen, meinen Ehemann zu verärgern.

Auch, wenn mir allein von dem Gedanken daran noch schlechter wird.

5

Julian

Sobald wir das Schlafzimmer betreten geht Nora sich frisch machen.

Sie verschwindet im Badezimmer, während ich mich ausziehe und meine neue Freiheit ohne Gipsarm genieße. Meine linke Schulter schmerzt während des Trainings noch, aber langsam kehren meine Kraft und mein Bewegungsradius zurück. Selbst der Verlust meines Auges scheint mich nicht mehr so sehr zu stören; die Kopfschmerzen und die Sehstörungen werden mit jedem Tag weniger, und ich habe gelernt, den blinden Fleck auf meiner linken Seite dadurch auszugleichen, dass ich meinen Kopf mehr drehe.

Alles in allem fühle ich mich also wieder recht

normal – etwas, was ich von Nora nicht behaupten kann.

Jedes Mal, wenn mich ihre Schreie aufwecken, jedes Mal, wenn sie plötzlich anfängt zu hyperventilieren, baut sich in meiner Brust eine giftige Mischung aus Wut und Schuldgefühlen auf. Ich war niemals jemand, der viel über die Vergangenheit grübelt, aber ich kann gerade nichts gegen meinen Wunsch tun, irgendwie die Uhr zurückdrehen zu können, die ungewollten Konsequenzen meiner kranken Entscheidungen rückgängig zu machen.

Nora wieder zurückzubekommen – meine Nora.

Einige Minuten später kommt sie geduscht und in einen weißen Fleecebademantel gehüllt aus dem Badezimmer. Ihre weiche Haut leuchtet von dem heißen Wasser, und ihr langes dunkles Haar ist wirr auf ihrem Kopf aufgetürmt, was ihren schlanken Hals freilegt.

Ein Hals, der durch ihren Gewichtsverlust langsam viel zu zart, fast schon zerbrechlich aussieht.

»Komm her, Baby«, flüstere ich und klopfe neben mir auf das Bett. Ich hatte vorgehabt, sie für ihre Explosion beim Abendessen zu bestrafen, aber alles, was ich jetzt möchte, ist, sie festzuhalten. Also sie zu nehmen und sie festzuhalten, aber der Sex kann erst einmal warten.

Sie kommt auf mich zu, und ich strecke mich nach ihr aus, sobald sie in meiner Reichweite ist. Sie fühlt sich beunruhigend leicht an, als ich sie auf meinen

Schoß ziehe, und ihre Augenringe verraten wie erschöpft sie ist.

Sie ist völlig ausgelaugt, und ich weiß nicht, was ich machen soll. Der Therapeut, den ich vor drei Wochen auf das Anwesen gebracht habe, scheint nutzlos zu sein, und Nora weigert sich, die Medikamente zu nehmen, die der Arzt ihr gegen ihre Angstzustände verschrieben hat. Ich könnte sie natürlich zwingen, sie zu nehmen, aber ich misstraue den Tabletten selbst. Auf gar keinen Fall möchte ich, dass Nora von ihnen abhängig wird.

Das Einzige, was ihr zu helfen scheint – zumindest zeitweilig –, ist der Gefühlsausbruch durch sexuellen Schmerz. Es ist etwas, was sie jetzt braucht, etwas, um was sie mich fast jede Nacht anbettelt.

Mein Kätzchen ist genauso abhängig davon, Schmerzen zu erfahren, wie ich es bin, diese zuzufügen – und diese Entwicklung gefällt mir und zerstört mich gleichzeitig.

»Du hast wieder kaum etwas gegessen«, sage ich sanft und schiebe sie auf meinen Knien zurecht. Ich greife nach oben, befreie ihr Haar von der Spange, die es hochhält, und sehe dabei zu, wie die dunkle Masse in einem dicken, glänzenden Teppich ihren Rücken hinunterfällt. »Warum nicht, Baby? Stimmt etwas mit Anas Art und Weise, zu kochen, nicht?«

»Was? Nein…«, beginnt sie zu sagen, aber danach verbessert sie sich. »Na ja, vielleicht. Ich mochte die Suppe heute nicht. Sie war zu reichhaltig.«

»Ich werde Ana bitten, sie nicht mehr zu kochen.«

Ich erinnere mich mit absoluter Sicherheit daran, dass Nora die Suppe schon andere Male gegessen hat und sie bis jetzt immer mochte, aber ich werde sie jetzt nicht daran erinnern. Mir ist es egal, was sie isst, solange sie gesund bleibt.

»Und bitte sage ihr nicht, dass ich mich beschwert habe.« Noras Blick ist besorgt. »Ich möchte sie nicht vor den Kopf stoßen.«

»Natürlich nicht.« Ich kann mir ein Lächeln nicht völlig verkneifen. »Ich werde dein Geheimnis mit ins Grab nehmen, versprochen.«

Ein Lächeln erscheint auf ihrem Gesicht, erleuchtet ihre Züge, und ich spüre, wie ein Großteil der Spannung zwischen uns verschwindet. »Danke«, flüstert sie und blickt mich an. Dann legt sie eine ihrer kleinen Hände auf meine Schulter und die andere in meinen Nacken, schließt die Augen und drückt ihre weichen Lippen auf meine.

Ich atme scharf ein, und mein Körper spannt sich durch die plötzlich aufkeimende Lust an. Ihr Atem ist süß mit einer Minznote, und ihr leichter Körper liegt warm in meinen Armen. Ich kann ihre schlanken Finger auf meiner Haut spüren, rieche ihren zarten Duft, und meine Wirbelsäule prickelt mit wachsendem Hunger, als mein Geschlecht sich an der Wölbung ihres Pos verhärtet.

Diesmal allerdings wird mein Hunger nicht von dem Bedürfnis begleitet, ihr wehzutun. Stattdessen ist er voller Zärtlichkeit. Die dunkleren Impulse sind da, aber sie werden davon überschattet, dass ich mir ihrer

Zerbrechlichkeit vollkommen bewusst bin. Heute Nacht will ich sie noch stärker beschützen als sonst, will die Wunden heilen die sie niemals erhalten haben sollte. Ich möchte ihr Held sein, ihr Retter.

Für eine Nacht möchte ich der Ehemann ihrer Träume sein.

Ich schließe die Augen, konzentriere mich auf ihren Geschmack und auf die Art und Weise, wie ihre Atmung sich verändert, als ich den Kuss vertiefe. Darauf, wie ihr Kopf nach hinten fällt und ihr Körper an meinem schmilzt, ihre Fingernägel sanft meine Kopfhaut kratzen, als ihre Hand in mein Haar gleitet. Sie ist meine Welt, mein Ein und Alles, und ich will sie so sehr, dass es schmerzt.

Sie ist immer noch in ihren Fleecebademantel gehüllt, dessen Stoff ich weich auf meinen nackten Oberschenkeln und meinem Geschlecht spüre. So gut sich das auch anfühlt, ich weiß, dass sich ihr nacktes Fleisch noch besser anfühlt, und greife mir ihren Gürtel, um ihn aufzuziehen. Gleichzeitig hebe ich meinen Kopf an und öffne die Augen, um sie anzuschauen.

Als der Knoten ihres Gürtels sich löst, öffnet sich ihr Bademantel und gibt den Blick auf ein Stück glatte, gebräunte Haut frei. Ich kann die Innenseite ihrer Brüste sehen und ihren straffen, flachen Bauch, der Rest ist noch bedeckt.

Es ist ein sehr erotischer Anblick, besonders weil sich ihr Brustkorb in einem schnellen und keuchenden Rhythmus hebt und senkt, während sie atmet. Ihre

Lippen sind von dem Kuss gerötet, und ihre Haut ist leicht erhitzt.

Mein Kätzchen ist erregt.

Als würde sie meinen Blick auf sich spüren, öffnet sie ihre Augen mit einem Aufschlag ihrer langen Wimpern. Unsere Blicke treffen sich, und das schmerzhafte Bedürfnis, sie zu nehmen, wächst weiter in mir an. Es ist ein Gefühl, das sich von der aufsteigenden Lust, die durch meinen Körper zieht, unterscheidet, ein komplexes Verlangen, das sich über mein normales Begehren gelegt hat.

Eine Sehnsucht, die mir mit ihrer Intensität Angst macht.

»Sage mir, dass du mich liebst.« Plötzlich muss ich es von ihr hören. »Sage es mir, Nora.«

Sie blinzelt nicht. »Ich liebe dich.«

Meine Arme schließen sich fester um sie. »Noch einmal.«

»Ich liebe dich, Julian.« Sie erwidert meinen Blick mit ihren sanften dunklen Augen. »Mehr als alles andere auf der Welt.«

*Scheiße.* Meine Brust verengt sich, und der Schmerz wird stärker, anstatt abzuebben. Es ist zu viel, aber trotzdem nicht genug.

Ich beuge meinen Kopf nach unten und nehme ihre Lippen erneut in Besitz, lege alle diese Dinge, die ich nicht aussprechen kann, in diesen Kuss. Ich spüre, wie ihre Atmung flacher wird, und ich weiß, dass ich sie zu fest halte, aber ich kann es nicht ändern. Dieses überwältigende Verlangen ist mit einer eigenartigen, irrationalen Angst vermischt.

Der Angst, sie zu verlieren. Der Angst, sie könnte mir entgleiten wie ein wunderschöner, flüchtiger Traum.

Nein. Ich beuge meinen Kopf noch ein Stück weiter nach unten, um tiefer in ihren Mund eindringen zu können, bis ihr Geschmack und ihr Duft mich aufnehmen und die Schatten vertreiben. Sie wird mir nicht entgleiten. Das werde ich nicht zulassen. Sie ist echt, und sie gehört mir. Ich küsse sie, bis wir beide nach Luft schnappen müssen, bis die Angst in mir abnimmt, durch die glühende Hitze weggebrannt wird.

Danach liebe ich sie, so zärtlich ich kann.

Als ich einige Zeit später einschlafe, liegt Nora sicher eingehüllt in meinen Armen.

6

ora

Ich muss meine ganze Willenskraft aufbringen, um wach zu bleiben, als ich Julians gleichmäßiges Atmen höre, welches mir signalisiert, dass er schläft. Meine Augenlider fühlen sich schwer an, und mein Körper ist durch Erschöpfung und sexuelle Befriedigung lethargisch. Ich möchte einfach nur noch meine Augen schließen und mich von der angenehmen Dunkelheit, die mich umgibt verschlucken lassen, aber das geht nicht.

Zuerst habe ich noch etwas zu erledigen.

Ich warte, bis ich mir sicher bin, dass Julian schläft, bevor ich mich vorsichtig aus seiner Umarmung winde. Zu meiner Erleichterung regt er sich nicht, während ich aufstehe und mir den Bademantel nehme, der, während wir Sex hatten, auf den Boden gefallen ist.

Leise ziehe ich ihn mir über und gehe barfuß ins Badezimmer. Mein Magen hat immer noch mit dem Abendessen zu kämpfen, wird andauernd von Übelkeitswellen heimgesucht, und ich muss mehrere Male schlucken, damit das Essen unten bleibt.

Wahrscheinlich ist es keine besonders gute Idee, es genau dann zu machen, wenn mir übel ist. Das weiß ich – ich weiß aber auch, dass mir vielleicht der Mut dazu fehlen wird, wenn ich es auf ein anderes Mal verschiebe. Und ich muss es machen. Ich muss mein Versprechen halten, meine Schulden bei Peter begleichen. Das ist wichtig für mich. Ich möchte nicht das Mädchen sein, das nichts allein entscheiden kann, die Ehefrau, die immer im Schatten ihres Ehemanns steht.

Ich will nicht für den Rest meines Lebens Julians kleines Kätzchen sein.

Während ich mir Wasser ins Gesicht spritze, atme ich einige Male tief durch, um meine Übelkeit zu besänftigen, und gehe dann zurück ins Schlafzimmer. Der Lichtschutz ist nur einen kleinen Spalt breit geöffnet, aber heute Nacht ist Vollmond, weshalb die Beleuchtung für mich ausreicht, um meinen Weg zu sehen.

Mein Ziel ist die Kommode, auf der sich Julians Laptop befindet. Er bringt den Rechner nicht immer mit ins Schlafzimmer, aber heute Nacht hat er es getan – ein weiterer Grund dafür, meinen Plan nicht zu verschieben.

Der Plan als solcher ist mehr als einfach. Ich werde den Laptop nehmen, mir Zugriff auf Julians E-Mails verschaffen und Peter die Liste schicken. Sollte alles gut gehen, wird Julian eine Zeit lang nichts davon erfahren. Und wenn er es dann erfährt, wird es zu spät sein. Ich werde meine Schulden bei Julians ehemaligem Sicherheitsberater beglichen haben, und mein Gewissen wird rein sein.

So rein es eben sein kann, wenn man weiß, dass Peter die Menschen auf der Liste auf erschreckende Art und Weise umbringen wird.

Nein, denke nicht darüber nach. Ich erinnere mich daran, dass diese Menschen verantwortlich für den Tod von Peters Frau und Sohn sind. Sie sind keine unschuldigen Zivilisten, und ich sollte auch nicht so über sie denken.

Das Einzige, worüber ich mir momentan Sorgen machen sollte, ist, die Liste zu Peter zu schicken, ohne Julian zu wecken.

Ich durchquere so leise wie möglich den Raum, während mein Herz in meiner Brust hämmert. Als ich die Kommode erreiche, halte ich inne und lausche.

Alles ist ruhig. Julian muss schlafen.

Ich beiße mir auf die Lippen, strecke mich nach dem Laptop aus und nehme ihn in die Hand. Danach halte ich erneut inne, um zu lauschen.

Im Raum ist immer noch alles still.

Ich atme langsam aus und gehe, mit dem Laptop an die Brust gedrückt, zum Badezimmer zurück. Als ich dort ankomme, schlüpfe ich hinein, schließe die Tür hinter mir ab und setze mich auf die Kante des Whirlpools.

So weit, so gut. Ich ignoriere das Zusammenziehen meines Magens und öffne den Laptop.

Eine Passwortabfrage poppt auf.

Ich atme erneut tief ein und bekämpfe meine sich verschlimmernde Übelkeit. Das hatte ich erwartet. Julian ist paranoid, was Sicherheitsmaßnahmen betrifft, und ändert sein Passwort mindestens einmal pro Woche. Das letzte Mal hat er es am Tag nach der E-Mail mit der Liste von Frank, Julians Kontakt bei der CIA, geändert.

Julian hat ein neues Passwort gewählt, als ich schon meinen Plan ausbrütete – und ich habe sichergestellt, dass er es tat, als ich dabei war. Natürlich habe ich nicht auf den Laptop gestarrt. Das wäre zu auffällig gewesen. Stattdessen habe ich ihn mit meinem Smartphone gefilmt, während ich so tat, als würde ich meine E-Mails checken.

Und wenn ich seinen aufgezeichneten Tastenanschlag richtig deute …

Ich halte die Luft an, gebe »NML_#042160« ein und drücke auf Enter.

Der Computerbildschirm blinkt … und ich bin drin.

Ich atme erleichtert auf. Jetzt muss ich nur noch die E-Mail von Frank finden, den Anhang öffnen, mich in meinen eigenen E-Mail-Account einloggen und die

Liste an dieselbe E-Mail-Adresse schicken, von der aus Peter mir geschrieben hat.

Das sollte einfach sein, besonders dann, wenn ich mein Abendessen bei mir behalten kann.

»Nora?« Ein Klopfen erschreckt mich dermaßen, dass ich fast den Computer fallenlasse. Meine Lungen ziehen sich aus lauter Panik zusammen und ich starre auf die Tür.

Julian klopft erneut. »Nora, Baby, geht es dir gut?«

Er weiß nicht, dass ich seinen Laptop habe. Diese Erkenntnis befreit meine Lungen aus ihrer Enge.

»Ich bin nur auf der Toilette«, rufe ich und hoffe dabei, dass Julian nicht hört, dass meine Stimme durch meinen Adrenalinrausch zittert. Gleichzeitig öffne ich Julians E-Mail-Programm und suche nach Franks Namen. »Ich bin gleich wieder zurück.«

»Natürlich, Baby, lass dir Zeit.« Die Worte werden von dem Geräusch sich entfernender Schritte begleitet.

Ich atme erleichtert aus. Ich habe noch ein paar Minuten Zeit.

Ich beginne, die E-Mails zu überfliegen, die das Wort »Frank« beinhalten. Es gibt über ein Dutzend von letzter Woche, aber diejenige, nach der ich suche, sollte einen Anhang haben … Ja! Da ist sie. Ich öffne sie schnell.

Es gibt eine Tabelle mit Namen und Adressen. Ich überfliege sie automatisch. Sie umfasst über ein Dutzend Zeilen, und die Adressen umfassen einige Städte in Europa und weitere in Amerika. Eine sticht mir besonders in Auge: Homer Glen, Illinois.

Das liegt in der Nähe von Oak Lawn, meiner Heimatstadt. Weniger als fünfundvierzig Minuten vom Haus meiner Eltern entfernt.

Erschrocken lese ich den Namen neben der Adresse.

*George Cobakis.*

Zum Glück ist es niemand, den ich kenne.

»Nora?« Julians Stimme ist zurück, und ich bekomme Herzklopfen durch die angespannte Note in seiner Stimme. Seine nächsten Worte bestätigen meine Befürchtung. »Nora, hast du meinen Computer?«

»Was? Warum?« Ich hoffe, ich höre mich nicht so schuldbewusst an, wie ich mich fühle. *Scheiße. Scheiße, scheiße, scheiße.* Frenetisch sichere ich die Liste auf dem Desktop und öffne einen neuen Browser.

»Weil mein Laptop verschwunden ist.« Seine Stimme ist angespannt, wie immer, wenn er wütend wird. »Hast du ihn bei dir im Badezimmer?«

»Was? Nein!« Sogar ich kann an meiner Stimme hören, dass ich lüge. Meine Hände beginnen zu zittern, aber ich öffne die Gmail-Seite und gebe meinen Benutzernamen und mein Passwort ein.

Die Türklinke wird gedrückt. »Nora, öffne die Tür. Jetzt sofort.«

Ich antworte nicht. Meine Hände zittern so stark, dass ich das Passwort falsch eingebe und es wiederholen muss.

»Nora!« Julian schlägt gegen die Tür. »Öffne diese verdammte Tür, bevor ich sie eintrete!«

Endlich bin ich in meinem Gmail-Account. Mein

Herz hämmert in meiner Brust, als ich nach der letzten E-Mail von Peter suche.

*Bang.* Die Tür erzittert unter dem starken Tritt.

Meine Übelkeit verschlimmert sich, und mein Puls rast, als ich die E-Mail endlich finde.

Bumm. Bumm. Während ich auf »antworten« drücke und die Liste anhänge, erschüttern weitere Tritte die Tür.

Bumm. Bumm. Bumm.

Ich drücke schnell auf »senden« – und die Tür fliegt aus der Angel und knallt vor mir auf den Boden.

Julian steht nackt im Türrahmen, und seine Augen sind eisblaue Schlitze in seinem wunderschönen Gesicht. Seine kräftigen Hände sind zu Fäusten geballt, seine Nasenlöcher beben, und auf seinen Wangen sehe ich rote Flecken.

Er ist überwältigend und angsteinflößend wie ein zorniger Erzengel.

»Gib mir den Laptop, Nora.« Seine Stimme ist beängstigend ruhig. »Jetzt.«

Galle steigt in meinem Hals auf und ich muss krampfhaft schlucken. Ich stehe auf, gehe mit zitternden Beinen zu ihm und gebe ihm den Computer.

Er nimmt ihn mir mit einer Hand ab, und bevor ich zurückweichen kann, schlingt er seine andere um mein rechtes Handgelenk, um mich festzuhalten.

Er schaut auf den Bildschirm.

Ich kann den genauen Moment erkennen, in dem er versteht, was ich getan habe.

»Du hast sie ihm geschickt?« Er stellt den Laptop auf den Badezimmerschrank, greift nach meinem anderen Arm und zieht mich näher zu sich heran. Seine Augen funkeln zornig. »Du hast sie zu ihm geschickt?« Er schüttelt mich hart, und seine Finger krallen sich in meine Haut.

Mein Magen dreht sich um, und ich werde von einer Übelkeitswelle übermannt. »Julian, lass los …«

Ich reiße mich mit verzweifelter Kraft von ihm los und renne zur Toilette, die ich gerade so erreiche bevor ich mich übergebe.

~

»Wie lange hast du diese Übelkeit schon?« Dr. Goldberg misst meinen Puls, während ich im Bett liege und Julian wie ein eingesperrter Jaguar im Zimmer hin und her läuft.

»Ich weiß es nicht«, sage ich und verfolge mit meinen Augen Julians Bewegungen. Er hat sich jetzt ein T-Shirt und eine Jeans angezogen, aber ist immer noch barfuß. Jeder seiner Muskeln ist angespannt, genauso wie sein Kiefer, während er vor dem Bett im Kreis läuft.

Er ist entweder immer noch wütend auf mich oder extrem besorgt um mich. Ich nehme an, es ist eine Mischung aus beidem. Nur wenige Minuten, nachdem ich mich übergeben musste, war der Arzt schon in unserem Schlafzimmer und ich wurde aufs Bett gelegt.

Das erinnert mich daran, wie schnell er reagiert hat,

als ich die Blinddarmentzündung auf der Insel bekommen hatte.

»Ich denke, ich habe einfach etwas Falsches gegessen oder mir einen Virus eingefangen«, sage ich und wende meine Aufmerksamkeit wieder dem Arzt zu. »Meine Übelkeit hat während des Abendessens angefangen.«

»Okay.« Dr. Goldberg nimmt eine in Plastik eingeschweißte Nadel mit einem Schlauch, welcher zu einer Phiole führt. »Darf ich?«

»Natürlich.« Ich bin nicht besonders scharf darauf, dass er mir Blut abnimmt, aber ich habe den Eindruck, dass Julian eine Weigerung nicht akzeptieren würde. »Bitte.«

Der Arzt findet eine Vene in meinem Arm und lässt die Nadel hineingleiten, während ich wegschaue. Mir ist immer noch leicht schlecht, und ich will die Stärke meines Magens nicht durch den Anblick von Blut überstrapazieren.

»Fertig«, sagt er nach einem Augenblick, entfernt die Nadel und wischt mit einem alkoholgetränkten Wattebausch über meine Haut. »Ich werde einige Tests durchführen und Ihnen dann Bescheid sagen, sobald ich etwas herausgefunden habe.«

»Sie ist außerdem ständig müde«, sagt Julian mit leiser Stimme und bleibt neben dem Bett stehen. Er schaut mich dabei nicht an, was mich ein wenig ärgert. »Und sie schläft schlecht wegen der Albträume.«

»In Ordnung.« Der Arzt steht mit seiner Phiole in

der Hand auf. »Ich muss das Blut in mein Labor bringen. In einer Stunde bin ich zurück.«

Er eilt aus dem Zimmer, und Julian setzt sich zu mir aufs Bett und blickt mich an. Sein Gesicht ist ungewöhnlich blass, und seine Stirn ist gerunzelt. »Warum hast du mir nicht gesagt, dass dir schlecht war, Nora?«, fragt er ruhig und streckt sich aus, um meine Hand in seine zu nehmen. Seine Finger fühlen sich auf meiner Handfläche warm an, und sein Griff ist zärtlich, obwohl ich seine Aufgewühltheit spüren kann.

Ich blinzele erstaunt. Ich dachte, er würde mich zu Peters Liste befragen und nicht zu meinem Gesundheitszustand. »So schlimm war es beim Abendessen noch nicht«, erwidere ich vorsichtig. »Nachdem ich mich geduscht hatte und wir … na ja, du weißt schon, ging es mir besser.« Ich deute mit einer Handbewegung Richtung Bett.

»Wir Sex hatten?« Julians Gesichtsausdruck entspannt sich leicht, und in seinen Augen flackert unerwartete Belustigung auf.

»Genau.« Hitze steigt in meinem Körper auf, als seine Worte Erinnerungen in mir hochkommen lassen. Offensichtlich bin ich nicht zu krank, um erregt zu werden. »Danach habe ich mich besser gefühlt.«

»Ich verstehe.« Julian betrachtet mich nachdenklich, während er die Innenseite meines Handgelenks mit seinem Daumen streichelt. »Und da es dir wieder so gut ging, hast du dir gedacht, du hackst dich in meinen Computer ein?«

Und hier ist es. Das Thema, auf das ich gewartet

hatte. Nur dass Julian nicht mehr ganz so wütend zu sein scheint wie zuvor, seine Berührung ist beruhigend, und nicht bestrafend.

Es sieht so aus, als würde die Lebensmittelvergiftung – oder was immer ich habe – auch positive Nebeneffekte mit sich bringen.

Ich lächele ihn vorsichtig an. »Also, ja. Ich nahm an, diese Gelegenheit sei genauso gut wie jede andere.« Ich halte mich nicht damit auf, mich zu entschuldigen oder meine Handlung zu leugnen. Das hat keinen Sinn. Es ist geschehen. Ich habe meine Schulden bei Peter bezahlt.

»Woher wusstest du mein Passwort?« Julians Daumen bewegt sich weiterhin in kreisenden Bewegungen über mein Handgelenk. »Ich habe es dir niemals gesagt.«

»Ich habe dich gefilmt, als du es vor einigen Tagen geändert hast. Nachdem ich herausgefunden hatte, dass Frank dir die Liste geschickt hat.«

Julians Mundwinkel zucken kaum wahrnehmbar. »Das habe ich mir gedacht. Ich habe mich gewundert, weshalb du an dem Tag so sehr mit deinem Telefon beschäftigt warst.«

Ich befeuchte meine Lippen. »Wirst du mich bestrafen?« Julian sieht im Moment eher amüsiert als verärgert aus, aber ich kann mir nicht vorstellen, dass er mich einfach so damit davonkommen lässt.

»Natürlich, mein Kätzchen.« Es ist keine Spur eines Zögerns aus seiner Stimme herauszuhören.

Mein Puls wird schneller. »Wann?«

»Wann es mir passt.« Seine Augen leuchten, als er meine Hand loslässt. »Hättest du gerne etwas zu trinken oder etwas anderes?«

»Ein paar Kräcker und Kamillentee wären schön«, erwidere ich automatisch, während ich ihn weiter anblicke. Ich hatte es natürlich erwartet, aber ich kann trotzdem nichts dagegen tun, dass ich Angst habe.

»Ich werde dir die Sachen holen.« Julian steht auf. »Ich bin gleich wieder zurück.«

Er verschwindet durch die Tür, und ich schließe die Augen, da meine Müdigkeit durch meinen Adrenalinabfall zurückkommt. Vielleicht kann ich noch ein wenig schlafen, bevor Julian zurückkommt …

Ich werde durch ein Klopfen an der Tür aufgeschreckt und setze mich schnell hin. »Ja?«

»Nora, hier ist David Goldberg. Kann ich hereinkommen?«

»Natürlich.« Ich lege mich wieder hin, da mein Herz noch rast. »Sind Sie schon fertig mit den Tests?«, frage ich, als der Arzt den Raum betritt.

»Ja.« Er hat einen eigenartigen Gesichtsausdruck als er neben meinem Bett stehenbleibt. »Nora, Sie sind in letzter Zeit recht müde gewesen, stimmt's? Und ungewöhnlich gestresst?«

»Ja.« Ich runzele die Stirn und beginne, mir Sorgen zu machen. »Warum?«

»Sind Ihnen auch noch andere Dinge aufgefallen? Stimmungsschwankungen? Untypische Essensgelüste oder Abneigungen? Vielleicht Spannungen in den Brüsten?«

Ich blicke ihn an, und mein Brustkorb verengt sich. »Was möchten Sie mir sagen?« Die Symptome, die er aufgezählt hat – er kann doch nicht meinen …

»Nora, die Bluttests die ich durchgeführt habe zeigen einen hohen Anteil an HCG-Hormonen«, erklärt Dr. Goldberg ruhig. »Sie sind schwanger.« Er macht eine Pause und fügt ruhig hinzu: »Wenn man den Zeitpunkt bedenkt, zu dem Ihr Implantat entfernt wurde, wäre meine Schätzung, dass Sie sich etwa in der sechsten Schwangerschaftswoche befinden.«

 Julian

MIT EINEM TABLETT MIT KRÄCKERN UND TEE steige ich die Treppen zum Schlafzimmer hinauf. Ich sollte wütend auf Nora sein, aber stattdessen sind meine Sorgen um sie mit einem Hauch von Bewunderung vermischt.

Sie hat sich mir widersetzt. Sie hat sich ins Badezimmer eingeschlossen, sich in meinen Computer gehackt und eine Schuld beglichen, von der sie glaubte, sie begleichen zu müssen. Sie musste gewusst haben, dass sie erwischt werden würde, aber trotzdem hat sie es getan – und ich kann nichts dagegen tun, sie dafür zu bewundern.

Ich hätte an ihrer Stelle das Gleiche getan.

Zurückblickend muss ich sagen, ich hätte es voraussehen müssen. Sie hatte darauf bestanden, Peter die Liste zuzuschicken, also ist es nicht überraschend, dass sie allein gehandelt hat. Von Anfang an habe ich eine ruhige, unnachgiebige Stärke bei ihr gespürt, einen Stahlkern, der im Widerspruch zu ihrer zarten Erscheinung steht.

Mein Kätzchen mag die meiste Zeit folgsam sein, aber nur, weil sie clever genug ist, ihre Schlachten sorgfältig auszuwählen – und es hätte mir klar sein müssen, dass sie sich für diese entscheiden würde.

Als ich fast am Schlafzimmer angekommen bin, höre ich Stimmen und erkenne Goldbergs leicht nasalen Einschlag.

Er ist mit den Resultaten zurück, und Nora hört sich aufgebracht an.

*Scheiße.* Angst, eisig und scharf, durchfährt mich. Wenn es etwas Ernstes ist, wenn sie wirklich krank ist … Ich beeile mich und bin nach zwei großen Schritten bei der Tür. Tee schwappt über den Rand der Tasse, aber ich bemerke das kaum, da meine Aufmerksamkeit Nora gilt.

Ich nehme das Tablett in eine Hand, schiebe mit der anderen die Tür auf und trete ein.

Sie sitzt auf ihrem Bett, und ihre Augen sehen in ihrem blassen Gesicht riesig aus, als Goldberg sagt: »Ich befürchte es ist möglich …«

Mein Herz gefriert. »Was ist möglich?«, frage ich scharf. »Was stimmt nicht mit ihr?«

Goldberg dreht sich herum und schaut mich an.

»Ah, Sie sind da.« Er hört sich erleichtert an. »Ich habe gerade Ihrer Frau erklärt, dass die Pille danach nur eine Wirksamkeit von fünfundneunzig Prozent hat, wenn sie innerhalb der ersten 24 Stunden genommen wird, und auch wenn die Wahrscheinlichkeit einer Empfängnis wegen der erst kürzlichen Entfernung des Verhütungsimplantats sehr gering war, besteht trotzdem die Möglichkeit einer Schwangerschaft …«

»Schwangerschaft?« Ich habe den Eindruck, dass er in einer fremden Sprache mit mir spricht. »Wovon reden Sie?«

Goldberg seufzt und sieht müde aus. »Julian, Nora ist in der sechsten Schwangerschaftswoche. Es sieht so aus, als habe die Pille danach nicht gewirkt.«

Ich starre ihn ungläubig an, und er sagt: »Ich weiß, das ist nicht leicht zu verarbeiten. Warum besprechen Sie das nicht in Ruhe unter vier Augen, und ich werde alle Ihre möglichen Fragen morgen früh beantworten? Jetzt wäre es am besten, wenn Nora sich ein wenig ausruhen würde. Stress ist nicht gut in ihren Umständen.«

Ich nicke, da ich immer noch nicht sprechen kann, und er verabschiedet sich schnell, um Nora und mich allein zu lassen.

Nora sitzt da wie eine Wachspuppe, ihr Gesicht ist fast so weiß wie der Bademantel, den sie trägt.

Heiße Flüssigkeit läuft über meine Hand und verbrennt mich, bevor mir auffällt, dass ich das Tablett in meiner Hand völlig vergessen habe. Durch den

Schmerz bekomme ich einen klaren Kopf und kann Goldbergs Worte endlich verarbeiten.

Nora ist schwanger.

Nicht krank. Schwanger.

Die eisige Angst verschwindet und wird durch ein neues, völlig fremdartiges Gefühl ersetzt.

Ich stelle das Tablett mit der halb vollen Teetasse auf den Nachttisch, setze mich neben meine Frau und nehme ihre kleinen Handflächen in meine Hände. »Nora.« Ich ziehe an ihren Händen, damit sie mich anschaut, und bemerke an ihrem ausdruckslosen und entfernten Blick, dass sie immer noch zutiefst erschüttert ist. »Nora, Baby, rede mit mir.«

Sie blinzelt, so als würde sie wieder zu sich kommen, und ihre Hände zucken in meinem Griff. Ich lasse sie gehen und sehe ihr dabei zu, wie sie sich zurückzieht, ihre Knie an die Brust zieht und ihre Arme um ihre Beine schlingt. Ihr Blick trifft auf meinen, und wir blicken uns eine ganze Weile in die Augen.

»Hast du das getan?«, fragt sie schließlich, und ihre Stimme ist ein angespanntes Flüstern. »Hast du Dr. Goldberg gebeten, mir ein Placebo anstatt der Pille danach zu geben? Ist das neue Implantat in meinem Arm eine Attrappe?«

»Nein.« Ich bin nicht einmal wütend über ihre Anschuldigungen. Wenn ich gewollt hätte, dass sie schwanger wird, hätte ich in Betracht gezogen, etwas Derartiges zu tun, und Nora ist clever genug das zu wissen. »Nein, mein Kätzchen. Es ist genauso ein Schock für mich wie für dich.«

Sie nickt, und ich weiß, dass sie mir glaubt. Ich habe keinen Grund, sie anzulügen. Sie gehört mir und muss das tun, was ich möchte. Hätte ich sie absichtlich geschwängert, würde ich es nicht abstreiten.

»Komm her«, flüstere ich und strecke mich nach ihr aus. Sie bleibt steif, als ich sie zu mir heranziehe, aber ich ignoriere ihren Widerstand. Ich muss sie festhalten, sie in meinen Armen spüren. Ihr Haar kitzelt mich an meinem Kinn, als ich sie auf meinen Schoß hebe, und ich atme den Duft mit geschlossenen Augen ein.

Nora ist nicht krank.

Sie trägt mein Kind in sich.

Das Ganze ist surreal, unnatürlich. Sie fühlt sich in meinen Armen so winzig an, kaum größer als ein Kind. Und trotzdem wird sie eine Mutter sein – und ich ein Vater.

Ein Vater wie der Mann, der mich erschaffen hat und mich zu dem geformt hat, was ich heute bin.

Ungewollt kommt eine alte Erinnerung in mir hoch.

»Fang!« Er wirft mir lachend den Ball zu. Ich springe, um ihn zu fangen, und meine fünf Jahre alten Hände schließen sich um ihn, ergreifen ihn mitten in der Luft.

»Ich habe ihn!« Ich bin so stolz auf mich, so glücklich. »Vater, ich habe ihn beim ersten Versuch gefangen!«

»Gut gemacht, Sohn.« Er grinst mich an, und in

diesem Moment liebe ich ihn. Sein Lob bedeutet mir mehr als alles andere auf der Welt. Ich vergesse die häufigen Schläge seines Gürtels, die ganzen Male, die er mich angeschrien hat und mich nutzlos genannt hat.

*Er ist mein Vater, und in diesem Moment liebe ich ihn.*

Ich reiße meine Augen auf und blicke ausdruckslos die Wand an während ich Nora immer noch festhalte. Ich kann nicht glauben, diesen Mann jemals geliebt zu haben. Er ist so lange das Objekt meines Hasses gewesen, dass ich solche Momente völlig vergessen hatte.

Ich hatte vergessen, dass er mich manchmal auch glücklich gemacht hat.

Würde ich mein Kind glücklich machen? Oder würde er oder sie mich hassen? Ich habe Nora gesagt, dass ich ein grauenhafter Vater wäre, aber ich weiß nicht, ob das wirklich der Wahrheit entspricht. Zum ersten Mal stelle ich mir vor, wie ich ein Neugeborenes halte, mit einem pausbäckigen Kleinkind spiele und einem fünf Jahre alten Kind das Schwimmen beibringe … Diese Bilder kommen wie von allein in meinen Kopf und erfüllen mich mit einer beunruhigenden Mischung aus Angst und Sehnsucht.

Mit einem Wunsch nach etwas, von dem ich nicht gewusst hatte, dass ich es wollte.

Ein unterdrücktes Schluchzen schreckt mich auf, und ich bemerke, dass es von Nora kommt.

Sie weint, und ihr schlanker Körper zittert in meinen Armen. Ich kann die Nässe ihrer Tränen auf meinem Hals spüren, und sie brennt wie Säure.

Einen Moment lang hatte ich vergessen, dass sie dieses Kind nicht möchte.

Wie sehr sie kein Kind mit mir möchte.

»Schscht, mein Kätzchen.« Diese Worte klingen gröber, als ich es wollte, aber ich kann nichts daran ändern. Die unangenehme Enge in meiner Brust ist zurück, und mit ihr der irrationale Drang, ihr Schmerzen zuzufügen. Ich kämpfe dagegen an und sage in einem sanfteren Ton: »Das ist nicht das Ende der Welt, glaube mir.«

Sie beruhigt sich, verstummt einen Moment lang, aber dann erzittert ihr Körper erneut durch ein Schluchzen. Und noch einmal.

Ich kann das nicht mehr ertragen. Ihr Elend fühlt sich an, als würde mir jemand ein heißes Messer in die Seite stechen – quälend und unerträglich.

Ich schiebe meine Hand in ihr Haar, schließe meine Faust um ihre seidigen Strähnen, ziehe ihren Kopf nach hinten und zwinge sie dazu, mich anzuschauen. Ihre Augen sind groß und entsetzt, als sich unsere Blicke treffen. Ich kann die Tränen auf ihren Wimpern glitzern sehen, und dieser Anblick steigert meine Wut, weckt das Untier in mir.

Ihre Lippen zittern, öffnen sich, als würde sie etwas sagen wollen, aber ich beuge meinen Kopf nach unten und verschlucke ihre Worte mit einem tiefen, harten Kuss. Lust, scharf und überwältigend, fließt durch meine Adern, versteift mein Geschlecht und benebelt mein Gehirn. Ich will sie, und ich will sie gleichzeitig bestrafen. Ich kann spüren, wie sie sich mir widersetzt, das Salz ihrer Tränen schmecken, und es heizt mich an, verstärkt meinen perversen Hunger.

Ich weiß nicht, wie wir auf dem Bett enden, auf dem sie hilflos neben mir ausgestreckt liegt, aber die Bekleidung, die wir tragen ist eine untolerierbare Barriere, die ich wegreißen muss. Ich fühle mich gerade eher wie ein Tier als wie ein Mann. Meine Finger schließen sich um ihre Handgelenke, führen sie beide in meine linke Hand, und meine Knie stoßen zwischen ihre Oberschenkel, um sie rau zu öffnen.

Ich kann Noras Betteln hören, damit aufzuhören, aber ich kann nicht. Mein Bedürfnis, sie zu besitzen, brennt wie Feuer unter meiner Haut, versengt alle rationalen Überlegungen. Ich ergreife mein Geschlecht mit meiner freien Hand, führe es zu ihrer Öffnung und dringe mit einem tiefen Stoß in sie ein, um ihren Körper in Besitz zu nehmen, genauso wie ich ihr Herz und ihre Seele besitzen möchte.

Sie fühlt sich um mich so klein und eng an, ihre Muskeln verkrampfen sich verzweifelt, um mein Eindringen zu verhindern, aber dieser Druck verstärkt meinen gewalttätigen Drang, sie zu nehmen, nur noch mehr. Ihr Widerstand treibt mich in den Wahnsinn, bringt mich dazu, sie noch härter zu nehmen, sie mit meinem Geschlecht zu verprügeln, während ich sie mit meinem Körper festhalte. Jeder Stoß ist ein gnadenloser Besitzanspruch, eine brutale Eroberung dessen, was mir schon lange gehört. Ich nehme sie gefühlte Stunden und verspüre nichts als den übermächtigen Hunger, der in mir brodelt.

Der Lustnebel verschwindet erst langsam wieder, als ich schwer atmend nach meinem explosiven Orgasmus auf ihr kollabiere und mir klar wird, was ich getan habe.

Ich gebe ihre Handgelenke frei, stütze mich auf meinen Ellenbogen auf und schaue sie an, ohne mein Geschlecht aus ihr zu entfernen. Sie liegt mit fest zusammengekniffenen Augen und blassem Gesicht unter mir. Ich kann verschmiertes Blut auf ihrer Unterlippe sehen. Ich habe sie entweder mit meinen Zähnen aufgeschnitten oder sie hat sich vor Schmerzen daraufgebissen.

Während ich sie anschaue, öffnet sie langsam ihre Augen, erwidert meinen Blick … und zum ersten Mal seit Jahrzehnten schmecke ich das bittere Aroma von Reue.

## 8

MEIN KOPF IST LEER, VÖLLIG FREI VON GEDANKEN, ALS ich Julian ansehe. Ich bekomme am Rande mit, dass er sich immer noch in mir befindet, aber das ist alles, was ich im Moment aufnehmen kann. Ich fühle mich gebrochen, zerstört, und der wunde Schmerz meines Körpers wird durch tiefen, stechenden Schmerz in meiner Seele verstärkt.

Ich weiß nicht, weshalb sich dieser harte Sex so sehr wie eine Vergewaltigung anfühlt. Warum es mich an die ersten Tage auf der Insel erinnert, als Julian mein grausamer Entführer war und nicht der Mann, den ich liebe. Vor nur wenigen Tagen hat er mich mit einer Peitsche und Nippelklemmen gefoltert, und ich habe es genossen, ihn um mehr angefleht.

Heute habe ich ihn auch angebettelt, aber nicht, weil ich mehr wollte. Ich wollte keinen Sex – nicht, wenn mein Herz wegen des kleinen Lebens, das in mir wächst, zerbricht.

Wegen eines unschuldigen Kindes, das von zwei Mördern gezeugt wurde.

»Nora …« Julians Stimme ist ein schmerzvolles Flüstern. Der Schmerz darin rührt die Überreste meines Herzens. Ich möchte ihn dafür hassen, mir wehgetan zu haben, aber ich kann es nicht. Es ist ein Teil von ihm. Es ist, was er ist.

Es ist der Grund dafür, dass ein Kind von uns verdammt ist.

Ich erwidere seinen Blick und spüre, wie ich zerbreche. »Lass mich los, Julian. Bitte.«

»Ich kann nicht.« Sein Gesicht zuckt, und die Narbe um sein Auge sticht stark hervor. »Ich kann nicht, Nora.«

Ich schlucke schmerzerfüllt, da ich weiß, dass er nicht über die Position unserer Körper spricht. »Darum habe ich dich auch nicht gebeten. Bitte, ich brauche … ich brauche einfach einen kleinen Moment für mich.«

Er zieht sich von mir zurück, rollt sich auf den Rücken, und ich drehe mich auf die Seite um meine Knie an die Brust zu ziehen. Die Übelkeit, die mich vorhin gequält hatte, ist verschwunden, aber ich fühle mich schwach. Ausgelaugt. Mein Körper schmerzt von Julians hartem Sex, und ein Gefühl von

Hoffnungslosigkeit überkommt mich, verschlimmert meine wachsende Verzweiflung.

Ich bekomme kaum mit, dass Julian aufsteht. Erst als er einen warmen Waschlappen zwischen meine Beine drückt, bemerke ich, dass er im Badezimmer gewesen sein muss. Ich habe keine Energie mehr, um mich zu bewegen, weshalb ich einfach liegen bleibe und ihn seine Überreste von meinem Schenkel wischen lasse.

Danach zieht er mich in seine Arme und deckt uns zu. Als die vertraute Wärme seines Körpers in mich eindringt und mich einschläfert, träume ich, dass ich seine Lippen an meiner Schläfe spüre und er flüstert: »Es tut mir leid.«

»Wie ich letzte Nacht zu erklären begann, ist diese Schwangerschaft unwahrscheinlich, aber nicht unmöglich«, meint Dr. Goldberg, als ich mich neben Julian auf das Sofa setze. »Die Pille danach ist in fünf Prozent der Fälle wirkungslos, und die Wahrscheinlichkeit, nur wenige Tage nach der Entfernung des Verhütungsimplantats schwanger zu werden, lag auch etwa bei fünf Prozent, also mathematisch gesehen …« Er zuckt mit den Schultern und lächelt mich verlegen an.

»Was ist mit der Tatsache, dass Nora immer noch ein Verhütungsmittel trägt?«, fragt Julian stirnrunzelnd. »Sie hat ein frisches Implantat in ihrem Arm – und das seit Wochen.«

»Richtig.« Der Arzt nickt. »Wir müssen es so schnell wie möglich entfernen, und Nora sollte Schwangerschaftsvitamine nehmen.« Er macht eine vorsichtige Pause: »Also, falls Sie das Baby haben möchten.«

»Das möchten wir«, erwidert Julian, noch bevor ich die Frage überhaupt verarbeitet habe. »Und wir möchten sichergehen, dass das Kind gesund ist.« Er greift nach meiner Hand und schlingt seine Finger um meine Handfläche, um sie besitzergreifend zu drücken. »Und Nora, natürlich.«

Als ich Dr. Goldbergs Worte endlich verstanden habe, blicke ich Julian an. Sein Kinn hat einen harten, unnachgiebigen Zug. Ich hatte nicht an eine Abtreibung gedacht, aber es überrascht mich, dass Julian so entschieden dagegen ist. Er hatte gesagt, dass er keine Kinder wolle, und ich kann mir nicht vorstellen, dass ihm seine Moralvorstellungen oder seine Religion einen solchen Eingriff verbieten.

»Natürlich«, sagt der Arzt. »Schwangerschaften sind zwar nicht mein Spezialgebiet, aber ich kann Nora untersuchen, das Implantat entfernen und ihr die benötigten Vitamine verschreiben. Außerdem kann ich einen hervorragenden Gynäkologen empfehlen, der sich vielleicht damit einverstanden erklären könnte, Noras Schwangerschaft zu überwachen. Ich habe Ihnen schon die Kontaktinformationen per E-Mail geschickt.«

»Gut.« Julian lässt meine Hand los, steht auf und wirkt unruhig und angespannt. »Ich möchte die beste Fürsorge für Nora.«

»Die werden Sie bekommen«, verspricht Dr. Goldberg und steht ebenfalls auf. Er dreht sich zu mir um und sagt: »Zumindest erklärt das einiges.«

»Was erklärt es denn?« Ich stehe auch auf, da ich mich unwohl dabei fühle, als Einzige zu sitzen.

»Ihre andauernden Albträume und Panikattacken.« Der Arzt sieht mich mitleidig an. »Es ist nicht ungewöhnlich, dass die Schwangerschaftshormone Ängste verstärken, ganz besonders nach traumatischen Erlebnissen.«

»Oh.« Ich blicke ihn an. »Also reagiere ich nicht einfach nur über?«

»Das tun Sie nicht«, versichert mir Dr. Goldberg. »Depressionen und Angstzustände können bei schwangeren Frauen durch weit weniger ausgelöst werden. Sie müssen versuchen, es langsam angehen zu lassen und sich so viel wie möglich auszuruhen, für Ihr eigenes Wohlergehen und das des Kindes. Stress während der Schwangerschaft kann zu allen möglichen Komplikationen führen, auch zu einer Fehlgeburt.«

»Ich werde sicherstellen, dass sie viel ruht und keinen Stress hat.« Julian streckt sich wieder nach mir aus und umschlingt meine Finger mit seinen. Es scheint, als könne er es heute nicht ertragen, mich nicht zu berühren. »Was ist mit Essen und Getränken?«

»Ich werde Ihnen eine Liste mit allen Lebensmitteln geben, die zu vermeiden sind«, sagt Dr. Goldberg. »Sie wissen wahrscheinlich über Alkohol und Koffein Bescheid, aber es gibt noch weitere Dinge wie Sushi und Meeresfrüchte mit einem hohen Quecksilberanteil.«

»In Ordnung.« Julian dreht seinen Kopf, um mich anzuschauen. »Baby, wäre es für dich okay, wenn der Arzt dich jetzt untersucht und dir das Implantat entfernt?« Seine Stimme ist ungewöhnlich sanft, und sein Blick ist voll von einer undefinierbaren Emotion.

»Ja, klar.« Ich sehe keinen Grund dafür, das Ganze länger hinauszuzögern, und ich mag es, dass Julian mich gefragt hat anstatt die Untersuchung einfach selbstherrlich anzuordnen, wie es normalerweise seine Art ist.

»Gut.« Er hebt meine Hand hoch – diejenige die er festhält – und küsst mich auf mein Handgelenk, bevor er sie loslässt. »Ich bin gleich zurück.«

Ich nicke, und Julian verlässt leise den Raum und schließt die Tür hinter sich.

»In Ordnung, Nora.« Dr. Goldberg lächelt mich an, greift in seine Tasche und zieht Latexhandschuhe hervor. »Wollen wir anfangen?«

~

Nachdem der Arzt gegangen ist, ziehe ich mir einen Badeanzug an und gehe mit meinem Psychologie-Lehrbuch auf die hintere Veranda.

Schwanger oder nicht, ich muss für eine Prüfung lernen, und ich bin entschlossen, das auch zu tun – und wenn auch nur, um mich von meiner Situation abzulenken. An meinem Arm befindet sich wieder eine kleine Wunde, die mit einem Pflaster verbunden ist, und ich versuche, den leichten Schmerz zu ignorieren, da ich mich nicht auf die Tatsache konzentrieren möchte, dass mein Verhütungsimplantat entfernt worden ist … und den Grund dafür.

Es ist eigenartig, aber das zerbrochene Gefühl der letzten Nacht ist nicht mehr da. Es wurde von einer Art entferntem Schmerz abgelöst. Ich sollte wahrscheinlich traumatisiert und wütend auf Julian sein, aber das bin ich nicht. Genau wie in den ersten Tagen nach meiner Entführung fühlt sich die letzte Nacht an, als gehöre sie zu einer anderen Ära, zu einer Zeit, in der wir noch nicht das waren, was wir jetzt sind. Ich weiß, dass ich wieder dieses Spiel mit mir spiele – das Spiel, in dem nur der gegenwärtige Moment existiert und ich alle schlechten Dinge in eine andere Ecke meines Gehirns stopfe –, aber ich muss das tun, um nicht verrückt zu werden.

Ich brauche dieses Spiel, weil ich nicht aufhören kann, meinen Entführer zu lieben, egal was er tut.

Es hilft nicht, dass Julian heute Morgen ein völlig anderer ist als der brutale Wilde von letzter Nacht. Seit dem Moment, an dem ich aufgewacht bin hat er mich behandelt, als sei ich aus Glas. Frühstück im Bett, gefolgt von einer Fußmassage, ständig kleine Küsschen und liebevolle Gesten – wenn ich es nicht besser wüsste, würde ich denken, dass er sich schuldig fühlt.

Natürlich weiß ich es besser. Nur eine dünne Linie trennt das Monster von letzter Nacht von dem zärtlichen Liebhaber des heutigen Morgens. Schuldgefühl ist etwas, was meinem Ehemann so fremd ist wie Mitleid für seine Feinde.

Auf der hinteren Terrasse entscheide ich mich für einen Liegestuhl unter einem Sonnenschirm und mache es mir bequem. Wie immer ist die Luft draußen heiß und feucht, so dick, dass sie fast nebelig ist. Das Klima hier stört mich allerdings nicht mehr, weil ich mich daran gewöhnt habe und außerdem einfach in den Pool springen kann, wenn ich eine Abkühlung brauche. Ich schlage mein Lehrbuch auf und beginne, das Kapitel über die Neurotransmitter ein weiteres Mal zu lesen.

Ich habe es erst zur Hälfte durchgearbeitet, als ich einen Schatten bemerke und aufschaue.

Es ist Julian. Er trägt eine schwarze Badehose und lässt seinen Blick hungrig über mich gleiten, während er neben meinem Stuhl steht.

Ich lecke mir über die Lippen und blicke zu ihm hoch. Im grellen Sonnenlicht ist er fast unerträglich gutaussehend, selbst die neuen Narben scheinen seine Männlichkeit einfach nur zu verstärken. Von seinen Schultern bis zu seinen Unterschenkeln ist jeder Millimeter seines Körpers voller schlanker, harter Muskeln. Seine kräftige Brust ist leicht mit dunklem Haar bedeckt, seine Bauchmuskeln sind klar definiert und eine feine Linie aus Haar zieht sich von seinem Nabel bis in seine Shorts.

Er ist umwerfend, hinreißender als jeder andere Mann, den ich kenne – und ich will ihn.

Ich will ihn trotz der letzten Nacht, trotz allem.

»Wie fühlst du dich, Baby?«, fragt er mit leiser und rauer Stimme. »Ist dir übel? Bist du müde?«

»Nein.« Ich setze mich hin, stelle meine Füße auf den Boden und lege mein Buch beiseite. »Heute geht es mir gut.«

Julian setzt sich neben mich und streicht mir eine Haarsträhne hinter mein Ohr. »Gut«, sagt er sanft. »Das freut mich.«

»Bist du herausgekommen um zu schwimmen?« Ich versuche, die warme Feuchtigkeit zwischen meinen Schenkeln, die seine Berührung ausgelöst hat, zu ignorieren. »Ich dachte, du würdest in dein Büro gehen.«

»Da war ich auch für einige Minuten, aber ich nehme mir den Rest des Tages frei.«

»Wirklich?« Julian nimmt sich so selten einen Tag frei, dass es an ein Wunder grenzt. »Warum?«

Er lächelt mich verlegen an. »Ich konnte mich nicht konzentrieren.«

»Oh.« Ich betrachte ihn vorsichtig. »Möchtest du schwimmen? Ich habe überlegt, nach diesem Kapitel ins Wasser zu gehen, aber ich kann es auch jetzt tun.«

»Gerne.« Julian stellt sich hin und reicht mir seine Hand. »Lass uns gehen.«

Ich lege meine Hand auf seine und lasse mich von

ihm zum Pool führen. Als wir fast am Wasser sind, beugt er sich plötzlich nach unten, schlingt seine Arme unter meine Knie und hebt mich hoch.

Überrascht lache ich auf und schlinge meine Arme um seinen Hals. »Julian! Wirf mich bitte nicht hinein! Ich möchte langsam hineingehen …«

»Ich würde dich nicht hineinwerfen, mein Kätzchen«, flüstert er und hält mich weiterhin in seinen Armen, während er den Pool betritt. Seine Augen leuchten mit unerwarteter Belustigung. »Für was für ein Monster hältst du mich denn?«

»Muss ich diese Frage wirklich beantworten?« Ich kann es gar nicht glauben, dass ich in der Stimmung bin, ihn aufzuziehen, aber plötzlich fühle ich mich unglaublich übermütig. Zweifellos irgendein komischer Hormonschub, aber das ist mir egal. Ich würde mich immer für übermütig anstatt für deprimiert entscheiden.

»Du musst antworten«, sagt er, und ein schelmisches Grinsen erscheint auf seinem Gesicht. Das Wasser reicht ihm jetzt bis zur Hüfte und er hält inne ohne mich herunterzulassen. »Oder …«

»Oder was?«

»Das.« Julian lässt mich einige Zentimeter hinabsinken, bis meine baumelnden Füße das Wasser berühren. Er versucht einen einschüchternden Blick aufzusetzen, aber ich kann erkennen, dass seine Mundwinkel durch ein unterdrücktes Lächeln zucken.

»Drohen Sie mir damit, mich einzutauchen, mein Herr?« Ich schwenke meinen rechten Fuß im Wasser und blicke ihn scherzhaft tadelnd an. »Ich dachte, wir hätten gerade ausgemacht, dass Sie mich nicht hineinwerfen würden?«

»Wer hat denn etwas von werfen gesagt?« Er geht tiefer in den Pool und lässt das Wasser bis zu meinen Waden ansteigen. Sein vorgetäuschtes bedrohliches Gesicht verschwindet und wird von einem dunklen, sinnlichen Lächeln ersetzt. »Es gibt andere Wege, um mit bösen Mädchen fertigzuwerden.«

»Ach, was Sie nicht sagen …« Meine inneren Muskeln ziehen sich durch die Bilder in meinem Kopf zusammen. »Was für Wege?«

»Na ja, erst einmal«, er beugt seinen Kopf nach unten, bis seine Lippen die meinen fast berühren und ich meinen Atem voller Erwartung anhalte, »müssen sie abgekühlt werden.«

Und bevor ich reagieren kann, geht er in die Knie, und wir verschwinden beide im Wasser – bis nur noch mein Kopf herausschaut.

»Julian!« Ich lache ausgelassen, ziehe meine Arme hinter seinem Hals hervor und drücke mich von seinen Schultern ab. Der Pool ist beheizt, aber immer noch kühl im Vergleich zu meiner von der Sonne gewärmten Haut. »Du hast gesagt, dass du es nicht tun würdest!«

»Ich habe gesagt, dass ich dich nicht hineinwerfen würde«, korrigiert er mich, und sein schelmisches Grinsen kommt erneut zum Vorschein. »Ich habe nicht behauptet dich nicht hineinzutragen.«

»Okay, das reicht.« Es gelingt mir, seinem Griff zu

entkommen und einige Meter Abstand zwischen uns zu bringen. »Du willst Krieg? Den kannst du haben, mein Lieber!« Ich lasse meine Handfläche durch das Wasser gleiten, um ihn nasszuspritzen, und sehe lachend dabei zu, wie ein Wasserschwall sein Gesicht trifft.

Er wischt sich das Wasser weg, zwinkert ungläubig, und ich ziehe mich, noch lauter lachend, zurück.

Als er sich von seinem Schock erholt hat, beginnt er, auf mich zuzukommen. »Hast du mich gerade vollgespritzt?« Seine Stimme ist leise und bedrohlich. »Hast du gerade Wasser in mein Gesicht gespritzt, mein Kätzchen?«

»Was? Nein!« Ich klimpere scherzend mit den Wimpern, während ich versuche, mich in den tieferen Teil des Pools zurückzuziehen. »Das würde ich niemals wagen …« Mein Satz endet mit einem Aufschrei, als Julian sich auf mich stürzt und den Abstand zwischen uns innerhalb eines Augenaufschlags schließt. Im letzten Moment kann ich aus seiner Reichweite entkommen und beginne immer noch, hysterisch lachend wegzuschwimmen.

Ich bin ein guter Schwimmer, aber innerhalb von weniger als zwei Sekunden schließen sich Julians Stahlfinger um meinen Knöchel. »Hab dich«, sagt er und zieht mich zu sich heran. Als ich nahe genug bin, greift er nach meinem Arm, zieht mich in eine stehende Position, schlingt seine muskulösen Arme um meinen Rücken und grinst über meine erfolglosen Versuche, ihn wegzuschieben.

»Okay, du hast mich gefangen«, gebe ich lachend nach. »Und jetzt?«

»Das.« Er beugt seinen Kopf nach unten, küsst mich, und die Wärme seines großen Körpers verdrängt die Kühle des Wassers auf meiner Haut.

Als seine Zunge in meinen Mund eindringt, spanne ich mich ungewollt an, und die Erinnerungen an letzte Nacht kommen plötzlich klar und deutlich in meinen Kopf. Für einige kurze Momente erlebe ich erneut das furchtbare Gefühl der Hilflosigkeit, des schmerzhaften Betrugs, und ich weiß, ich habe es nicht wirklich geschafft, das Gute und das Böse zu trennen. So sehr ich auch vorgeben möchte, dass heute ein Tag wie jeder andere ist, ist er es nicht, und kein noch so spielerisches Lachen kann die Tatsache ändern, dass das Böse in Julians Seele niemals völlig ausradiert werden wird.

Das Monster wird immer daliegen und abwarten.

Doch während er mich weiterhin küsst, wächst die Hitze in mir und zieht mich in seinen Bann. Jetzt ist er zärtlich zu mir, und mein Körper entspannt sich, genießt diese Zärtlichkeit und die trügerische Wärme seiner Umarmung. Ich möchte an diese Illusion seiner Zuneigung glauben, dieses Trugbild seiner perversen Liebe, und deshalb schiebe ich die dunklen Erinnerungen beiseite und bleibe in der helleren Gegenwart zurück.

Bei dem Mann, den ich liebe.

## 9

Julian

NORA UND ICH SCHWIMMEN UND SPIELEN IM POOL, BIS Ana uns holen kommt, weil das Essen fertig ist. Zu diesem Zeitpunkt bin ich schon am Verhungern, und ich nehme an, dass es Nora genauso geht. Außerdem leide ich unter meinen durch unsere Spielereien prall gefüllten Hoden, aber sie müssen bis später warten.

Mir ist es wichtiger, dass Nora etwas isst, als mich zu befriedigen.

Mein Kätzchen in dieser Stimmung zu sehen – so glücklich, strahlend und sorgenfrei – hat dabei geholfen, die Enge in meiner Brust zu mindern, aber sie nicht vollständig vertrieben. Ihr Gesichtsausdruck, nachdem ich sie genommen hatte … Er verfolgt mich, dringt immer wieder in meine Gedanken ein, obwohl ich alles versuche, ihn zu verdrängen. Ich weiß, dass ich ihr in der Vergangenheit Schlimmeres angetan habe, aber irgendetwas an letzter Nacht fühlt sich unerträglich an.

Ich habe mich gefühlt, als hätte ich sie ungerecht behandelt.

Vielleicht ist es deshalb, weil sie jetzt komplett mir gehört. Ich muss sie nicht länger erziehen, sie zu dem formen, was ich brauche. Sie liebt mich genug, um ihr Leben für mich aufs Spiel zu setzen, genug, um freiwillig bei mir zu bleiben. Alles, was ich ihr in der Vergangenheit angetan habe, war bis zu einem gewissen Grad geplant, aber letzte Nacht habe ich ihr wehgetan, ohne es zu wollen.

Ich habe ihr wehgetan, als ich sie eigentlich nur in meinen Armen halten, sie heilen wollte.

Ich habe der Frau wehgetan, die mein Kind in sich trägt – und auch wenn Nora mir vergeben zu haben scheint, ich kann es nicht.

»Was kann ich dir bringen, Nora?«, fragt Ana, als wir am Esstisch Platz genommen haben. Die ältere Frau strahlt so glücklich wie noch nie meine Frau an. »Etwas Toast? Vielleicht ein wenig trockenen Reis?«

Nora bekommt bei den Worten der Haushälterin große Augen, aber es gelingt ihr, ruhig zu erwidern: »Ich nehme das, was du gekocht hast, Ana. Mir geht es heute besser, wirklich.«

Trotz meiner düsteren Gedanken von eben muss ich lächeln. Goldberg muss etwas verraten haben oder

Ana hat etwas von unserem Gespräch heute Morgen gehört. Das ist also der Grund dafür, dass sie über das ganze Gesicht strahlt: sie weiß über Noras Schwangerschaft Bescheid und ist überglücklich darüber.

Als sie Noras Worte hört, hellt sich Anas Gesichtsausdruck noch mehr auf. »Gut. Ich habe jetzt verstanden, dass du gestern unter Schwangerschaftsübelkeit gelitten hast. Das kommt vor«, sagt sie in einem verschwörerischen Ton. »Es beginnt etwa in der sechsten Schwangerschaftswoche, sagen sie.«

»Hervorragend.« Nora versucht, sich ihren Unmut nicht anmerken zu lassen, aber es gelingt ihr nicht ganz. »Ich freue mich schon darauf.«

»Ich werde sicherstellen, dass du die beste Pflege bekommst, Baby«, murmele ich und greife über den Tisch, um Noras zarte Hand mit meiner abzudecken. »Du bekommst alles, was du brauchst, damit du dich besser fühlst.«

Ich habe dem Gynäkologen, den Goldberg mir empfohlen hat, schon eine E-Mail geschrieben, während Nora untersucht wurde. Ich habe dieses Kind zwar nicht geplant, aber jetzt ist es da, und ich kann den Gedanken nicht ertragen, dass ihm etwas zustoßen könnte. Als Goldberg heute die Möglichkeit einer Fehlgeburt angesprochen hat, musste ich mich beherrschen, ihm nicht an die Gurgel zu springen.

Geplant oder nicht, dieses Kind ist mein Fleisch

und Blut, und ich werde jeden töten, der ihm etwas antun möchte.

Nora lächelt mich leicht an. »Ich bin mir sicher, es wird alles gut werden. Frauen bekommen ständig Kinder.« Trotz ihrer beruhigenden Worte klingt ihre Stimme angespannt, und ich weiß, sie fühlt sich in der neuen Situation immer noch nicht wohl.

Unwohl bei dem Gedanken, mein Kind in sich zu tragen.

Ich atme tief durch und unterdrücke den instinktiv in mir aufsteigenden Ärger. Auf einer rationalen Ebene verstehe ich ihre Angst. Nora liebt mich, aber sie kennt mein Naturell.

Besonders nach letzter Nacht.

»Ja, alles wird gutgehen«, sage ich ruhig und drücke zärtlich ihre Hand, bevor ich sie wieder loslasse. »Das werde ich sicherstellen.«

Während der restlichen Mahlzeit vermeiden wir dieses Thema, da wir beide lieber an andere Dinge denken möchten.

Ich verbringe den Rest des Tages mit Nora und ignoriere die Arbeit, die auf mich wartet. Zum ersten Mal seit einer Ewigkeit kann ich mich nicht auf Probleme bei der Produktion in Malaysia oder auf die Tatsache, dass das mexikanische Kartell niedrigere Preise für Maschinenpistolen verlangt, konzentrieren. Die Ukrainer wollen Wiedergutmachung leisten und versuchen, mich zu bestechen, meine Allianz mit den Russen aufzugeben, Interpol läuft Sturm gegen die Liste, die die CIA mir für Peter geschickt hat, eine neue Terroristengruppe im Irak möchte auf die Warteliste für den Sprengstoff – und das alles ist mir scheißegal.

Alles, was mich heute interessiert, ist Nora.

Nach dem Mittagessen machen wir einen Spaziergang auf dem Anwesen, und ich zeige ihr meine Lieblingsplätze aus meiner Kindheit wie einen kleinen See am Rande des Grundstücks wo ich einmal einen Jaguar getroffen habe.

»Wirklich? Einen Jaguar?« Nora reißt ihre Augen auf, als wir aus dem bewaldeten Gebiet auf eine grasbewachsene Lichtung vor einem See hinaustreten. Die großen Bäume, die ihn umgeben, bieten Schatten und Privatsphäre vor den Wächtern – was der Grund dafür war, dass ich hier als Kind viel Zeit verbracht habe.

»Manchmal kommen sie aus dem Dschungel heraus«, erwidere ich auf Noras Frage. »Es geschieht nicht oft, aber ab und zu.«

»Wie konntest du ihm entkommen?« Sie schaut mich besorgt an. »Du hast gesagt, dass du erst neun Jahre alt warst.«

»Ich hatte eine Waffe bei mir.«

»Also hast du ihn getötet?«

»Nein, ich habe auf einen Baum neben ihm geschossen und ihn damit verjagt.« Ich hätte ihn töten können – meine Zielsicherheit war schon damals hervorragend –, aber der Gedanke daran, diese stolze Kreatur zu verletzen, hatte mich aus irgendeinem Grund abgeschreckt. Es war nicht die Schuld des Jaguars, dass er als Raubtier geboren wurde, und ich wollte ihn nicht dafür bestrafen, dass er unglücklicherweise auf menschlichem Gebiet umherwanderte.

»Was haben deine Eltern dazu gesagt, als du es ihnen erzählt hast?« Nora setzt sich auf einen abgebrochenen Baumstamm und schaut mich an. Ihre glatten Schultern leuchten durch das Licht, das vom See reflektiert wird. »Meine hätten Todesangst um mich ausgestanden.«

»Ich habe es ihnen nicht erzählt.« Ich setze mich neben sie und kann nicht widerstehen, ihr einen Kuss auf die rechte Schulter zu geben. Ihre Haut riecht köstlich, und der Hunger, den unser Spiel im Pool ausgelöst hat, kehrt zurück, lässt meinen Körper durch ihre Nähe wieder versteifen.

»Warum nicht?«, fragt sie mit rauer Stimme und dreht sich zu mir um, als ich meinen Kopf hochnehme. »Warum hast du es ihnen nicht erzählt?«

»Meine Mutter hatte sowieso schon Angst vor dem Dschungel, und mein Vater wäre darüber aufgebracht gewesen, dass ich ihm nicht das Fell des Jaguars gebracht habe. Also gab es keinen Grund dafür, es einem von ihnen zu erzählen«, erkläre ich. Ich greife nach ihrem Haar und lasse meine Finger durch diese dicke, seidige Masse gleiten, genieße das Gefühl, wie sie durch meine Hände gleitet. Mein Geschlecht ist steif vor Begehren, aber ich habe nicht vor im Moment, weiterzugehen.

Nicht bis heute Nacht, wenn sie es sich in unserem Bett bequem machen kann und ich sicher sein werde, dass ich ihr nicht wehtun werde.

»Oh.« Nora neigt ihren Kopf, um ihn näher zu meinen Händen zu bewegen und betrachtet mich durch halbgeschlossene Augen. Ihr Ausdruck erinnert mich an ein Kätzchen, das gerade gekrault wird. »Und deinen Freunden? Hast du ihnen erzählt, was passiert ist?«

»Nein«, murmele ich, und meine Erregung steigert sich trotz meiner guten Vorsätze. »Ich habe es niemandem erzählt.«

»Warum nicht?« Nora schnurrt, als ich meine Finger erneut durch ihr Haar gleiten lasse und dabei ihre Kopfhaut leicht massiere. »Hast du gedacht, dass sie dir nicht glauben würden?«

»Nein, ich wusste, sie würden mir glauben.« Ich ziehe meine Hände aus ihrem Haar zurück, als sich mein Verlangen derart verstärkt, dass ich mir Sorgen um meine Selbstkontrolle mache. »Ich hatte einfach keine engen Freunde, das ist alles.«

Etwas, was mich stark an Mitleid erinnert, flackert in ihren Augen auf, aber sie sagt nichts und stellt auch keine weiteren Fragen. Stattdessen lehnt sie sich näher an mich heran, drückt ihre Lippen auf meine und legt ihre kleinen Hände auf meine Wangen.

Ihre Berührung ist eigenartig unschuldig und unsicher, so als würde sie mich gerade zum ersten Mal küssen. Ihre Lippen streifen mich kaum, jede Berührung ist hauchzart, wie ein Versprechen auf mehr. Ich kann sie fast schmecken, fast fühlen, und mein Drang, sie zu nehmen, ist so stark, dass er mich erzittern lässt. Einzig die Erinnerung an letzte Nacht – an ihren verwundeten, betrogenen Blick – lässt mich still stehen und mit meinen Händen auf ihren Schultern ihre Fast-Küsse ertragen. Ich weiß, ich sollte sie unterbrechen, sie wegschieben, aber das kann ich nicht.

Ihre zurückhaltenden Küsse sind das Süßeste, was ich jemals gefühlt habe.

Als ich denke, dass ich es nicht mehr ertragen kann, bewegt sich ihr kleiner heißer Mund zu meinem Kinn, um danach meinen Hals hinunterzuwandern, ihn mit der gleichen quälenden Zärtlichkeit zu küssen und zu liebkosen. Ihre Hände verlassen mein Gesicht und gleiten an meinem Körper hinunter, bis sich ihre Finger um den Saum meines Hemdes schließen. Sie beginnt damit, das Hemd anzuheben, und ich stöhne, als ihre Knöchel an meinen nackten Seiten entlangstreifen, ihre Berührung ein Brennen auf meiner Haut hinterlässt.

»Nora …« Ich atme tief ein, als sie sich nach unten bewegt und sich mit ihrem Gesicht auf meiner Bauchhöhe zwischen meine gespreizten Beine kniet. »Nora, Baby, du musst damit aufhören.«

Sie ignoriert meine Anweisung und lässt mein Hemd weiterhin hochgeschoben. »Was mache ich denn?«, flüstert sie und schaut mich an. Und bevor ich antworten kann, beugt sie sich nach vorn und küsst mich warm und feucht auf meinen Bauch.

*Scheiße.* Mein ganzer Körper zuckt, und meine Hoden ziehen sich lustvoll zusammen. Sie vor mir auf ihren Knien zu sehen drückt genau die falschen Knöpfe bei mir, nämlich die, die meine dunkelsten Wünsche hervorholen. Meine Hände ballen sich zu Fäusten, und ich atme kurz und tief, während ich mir ins Gedächtnis rufe, wie zerbrechlich sie gerade ist.

Dass sie mit meinem Kind schwanger ist und ich sie nicht wieder wie ein Tier nehmen kann.

Aber jetzt leckt sie meinen Bauch. *Verdammt, sie leckt ihn.* Sie fährt alle Muskelwölbungen mit ihrer Zunge ab, so als würde sie sie in ihre Erinnerungen aufnehmen wollen.

»Nora.« Meine Stimme ist rau. »Baby, das reicht.«

Sie setzt sich aufrecht hin und schaut mich durch ihre langen, dicken Wimpern an. »Bist du sicher?«, flüstert sie, ohne ihre Finger von meinem Hemd zu nehmen. »Ich denke nämlich, dass ich mehr möchte.« Sie beugt sich wieder nach vorn, fährt mit ihren Zähnen meine unteren Bauchmuskeln entlang, bevor sie an einer Stelle mit ihrem heißen und feuchten Mund an meiner nackten Haut saugt.

Einem Stück Haut, das sich genau neben meinem in den Shorts eingesperrten, pulsierenden Geschlecht befindet.

*Verdammt nochmal.*

»Nora …« Ich kann die Worte kaum aussprechen, und meine Finger graben sich in die Baumrinde, um nicht nach ihr zu greifen. »Du möchtest das nicht, Baby, hör auf damit …«

»Wer hat gesagt, dass ich das nicht möchte?« Sie bewegt ihren Oberkörper wieder ein wenig nach hinten, um mich mit einem dunklen und erhitzten Blick anzusehen. »Ich will es, Julian … Du hast mich dazu gebracht, es zu wollen.«

Ich atme hart ein, und mein Geschlecht zuckt, als sie mein Hemd loslässt, um nach meiner Gürtelschnalle zu greifen. »Ich will dir nicht wehtun.«

Ihre Lippen formen sich zu einem Lächeln. »Doch Julian, das möchtest du.« Sie öffnet meinen Gürtel, und ihre Hand gleitet in meine Shorts, um sich um meinen geschwollenen Penis zu legen und ihn zu massieren. »Willst du nicht?«

Ich explodiere fast, und meine Hände ergreifen sie noch, bevor mir bewusst wird, was ich tue. »Doch …« Meine Stimme ist fast ein Knurren, als ich sie auf meinen Schoß ziehe und sie dazu zwinge, sich gegrätscht auf mich zu setzen. »Ich will dir wehtun, dich ficken, dich auf jede mögliche Art und Weise nehmen und noch mehr. Ich will deine hübsche Haut markieren und dich schreien hören, wenn ich tief in deine Muschi eindringe, um dich auf meinem Schwanz kommen zu lassen. Willst du das hören, mein Kätzchen?« Ich umfasse ihre Arme fest und starre sie an. »Willst du das?«

Sie leckt sich mit ihrer Zunge über ihre Lippen, während in ihren Augen eine seltsame Dunkelheit leuchtet. »Ja.« Sie flüstert sanft. »Ja, Julian. Genau das möchte ich.«

*Scheiße.* Ich schließe die Augen und zittere förmlich vor Lust. So wie sie sich auf meinem Schoß zurechtrückt, trennt nur ein kleiner String ihre Muschi von meinem Schwanz. Wenn ich sie einige Zentimeter nach oben schiebe, könnte ich in sie eindringen, ihren engen, kleinen Körper bearbeiten …

Die Verlockung ist unerträglich.

Eintausend. Zweitausend. Dreitausend. Ich zwinge mich dazu, schweigend zu zählen, bis ich mich wieder knapp unter Kontrolle habe.

Danach öffne ich meine Augen und erwidere ihren Blick erneut.

»Nein, Nora.« Meine Stimme ist fast ruhig, als ich ihre Arme loslasse und meine Hände nach oben bewege, um ihr Gesicht in meine Handflächen zu nehmen. »Das wird nicht passieren.«

Sie blinzelt und schaut überrascht aus. »Was …«

Ich beuge meinen Kopf und unterbreche sie mit einem Kuss. Langsam und tief dringe ich in ihren Mund ein und streichele sie mit meiner Zunge. Dann vergrabe ich meine Hand in ihrem Haar, drücke sie zwischen meine Beine und genieße ihren schockierten Gesichtsausdruck.

»Du wirst ihn in den Mund nehmen«, sage ich grob. »Und wenn du ein braves Mädchen bist, bekommst du eine Belohnung. Verstanden?«

Nora reißt ihre Augen auf, aber folgt meiner Anweisung. Sie befreit mein dickes Geschlecht aus den

Shorts, schließt ihre Lippen darum und beginnt, es rhythmisch mit ihrer Hand zu massieren. In ihrem Mund ist es heiß, seidig und feucht, fast so köstlich wie in ihrer anderen Öffnung, und der Druck ihrer Hand lässt auch nichts zu wünschen übrig. Ich bin so erregt, dass ich nach nur wenigen Minuten komme, mein Orgasmus in explosionsartiger Ekstase aus meinen Hoden durch meine Nervenenden schießt. Stöhnend ergreife ich ihr Haar und schiebe mich tiefer in ihren Mund, um sie dazu zu zwingen, jeden Tropfen zu schlucken.

Danach ziehe ich mich aus ihr zurück, knie mich auf den Boden neben sie und lege sie auf das Gras. »Spreize deine Beine«, befehle ich und schiebe ihr Kleid so weit nach oben, dass ihr Unterkörper freiliegt.

Sie tut, was ich sage, und ich kann in ihrem Blick eine Mischung aus Vorfreude und Vorsicht erkennen. Ich lege meine Hände auf ihre schlanken, gebräunten Oberschenkel und streichele sie, genieße die zarte Textur ihrer Haut. Dann beuge ich mich nach unten und schiebe meine Finger in ihren pinkfarbenen Tanga, um ihn zur Seite zu schieben und ihre glitzernden Schamlippen freizulegen.

»Du hast so eine sexy Muschi, Baby.« Meine Worte sind leise und rau, da mein Hunger, der kaum gestillt worden war, mit aller Heftigkeit zurückkehrt. Ich senke meinen Kopf noch ein Stück und inhaliere ihren süßen Moschusduft. »So eine wunderschöne nasse, kleine Muschi.«

Ihre Atmung stockt, und ein Stöhnen vibriert in

ihrer Kehle, als ich meine Lippen auf ihre Falten drücke und sie sanft küsse. »Julian, bitte.« Sie hört sich gequält an. »Bitte, ich … ich brauche dich.«

»Ja.« Ich lasse meinen Atem über ihr empfindliches Fleisch gleiten. »Ich weiß, dass du das brauchst.« Ich lecke sie einmal lang und langsam. »Du wirst mich immer brauchen, oder nicht?«

»Ja, das werde ich.« Sie schiebt ihre Hüfte flehend nach oben. »Immer.«

»Dann, mein Kätzchen, bekommst du jetzt deine Belohnung.«

Ich drücke meine Zunge auf ihre Klitoris und verwöhne sie, bade mich in ihrem Flehen und Stöhnen. Als sie schließlich erzittert und vor Erleichterung aufschreit, lasse ich meine Zunge noch einige Male über sie gleiten, um ihren Orgasmus bis zum Letzten auszukosten. Danach lasse ich mich neben sie aufs Gras fallen, lege meinen linken Arm wie ein Kissen unter meinen Kopf und rücke ihren Kopf auf meiner rechten Schulter zurecht.

Wir liegen eine Weile so da, blicken auf das schimmernde Wasser des Sees und hören den zirpenden Insekten zu. Ich will sie immer noch, aber mein Begehren ist jetzt unterschwelliger. Kontrollierter. Ich habe ihr dieses Mal nicht wehgetan, aber die Schwere in meiner Brust ist immer noch da, nagt an mir.

Schließlich kann ich nicht länger schweigen.

»Nora, letzte Nacht … das war nicht wegen Peters Liste.« Ich weiß nicht, warum ich mich fühle, als müsse ich es ihr erklären, aber das tue ich. Ich will, dass sie versteht, dass ich sie in diesem Moment nicht bestrafen wollte, dass die Schmerzen, die ich ihr zugefügt habe, nicht grausam geplant waren. Ich weiß nicht, wieso sie das interessieren sollte, wenn es von ihrem Entführer kommt, oder was es praktisch für einen Unterschied macht, aber ich muss wissen, dass sie es weiß. »Es war ein Fehler. Es hätte nicht passieren dürfen.«

Sie antwortet nicht, reagiert in keinster Weise auf meine Worte, aber nach einigen Momenten dreht sie sich in meinen Armen um und legt ihre rechte Hand auf meine Brust, genau auf mein Herz.

WÄHREND DER NÄCHSTEN ZWEI WOCHEN GEBE ICH MEIN Bestes, um meine neue Situation in den Griff zu bekommen. Oder, genauer gesagt, mein Leben so weiterzuführen, als sei nichts passiert.

Die Übelkeit kommt und geht. Ich habe herausgefunden, dass es mir hilft, häufiger kleine Mahlzeiten zu mir zu nehmen, genauso wie einfacheres Essen. Unter Anas und Julians wachsamen Augen nehme ich gewissenhaft meine Schwangerschaftsvitamine und vermeide die Lebensmittel von Dr. Goldbergs Liste, auch wenn ich weiterhin versuche, nicht über diese Dinge nachzudenken. Solange ich keinen Babybauch habe, will ich mich einfach so verhalten, als sei alles wie immer.

Zum Glück ist mein Körper bis jetzt sehr kooperativ. Meine Brüste sind ein wenig voller und empfindlicher geworden, aber das ist bis jetzt die einzige Veränderung, die ich bemerkt habe. Mein Bauch ist immer noch flach, und ich habe auch nicht zugenommen. Wenn überhaupt, habe ich wegen der ständigen Übelkeit einige Pfunde verloren – eine Tatsache die Julian, der alles tut, um mich in den Wahnsinn zu treiben, Sorgen bereitet.

»Ich muss mich nicht ausruhen«, protestiere ich verzweifelt, als er schon wieder versucht, mich zu einem Mittagsschlaf zu überreden. »Mir geht es wirklich gut. Ich habe letzte Nacht zehn Stunden geschlafen. Wie viel Schlaf kann eine einzige Person brauchen?«

Und es stimmt. In den letzten Wochen habe ich um einiges besser geschlafen. So eigenartig das auch sein mag, seit ich weiß, dass die Hormone der Grund für meine Angstzustände waren, haben sich meine Panikattacken und Albträume extrem verbessert.

Mein Therapeut sagt, dass ich mir weniger Sorgen darum mache, dass die Erlebnisse etwas mit meinen Kopf angestellt haben könnten. Offensichtlich ist es besonders schlecht für die Psyche, wenn man sich darüber Sorgen macht, dass man sich Sorgen macht, während verschachtelte Stressfaktoren – wie ein Kind von einem sadistischen Waffenhändler zu bekommen – weniger angstauslösend sind.

»Das menschliche Gehirn ist in höchstem Maße unberechenbar«, sagt Dr. Wessex und schaut mich durch ihre modische Prada-Brille an. »Das, von dem Sie denken, dass es Ihnen Angst macht, muss sich nicht auf Ihr Unterbewusstsein auswirken. Sie können sich über dieses Baby Gedanken machen, aber es macht Ihnen nicht so viel Angst wie der Gedanke, dass Sie sich niemals von Ihren Angstzuständen befreien könnten. Falls Ihre Panikattacken durch die Schwangerschaft ausgelöst wurden, wissen Sie, dass es sich um ein vorübergehendes Problem handelt – und das hilft dabei, es als weniger belastend zu empfinden.«

Ich nicke und lächele, so als würde das einen Sinn ergeben. Ich mache das häufig, wenn ich mit ihr rede. Wenn Julian nicht darauf bestanden hätte, dass ich mit meiner Therapiesitzung zweimal pro Woche fortfahre, hätte ich schon längst damit aufgehört. Es ist nicht so, dass ich Dr. Wessex nicht mag – eine große, modisch gekleidete Frau Mitte vierzig, die ziemlich kompetent und wie es scheint wertfrei ist –, aber ich finde, dass die Gespräche mit ihr nur deutlicher zeigen, wie krank meine Beziehung mit Julian ist.

Ja, Frau Doktor, mein Ehemann – Sie wissen schon, der Mann, der Sie eingestellt hat und darauf bestand, dass Sie in diese Einöde kommen – hat mich fünfzehn Monate auf seiner Insel gefangen gehalten, und jetzt bin ich so stark gehirngewaschen, dass ich nicht mehr ohne ihn leben kann und mich außerdem nach missbrauchendem Sex sehne. Oh, und wir werden ein

Baby bekommen. Das ist natürlich nichts Schlimmes. Nur eine normale, alltägliche kriminelle Familie.

Ja, sicher.

Auf jeden Fall sind Julians Versuche, mich zu kleinen Schlafeinlagen zu bewegen, das harmloseste Beispiel für seine übertriebene Bemutterung. Er überwacht außerdem meine Ernährung, stellt sicher, dass mein Training vollständig vom Arzt abgesegnet wurde, und am schlimmsten: er behandelt mich im Bett mit Samthandschuhen. Egal wie sehr ich versuche, ihn zu provozieren, er wird nicht mehr tun, als mich im Bett zu führen. Es ist, als ob er Angst davor hat, dass seine Brutalität die Oberhand bekommt und er erneut die Kontrolle verliert.

»Ich habe dir doch gesagt, dass der Gynäkologe gesagt hat, dass rauerer Sex in Ordnung sei, solange ich kein Fruchtwasser verlieren würde«, meine ich zu Julian, nachdem er mich schon wieder zärtlich genommen hat. »Ich bin gesund, und alles ist normal, also macht es wirklich nichts.«

»Ich werde kein Risiko eingehen«, erwidert er, küsst den äußeren Rand meines Ohres, und ich weiß, dass er nicht vorhat, bei diesem Thema auf mich zu hören.

Ein Teil von mir kann immer noch nicht glauben, dass ich das von ihm möchte, dass ich die dunkle Seite unseres Liebemachens vermisse. Das Problem ist nicht, dass er mich nicht immer befriedigen würde – Julian stellt sicher, dass ich jede Nacht wenigstens einige Orgasmen habe – aber etwas in mir sehnt sich nach der giftigen Mischung aus Lustschmerz, dem Endorphinrausch, den ich von wirklich intensivem Sex bekomme. Selbst die Angst, die er mich fühlen lässt, ist auf gewisse Weise suchterzeugend, ob ich es zugeben möchte oder nicht.

Es ist krank, aber die Nacht, in der wir von meiner Schwangerschaft erfahren haben – die Nacht, in der er mich zum Sex gezwungen hat –, hat meine Fantasie in den letzten Tagen mehr als einmal beschäftigt.

Ich weiß nicht, was Dr. Wessex dazu sagen würde, aber ich will es auch nicht herausfinden. Es reicht, dass die Erinnerung an das Trauma, genauso wie die an die Zeit auf der Insel, einen erotischen Einschlag in meinem Kopf haben.

Es reicht, zu wissen, dass ich völlig pervers bin.

Natürlich ist Julians untypische Zärtlichkeit im Bett nicht das einzige Problem. Seine ständige Besorgnis um mich hat auch Auswirkungen auf mein Selbstverteidigungstraining. Das ist besonders frustrierend, weil ich zum ersten Mal seit Wochen wieder energiegeladen bin. Der ungestörte Schlaf hat meine Müdigkeit vermindert, und auch die Arbeit für die Uni ist nicht mehr so anstrengend. Ich konnte mein Laufen wiederaufnehmen – natürlich erst nach Absprache mit dem Arzt –, aber Julian weigert sich, mich irgendetwas tun zu lassen, bei dem ich mich auch nur leicht verletzen könnte. Schießen steht ebenfalls außer Frage: offensichtlich werden beim Abgeben eines Schusses Partikel freigesetzt die, in einer unbekannten Konzentration, dem ungeborenen Baby schaden könnten.

Es gibt so viele Verbote, dass ich schreien könnte.

»Das ist doch nur vorübergehend, Nora«, sagt Ana, als ich den Fehler mache, ihr beim Frühstück von meinem Frust zu erzählen. »Nur einige Monate, und du wirst ein Baby im Arm halten – und dann wird es das alles wert gewesen sein.«

Ich nicke und zwinge mich zu einem Lächeln, aber die Worte der Haushälterin verbessern meine Laune nicht.

Sie machen mir Angst.

In etwa sieben Monaten werde ich für ein Kind verantwortlich sein – und dieser Gedanke macht mir jetzt mehr Angst als jemals zuvor.

»Du hast deinen Eltern immer noch nichts von dem Baby erzählt?« Rosa blickt mich überrascht an, als wir das Haus für unseren Morgenspaziergang verlassen.

»Nein«, erwidere ich, während ich meinen mit Vitaminen angereicherten Obstsmoothie trinke. »Ich bin noch nicht dazu gekommen.«

»Aber ich dachte, dass du jeden Tag mit ihnen sprichst.«

»Das tue ich auch, aber das Thema hat sich einfach nicht ergeben.« Vielleicht höre ich mich an, als würde ich Ausreden suchen, aber ich kann es nicht ändern.

Wenn es um Dinge geht, vor denen ich mich fürchte, steht ein Gespräch mit meinen Eltern über meine Schwangerschaft ganz oben auf der Liste, dicht gefolgt von Geburten.

»Nora ...« Rosa hält unter einem dicken, weinbewachsenen Baum an. »Hast du Angst, dass sie sich nicht für dich freuen werden?«

Ich stelle mir die wahrscheinliche Reaktion meines Vaters vor, wenn er erfährt, dass seine nicht ganz zwanzig Jahre alte Tochter von ihrem Entführer ein Kind erwartet. »Das könnte man so sagen.«

»Aber würden sie sich denn nicht freuen?« Meine Freundin sieht ehrlich verwirrt aus. »Du bist mit einem reichen Mann verheiratet, der dich liebt und der gut für dich und das Kind sorgen wird. Was könnten sie noch verlangen?«

»Na ja, zum einen, dass ich gar nicht erst mit diesem besagten Mann verheiratet sein sollte«, sage ich trocken. »Rosa, ich habe dir unsere Geschichte erzählt. Meine Eltern sind nicht gerade Julians größte Bewunderer.«

Rosa winkt mit ihrer Hand ab. »Das ist doch alles – wie sagt man? – Schnee von gestern. Wen interessiert es, wie alles angefangen hat? Entscheidend ist die Gegenwart, nicht die Vergangenheit.«

»Natürlich. Carpe diem und das alles.«

»Da musst du nicht gleich sarkastisch werden«, sagt Rosa, während wir weitergehen. »Du solltest mit deinen Eltern reden, Nora. Es ist ihr Enkelkind. Sie haben ein Recht darauf, Bescheid zu wissen.«

»Ja, wahrscheinlich werde ich es ihnen bald sagen.« Ich nehme noch einen Schluck von meinem Smoothie. »Ich werde keine andere Wahl haben.«

Wir gehen einige Minuten schweigend, bis Rosa leise fragt: »Du möchtest dieses Kind wirklich nicht, stimmt's, Nora?«

Ich halte an und schaue zu ihr. »Rosa …« Wie erkläre ich meine Bedenken einem Mädchen, das auf diesem Anwesen aufgewachsen ist und das denkt, diese Art von Leben sei normal? Meine Beziehung zu Julian sei romantisch? »Es ist nicht so, dass ich kein Baby möchte. Es ist nur einfach so, dass Julians Welt – unsere Welt – zu kaputt ist für ein Kind. Wie könnte jemand wie Julian ein guter Vater sein? Wie könnte ich eine gute Mutter sein?«

»Was meinst du?« Rosa zieht ihre Stirn in Falten. »Warum solltest du keine gute Mutter sein?«

»Ich liebe ein Kartelloberhaupt, das mich entführt hat und das als Teil seines Berufs Menschen tötet und foltert«, sage ich freundlich. »Das qualifiziert mich kaum als guten Elternteil. Vielleicht als Fallstudie für eine von Dr. Wessex' Arbeiten, aber nicht als guten Elternteil.«

»Ach komm.« Rosa rollt mit den Augen. »Eine Menge Menschen tun schlimme Dinge. Ihr Amerikaner seid so empfindlich. Señor Esguerra ist nicht der Schlimmste von allen und du solltest dir keine Sorgen machen, weil du Gefühle für ihn hast. Das macht dich nicht zu einem schlechten Menschen.«

»Rosa, das ist nicht alles.« Ich zögere zuerst, aber

beschließe dann, es ihr einfach zu sagen. »Als ich in Tadschikistan war, habe ich einen Mann getötet.« Ich atme langsam aus, während ich die düstere Spannung, abzudrücken und dabei zuzusehen, wie das Gehirn eines Mannes gegen die Wand spritzt, noch einmal durchlebe. »Ich habe ihn kaltblütig erschossen.«

»Und?« Sie blinzelt kaum. »Ich habe auch schon getötet.«

Ich starre sie vor Überraschung sprachlos an, und sie erklärt mir: »Damals, als das Anwesen angegriffen wurde. Ich habe eine Waffe gefunden, mich im Gebüsch versteckt und auf die Männer geschossen, die uns überfallen haben. Ich habe einen von ihnen verwundet und einen anderen getötet. Später habe ich erfahren, dass der Verwundete ebenfalls seinen Verletzungen erlegen ist.«

»Aber du warst noch ein Kind.« Ich bin immer noch schockiert. »Du erzählst mir gerade, dass du zwei Menschen getötet hast, als du wie alt warst? Zehn, elf?«

»Fast elf«, erwidert sie schulterzuckend. »Und ja, das habe ich getan.«

»Aber … du scheinst so …«

»Normal zu sein?«, hilft sie mir aus und schaut mich mit einem eigenartigen Lächeln an. »Nett? Selbstverständlich, warum sollte ich das auch nicht sein? Ich habe getötet, um diejenigen zu beschützen, die ich liebe. Ich habe Männer getötet, die hierherkamen, um uns Tod und Zerstörung zu bringen. Es ist gar nicht so ein großer Unterschied dazu, einer Schlange, die dich beißen will, den Kopf abzuschneiden. Hätte ich sie nicht getötet, wären weitere unserer eigenen Männer gestorben. Vielleicht hätten sie meine Mutter umgebracht, genau wie meinen Vater und meinen Bruder.«

Ich weiß nicht, was ich dazu sagen soll. Ich hätte mir niemals vorstellen können, dass Rosa – die fröhliche, pausbäckige Rosa – zu so etwas fähig ist. Ich habe immer gedacht, dass das Böse Spuren hinterlässt. Ich sehe es an Julian, es ist so tief in seine Seele eingebrannt, dass es ein Teil von ihm ist. Ich kann es auch an mir sehen. Aber nicht bei Rosa. Überhaupt nicht.

»Wie kann es dich gar nicht belasten?«, frage ich. *Wie kannst du so unschuldig wirken?*

Sie schaut mich an, und zum ersten Mal sieht sie älter aus als einundzwanzig. »Du kannst dir aussuchen, ob du dich durch die dunklen Dinge beschmutzen lassen möchtest, Nora, oder du kannst sie wegwischen«, erwidert sie ruhig. »Ich habe Letzteres gewählt. Ich habe getötet, aber das ist nicht, wer ich bin. Ich lasse mich nicht über diese Handlung definieren. Es ist passiert, und es ist vorbei. Es ist die Vergangenheit. Ich kann die Vergangenheit nicht verändern, also werde ich auch nicht darüber nachgrübeln. Und das solltest du auch nicht tun. Deine Gegenwart, deine Zukunft – das ist alles, was zählt.«

Ich beiße mir auf die Lippe, und meine Augen beginnen durch aufsteigende Tränen zu brennen. »Aber was für eine Zukunft kann ein Kind mit Eltern wie uns denn haben, Rosa? Denk an das, was Julian und mir in den letzten zwei Jahren alles passiert ist. Wie kann ich mir sicher sein, dass mein Baby nicht von Julians Feinden entführt oder gefoltert wird?«

»Du kannst dir nicht sicher sein.« Rosas Blick bleibt unbeirrt. »Niemand kann sich über gar nichts sicher sein. Schlimme Dinge passieren jedem, überall. Es gibt Soldaten die bis ins hohe Alter leben, und Büromitarbeiter, die jung sterben. Das Leben hat weder Hand noch Fuß, Nora. Du kannst dir aussuchen, ob du jeden Moment in Angst leben möchtest, oder du kannst das Leben genießen. Genieß das, was du mit Julian hast. Genieß das Baby, das in dir heranwächst. Es ist ein Geschenk, kein Fluch, ein neues Leben zu schenken. Du wolltest vielleicht kein Kind, aber jetzt ist es da, und das Einzige, was du tun kannst, ist, es zu lieben. Es zu hegen. Lass dir das nicht von deinen Ängsten kaputtmachen.« Nach einer kleinen Pause fügt sie sanft hinzu: »Lass dir nicht deine Seele von etwas beschmutzen, was du nicht ändern kannst.«

Julian

»Wie viele diesmal?«, frage ich Lucas, als wir die Trainingsfläche verlassen. Ich atme schwer, meine Muskeln tun weh und meine linke Schulter schmerzt, aber ich bin sehr zufrieden.

Ich bin fast wieder in meiner alten Kampfform – wie die drei Wächter, die gerade davonhumpeln, bezeugen können.

»Es gab einen weiteren Schlag in Frankreich, und außerdem zwei in Deutschland.« Lucas wischt sich mit einem zusammengeknüllten Handtuch den Schweiß von der Stirn. »Er verschwendet keine Zeit.«

»Das hatte ich auch nicht erwartet.« Da ich weiß, dass Peter Sokolov sich einzig und allein auf seine

Rache konzentriert, bin ich mir sicher, dass es nicht lange dauern wird, bis er auch den Rest der Männer auf der Liste töten wird. »Wie hat er es diesmal getan?«

»Der Franzose wurde im Fluss treibend gefunden und wies Folter- sowie Würgemale auf, weshalb davon ausgegangen wird, dass Sokolov ihn vorher entführt hatte. Bei den Deutschen war ein Anschlag eine Autobombe und der andere ein Scharfschützengewehr.« Lucas grinst düster. »Auf sie war er wohl weniger wütend.«

»Oder es war so praktischer.«

»Oder das«, stimmt mir Lucas zu. »Wahrscheinlich weiß er, dass Interpol ihm auf der Spur ist.«

»Mit Sicherheit tut er das.« Ich versuche, mir vorzustellen was ich machen würde, wenn jemand meiner Familie etwas antäte, und ein wütender Schauer durchfährt mich. Ich kann mir nicht einmal vorstellen, wie Peter sich fühlen muss – was keine Entschuldigung dafür ist, Nora für diese scheiß Liste in Gefahr zu bringen.

Ich möchte ihn immer noch dafür umbringen.

»Und außerdem«, sagt Lucas beiläufig, »lasse ich gerade Yulia Tzakova aus Moskau hierherbringen.«

Ich bleibe abrupt stehen. »Die Übersetzerin, die uns an die Ukrainer verraten hat? Warum?«

»Weil ich sie persönlich befragen möchte«, sagt Lucas und legt sich sein Handtuch um den Hals. »Ich vertraue nicht darauf, dass die Russen ihren Job ordentlich machen.« Sein Gesicht ist genauso ausdruckslos wie sonst, aber ich kann einen Hauch von Erregung in seinen blassen Zügen erkennen.

Er freut sich darauf.

Ich kneife meinen Augen zusammen und betrachte ihn aufmerksam. »Es ist, weil du sie in jener Nacht in Moskau gefickt hast, stimmt's?« Das russische Mädchen hatte sich zuerst mir angeboten, aber ich habe ihre Einladung abgelehnt – woraufhin Lucas sein Interesse an ihr bekundet hatte. »Geht es darum?«

Sein Mund wird hart. »Sie hat mich gefickt. Im wahrsten Sinne des Wortes. Also ja, ich will mich persönlich um diese kleine Schlampe kümmern. Aber ich denke, dass sie außerdem nützliche Informationen für uns hat.«

Ich denke einen Augenblick darüber nach, bevor ich nicke. »In dem Fall hast du meinen Segen.« Es wäre heuchlerisch von mir, Lucas den Spaß mit der hübschen Blondine zu verwehren. Wenn er sie persönlich für den Flugzeugabsturz bezahlen lassen möchte, habe ich kein Problem damit.

Sie wäre sowieso bald in Moskau gestorben.

»Hast du schon mit den Russen verhandelt?«, frage ich, während wir weitergehen.

Lucas nickt. »Anfangs haben sie versucht, mir zu erzählen, dass sie nur mit Sokolov reden würden, aber ich habe sie davon überzeugt, dass es nicht clever wäre, Sie zu ihrem Feind zu haben. Buschekov hatte eine Erleuchtung, als ich ihn an die jüngsten Probleme mit der Al-Quadar erinnerte.«

»Gut.« Wenn selbst die Russen gewillt sind, sich

gut mit mir zu stellen, hat mein Rachefeldzug gegen die Terroristenorganisation seinen gewünschten Effekt gehabt. Nicht nur ist die Al-Quadar ausgelöscht, sondern mein Ruf hat sich auch erheblich verbessert. Nur wenige meiner Kunden würden gerade ein falsches Spiel mit mir spielen – eine Entwicklung, die sehr vielversprechend für gute Geschäfte ist.

»Ja, es ist sehr hilfreich«, spricht Lucas meinen Gedanken laut aus. »Sie wird morgen hier ankommen.«

Ich ziehe meine Augenbrauen in die Höhe, beschließe aber, keine Bemerkung über die Schnelligkeit dieser Entwicklung fallen zu lassen. Wenn er so unbedingt mit dem russischen Mädchen spielen möchte, dann ist das seine Angelegenheit. »Wo wirst du sie unterbringen?«, frage ich stattdessen.

»Bei mir. Die Befragung wird ebenfalls dort stattfinden.«

Ich grinse, als ich mir diese Befragung vorstelle. »In Ordnung. Viel Spaß dabei.«

»Den werde ich haben«, erwidert er mit einem grimmigen Grinsen. »Darauf können Sie sich verlassen.«

~

ICH DUSCHE MICH, BEVOR ICH NORA SUCHEN GEHE. Oder besser gesagt an meinem Rechner nachschaue, wo sich ihre Tracker gerade befinden. Ich finde sie in der Bibliothek, in der sie wahrscheinlich gerade für die Prüfungen lernt.

Als ich bei ihr ankomme, sitzt sie mit dem Gesicht von mir abgewandt an einem der Tische und tippt wütend auf ihrem Laptop. Ihre Haare hat sie zu einem losen Pferdeschwanz zusammengebunden, und sie trägt ein riesiges T-Shirt, das ihr bis zu den Knien reicht.

So wie es aussieht eines von meinen T-Shirts.

Das tut sie seit Neuestem, wenn sie Lernen muss. Sie behauptet, dass meine T-Shirts bequemer seien als ihre Kleider, und ich habe überhaupt nichts dagegen. Sie in meiner Kleidung zu sehen bestärkt die Tatsache, dass sie mir gehört.

Dass sie beide mir gehören, sie und das Baby, das sie in sich trägt.

Sie reagiert nicht, als ich den Raum betrete und zu ihr gehe. Als ich neben ihr stehen bleibe, verstehe ich, warum.

Sie hat ihre Kopfhörer auf, ihre Stirn ist in konzentrierte Falten gelegt und ihre Finger fliegen beim Schreiben mit einer beeindrucken Geschwindigkeit über die Tastatur. Einen Moment lang spiele ich mit den Gedanken sie besser allein zu lassen, aber da ist es schon zu spät. Nora muss mich aus dem Augenwinkel gesehen haben, denn sie schaut hoch, und während sie ihre Kopfhörer abnimmt, schenkt sie mir ein strahlendes Lächeln.

»Hallo.« Ihre Stimme ist sanft und ein wenig rau. »Ist es schon Zeit zum Essen?«

»Nein, noch nicht.« Ich lächele zurück und lege meine Hand auf ihren Nacken. Ihre Muskeln fühlen sich hart an, und ich beginne, sie mit meinen Daumen zu massieren. »Ich habe ein wenig mit meinen Männern trainiert und bin hierhergekommen, um zu duschen, bevor ich wieder zurück ins Büro gehe. Und ich habe mir gedacht, dass ich auf dem Weg dorthin kurz bei dir vorbeischaue.«

»Oh.« Sie lehnt sich in meine Berührung und schließt die Augen. »Oh, ja, genau dort … Das tut so gut …«

Sie hört sich an, als würde ich sie gerade nehmen, und meine Reaktion lässt nicht auf sich warten.

Ich werde sofort hart. Sehr hart.

*Scheiße.*

Ich atme ein und zügele meine Lust, genauso wie ich es seit zwei Wochen tue. Wenn ich sie heute Nacht nehme, wird es wieder vorsichtig und kontrolliert sein. Trotz ihrer Provokationen werde ich es nicht riskieren, dem Baby zu schaden.

»Ist das deine Psychologiearbeit?« Ich bemühe mich um einen ruhigen Ton, während ich sie weiterhin massiere. »Sie scheint dich ja wirklich zu faszinieren.«

»Ja.« Sie öffnet die Augen und dreht ihren Kopf, um mich anzuschauen. »Sie ist über das Stockholm-Syndrom.«

Meine Hände halten inne. »Wirklich?«

Sie nickt, und ein dunkles kleines Lächeln umspielt ihre Lippen. »Ja. Interessantes Thema, findest du nicht?«

»Ja, faszinierend«, erwidere ich trocken. Mein Kätzchen wird definitiv mutiger. Es fordert mich heraus – wahrscheinlich in der Hoffnung, dass ich es bestrafen werde.

Und das will ich auch. Meine Hände jucken vor Verlangen, sie über meine Knie zu legen, das riesige T-Shirt hochzuschieben und auf ihren perfekt geformten Hintern einzuschlagen, bis er rosarot ist. Mein Geschlecht klopft bei dieser Vorstellung, besonders bei dem Gedanken daran, danach ihre Backen zu öffnen und in ihr enges kleines Poloch einzudringen …

*Hör verdammt noch mal auf, darüber nachzudenken.* Ich sehe, wie Noras Lächeln breiter wird, als ihr Blick auf der Ausbeulung meiner Jeans hängen bleibt. Diese kleine Hexe weiß ganz genau, was sie mir antut, welche Wirkung sie auf meinen Körper hat.

»Ja, ich liebe es«, flüstert sie, als sie ihren Blick wieder meinem Gesicht zuwendet. »Ich habe sehr viel über dieses Thema gelernt.«

Ich atme langsam ein und fahre damit fort, ihren Nacken zu massieren. »Dann wirst du mich aufklären müssen, mein Kätzchen«, sage ich ruhig, als ob in meinem Körper nicht gerade das Bedürfnis wüten würde, sie zu nehmen. »Leider habe ich das Psychologiestudium an der Caltech abgebrochen.«

Noras Lächeln wird sardonisch. »Dann bist du wohl einfach ein Naturtalent?«

Schweigend erwidere ich ihren Blick, ohne mich um eine Antwort zu bemühen. Worte sind überflüssig. Ich habe sie gesehen, sie gewollt und sie genommen. So einfach ist das. Wenn sie unsere Beziehung in eine Schublade stecken, eine pseudopsychologische Definition dafür finden möchte, dann kann sie das gerne tun.

Sie wird sich trotzdem nie von mir befreien.

Nach einigen Momenten seufzt sie, schließt die Augen und lässt sich wieder in meine Berührung fallen. Ich kann fühlen, wie sich ihre Muskeln langsam entspannen, während ich ihre Schultern und ihren Nacken massiere. Der herausfordernde Ausdruck auf ihrem Gesicht verschwindet, und sie sieht besonders jung und wehrlos aus. Ihre Wimpern breiten sich wie ein Fächer auf ihren glatten Wangen aus, und sie scheint so unschuldig wie ein Neugeborenes zu sein, unberührt von allem Bösen des Lebens.

Unberührt von mir.

Einen Moment lang frage ich mich, wie es wäre, wenn die Dinge anders lägen. Wenn ich einfach ein Junge wäre, den sie in der Schule getroffen hat, so wie Jake, von dem ich sie genommen habe. Würde sie mich mehr lieben? Würde sie mich überhaupt lieben? Wenn ich sie nicht auf die Art und Weise genommen hätte, wie ich es getan habe, würde sie mir trotzdem gehören?

Natürlich ist es dumm, sich derartige Gedanken zu machen. Ich könnte genauso gut Spekulationen zu Zeitreisen anstellen oder darüber, was ich tun würde, wenn das Ende der Welt käme. Meine Realität lässt keine Was-wäre-wenn-Fragen zu. Was wäre gewesen, wenn meine Eltern nicht gestorben wären und ich die

Caltech beendet hätte? Was wäre gewesen, wenn ich mich geweigert hätte, im Alter von acht Jahren einen Mann zu erschießen? Was wäre gewesen, hätte ich Maria beschützen können? Wenn ich über das alles nachdenke, werde ich verrückt, und ich weigere mich, das zuzulassen.

Ich bin, was ich bin, und ich kann es nicht ändern.

Nicht einmal für sie.

~

»ICH HABE HEUTE NACHMITTAG MIT MEINEN ELTERN gesprochen«, sagt Nora, als wir uns zum Abendessen hinsetzen. »Sie haben mich erneut gefragt, ob ich sie besuchen komme.«

»Haben sie das?« Ich schaue sie sardonisch an. »Und ist das alles, worüber du mit ihnen gesprochen hast?«

Nora schaut auf ihren Teller mit Salat. »Ich werde es ihnen bald erzählen.«

»Wann?« Es kotzt mich an, dass sie sich so verhält, als existiere das Baby nicht. »Wenn die Wehen einsetzen?«

»Nein, natürlich nicht.« Sie schaut mich an und runzelt die Stirn. »Woher weißt du überhaupt, dass ich es ihnen noch nicht erzählt habe? Hörst du unsere Unterhaltungen ab?«

»Natürlich.« Ich höre mir nicht alles an, aber ab und zu höre ich rein. Gerade genug, um zu wissen, dass ihre Eltern immer noch in seliger Unwissenheit über die neueste Entwicklung im Leben ihrer Tochter sind. Aber es schadet nichts, wenn Nora denkt, dass alle ihre Unterhaltungen überwacht werden. »Hast du gedacht, dass ich es nicht tun würde?«

Ihre Lippen werden hart. »Ja, vielleicht. Privatsphäre ist ein elementares Menschenrecht.«

»Es gibt keine elementaren Menschenrechte, mein Kätzchen.« Am liebsten würde ich über ihre Naivität lachen. »Sie sind ein künstliches Konstrukt. Niemand schuldet dir etwas. Wenn du etwas im Leben haben möchtest, musst du dafür kämpfen. Du musst es wahr werden lassen.«

»So, wie du meine Entführung hast wahr werden lassen?«

Ich lächele sie kühl an. »Genau so. Ich wollte dich, also habe ich dich genommen. Ich wollte nicht einfach schmachtend dasitzen und hoffen.«

»Oder über das Konstrukt der Menschenrechte nachgrübeln.« Ihr Ton ist nur leicht sarkastisch. »Wirst du so auch unser Kind erziehen? Es sich einfach nehmen lassen, was es möchte, ohne dass es sich Gedanken darüber macht, Menschen zu verletzen?«

Ich atme langsam ein, da ich die Anspannung in ihrem Gesicht sehe. »Ist es das, worüber du dir Sorgen machst, mein Kätzchen?«

»Eine Menge Dinge machen mir Sorgen«, sagt sie ruhig. »Und ein Kind mit einem Mann ohne Gewissen großzuziehen steht ziemlich weit oben auf der Liste.«

Aus irgendeinem Grund schmerzen ihre Worte. Ich möchte sie beruhigen, ihr sagen, dass sie sich keine

Sorgen machen muss, aber ich kann weder sie noch mich selbst belügen.

Ich habe keine Ahnung, wie ich dieses Kind aufziehen werde, welche Lektionen ich ihm erteilen werde. Männer wie ich – Männer wie mein Vater – sind nicht dazu bestimmt, Kinder zu haben. Das weiß sie, und das weiß ich.

Als würde sie meine Gedanken spüren, fragt Nora leise: »Warum möchtest du dieses Baby überhaupt, Julian? Warum ist es dir so wichtig?«

Ich schaue sie schweigend an und bin mir nicht sicher was ich ihr antworten soll. Es gibt keinen guten Grund dafür, dass dieses Kind so wichtig für mich ist. Keinen Grund, es mit aller Macht zu wollen, so wie ich das tue. Noras Schwangerschaft hätte mich wütend machen sollen – oder sie hätte mich wenigstens stören müssen –, aber als wir von Dr. Goldberg davon erfuhren, war das, was ich fühlte, so fremd, dass ich es erst gar nicht einordnen konnte.

Es war Freude.

Reine, ungetrübte Freude.

Für einen kurzen, herrlichen Moment war ich wirklich glücklich.

Als ich nicht antworte, atmet Nora aus und schaut wieder auf ihren Teller. Ich sehe ihr dabei zu, wie sie ein Stück Tomate kleinschneidet und beginnt, ihren Salat zu essen. Ihr Gesicht ist blass und angespannt, und doch ist jede ihrer Bewegungen so anmutig und feminin, dass ich wie hypnotisiert bin, völlig versunken in ihren Anblick.

Ich kann sie stundenlang betrachten.

Die erste Zeit auf der Insel waren die Mahlzeiten die besten Stunden meines Tages. Ich habe es geliebt, mit ihr zu interagieren, ihr dabei zuzusehen, wie sie ihre Angst bekämpft und versucht, Haltung zu bewahren. Ihr stoischer, zerbrechlicher Mut hat mich fast genauso begeistert wie ihr köstlicher Körper. Sie hatte Angst, aber trotzdem konnte ich die Kalkulationen hinter ihrem schüchternen Lächeln und dem schüchternen Flirten erkennen.

Auf ihre eigene, ruhige Art war mein Kätzchen schon immer ein Kämpfer gewesen.

»Nora ...« Ich möchte ihre Anspannung, ihre verständlichen Sorgen mindern, aber ich kann sie nicht anlügen. Ich kann nicht vorgeben, jemand zu sein, der ich nicht bin. Als sie aufschaut, sage ich nur: »Das Baby ist ein Teil von dir und ein Teil von mir. Das ist für mich Grund genug, es zu wollen.« Als sie mich weiterhin mit einem unveränderten Gesichtsausdruck anschaut, füge ich ruhig hinzu: »Und ich werde für unser Kind mein Bestes geben, mein Kätzchen. So viel kann ich dir versprechen.«

Ihre Mundwinkel bewegen sich zu einem leichten Lächeln nach oben. »Selbstverständlich wirst du das, Julian. Und das Gleiche werde ich auch tun. Aber wird das genug sein?«

»Das werden wir sehen, wenn es so weit ist«, erwidere ich, und da Ana den nächsten Gang bringt, konzentrieren wir uns auf das Essen und lassen das Thema fallen.

ora

»Hast du das Mädchen gesehen, das heute Morgen hierhergebracht worden ist?«, fragt mich Rosa während unseres täglichen Spaziergangs. »Ana hat erzählt, sie sei in Handschellen gewesen.«

»Was?« Ich schaue Rosa überrascht an. »Was für ein Mädchen? Ich war vor dem Frühstück kurz laufen, aber ich habe nichts gesehen.«

»Ich habe sie auch nicht gesehen. Ana hat mir gesagt, dass sie einen Blick auf sie geworfen hätte und dass sie blond und wirklich hübsch sei. Offensichtlich ist sie in Lucas Kents Unterkunft.« Rosa genießt es sichtlich, diesen Teil des Tratsches an mich weiterzugeben. »Ana denkt, sie könnte Señor Esguerra auf irgendeine Weise betrogen haben.«

»Wirklich?« Ich ziehe meine Stirn in Falten. »Davon weiß ich nichts. Julian hat mir gegenüber nichts davon erwähnt.« Seit ich seinen Computer gehackt habe, hat mir Julian generell weniger über seine Geschäfte erzählt. Ich weiß nicht, ob der Grund dafür ist, dass er mir misstraut, oder dass er versucht, mich wegen der Schwangerschaft so weit wie möglich von allem fernzuhalten, was mich aufregen könnte. Ich vermute Letzteres, wenn man bedenkt, wie überfürsorglich er in der letzten Zeit ist.

»Möchtest du an Kents Haus vorbeigehen? Vielleicht sehen wir ja etwas.« Rosas Augen funkeln vor Aufregung. »Vielleicht können wir ja durch sein Fenster schauen.«

Ich starre sie an. »Rosa!« So etwas hatte ich überhaupt nicht von ihr erwartet. »Das können wir doch nicht machen.«

»Ach komm schon«, bettelt meine Freundin. »Das wird lustig. Willst du nicht sehen, wer das blonde Mädchen ist und warum Kent sie hat?«

»Ich kann ja Julian fragen. Er wird es mir bestimmt sagen.«

Rosa schaut mich flehend an. »Ja, aber ich könnte schon vor Neugier gestorben sein, bevor er es tut. Ich will nur sehen was Kent mit ihr macht, das ist alles.«

»Warum?« Ich möchte nicht dabei zusehen wie Julians rechte Hand eine bedauernswerte Frau foltert, und ich habe auch keine Ahnung warum Rosa so etwas Schreckliches sehen möchte. »Wenn sie Julian betrogen hat, wird es nicht schön sein.« Mein Magen krampft bei dem Gedanken daran. Heute ist keiner meiner besseren Tage, was meine Übelkeit betrifft.

Rosa errötet. »Darum. Komm schon, Nora.« Sie greift nach meinen Handgelenken und beginnt, mich zu den Häusern der Wächter zu ziehen. »Lass uns einfach dorthin gehen. Du bist schwanger, also wird es dir niemand übelnehmen, wenn wir uns ein wenig dort umsehen.«

Ich lasse mich von ihr hinterherziehen und bin immer noch ganz entsetzt über ihren unerklärlichen Wunsch, Spion zu spielen. Normalerweise ist Rosa nicht besonders interessiert an den kriminellen Aktivitäten meines Ehemannes. Ich kann mir einfach nicht erklären, was hinter ihrem ungewöhnlichen Verhalten steckt, außer …

»Bist du an Lucas interessiert?«, platze ich heraus, und wir bleiben beide stehen. »Ist es das?«

»Was? Nein!« Rosas Stimme ist auf einmal recht hoch. »Ich bin nur neugierig, das ist alles.«

Ich blicke sie an, und mir fallen ihre geröteten Wangen auf. »Oh mein Gott, du bist interessiert.«

Rosa lässt empört mein Handgelenk los und verschränkt ihre Arme vor ihrer Brust. »Das bin ich nicht.«

Ich halte meine Hände in einer versöhnlichen Geste nach oben. »Ist ja schon gut. Wie du meinst.«

Rosa blickt mich einen Moment lang an, bevor sich ihre Schultern entspannen und ihre Arme nach unten fallen. »In Ordnung«, meint sie mürrisch. »Vielleicht finde ich ihn attraktiv. Aber nur ein kleines bisschen.«

»Natürlich«, sage ich mit einem beruhigenden Lächeln. Lucas Kent, mit seinen blonden Haaren und seinem markanten, eckigen Kinn, erinnert mich an einen Wikingerkrieger – oder zumindest an dessen Hollywood-Version. »Er ist ein gutaussehender Mann.«

Rosa nickt. »Das ist er. Er weiß selbstverständlich nicht, dass ich existiere, aber ich nehme an, das war zu erwarten.«

»Was meinst du?« Ich runzele die Stirn. »Hast du jemals versucht, mit ihm zu reden?«

»Über was denn? Ich bin nur die Hausangestellte, die das Haupthaus sauber macht und den Wächtern ab und an kleine Aufmerksamkeiten von Ana bringt.«

»Du könntest ihn fragen, was sein Lieblingsessen ist«, schlage ich vor. »Oder wie sein Tag war. Es muss ja nichts Schwieriges sein. Nur ein einfaches Hallo würde reichen, damit er dich wahrnimmt.« Während ich das sage, fällt mir auf, dass es vielleicht nicht das Beste für Rosa wäre, würde ein Mann wie Lucas Kent sie – oder eigentlich jede Frau – wahrnehmen.

Bevor ich meinen Vorschlag zurückziehen kann, seufzt Rosa und sagt: »Ich habe ihn schon einmal gegrüßt. Aber ich denke, er sieht mich einfach nicht. Nicht auf diese Weise. Und warum sollte er auch? Ich meine, schau mich doch an.« Sie deutet abfällig auf sich selbst.

»Worüber redest du?« Ich denke immer noch nicht, dass es eine gute Entwicklung für Rosas Leben wäre, die Aufmerksamkeit von Lucas auf sich zu ziehen, aber ich kann diesen Kommentar nicht auf sich beruhen lassen. »Du bist sehr attraktiv.«

»Ach bitte.« Rosa schaut mich ungläubig an. »An guten Tagen bin ich gerade mal mittelmäßig. Jemand wie Kent ist an Supermodels gewöhnt – wie das blonde Mädchen, das er gerade bei sich hat. Ich bin nicht sein Typ.«

»Wenn du nicht sein Typ bist, ist er ein Idiot«, sage ich entschieden und meine es auch so. Mit ihrem gerundeten Gesicht, den warmen braunen Augen und dem strahlenden Lächeln ist Rosa ziemlich hübsch. Sie hat auch diese Figur, die ich immer gerne haben wollte: üppige Rundungen mit einer schmalen Taille und vollen Brüsten. »Du bist ein wunderschönes Mädchen – ein Mann müsste blind sein, um das nicht zu sehen.«

Sie schnaubt. »Genau. Deshalb habe ich auch so ein ausgefülltes Liebesleben.«

»Dein Liebesleben ist auf dieses Anwesen beschränkt«, erinnere ich sie. »Und hast du mir nicht erzählt, dich mit einigen Wächtern getroffen zu haben?«

»Ja, schon.« Sie winkt ab. »Eduardo und Nick – aber das bedeutet nichts. Die Wächter haben auch nur eine beschränkte Auswahl und sind deshalb nicht besonders wählerisch. Sie nehmen alles, was nicht bei drei auf den Bäumen ist.«

»Rosa.« Ich schaue sie tadelnd an. »Jetzt übertreibst du aber.«

Sie grinst. »Na gut, vielleicht. Ich sollte

wahrscheinlich sagen, alles Weibliche, was nicht bei drei auf den Bäumen ist – auch wenn ich gehört habe, dass Dr. Goldberg auch nicht leer ausgeht. Man sagt, dass er am liebsten tätowierte Männer mag.« Sie bewegt ihre Augenbrauen anzüglich.

Ich schüttele den Kopf, grinse ungewollt zurück, und wir beide brechen in Gelächter aus, als wir uns den besagten Arzt mit einem der großen, tätowierten Wächter vorstellen.

»Also, da wir jetzt geklärt haben, dass dir Herr Blond-und-gefährlich gefällt«, sage ich einige Minuten später, als wir aufgehört haben zu lachen und weiter auf die Unterkünfte der Wächter zugehen, »kannst du mir bitte noch einmal erklären, warum du ihn mit diesem Mädchen ausspionieren möchtest?«

»Ich weiß es nicht«, gibt Rosa zu. »Ich möchte es einfach. Das ist krank, ich weiß, aber ich möchte wissen, wie er bei dieser anderen Frau ist.«

»Rosa …« Ich verstehe es immer noch nicht. »Wenn sie in Handschellen hierhergebracht wurde, werden sie nicht gerade eine romantische Verabredung haben. Das weißt du, stimmt's?«

»Ja, natürlich.« Sie hört sich unbeeindruckt an. »Wahrscheinlich tut er ihr furchtbare Dinge an.«

»Und warum möchtest du das sehen?«

Sie zuckt mit den Schultern. »Ich weiß es nicht. Vielleicht hoffe ich, dass ich leichter über ihn hinwegkomme, wenn ich ihn so sehe. Oder vielleicht bin ich morbide neugierig. Ist das wirklich wichtig?«

»Nein, ich glaube nicht.« Ich beeile mich, um ihren

schnellen Schritten folgen zu können. »Aber was ich dir jetzt sagen kann, ist, dass Dr. Wessex eine Menge Spaß mit dir haben würde.«

»Mit Sicherheit«, erwidert sie und grinst mich erneut an. »Dann ist es ja gut, dass du diejenige in Therapie bist.«

DIE UNTERKÜNFTE DER WÄCHTER SIND AM ANDEREN Ende des Anwesens, genau neben dem Dschungel. Sie sind eine Mischung aus kleinen, viereckigen Gebäuden und einigen normalgroßen Häusern. Von meinen früheren Streifzügen weiß ich, dass diese Häuser von einigen der höherrangigen Angestellten und Wächtern aus Julians Organisation bewohnt werden.

Als wir uns ihnen nähern, geht Rosa in Schlangenlinien auf eines der größeren Häuser zu, und ich folge ihr weiterhin im Laufschritt, um nicht allzu weit hinter ihr zurückzubleiben. Mein Magen wird langsam nervös, und ich bereue es, mich auf diese verrückte Sache eingelassen zu haben.

»Das ist es«, sagt sie flüsternd, als wir um das Haus herumgehen. »Sein Schlafzimmer ist hier.«

»Und woher weißt du das?«

Sie grinst mich an. »Vielleicht war ich schon das eine oder andere Mal hier.«

»Rosa …« Ich entdecke eine völlig neue Seite meiner Freundin. »Du hast den armen Mann schon vorher ausspioniert?«

»Nur ein- oder zweimal«, flüstert sie und hockt sich unter ein Fenster, während ich ein wenig Abstand halte und zuschaue. »Jetzt Ruhe bitte.« Sie hält sich einen Finger vor den Mund, um ihre Bitte mit einer Geste zu unterstreichen.

Ich lehne mich gegen einen Baumstamm, verschränke meine Arme und sehe ihr dabei zu, wie sie sich langsam erhebt und durch das Fenster schaut. Ich bin erstaunt, dass sie dreist genug ist, das bei hellem Tageslicht zu tun. Auch wenn diese Seite von Lucas' Haus dem Dschungel zugewandt ist, gibt es trotzdem genügend Wächter, die uns theoretisch hier erwischen könnten.

Bevor ich meine Bedenken mit Rosa teilen kann, dreht sie sich mit einem enttäuschten Gesichtsausdruck zu mir um. »Sie sind nicht hier«, sagt sie mit niedergeschlagener Stimme. »Ich frage mich, wo sie sein könnten.«

»Vielleicht hat er sie irgendwohin gebracht«, bemerke ich erleichtert über diese Wendung der Dinge. »Lass uns gehen.«

»Warte, lass mich nur noch schnell etwas nachschauen.« Sie hockt sich hin und bewegt sich auf ein Fenster zu, welches sich weiter links befindet.

Ich folge ihr zögernd und bekomme ein immer schlechteres Gefühl bei dieser Sache. Nur noch eine Minute, verspreche ich mir selbst, und dann gehe ich zurück.

Als ich ihr gerade sagen möchte, dass ich gehe, schreit Rosa leise auf und bedeutet mir, näher zu kommen. »Dort«, flüstert sie aufgeregt und zeigt auf das Fenster. »Hier hat er sie.«

Damit ist meine Neugier geweckt. Ich mache mich ganz klein und bewege mich vorsichtig zu Rosas Versteck, um mich neben sie zu hocken. »Was tut er?«, flüstere ich und habe fast Angst davor, es zu erfahren.

»Ich weiß es nicht«, flüstert sie zurück und dreht sich zu mir um. »Er ist nicht im Zimmer. Sie ist allein.«

»Also was macht sie?«

»Schau selber. Sie blickt nicht in unsere Richtung.«

Ich zögere einen Moment, aber die Verlockung ist zu groß, um ihr zu widerstehen. Mit angehaltenem Atem erhebe ich mich gerade genug, um über den Unterrand des Fensters zu sehen und bekomme aus dem Augenwinkel mit, dass Rosa neben mir das Gleiche tut.

Wie ich befürchtet hatte, dreht sich mir bei diesem Anblick der Magen um.

Der Raum hinter dem Fenster ist groß und nur spärlich möbliert. Wegen des schwarzen Ledersofas an der Wand und dem Fernseher auf der anderen Seite nehme ich an, dass es sich dabei um Lucas' Wohnzimmer handeln. Die Wände sind weiß gestrichen, und der Teppich ist grau. Es ist ein sehr maskuliner Raum, funktional und kompromisslos, aber es ist nicht die Dekoration, die meine Aufmerksamkeit auf sich zieht.

Es ist die junge Frau in der Mitte.

Sie ist völlig nackt an einen Holzstuhl gefesselt, ihre Füße sind auseinandergespreizt, und ihre Hände sind hinter den Rücken gebunden. Ihr Kopf hängt nach unten, und das verhedderte blonde Haar verhüllt ihr Gesicht und einen Großteil ihres Oberkörpers. Alles, was ich sehen kann, sind schmale Füße und lange, blasse Gliedmaßen, die über die gesamte Länge mit Verletzungen übersät sind.

Gliedmaßen, die viel zu dünn für ein Mädchen ihrer Größe sind.

Als ich sie gerade mit schockierter Faszination betrachte, hebt sie plötzlich ruckartig den Kopf und schaut mich mit scharfen, blauen Augen in einem zarten Gesicht an.

Ich ducke mich instinktiv, und mein Puls rast durch den Adrenalinschub. Rosa blickt immer noch mit ungebrochener Neugier durch das Fenster.

»Rosa«, zische ich und ergreife ihren Arm. »Sie hat uns gesehen. Lass uns gehen.«

»Schon gut, schon gut«, willigt meine Freundin ein. »Lass uns gehen.«

Schweigend gehen wir zu unserem normalen Weg zurück. Rosa scheint tief in Gedanken versunken zu sein, und ich kann nicht sprechen, da mir immer schlechter wird. Als wir an einigen Rosenbüschen vorbeigehen, kann ich es nicht mehr zurückhalten. Ich knie mich hin und übergebe mich, während Rosa mir die Haare aus dem Gesicht hält und sich immer wieder dafür entschuldigt, mich in meinem Umstand aufgeregt zu haben.

Ich winke ab und stelle mich zitternd wieder hin. Das, was mich am meisten verstört hat, war nicht die

Tatsache, eine Frau gesehen zu haben, die gefesselt war und darauf wartete, gefoltert zu werden.

Es ist, dass dieser Anblick mich nicht so sehr schockiert hat, wie er es eigentlich tun sollte.

~

In dieser Nacht isst Julian nicht mit mir. Ana erklärt mir, dass er ein dringendes Telefongespräch mit einem seiner Partner aus Hong Kong führen muss. Ich denke darüber nach, in sein Büro zu gehen und zuzuhören, aber entschließe mich dann doch dazu, die Zeit für einen Videoanruf mit meinen Eltern zu nutzen.

»Nora, Süße, wann werden wir dich denn wiedersehen?«, fragt meine Mutter zum wiederholten Male, nachdem ich ihr kurz von meinen Kursen erzählt habe. Mein Vater ist auf Geschäftsreise, weshalb wir heute allein sind. »Ich vermisse dich so sehr.«

»Ich weiß, Mama. Ich vermisse dich auch.« Ich beiße mir auf die Innenseiten meiner Wangen, und meine Augen brennen plötzlich durch aufsteigende Tränen. *Scheiß Schwangerschaftshormone.* »Ich habe dir doch schon gesagt, dass Julian meinte, wir würden bald kommen.«

»Wann?«, fragt meine Mutter frustriert. »Warum kannst du uns kein Datum geben?«

*Weil ich schwanger bin und mein überfürsorglicher Entführer und Ehemann sich weigert, auch nur über*

*Verreisen zu reden.* »Mama …« Ich atme tief ein und versuche, meinen ganzen Mut zusammenzunehmen. »Ich denke, es gibt da etwas, was du wissen solltest.«

Meine Mutter beugt sich näher an die Kamera, und Sorgenfalten bilden sich auf ihrer Stirn. »Was denn, Süße?«

»Ich bin in der achten Woche schwanger. Julian und ich bekommen ein Baby.« Sobald die Worte draußen sind, fühle ich mich, als sei ein Felsbrocken von meinen Herzen gefallen. Ich hatte bis zu diesem Moment nicht bemerkt, wie sehr mich dieses Geheimnis belastet hatte.

Meine Mutter blinzelt. »Was? Schon?«

»Ja.« Das ist nicht die Reaktion, die ich erwartet hatte. Mit gerunzelter Stirn nähere ich mich der Kamera. »Was meinst du mit schon?«

»Na ja, dein Vater und ich wir haben uns gedacht, dass wenn ihr beiden heiratet …« Sie zuckt mit den Schultern. »Ich meine, wir hatten gehofft, dass es noch eine Weile dauern würde und du zuerst deine Schule beenden würdest …«

»Ihr habt euch gedacht, dass Julian und ich Kinder bekommen würden?« Ich fühle mich, als befände ich mich in einem anderen Universum. »Und das ist für euch in Ordnung?«

Meine Mutter seufzt, lehnt sich nach hinten und schaut mich mit einem vorsichtigen Gesichtsausdruck an. »Natürlich sind wir damit nicht einverstanden. Aber wir können unser Leben nicht damit verbringen, Tatsachen zu leugnen, egal wie sehr dein Vater es auch versucht. Es ist mit Sicherheit nicht das, was wir uns für dich gewünscht haben, aber ...« sie hält inne und seufzt ein weiteres Mal, bevor sie sagt: »Schau mal, Süße, wenn es das ist, was du möchtest, wenn es dich wirklich so glücklich macht, wie du uns immer erzählst, dann sollten wir uns nicht einmischen. Wir möchten, dass du glücklich und gesund bist. Das weißt du, oder?«

»Das tue ich, Mama.« Ich blinzele schnell, um die frischen Tränen zu unterdrücken. »Das tue ich.«

»Gut.« Sie lächelt, und ich bin mir ziemlich sicher, dass in ihren Augen ebenfalls Tränen glänzen. »Erzähl mir alles darüber. Ist dir schlecht? Bist du müde? Wie hast du es herausgefunden? War es ein Unfall?«

Und die nächste Stunde reden meine Mutter und ich über Babys und Schwangerschaft. Sie berichtet mir über ihre eigene Erfahrung – ich war ein in den Flitterwochen gezeugtes Überraschungsbaby für sie und meinen Vater –, und ich erkläre ihr, dass ich am Arm verletzt wurde, als die Terroristen mich entführten und mir deshalb für eine kurze Zeit mein Implantat entfernt werden musste. Die ganze Wahrheit kann ich ihr unmöglich sagen: dass die Al-Quadar das Implantat herausgeschnitten hat, weil sie dachte, es sei ein Tracker. Meine Eltern wissen über die Entführung aus dem Einkaufszentrum Bescheid – ich musste mein Verschwinden schließlich irgendwie erklären –, aber ich habe ihnen nicht die ganze Geschichte erzählt.

Sie haben keine Ahnung, dass ihre Tochter sich als Köder zur Verfügung gestellt hat, um das Leben ihres

Entführers zu retten, und kaltblütig einen Mann erschossen hat.

Als wir unser Gespräch schließlich beenden, ist es schon dunkel draußen, und ich werde langsam müde. Sobald ich aufgelegt habe, gehe ich duschen, putze meine Zähne und lege mich ins Bett, um dort auf Julian zu warten.

Nach einer Weile werden meine Augenlider schwer, und ich merke wie der Schlaf mich übermannt. Als meine Gedanken zu wandern beginnen, formt sich ein Bild vor meinen geschlossenen Augen: das des Mädchens, das in der Mitte eines großen Raumes mit weißen Wänden hilflos und gefesselt an einem Stuhl festgebunden ist. Ihr Haar ist allerdings nicht blond.

Es ist dunkel … und in ihrem Bauch wächst ein Kind heran.

## 13

Julian

ES IST SCHON FAST MITTERNACHT, ALS ICH AUFHÖRE ZU arbeiten und in unser Schlafzimmer gehe. Ich betrete den Raum, mache die Nachttischlampe an und sehe, dass Nora schon unter ihrer Bettdecke zusammengerollt schläft. Ich gehe duschen, bevor ich mich zu ihr lege und ihren nackten Körper an mich ziehe, sobald ich mich zugedeckt habe. Sie hat die perfekte Größe für mich: ihr runder, kleiner Po liegt an meinen Lenden, und ihr Nacken auf meinem ausgestreckten Arm. Mein anderer Arm liegt angewinkelt auf ihrer Seite, und meine Hand bedeckt eine kleine, feste Brust.

Eine Brust, die sich jetzt ein wenig voller anfühlt als

zuvor und mich daran erinnert, dass sich ihr Körper verändern wird.

Es ist bizarr, wie erotisch ich dieses Wissen finde, wie sehr mich der Gedanke daran, dass Nora durch unser Kind runder werden wird, erregt. Ich habe eine schwangere Frau niemals als Sexobjekt angesehen, aber ich bin besessen von dem noch schlanken Körper meiner Frau und seinen Fähigkeiten. Mein Sexualtrieb ist immer stark, aber zurzeit ist er extrem, und ich muss mich beherrschen, sie nicht permanent anzufallen.

Würde ich nicht zweimal pro Tag bis zur Erschöpfung trainieren gehen, wäre ich nicht in der Lage, mich zu kontrollieren.

Sogar jetzt, nachdem ich unter der Dusche onaniert habe, ist es immer noch eine Folter, mit ihr im Arm dazuliegen. Ich werde mich aber trotzdem nicht von ihr entfernen. Ich muss sie an mir spüren, auch wenn wir einfach nur kuscheln. Sie muss sich ausruhen, und ich habe vor, sie schlafen zu lassen. Als ich mir das Kissen bequemer zurechtrücke, bewegt sie sich in meinen Armen und sagt schläfrig: »Julian?«

»Natürlich, Baby.« Ich gebe der Versuchung nach und liebkose die weiche Haut hinter ihren Ohren, während meine Hand von ihrer Brust zu den warmen Falten zwischen ihren Beinen gleitet. »Wer sollte es denn sonst sein?«

»Ich – ich weiß nicht …« Sie atmet schneller, als ich ihre Klitoris finde und leichten Druck auf sie ausübe. »Wie spät ist es?«

»Spät.« Ich schiebe einen Finger in sie, um zu sehen, wie erregt sie ist, und mein Geschlecht pocht, als ich die Feuchte ihres engen, heißen Kanals spüre. »Ich sollte dich schlafen lassen.«

»Nein.« Sie stöhnt, als ich meinen Finger krümme und ihren G-Punkt berühre. »Mir geht es gut, wirklich.«

»Ist das so?« Ich kann nicht widerstehen, sie ein wenig zu quälen. Ich muss meine sadistischen Triebe momentan zügeln, aber ich kann nicht darauf verzichten, sie betteln zu hören. Mit leiser Stimme murmele ich: »Ich weiß nicht so recht. Ich denke, ich sollte besser aufhören.«

»Nein, bitte nicht.« Sie stöhnt, als ich ihre Klitoris mit meinem Daumen kreisförmig umfahre und gleichzeitig mein hartes Geschlecht an ihrem Po reibe. »Bitte höre nicht auf.«

»Dann sag mir, was ich mit dir machen soll.« Ich umkreise weiterhin ihre Klitoris. Sie fühlt sich mit ihrem warmen und glatten Körper wie Feuer in meinen Armen an. Ihr Haar riecht von ihrem Shampoo nach Blumen, und ihre inneren Wände zucken um meinen Finger, als würden sie versuchen, ihn tiefer in sich zu ziehen. »Sag mir ganz genau, was du möchtest, mein Kätzchen.«

»Du weißt, was ich will.« Jetzt keucht sie, und ihre Hüften bewegen sich, da sie versucht, meinen Finger dazu zu zwingen, sich in einem gleichmäßigen Rhythmus zu bewegen. »Ich will, dass du mich nimmst. Hart.«

»Wie hart?« Meine Stimme wird rauer, als dunkle, entartete Bilder in meine Gedanken eindringen. Es gibt so viele schmutzige Dinge, die ich mit ihr machen möchte, so viele Arten, auf die ich sie nehmen möchte. Selbst nach dieser ganzen Zeit strahlt sie eine solche Unschuld aus, dass ich sie verderben möchte. Sie an ihre Grenzen bringen möchte. »Beschreib es mir, Nora. Ich möchte jede Einzelheit wissen.«

»Warum?«, fragt sie atemlos und reibt ihr Becken gegen meine Hand. Ihr Geschlecht ist schon tropfnass und bedeckt meinen Finger mit ihrer Feuchtigkeit. »Du wirst tun, was ich dir sage.«

»Du wirst nicht fragen, warum.« Ich höre auf, meine Hand zu bewegen, und lasse meine dunklere Begierde in meine Stimme fließen. »Beschreib es mir. Jetzt.«

»Ich …« Sie zieht scharf Luft ein, als ich damit fortfahre, mit ihrer Klitoris zu spielen. »Ich will, dass du mich so hart nimmst, dass es wehtut.« Ihre Stimme zittert, als ich einen zweiten Finger in sie schiebe und ihre kleine Öffnung ausdehne. »Ich will, dass du mich fesselst und mit mir machst, was du willst.«

»Willst du, dass ich deinen Hintern nehme?«

Ihre Muschi zieht sich um meinen Finger zusammen, als ein Schauer durch ihren Körper fährt. »Ich …« Ihre Stimme bricht. »Ich weiß es nicht.«

Wenn sich meine Hoden nicht gerade so anfühlen würden, als explodierten sie jeden Moment, könnte ich ihr Ausweichen amüsant finden. Ich werde sie bald dazu bringen, zuzugeben, dass sie Analverkehr mittlerweile mag, dass sie es genießt, von hinten genommen zu werden. Genau genommen werde ich sie dazu bringen, darum zu betteln, meinen Schwanz in ihr kleines Poloch zu schieben. Jetzt aber ist dieses Gespräch einfach nur das: ein Gespräch. So gerne ich auch jedes einzelne ihrer kleinen engen Löcher nehmen möchte, ich kann es nicht. Ich werde das Baby nicht für ein kurzweiliges Vergnügen aufs Spiel setzen.

Diese verbalen Spielereien werden reichen müssen, bis Nora gebärt.

Ich ziehe meine Finger aus ihrem Körper, ergreife mein Geschlecht und führe es in ihre warme, nasse Muschi. Sie stöhnt auf, als ich beginne, in sie einzudringen. Da wir beide mit geschlossenen Beinen auf der Seite liegen, ist sie noch enger als gewöhnlich, und ich bewege mich langsam, versuche, die wilde Lust, die mich durchströmt, zu ignorieren.

Ich werde ihr nicht wehtun. Ich werde ihr nicht wehtun. Diese Worte sind wie ein Mantra in meinem Kopf. Sie dehnt ihren Rücken, biegt ihre Wirbelsäule durch, um mich besser in sich aufnehmen zu können, und ich lasse meine Hand von vorn auf ihr Geschlecht gleiten, um die kleine Knospe zu finden, die zwischen ihren Falten hervorragt. Als meine Finger ihre Klitoris berühren, stöhnt sie meinen Namen, und ich fühle wie sie um mich kontraktiert, als sie kommt.

Mein Herz rast in meiner Brust, so dass ich tief durchatmen und innehalten muss, um meine eigene Explosion im letzten Moment zu verhindern. Als mein Drang, zu kommen, ein wenig kontrollierter ist, beginne ich, in sie zu stoßen und gleichzeitig ihre geschwollene Klitoris zu reiben. Sie gibt unzusammenhängende Laute von sich, die eine Mischung aus Stöhnen und Keuchen sind, und ihr Körper spannt sich in meiner Umarmung an. Ich nehme sie weiterhin mit kurzen, oberflächlichen Stößen, um ihre Lust so weit zu steigern, dass sie aufschreit, und ich fühle, wie sich ihr geschwollenes Fleisch um mich schlingt, als sie ihren zweiten Höhepunkt erreicht.

Das Gefühl, wenn sie mein Geschlecht melkt, ist unbeschreiblich, eine scharfe und elektrische Lust. Sie durchfährt mich, und plötzlich muss ich einfach kommen. Ich stöhne rau, reibe mein Becken an ihr und vergrabe mich tief in ihr, als mein Erguss mit gewaltiger orgastischer Kraft aus mir herausschießt.

Danach liegen wir bewegungslos da, unsere Körper kleben durch den Schweiß zusammen, und wir versuchen wieder zu Atem zu kommen. Als sich meine Herzfrequenz langsam wieder normalisiert, breitet sich in mir ein Gefühl der Sättigung und entspannter Zufriedenheit aus. Ich weiß, dass ich aufstehen und Nora zur Dusche tragen sollte, aber es fühlt sich so gut an, einfach nur dazuliegen und sie in meinen Armen zu halten, während ich in ihrem Körper erschlaffe. Ich schließe meine Augen und genieße den Moment, bis meine Gedanken anfangen zu wandern und das tiefe Nichts des Schlafes mich zu sich holt.

»Julian?« Noras sanfte Stimme holt mich aus meinem Halbschlaf und bringt mein Herz zum Rasen.

»Was ist los, Baby?« Mein Ton ist wegen der plötzlichen Sorge scharf. »Geht es dir gut?«

Sie seufzt und dreht sich in meinen Armen um, damit sie mich ansehen kann. »Natürlich geht es mir gut. Warum denn auch nicht?«

Ich atme langsam aus, bin zu erleichtert – und sexuell befriedigt –, um mich über ihren genervten Ton aufzuregen. »Was ist es dann?«, frage ich ruhiger und nehme die Decke, um sie über Nora auszubreiten. Der Raum ist wegen der Klimaanlage kühl, und ich weiß, dass Nora leicht fröstelt, wenn sie müde ist.

Sie seufzt erneut, als ich die Decke um sie wickele. »Du weißt, dass ich nicht aus Glas bin, stimmt's?«

Ich gebe mir nicht die Mühe, darauf zu antworten. Stattdessen schaue ich sie mit zusammengezogenen Augen an, bis sie hörbar ausatmet und mir erklärt: »Ich wollte dir nur sagen, dass ich mit meinen Eltern geredet habe, das ist alles.«

»Über das Baby?«

»Ja.« Ein zufriedenes Lächeln umspielt ihre Lippen. »Meine Mutter hat erstaunlich gut darauf reagiert.«

»Deine Mutter ist eine clevere Frau. Was ist mit deinem Vater?«

»Er war bei dem Gespräch nicht mit dabei, aber meine Mutter meinte, dass sie mit ihm reden würde.«

»Gut.« Ich finde es eigenartig befriedigend, dass Nora endlich diesen Schritt getan hat. Er bedeutet, dass sie näher daran ist, die Situation zu akzeptieren, endlich zuzugeben, dass das Baby eine Tatsache in unseren Leben ist. »Jetzt kannst du aufhören, dir Sorgen darum zu machen.«

»Das stimmt.« Ihre Augen glänzen schwarz im weichen Licht ihrer Nachttischlampe. »Der harte Teil ist somit überstanden. Jetzt muss ich das Kind nur noch zur Welt bringen und großziehen.«

Ihr Ton ist leicht, aber ich kann die Angst aus ihrem Sarkasmus heraushören. Sie fürchtet sich vor der Zukunft, und so gerne ich sie auch beruhigen möchte, ich kann ihr nicht erzählen, dass alles gut werden wird.

Weil ich tief in mir genauso viel Angst habe wie sie.

DA ICH GESTERN ABEND SO LANGE IM BÜRO WAR, schlafe ich länger als gewöhnlich, und als ich die Augen aufschlage, bewegt sich Nora schon.

Als sie hört, dass ich wach bin, rollt sie sich auf die andere Seite und lächelt mich schläfrig an. »Du bist noch hier.«

»Das bin ich.« Ich gebe einem spontanen Drang nach, sie an mich heranzuziehen und meine Arme fest um sie zu schlingen. Manchmal fühlt es sich so an, als würden wir nicht genügend Zeit miteinander verbringen. Obwohl ich sie jeden Tag sehe, will ich mehr.

Ich will immer mehr von ihr.

Sie legt ihr Bein über meinen Oberschenkel, schmiegt sich näher an mich heran und reibt ihre Nase an meiner Brust. Mein Körper reagiert genauso, wie es vorherzusehen war: meine Morgenerektion versteift sich schmerzhaft. Bevor ich reagieren kann, lenkt sie mich dadurch ab, dass sie spricht. »Julian …« Ihre Stimme ist gedämpft. »Wer ist die Frau in Lucas' Haus?«

Überrascht lehne ich mich nach hinten, um sie anzuschauen. »Woher weißt du über sie Bescheid?«

»Rosa und ich haben sie gestern gesehen.« Nora scheint mir nicht in die Augen blicken zu wollen. »Wir sind … dort vorbeigekommen.« Sie schaut mich kurz durch ihre Wimpern an.

»Seid ihr das?« Ich stütze mich auf meinen Ellenbogen, betrachte sie und bemerke, dass sie errötet ist. »Und warum seid ihr dort vorbeigegangen? Normalerweise geht ihr doch gar nicht in dieser Gegend spazieren.«

»Gestern aber schon.« Nora wickelt sich die Decke um, setzt sich hin und schaut mich entschlossen an. »Also, wer ist sie? Was hat sie getan?«

Ich seufze. Ich wollte das Drama nicht vor Nora ausbreiten, aber es sieht so aus als könne ich es nicht verhindern. »Das Mädchen ist die russische Übersetzerin, die uns an die Ukrainer verkauft hat«, erkläre ich Nora und betrachte ihre Reaktion sorgfältig. Die Albträume meines Kätzchens werden gerade weniger, und ich möchte sie auf gar keinen Fall wieder zurückbringen.

Während ich das sage, bekommt Nora große Augen. »Sie ist für den Flugzeugabsturz verantwortlich?«

»Nicht direkt, aber die Informationen, die sie den

Ukrainern gegeben hat, haben dazu geführt, ja.« Wenn Lucas nicht beschlossen hätte, diese Situation in seine Hand zu nehmen, hätte ich jemand anderen nach Russland geschickt, um sich um diese Verräterin zu kümmern – natürlich nur, wenn die Russen das nicht schon für mich getan hätten.

Während Nora diese Information verarbeitet, sehe ich, dass sich ihr Gesichtsausdruck verändert, verdüstert. Ich sehe fasziniert dabei zu. Ihre weichen Lippen werden hart, und ihr Blick füllt sich mit reinem Hass. »Sie hat dich fast getötet«, sagt sie mit erstickter Stimme. »Julian, diese Schlampe hat dich fast getötet.«

»Ja, und sie hat fast fünfzig meiner Männer umgebracht.« Dieser Verlust schmerzt mich mehr als alles andere – und ich weiß, das Gleiche trifft auf Lucas zu. Für welche Bestrafung er sich bei seiner Gefangenen auch immer entscheiden mag, sie wird sie verdient haben, und ich sehe, dass Nora zu dem gleichen Entschluss gekommen ist.

Während ich sie betrachte, wirft sie die Decke zurück und springt aus dem Bett. Sie schnappt sich ihren Bademantel und zieht ihn sich an, bevor sie sichtbar aufgebracht im Raum umherzugehen beginnt. Dieser kurze Blick auf ihren nackten Körper hat meine Erregung erneut gesteigert, aber ich konzentriere mich darauf, ihr Gesicht anzuschauen, als ich aufstehe.

»Beschäftigt dich das?«, frage ich. Nora hält inne und lässt ihren Blick über meine untere Körperhälfte schweifen, bevor sie mir ins Gesicht schaut. »Wolltest du deshalb wissen, wer sie ist?«

»Natürlich beschäftigt es mich.« Noras Stimme ist angespannt, und ich verstehe nicht genau, warum. »Auf unserem Anwesen befindet sich eine gefesselte Frau.«

»Eine Verräterin«, korrigiere ich sie. »Sie ist wohl kaum ein unschuldiges Opfer.«

»Warum hast du sie nicht den russischen Behörden überlassen?« Nora kommt näher auf mich zu. »Warum musstest du sie hierherbringen?«

»Das war Lucas' Wunsch. Er hat eine Art … persönliche Beziehung zu ihr.«

Noras Augen werden groß, als sie mich versteht. »Er hatte eine Affäre mit ihr?«

»Eher einen One-Night-Stand, aber ja, genau das.« Ich gehe ins Badezimmer, und Nora folgt mir. Als ich die Dusche aufdrehe und beginne, meine Zähne zu putzen, nimmt sie ihre eigene Zahnbürste in die Hand und folgt meinem Beispiel. Sie sieht immer noch angespannt aus, weshalb ich, nachdem ich meinen Mund ausgespült habe, zu ihr sage: »Wenn es dich so sehr beschäftigt, kann ich ihm auch sagen, er soll sie woandershin bringen.«

Nora legt ihre Zahnbürste weg und wirft mir einen sarkastischen Blick zu. »Damit er sie foltern kann, ohne dass jemand etwas davon weiß? Was wäre daran besser?«

Ich zucke mit den Schultern und gehe zur Dusche. »Du würdest es nicht sehen.« Ich lasse die Tür offen, damit ich weiterhin mit ihr reden kann. Die Duschkabine ist groß genug, so dass das Wasser nicht nach draußen spritzt.

»Genau, natürlich.« Sie betrachtet mich, während ich anfange, mich einzuseifen. »Also wenn ich es nicht sehe, passiert es auch nicht?«

Ich seufze erneut. »Komm her, Baby.« Ich ignoriere die Seife auf meinen Händen, ergreife sie und ziehe sie zu mir in die Dusche. Dann nehme ich ihren Bademantel ab und lasse ihn vor der Kabine auf den Boden fallen.

Sie hat keine Einwände, als ich sie zu mir unter das heiße Wasser ziehe. Stattdessen schließt sie die Augen, als ich Shampoo auf meine Handfläche gebe und damit ihren Kopf massiere. Auch nass fühlen sich ihre Haare zwischen meinen Fingern noch gut an, so dick und seidig.

Es ist eigenartig, wie sehr ich es genieße, mich auf diese Weise um sie zu kümmern. Wie dieses einfache Waschen ihres Haares mich beruhigt und gleichzeitig erregt. In Momenten wie diesem ist es einfacher, die Gewalt in mir zu vergessen, die Begierden zu unterdrücken, denen ich in den nächsten Monaten nicht nachgeben kann.

»Was für einen Unterschied macht es, ob Lucas sie bestraft oder die Russen?«, frage ich, als ich damit fertig bin, das Shampoo in ihrem Haar zu verteilen. Nora sagt nichts, aber ich kann sehen, dass sie immer noch über die Übersetzerin und ihr Schicksal nachdenkt. »Das Ergebnis wäre das gleiche. Das weißt du, mein Kätzchen, oder nicht?«

Sie nickt schweigend und legt ihren Kopf in den Nacken, um ihre Haare auszuwaschen.

»Also, warum grübelst du darüber nach?« Ich greife nach der Spülung, als sie sich das Wasser aus dem Gesicht wischt und ihre Augen öffnet, um mich anzusehen. »Möchtest du, dass sie frei herumläuft?«

»Das sollte ich.« Sie blickt mich an, während ich die Spülung auf ihrem Kopf verteile. »Ich sollte nicht wollen, dass sie so leidet.«

Meine Lippen zucken amüsiert. »Aber das tust du, nicht wahr? Du möchtest die Rache genauso sehr wie ich.« Jetzt verstehe ich, warum sie so aufgebracht ist. Genau wie im Fall des Mannes, den sie getötet hat, prallen Moralvorstellungen der Mittelklasse auf Noras Instinkte. Sie weiß, was sie laut der gesellschaftlichen Vorgaben fühlen sollte, und es stört sie, dass sie es nicht tut.

Es ist nicht menschlich, auch die andere Wange hinzuhalten, und mein Kätzchen beginnt das zu begreifen.

Nora schließt die Augen wieder und bewegt ihren Kopf unter dem Wasser. Es läuft ihr Gesicht hinunter, und aus ihren Wimpern werden lange, dunkle Spitzen. »Ich wollte sterben, als ich dachte, du seist tot«, sagt sie, und ihre Stimme ist durch das laute Wasser kaum zu hören. »Es war noch schlimmer als das erste Mal. Als ich das Mädchen gesehen habe, habe ich mir gedacht, dass sie etwas getan hat, was deinem Geschäft geschadet hat, aber mir war nicht klar, dass sie den Absturz verursacht hat.«

Ich stelle mir vor, wie Nora sich an jenem Tag gefühlt haben muss, und ein starker Schmerz durchfährt meine Brust. Ich würde wahnsinnig werden, wenn ich jemals denken würde, sie verloren zu haben. »Baby …« Ich trete näher an sie heran, benutze meinen Rücken, um das Wasser von ihr zu lenken, und nehme ihr Gesicht in meine Hände, um sie anzuschauen. »Es ist vorbei. Dieses Kapitel unseres Lebens ist vorbei. Es ist Vergangenheit.«

Sie antwortet nicht, also beuge ich meinen Kopf nach unten, um sie innig und langsam zu küssen, sie auf die einzige Art und Weise zu beruhigen, die mir gerade einfällt.

14

ICH VERLIERE MICH. LANGSAM, ABER SICHER WERDE ICH durch den kranken Sumpf dieses Anwesens in Julians dunkle Welt gezogen.

Das weiß ich natürlich schon seit einiger Zeit. Ich habe meine eigene Verwandlung mit einer Art entferntem Schrecken und Neugier verfolgt. Dinge, die abschreckend für mich waren, sind jetzt Teil meines Lebens. Mord, Folter, Waffenhandel – mein Kopf verdammt diese Dinge immer noch, aber sie stören mich nicht mehr so sehr wie früher. Mein moralischer Kompass ist nach und nach vom Kurs abgewichen, und ich habe es zugelassen.

Ich habe es kampflos zugelassen, dass Julians Welt mich verändert.

175

Selbst als ich noch nicht wusste, was das blonde Mädchen getan hatte, hat mich ihre Situation nicht auf einer tiefen emotionalen Ebene belastet. Wie Rosa war ich eher neugierig als abgestoßen, und jetzt, da ich weiß, dass sie die Übersetzerin ist, die Julian fast umgebracht hat, fließt Hass durch meine Adern, der kaum Platz für Mitleid lässt. Ich verstehe, dass es falsch ist, dass Lucas sie auf seine Weise bestraft, aber ich kann es nicht fühlen.

Ich will, dass sie leidet, für die Qualen bestraft wird, die wir zu leiden hatten.

Die Tatsache, dass ich über das alles nachdenken kann, meine beunruhigenden Gefühle analysieren kann, ist bizarr. Ich bin unter der Dusche, und Julian küsst mich, berauscht meine Sinne mit seiner Berührung. Seine Hände umfassen mein Gesicht, und mein Körper reagiert wie immer auf ihn, während das warme Wasser, das über meine Haut läuft, meine innere Hitze verstärkt. Meine Gedanken sind allerdings kalt und klar. Es gibt nur eine Lösung, die ich finden kann, nur einen Weg, um die barbarischen Überreste meiner Seele zu retten.

Ich muss weg von hier.

Nicht dauerhaft. Nicht für immer. Aber ich muss weg, auch wenn es nur für einige Wochen ist. Ich muss meine alte Sichtweise zurückbekommen, mich in die Welt außerhalb des Anwesens stürzen.

Wenn nicht für mich selbst, dann für das kleine Wesen in mir.

»Julian …« Meine Stimme zittert, als er schließlich

meine Lippen freigibt, und eine Hand meinen Rücken hinuntergleiten lässt, was mein Geschlecht veranlasst, vor Begehren zu pulsieren. »Julian, ich will nach Hause gehen.«

Er hält abrupt inne und hebt seinen Kopf, ohne mich loszulassen. Sein Blick wird hart, und die Hitze des Begehrens verwandelt sich in etwas Kaltes und Bedrohliches. »Du bist zu Hause.«

»Ich möchte meine Eltern sehen«, beharre ich mit rasendem Herzen. Mit Julians kräftigem Körper, der mich umgibt, und dem Dampf der Dusche, der die Kabine benebelt, fühle ich mich wie gefangen in einer Blase aus nacktem Fleisch und Lust. Mein Körper sehnt sich nach seiner Berührung, aber mein Kopf schreit, dass ich nicht nachgeben kann. Nicht, wenn so viel auf dem Spiel steht.

Ein Muskel an seinem Kinn beginnt zu zucken. »Ich habe dir gesagt, dass wir irgendwann zu ihnen fliegen werden. Aber nicht jetzt. Nicht in deinem Zustand.«

»Wann dann?« Ich zwinge mich, nicht wegzuschauen. »Wenn ich mich um ein Baby kümmern muss? Oder ein Kleinkind? Wie wäre es denn, wenn das Kind volljährig ist? Denkst du, dann wäre es sicher für mich, zu ihnen zu fliegen?«

Julians Lippen werden zu einer schmalen, gefährlichen Linie. Er drückt mich gegen die Wand der Duschkabine, ergreift meine Handgelenke und führt sie über meinen Kopf. »Dränge mich nicht, mein Kätzchen«, flüstert er, und seine Erektion drückt sich in meinen Bauch. »Du würdest die Konsequenzen nicht mögen.«

Trotz meiner Entschlossenheit steigt langsam Angst in mir auf. Ich weiß, dass Julian mir jetzt nicht wehtun wird, aber körperliche Bestrafung ist nicht die einzige Waffe im Arsenal meines Ehemanns. Bilder davon, wie Jake brutal zusammengeschlagen wurde, steigen in meinem Kopf hoch, und mit ihnen ein übelkeitserregendes Frösteln.

»Tue das nicht«, flüstere ich, als er sich zu mir herunterbeugt und mit seinen Lippen an meinem Ohr entlangfährt, eine zärtliche Geste, die im starken Gegensatz zu seinem bedrohlich über mir ragendem Körper steht. »Julian, tue das nicht.«

Er richtet sich auf, und seine Augen sind wie harte blaue Edelsteine. »Tue was nicht?« Er nimmt meine Handgelenke in eine Hand und fährt mit seiner freien Hand über meine Brüste und meinen Bauch hinunter, so dass seine Finger über meine brennende Haut streichen.

»Tue das nicht …« Meine Stimme bricht, und seine Berührung lässt mich trotz meines Fröstelns bis in mein tiefstes Inneres mit Verlangen pochen. »Behandele mich nicht so.«

Seine Hand kommt nach oben, und seine Finger umfassen mein Kinn in einem unausweichlichen Griff. »Wie, so?«, fragt er in einem täuschend ruhigen Ton. »So als gehörtest du mir?«

Mein Atem stockt. »Ich bin deine Frau, nicht dein Sklave …«

»Du bist alles das, was ich möchte, mein Kätzchen. Du gehörst mir.« Die beiläufige Grausamkeit seiner Worte trifft mich wie ein Schlag, und ich bekomme keine Luft mehr. Etwas an meiner Reaktion muss sich äußerlich widergespiegelt haben, denn sein Griff lockert sich, und sein Ton ist etwas weicher, als er sagt: »Das ist dein Zuhause, Nora. Hier. Mit mir. Nicht dort draußen.«

»Sie sind meine Eltern, Julian. Meine Familie. Genauso wie du jetzt meine Familie bist. Ich kann nicht mein ganzes Leben lang zu meiner eigenen Sicherheit in einen Käfig eingesperrt zubringen. Ich würde wahnsinnig werden.« Ich spüre, wie sich in meinen Augen Tränen sammeln, und blinzele schnell, um sie zurückzuhalten. Ich will auf gar keinen Fall zeigen, was für ein emotionales Wrack ich gerade bin.

*Blöde Schwangerschaftshormone.*

Julian blickt mich an, und seine Augen glänzen frustriert, bevor er mich mit einer abrupten Bewegung loslässt und zurücktritt. Er dreht das Wasser ab, verlässt die Duschkabine und nimmt sich mit kaum unterdrückter Aggression ein Handtuch. Sein Geschlecht ist immer noch hart, und die Tatsache, dass er mich in Ruhe lässt, ist trotz seines neuen Behandele-Nora-wie-Glas-Verhaltens erstaunlich.

Ich bewege mich vorsichtig, als ich nach ihm die Dusche verlasse, und meine nassen Füße versinken in der plüschigen Weichheit der Badematte. »Könntest du bitte …«, beginne ich, als Julian schon mit einem Handtuch auf mich zukommt. Er wickelt mich darin ein und reibt mich trocken, bevor er zurücktritt, um sich selbst ein Handtuch zu holen.

»Was hat das alles mit Yulia Tzakova zu tun?« Er stellt seine Frage, als ich gerade im Begriff bin, das Badezimmer zu verlassen, und ich halte abrupt inne. Als ich mich verwirrt zu ihm herumdrehe, erklärt er mir: »Die russische Übersetzerin, die du gestern gesehen hast. Hat sie etwas mit deinem plötzlichen Bedürfnis, deine Eltern zu besuchen, zu tun?«

Ich überlege einen kurzen Moment, ob ich es abstreiten sollte, aber Julian merkt, wenn ich lüge. »Auf gewisse Weise«, erwidere ich vorsichtig. »Ich brauche Abstand von dem allen hier, einen Tapetenwechsel. Ich brauche eine Auszeit, Julian.« Ich schlucke, aber wende meinen Blick nicht ab. »Ich brauche sie dringend.«

Er blickt mich einfach an, bevor er sich ohne ein weiteres Wort umdreht und ins Schlafzimmer geht, um sich anzuziehen.

∼

BEIM FRÜHSTÜCK IST JULIAN SCHWEIGSAM, offensichtlich mit den E-Mails auf seinem iPad beschäftigt. Ich fühle mich ignoriert – eine ungewohnte Situation für mich. Normalerweise habe ich während unserer gemeinsamen Mahlzeiten Julians ungeteilte Aufmerksamkeit, und die Tatsache, dass er sich auf etwas anderes konzentriert, stört mich stärker, als sie sollte.

Ich überlege, ob ich versuchen sollte, das Schweigen

zu brechen, aber ich möchte die Dinge nicht verschlimmern. Es sieht so aus, als habe der Streit heute Morgen meine Chancen, das Anwesen zu verlassen, nahezu auf null zurückgehen lassen. Ich hätte auf einen besseren Moment warten sollen, um den Besuch bei meinen Eltern anzusprechen; damit unter der Dusche herauszuplatzen, als Julian Sex im Kopf hatte, war nicht besonders clever gewesen.

Natürlich gibt es keine Garantie dafür, dass eine andere Herangehensweise meine Chancen vergrößert hätte. Wenn Julian erst einmal eine Entscheidung getroffen hat, kann ich seine Meinung kaum noch ändern, besonders dann nicht, wenn die Angelegenheit meine Sicherheit betrifft. Ich habe es bei den Trackern versucht, und sie sind immer noch in meinem Körper. Julian wird es niemals zulassen, dass sie entfernt werden, genauso wenig wie er vielleicht zustimmen wird, dass ich jemals wieder das Anwesen verlassen werde. Trotz aller Versuche und guter Absichten gehöre ich ihm, und ich kann nichts gegen diese Tatsache tun.

Ich versuche, der düsteren Verzweiflung, die auf mir lastet, nicht nachzugeben, esse meine Eier auf und erhebe mich vom Tisch, um mich nicht länger als nötig in dieser angespannten Atmosphäre aufhalten zu müssen. Bevor ich mich allerdings auch nur einen Schritt vom Tisch entfernen kann, schaut Julian von seinem iPad auf und blickt mich streng an. »Wohin gehst du?«

»Ich will für meine Prüfungen lernen«, erwidere ich vorsichtig.

»Setz dich hin.« Er deutet herrisch auf meinen Stuhl. »Wir sind noch nicht fertig.«

Ich unterdrücke den in mir aufsteigenden Ärger, setze mich wieder hin und verschränke meine Arme vor der Brust. »Julian, ich muss wirklich lernen.«

»Wann hast du deine letzte Prüfung?«

Ich starre ihn an, und mein Puls rast, als sich Hoffnung wie eine kleine Blase in meiner Brust formt. »Durch das Online-Programm bin ich flexibel. Sobald ich mit dem Lernen fertig bin, kann ich die Prüfungen machen.«

»Also Anfang Juni?«, fragt er weiter.

»Nein, eher.« Ich lege meine verschwitzten Handflächen auf den Tisch. »Ich kann theoretisch in den nächsten eineinhalb Wochen fertig werden.«

»In Ordnung.« Er blickt wieder auf sein iPad, um etwas zu schreiben, und ich traue mich kaum zu atmen, während ich ihn weiterhin anschaue. Nach einer Minute erhebt er seinen Kopf wieder und nagelt mich mit seinem harten, blauen Blick fest. »Ich werde dir das nur einmal sagen, Nora«, sagt er ruhig. »Wenn du mir nicht gehorchst oder irgendetwas tust, was dein Leben in Gefahr bringt, während wir in Chicago sind, werde ich dich bestrafen. Hast du mich verstanden?«

Bevor er zu Ende gesprochen hat, habe ich den Tisch schon halb umrundet und bringe fast seinen Stuhl zu Fall, als ich auf ihn springe. »Ja!« Ich weiß nicht einmal, wie ich auf seinem Schoß ende, aber irgendwie finde ich mich dort wieder, habe meine Arme um seinen Hals geschlungen und überschütte sein Gesicht mit Küssen. »Danke! Danke! Danke!«

Er lässt meine Küsse so lange zu, bis ich keinen Atem mehr habe, und nimmt dann mein Gesicht zwischen seine Hände. Ich kann das begehrende Leuchten in seinen Augen sehen, fühle die harte Ausbeulung, die sich in meinen Oberschenkel bohrt, und ich weiß, dass wir dort weitermachen werden, wo wir heute Abend aufgehört haben. Mein Körper beginnt voller Vorfreude zu pochen, und meine Nippel stellen sich unter dem Stoff meines Kleides auf.

Als würde er meine wachsende Erregung bemerken, lächelt Julian, steht auf und drückt mich gegen seine Brust. »Ich möchte das nicht bereuen, mein Kätzchen«, murmelt er, als er mich zu den Stufen trägt. »Du willst mich nicht enttäuschen, das kannst du mir glauben.«

»Das werde ich nicht«, schwöre ich aus ganzem Herzen und schlinge meine Arme um seinen Nacken. »Ich verspreche dir, dass ich dich nicht enttäuschen werde.«

III

# DIE REISE

## 15

ICH FLIEGE NACH HAUSE. OH MEIN GOTT, ICH FLIEGE nach Hause.

Selbst jetzt, während ich schon aus dem Flugzeugfenster auf die Wolken schaue, kann ich kaum glauben, dass das wirklich passiert. Es sind nur zwei Wochen seit unserem Frühstück vergangen, und wir sind auf dem Weg nach Oak Lawn.

»Das Flugzeug ist nicht wie diejenigen die ich im Fernsehen gesehen habe«, sagt Rosa und schaut sich im luxuriösen Inneren der Kabine um. »Ich meine, ich wusste, dass wir nicht mit einem Linienflug reisen würden, aber das hier ist wirklich nett, Nora.«

Ich grinse sie an. »Ja, ich weiß. Als ich es zum ersten

Mal gesehen habe, habe ich genauso reagiert wie du.« Ich blicke kurz zu Julian hinüber, der mit seinem Laptop auf dem Sofa sitzt und unsere Konversation zu ignorieren scheint. Er hat mir erzählt, dass er vorhat, sich mit seinem Portfoliomanager in Chicago zu treffen, also gehe ich davon aus, dass er sich vorher über mögliche Investitionen informiert. Entweder das – oder die neueste Version des Drohnendesigns seiner Ingenieure, ein Projekt, das diese Woche eine Menge Zeit in Anspruch genommen hat.

»Mein erster Flug – und das in einem Privatjet. Kannst du das glauben? Das Einzige, was jetzt noch besser wäre, wäre, wenn wir nach New York fliegen würden«, sagt Rosa und zieht meine Aufmerksamkeit wieder auf sich. Ihre braunen Augen leuchten vor Aufregung, und sie hüpft geradezu in ihrem weichen Ledersessel. So ist sie jetzt schon seit einigen Tagen, seitdem ich Julian dazu bringen konnte, sie mit uns nach Amerika zu nehmen – etwas, von dem meine Freundin seit Jahren träumt.

»Chicago ist auch recht hübsch«, sage ich amüsiert über ihren unbeabsichtigten Snobismus. »Es ist eine coole Stadt, das wirst du sehen.«

»Ja, natürlich.« Als Rosa auffällt, dass sie meine Heimatstadt beleidigt hat, errötet sie. »Ich bin mir sicher, dass es toll ist, und ich möchte auch nicht, dass du denkst, ich sei undankbar«, sagt sie schnell und sieht bestürzt aus. »Ich weiß, dass du mich nur mitgenommen hast, weil du nett bist, und ich freue mich riesig darüber ...«

»Rosa, du kommst mit, weil ich dich brauche«, unterbreche ich sie, weil ich nicht möchte, dass sie dieses Thema vor Julian vertieft. »Du bist die Einzige, der Ana bei der Zubereitung der Morgensmoothies vertraut, und du weißt, ich brauche diese Vitamine.«

Zumindest habe ich genau das meinem besessen beschützerischen Ehemann erzählt, als ich darum gebeten habe, Rosa mitnehmen zu dürfen. Ich bin mir ziemlich sicher, dass ich diese Smoothies selbst machen kann – oder einfach die Vitaminpräparate schlucken kann –, aber ich wollte sichergehen, dass er meiner Freundin erlauben würde, mit uns zu kommen. Bis jetzt weiß ich nicht, ob er mir zugestimmt hat, weil er mir glaubt, oder weil er von Anfang an nichts dagegen hatte. Wie dem auch sei, ich möchte nicht, dass Rosa unbeabsichtigt das Boot zum Kentern bringt ... oder den Privatjet zum Absturz in diesem Fall.

Es fühlt sich immer noch nicht real an, dass wir auf dem Weg zu meinen Eltern sind. Die letzten beiden Wochen sind wie im Flug an mir vorbeigezogen. Durch die ganzen Prüfungen und Arbeiten hatte ich kaum Zeit gehabt, über diese Reise nachzudenken. Erst vor drei Tagen habe ich Luft holen können und verstanden, dass sie wirklich stattfindet, dass Julian schon die ganzen nötigen Vorbereitungen getroffen hat, indem er die Sicherheitsmaßnahmen für das Haus meiner Eltern auf Weißes-Haus-Niveau angehoben hat.

»Oh ja, die Smoothies«, sagt Rosa und wirft einen vorsichtigen Blick in Julians Richtung. Endlich hat sie es verstanden. »Natürlich, das hatte ich ganz vergessen. Und ich werde helfen, die ganzen Kunstwerke auszupacken, damit du dich nicht überanstrengst.«

»Ja, genau.« Ich grinse sie verschwörerisch an. »Ich kann meine schweren Leinwände und das alles nicht heben.«

In diesem Moment wackelt das Flugzeug, und Rosas Gesicht wird blass, ihre Begeisterung verschwindet. »Was – was ist das?«

»Nur eine Turbulenz«, erkläre ich ihr und atme langsam, um gegen meine aufsteigende Übelkeit anzukämpfen. Ich habe die Morgenübelkeitsphase immer noch nicht ganz überwunden, und die schaukelnden Bewegungen des Flugzeugs sind nicht gerade hilfreich.

»Wir werden nicht abstürzen, stimmt's?«, fragt Rosa ängstlich, und ich schüttele beruhigend meinen Kopf. Als ich zu Julian hinüberschaue, sehe ich, dass er mich mit einem ungewöhnlich angespannten Gesicht anschaut und seine Knöchel weiß sind, während er seinen Computer festhält.

Ohne nachzudenken, öffne ich meinen Gurt und stehe auf, weil ich zu ihm gehen möchte. Wenn Rosa schon Angst hat, abzustürzen, kann ich nur ahnen, wie Julian, der vor weniger als drei Monaten einen Absturz überlebt hat, sich fühlen muss.

»Was machst du da?« Julians Stimme ist scharf, als er aufsteht und den Computer auf das Sofa fallen lässt. »Setz dich hin, Nora. Das ist nicht sicher.«

»Ich wollte nur …«

Bevor ich meinen Satz aussprechen kann ist er schon neben mir, drängt mich in den Sitz zurück und schnallt mich wieder an. »Setz dich hin«, herrscht er mich mit wütendem Blick an. »Hast du mir nicht versprochen, dich zu benehmen?«

»Ja, aber ich …« Julians Gesichtsausdruck lässt mich verstummen, bevor ich murmele: »Ist auch egal.«

Er starrt mich immer noch wütend an, geht aber einen Schritt zurück und setzt sich uns gegenüber hin. Rosa sieht aus, als würde sie sich nicht wohlfühlen. Sie verdreht ihre Hände in ihrem Schoß, während sie aus dem Fenster schaut. Es tut mir leid für sie; ich bin mir sicher, dass es eigenartig ist, wenn man sieht, dass seine Freundin wie ein ungezogenes Kind behandelt wird.

»Ich will nicht, dass du hinfällst, wenn das Flugzeug auf eine Luftblase trifft«, sagt Julian in einem ruhigeren Ton, als ich keine Anstalten mache, mich erneut zu erheben. »Es ist nicht sicher, während Turbulenzen im Flugzeug umherzugehen.«

Ich nicke und konzentriere mich darauf, langsam zu atmen. Das hilft gegen Übelkeit und Ärger. Manchmal vergesse ich die Tatsachen und denke, wir führen eine normale Ehe, eine gleichberechtigte Partnerschaft anstelle von … was auch immer es ist, was wir haben. Auf dem Papier mag ich Julians Frau sein, aber in Wirklichkeit bin ich eher sein Sexsklave.

Ein Sexsklave, der unsterblich in seinen Besitzer verliebt ist.

Ich schließe meine Augen, finde eine bequeme Sitzposition mitten auf dem riesigen Ledersessel und versuche, mich zu entspannen.

Es wird ein langer Flug werden.

~

»Wach auf, Baby.« Warme Lippen berühren meine Stirn, während mein Gurt aufgemacht wird. »Wir sind da.«

Ich öffne die Augen und zwinkere langsam. »Was?«

Julian steht vor mir, lächelt mich an, und sein Blick ist amüsiert. »Du hast die ganze Reise verschlafen. Du musst erschöpft gewesen sein.«

Ich war ein wenig müde gewesen – nach dem ganzen Lernen und Packen –, aber ein Acht-Stunden-Nickerchen ist ein neuer Rekord für mich. Das müssen wieder einmal die Schwangerschaftshormone sein.

Ich gähne hinter vorgehaltener Hand und sehe, dass Rosa schon mit ihrem Rucksack am Ausgang steht. »Wir sind gelandet«, sagt sie fröhlich. »Ich habe kaum gespürt, dass das Flugzeug aufgesetzt hat. Lucas muss ein fantastischer Pilot sein.«

»Er ist gut«, stimmt Julian zu und wickelt einen Kaschmirschal um meine Schultern. Als ich ihn fragend anschaue, erklärt er mir: »Draußen sind es nur zwanzig Grad. Ich möchte nicht, dass du eine Erkältung bekommst.«

Ich unterdrücke meinen Drang, zu lachen. Nur

jemand, der in den Tropen wohnt, würde zwanzig Grad »kalt« finden – obwohl ich zugeben muss, dass es ein wenig kühl für das kurzärmelige Kleid ist, das ich trage. Das Wetter in Chicago Ende Mai ist unberechenbar, eine Mischung aus kühlen Frühlingstagen und Sommerhitze. Julian selbst trägt Jeans und ein Hemd.

»Danke«, sage ich und schaue ihn an. Auf eine gewisse Weise finde ich seine Sorge rührend, auch wenn er es im Moment übertreibt. Natürlich finde ich es auch nicht schlimm, seine Hände auf meinen Schultern zu spüren und am liebsten zerschmelzen zu wollen, auch wenn Rosa nur einige Zentimeter von uns entfernt steht.

»Willkommen zu Hause, Baby«, sagt er rau, erwidert meinen Blick, und ich weiß, er spürt sie auch – diese tiefe, unerklärliche Anziehung die uns beide verbindet. Ich weiß nicht, ob es Chemie oder etwas anderes ist, aber sie kettet uns fester aneinander als jedes Seil.

Das Schlagen der Flugzeugtür holt mich aus meinem Zauber. Erschrocken trete ich zurück und halte dabei meinen Schal fest, damit er nicht hinunterfällt. Julian wirft mir einen Blick zu, der ein Versprechen ist, mit dem weiterzumachen, was wir begonnen haben, und ein vorfreudiger Schauer durchfährt mich.

»Kann ich nach unten gehen?«, fragt Rosa, und ich sehe, dass sie ungeduldig neben der offenen Tür wartet.

»Natürlich«, sagt Julian. »Geh vor, Rosa. Wir kommen sofort.«

Sie verschwindet durch den Ausgang, und Julian tritt näher an mich heran, so dass mir der Atem stockt. »Bist du bereit?«, fragt er sanft, und ich nicke wie hypnotisiert durch seinen warmen Blick.

»Wenn das so ist, lass uns gehen«, murmelt er und umfasst meine Hand. Meine Finger verschwinden vollständig in seiner großen maskulinen Handfläche. »Deine Eltern warten.«

~

DAS AUTO, DAS UNS VOM FLUGHAFEN ZU MEINEN Eltern bringt, ist eine lange, moderne Limousine mit ungewöhnlich dickem Glas.

»Kugelsicher?«, frage ich, als wir einsteigen, und Julians Nicken bestätigt meine Vermutung. Er sitzt mit mir und Rosa hinten, während Lucas wie gewöhnlich fährt.

Ich frage mich, ob der blonde Mann die Reise bedauert, da er sich ihretwegen von seinem russischen Spielzeug trennen musste. Mein letzter Stand ist, dass die Übersetzerin immer noch am Leben ist – und immer noch gefangen in Lucas' Unterkunft. Julian hat mir erzählt, dass Lucas zwei Wächter dazu bestimmt hat, sie während seiner Abwesenheit zu überwachen und sicherzustellen, dass es ihr gut geht. Offensichtlich möchte er nicht, dass jemand anderes das Privileg bekommt, sie zu foltern.

Diese ganze Situation macht mich krank, weshalb ich versuche nicht weiter darüber nachzudenken. Der einzige Grund dafür, dass ich so viel darüber weiß, ist, dass Rosa sich weigert, das Thema fallenzulassen und mich ständig bittet, Julian nach Neuigkeiten zu fragen. Ihre eigenartige Besessenheit mit Julians rechter Hand macht mir Sorgen, auch wenn ich zu der Überzeugung gelange, dass sie recht damit hatte, dass Lucas kein Interesse an ihr hat. Auch wenn ich überhaupt nicht möchte, dass sie sich mit ihm einlässt, will ich auch nicht, dass ihr Herz gebrochen wird – und ich befürchte, dass genau das passieren wird.

»Bist du sicher, dass es deinen Eltern nichts ausmacht, dass wir so spät kommen?«, fragt Rosa und unterbricht damit meine Gedanken. »Es ist schon fast neun Uhr abends.«

»Nein, sie können es kaum erwarten, mich zu sehen.« Ich schaue auf mein Telefon, welches schon wieder eine neue Nachricht meiner Mutter anzeigt. Ich nehme es in die Hand, überfliege die Nachricht und sage Rosa: »Meine Mutter hat schon den Tisch gedeckt.«

»Und es stört sie nicht, dass ich auch komme?« Sie kaut auf ihrer Unterlippe. »Ich meine, du bist ihre Tochter, und natürlich möchten sie dich sehen, aber ich bin nur die Hausangestellte …«

»Und du bist meine Freundin.« Ich beuge mich spontan zu ihr hinüber und drücke Rosas Hand. »Hör bitte auf, dir darüber Sorgen zu machen. Du störst überhaupt nicht.«

Rosa lächelt erleichtert, und ich schaue zu Julian hinüber, um seine Reaktion zu sehen. Sein Gesicht ist unbewegt, aber ich kann ein belustigtes Glitzern in seinen Augen entdecken. Mein Ehemann ist überhaupt nicht besorgt, meinen Eltern so spät am Abend Unannehmlichkeiten zu bereiten. Und das ist auch logisch. Warum sollte ihn so etwas beunruhigen, wenn er, ohne sich zu entschuldigen, ihre Tochter entführt hat?

Das wird wohl ein interessantes Abendessen werden.

~

»Nora, Süße!« Sobald sich die Tür öffnet, werde ich in eine weiche, wohlriechende Umarmung geschlossen. Lachend umarme ich meine Mutter und meinen Vater, der genau hinter ihr steht. Er hält mich einige Momente fest in seinen Armen, und ich kann sein Herz schnell in der Brust schlagen spüren.

Als er Abstand nimmt, um mich anzuschauen, sehe ich, dass seine Augen feucht sind. »Wir freuen uns riesig, dich zu sehen«, sagt er mit einer leisen, tiefen Stimme, und ich lächele ihn durch meinen eigenen Tränenschleier an.

»Ich mich auch, Papa. Ich mich auch. Ich habe dich und Mama wirklich vermisst.«

Sobald ich das sage, erinnere ich mich daran, nicht allein zu sein. Ich drehe mich herum und sehe, dass meine Mutter Rosa und Julian mit einem steifen und unnatürlich Lächeln im Gesicht ansieht.

Ich atme tief durch und bereite mich vor. »Mama, Papa, Julian kennt ihr ja schon. Und das ist Rosa Martinez. Sie ist meine beste Freundin auf dem Anwesen.« Ich hatte Lucas auch zu dem Abendessen eingeladen, aber er hat abgelehnt und erklärt, dass er diese Nacht Teil der Nachtwache sei und deshalb draußen bleiben müsse.

Meine Mutter nickt Julian vorsichtig zu. Mit einem etwas wärmeren Lächeln schaut sie meine Freundin an. »Ich freue mich, dich kennenzulernen, Rosa. Nora hat uns viel von dir erzählt. Kommt doch bitte herein.«

Sie tritt zurück, um uns hereinzulassen, und Rosa betritt mit einem unsicheren Lächeln das Haus. Julian schlendert nach ihr hinein und sieht genauso kühl und selbstsicher aus wie immer.

»Gabriela. Es ist so schön, dich zu sehen.« Mein ehemaliger Entführer schenkt meiner Mutter ein betörendes Lächeln und beugt sich nach vorn, um ihr nach europäischer Art einen Kuss auf die Wange zu geben. Als er sich aufrichtet, sieht sie erhitzt aus, wie ein Schulmädchen bei ihrer ersten Liebe. Julian gibt ihr Zeit, sich zu erholen, und wendet sich meinem Vater zu. »Ich freue mich, dich endlich persönlich kennenzulernen, Tony«, sagt er und streckt seine Hand aus.

»Ebenso«, erwidert mein Vater mit angespanntem Kinn und drückt Julians Hand so fest, dass seine

Knöchel weiß werden. »Ich freu' mich, dass ihr es endlich geschafft habt, einmal hierherzukommen.«

»Das geht mir genauso«, sagt Julian geschmeidig und gibt die Hand meines Vaters wieder frei. Mir fallen die roten Fingerabdrücke auf seiner Hand auf, die der absichtlich zu feste Händedruck meines Vaters hinterlassen hat. Als ich danach jedoch unauffällig einen Blick auf die Hand meines Vaters fallen lasse, sehe ich, dass diese keinen ähnlichen Schaden aufweist.

Julian muss meinem Vater seinen kleinen Aggressionsausbruch vergeben haben – oder zumindest hoffe ich, dass dies der Fall ist.

Als wir zum Esszimmer gehen, lasse ich verstohlene Blicke über das schöne Profil meines Ehemanns gleiten. Meinen ehemaligen Entführer in meinem Elternhaus zu haben ist mehr als eigenartig. Ich bin es gewohnt, mich mit ihm an exotischen, fremden Orten aufzuhalten, nicht in Oak Lawn, Illinois. Julian im Haus meiner Eltern zu sehen ist ein wenig wie in einem Einkaufszentrum auf einen wilden Tiger zu treffen – es ist bizarr, auf eine beängstigende Art.

»Ach Süße, du bist so dünn«, ruft meine Mutter aus und betrachtet mich kritisch, als wir das Esszimmer betreten. »Ich wusste, dass du noch keine Babyrundungen hast, aber du siehst aus, als hättest du Gewicht verloren.«

»Ich weiß«, sagt Julian und legt seine Hand auf meinen Rücken. Seine Berührung wärmt mich und bringt mich gleichzeitig aus der Fassung, da sie vor meinen Eltern stattfindet. »Mit der Übelkeit war es schwer, sie zum Essen zu bewegen. Zumindest hat sie aufgehört, an Gewicht zu verlieren. Ihr hättet sie vor vier Wochen sehen sollen.«

»War es wirklich so schlimm, Süße?«, fragt meine Mutter mitleidig, als wir am Tisch ankommen. Sie hat ihre Augen weiterhin auf mein Gesicht gerichtet, da sie offensichtlich entschlossen ist, die besitzergreifende Geste Julians zu ignorieren. Mein Vater allerdings knirscht so fest mit den Zähnen, dass ich es fast hören kann.

»Es wurde besser, als wir erfahren haben, dass ich schwanger bin. Ich habe häufiger einfacheres Essen zu mir genommen, und das schien zu helfen.« Es ist eigenartig, vor meinem Vater über meine Schwangerschaft zu reden. Wir haben dieses Thema während unserer Videochats angesprochen, in dem mein Vater mich grimmig fragte, ob es mir gut geht, und ich seine Nachfragen abgewimmelt habe. Ich weiß, er hasst die Tatsache, dass ich in meinem Alter schwanger bin, und er verabscheut die ganze Situation mit Julian. Meine Mutter fühlt wahrscheinlich das Gleiche, aber ist diplomatischer.

»Ich hoffe, du kannst heute Abend etwas essen«, sagt meine Mutter besorgt. »Dein Vater und ich haben jede Menge Essen zubereitet.«

»Ich bin mir sicher, ich bekomme das hin, Mama.« Ich setze mich lächelnd auf den Stuhl, den Julian für mich abrückt. »Es sieht köstlich aus.«

Und das stimmt. Meine Eltern haben sich selbst übertroffen. Auf dem Tisch steht alles, vom

Rosmarinhähnchen meines Vaters – ein Gericht, das er nur zu besonderen Anlässen kocht – bis hin zu den Tamales meiner Großmutter und meinem Lieblingsgericht: gegrillte Lammkoteletts. Es ist ein Festessen, und mein Magen knurrt bei den köstlichen Düften, die von den glasbedeckten Platten ausströmen.

Julian setzt sich zu meiner linken Seite, und meine Mutter und mein Vater nehmen uns gegenüber Platz.

»Komm, setz dich neben mich«, fordere ich Rosa auf und klopfe auf den leeren Stuhl rechts von mir. Ich kann sehen, dass sich meine Freundin immer noch nicht wohlfühlt und davon überzeugt ist, zu stören. Ihr normalerweise strahlendes Lächeln ist unsicher und ein wenig schüchtern, als sie sich neben mich setzt und mit ihren Händen über die Vorderseite ihres blauen Kleides streicht.

»Dieser Tisch ist umwerfend, Mrs. Leston«, sagt sie mit ihrem leichten Akzent.

»Vielen Dank, meine Liebe.« Meine Mutter strahlt sie an. »Dein Englisch ist sehr gut. Wo hast du gelernt, so zu sprechen? Nora hat mir erzählt, dass du niemals zuvor in den USA gewesen bist.«

»Nein, das war ich auch nicht.« Rosa freut sich ganz offensichtlich über das Kompliment und erklärt, wie Julians Mutter ihr amerikanisches Englisch beigebracht hat, als sie noch ein Kind war. Meine Eltern hören ihr interessiert zu und fragen eine Menge nach, was für mich die perfekte Gelegenheit ist, das Badezimmer zu benutzen.

Als ich wenige Minuten später zurückkomme, ist

die Atmosphäre am Tisch zum Zerreißen gespannt. Die einzige Person, die sich wohlzufühlen scheint, ist Julian, der sich in seinem Stuhl zurückgelehnt hat und meine Eltern mit einem unergründlichen Blick anschaut. Mein Vater bebt ganz eindeutig, und meine Mutter hat ihre Hand in einer klassischen beruhigenden Geste auf seinem Ellenbogen abgelegt. Die arme Rosa sieht aus, als wäre sie lieber woanders.

Ich setze mich und überlege, ob ich fragen sollte, was passiert ist, aber ich habe das Gefühl, das würde das Wespennest nur weiter reizen. »Wie ist dein neuer Job, Papa?«, frage ich stattdessen fröhlich.

Mein Vater atmet tief ein und versucht, sein Gesicht zu so etwas wie einem Lächeln zu verziehen. Es sieht zwar eher aus wie eine Grimasse, aber wenigstens hat er es versucht.

Bevor er meine Frage beantworten kann, lehnt sich Julian nach vorn, stützt sich mit seinen Unterarmen auf dem Tisch ab und sagt: »Tony, vielleicht bist du dir dessen nicht bewusst, aber deine Tochter ist jetzt eine der reichsten Frauen auf der Welt. Ihr wird es an nichts fehlen, egal welchen Beruf sie ausüben wird oder auch nicht. Ich verstehe, dass es nicht optimal ist, ein Kind während des Studiums zu bekommen, aber ich würde es kaum »das Leben zerstörend« nennen, besonders nicht in dieser Lage.«

Die Brust meines Vaters schwillt wütend an. »Denkst du, das Kind ist das einzige Problem? Du hast unsere Tochter …«

»Tony.« Die Stimme meiner Mutter ist leise, aber

der Tonfall lässt meinen Vater mitten im Satz innehalten. Dann dreht sie sich zu Julian um. »Ich entschuldige mich für das schlechte Benehmen meines Mannes«, sagt sie ruhig. »Natürlich sind wir uns deiner Fähigkeit, finanziell für Nora zu sorgen, vollkommen bewusst.«

»Gut.« Julian lächelt sie kühl an. »Und ihr seid euch auch im Klaren darüber, dass Nora gerade dabei ist, eine gefragte Künstlerin zu werden?«

Ich halte inne, während ich gerade nach einem Lammkotelett greife, und starre Julian an. Eine gefragte Künstlerin? Ich?

»Ich weiß, dass eine Galerie in Paris Interesse an ihren Gemälden hat«, sagt meine Mutter vorsichtig. »Meinst du das?«

»Ja.« Sein Lächeln verstärkt sich. »Was du wahrscheinlich noch nicht weißt, ist, dass der Eigentümer der Galerie einer der führenden Kunstsammler Europas ist. Und er ist von Noras Arbeiten völlig fasziniert. So fasziniert, dass er mir gerade das Angebot unterbreitet hat, fünf ihrer Gemälde für seine persönliche Sammlung zu erstehen.«

»Wirklich?« Ich kann die Ungeduld nicht aus meiner Stimme verbannen. »Er will sie kaufen? Für wie viel?«

»Fünfzigtausend Euro – zehn pro Bild. Auch wenn ich mir sicher bin, dass wir mehr bekommen könnten.«

Ich vergesse einen Moment lang, zu atmen. »Fünfzigtausend?« Ich wäre schon bei 500 Dollar glücklich gewesen. Zum Teufel, ich hätte auch fünfzig genommen. Allein die Tatsache, dass jemand meine Kritzeleien haben möchte, ist unglaublich. »Hast du fünfzigtausend Euro gesagt?«

»Ja, Baby« Julian schaut mich warm an. »Herzlichen Glückwunsch. Du bist gerade dabei, deinen ersten großen Verkauf zu landen.«

»Oh mein Gott«, hauche ich. »Oh. Mein. Gott.«

Ich sehe den gleichen schockierten Gesichtsausdruck auf den Gesichtern meiner Eltern. Sie sind ebenfalls völlig überrascht von diesem Ereignis. Nur Rosa begreift problemlos, was passiert ist. »Herzlichen Glückwunsch, Nora«, ruft sie grinsend aus. »Ich habe dir doch gesagt, diese Gemälde sind fantastisch.«

»Wann hast du das Angebot bekommen?«, frage ich Julian, sobald ich wieder sprechen kann.

»Kurz bevor wir hier angekommen sind.« Julian streckt seinen Arm aus, um meine Hand leicht zu drücken. »Ich wollte es dir erst später erzählen, wenn wir allein sind, aber ich habe mir gedacht, dass deine Eltern es auch gerne wissen möchten.«

»Auf jeden Fall«, sagt meine Mutter ,als sie sich endlich von ihrem Schock erholt hat. »Das ist … das ist unglaublich, Süße. Wir sind so stolz auf dich.«

Mein Vater nickt, da er immer noch nichts sagen kann, aber ich kann sehen, dass er genauso beeindruckt ist. Und vielleicht seine Meinung über das Potential meines Hobbys ändert.

»Papa«, sage ich sanft und schaue ihn an, »Ich habe

nicht vor, die Uni abzubrechen. Auch nicht wegen des Babys. Bitte, mach dir keine Sorgen um mich. Wirklich, mir geht es gut.«

Mein Vater blickt zuerst zu mir, dann zu Julian und wieder zu mir. Ich warte darauf, dass er etwas sagt, aber es kommt nichts. Stattdessen greift er nach der Platte mit den Lammkoteletts und hält sie mir hin. »Greif zu, Süße«, meint er ruhig. »Nach der langen Reise musst du hungrig sein.«

Ich nehme die Aufforderung gerne an, und alle anderen beginnen ebenfalls damit, sich die Teller zu füllen.

Der Rest des Essens verläuft so gut, wie es eben zu erwarten gewesen war. Einige Male herrscht ein angespanntes Schweigen, aber den Großteil der Mahlzeit über führen wir relativ zivilisierte Gespräche. Meine Mutter erkundigt sich nach dem Leben auf dem Anwesen, und Rosa und ich zeigen ihr Fotos auf Rosas Handy. Währenddessen unterhalten sich mein Vater und Julian über Politik. Zu aller Überraschung haben sie beide die gleichen zynischen Gesichtspunkte, was die Situation im Nahen Osten betrifft, auch wenn Julians geopolitisches Wissen das meines Vaters um Längen übersteigt. Im Gegensatz zu meinen Eltern, die ihre Informationen aus den Medien beziehen, ist Julian Teil der Nachrichten.

Er gibt den Nachrichten ihre Form, aber das wissen nur die wenigsten außer den Geheimdiensten.

Ich muss vor meinen Eltern wirklich den Hut ziehen. Für Menschen, die der Überzeugung sind, dass

Julian hinter Gitter gehört, sind sie überraschend anmutige Gastgeber. Ich vermute, sie haben Angst, mich zu verlieren, wenn sie Julian vergraulen. Meine Mutter würde mit dem Teufel zu Abend essen, wenn ihr das den Kontakt zu ihrer einzigen Tochter sichert, und mein Vater tendiert dazu, ihrer Führung zu folgen, was schwierige Situationen betrifft.

Trotzdem beobachten sie Julian während des Essens, betrachten ihn vorsichtig, so als sei er ein wildes Tier. Er lächelt und versprüht seinen stärksten Charme, aber ich weiß, sie können seine immer gegenwärtige gefährliche Aura spüren, den Schatten der Gewalt, der ihn wie ein dunkler Mantel umhüllt.

Als wir bei Kaffee und Nachtisch ankommen, erhält Julian eine dringende Nachricht von Lucas und entschuldigt sich, weil er kurz nach draußen gehen muss. »Es ist nichts Ernstes«, erklärt er mir, als ich ihm einen besorgten Blick zuwerfe. »Nur eine kleine geschäftliche Angelegenheit, um die ich mich kümmern muss.«

Er geht aus dem Haus, und Rosa nutzt die Gelegenheit, um das Badezimmer aufzusuchen, was mir zum ersten Mal seit unserer Ankunft Zeit allein mit meinen Eltern lässt.

»Eine geschäftliche Angelegenheit?«, fragt mein Vater ungläubig, als Rosa außerhalb unserer Hörweite ist. »Um halb elf nachts?«

Ich zucke mit den Schultern. »Julian arbeitet mit Menschen aus verschiedenen Zeitzonen. Irgendwo ist es jetzt gerade zehn Uhr morgens.«

Ich kann sehen, dass mein Vater mir weitere Fragen dazu stellen möchte, aber zum Glück wird er von meiner Mutter unterbrochen. »Deine Freundin ist wirklich nett«, sagt sie und deutet mit ihrem Kopf Richtung Flur, dorthin, wo Rosa verschwunden ist. »Es ist kaum zu glauben, dass sie so aufgewachsen ist.« Und mit leiserer Stimme fügt sie hinzu: »Mit Kriminellen, meine ich.«

»Ja, ich weiß.« Ich frage mich, was meine Eltern denken würden, wenn sie wüssten, dass Rosa selbst zwei Männer umgebracht hat. »Sie ist wundervoll.«

»Nora, Süße …« Meine Mutter lässt ihren Blick schnell durch den leeren Raum schweifen, beugt sich nach vorn, und ihre Stimme ist noch leiser: »Ich weiß, wir haben gerade nicht viel Zeit, aber wir müssen eine Sache wissen. Bist du wirklich glücklich mit ihm? Da ihr euch gerade beide auf US-Territorium befindet, könnte das FBI dir …«

»Mama, ich kann ohne ihn nicht leben. Wenn ihm etwas passieren würde, würde ich sterben wollen.« Die harte Wahrheit kommt mir über die Lippen, bevor ich eine nettere Möglichkeit finden kann, es zu sagen. In einem weicheren Ton füge ich hinzu: »Ich erwarte nicht, dass ihr das versteht, aber er bedeutet mir alles. Ich liebe ihn wirklich.«

»Und liebt er dich auch?«, möchte mein Vater ruhig wissen. In diesem Moment, mit seinem sorgenvollen und mitleidigen Blick, sieht er älter aus als sonst. »Kann dich jemand wie er überhaupt lieben, Süße?«

Ich öffne meinen Mund, um ihn zu beruhigen, aber

die Worte wollen mir einfach nicht über die Lippen kommen. Ich möchte glauben, dass Julian mich auf seine eigene Art liebt, aber tief in meinem Inneren nagt immer ein kleiner Zweifel.

Mein Vater hat den Nagel auf den Kopf getroffen.

Ist Julian fähig, zu lieben?

Ehrlich gesagt weiß ich das immer noch nicht.

## 16

*J*ulian

DER SCHWARZE LINCOLN WARTET SCHON AUF MICH, ALS ich das Haus verlasse.

»Ich habe ihnen gesagt, dass Sie beschäftigt sind, aber sie haben auf das Treffen bestanden«, sagt Lucas, der aus dem Schatten neben dem Haus hervortritt. »Ich dachte mir, ich lasse es Sie sofort wissen.«

Ich nicke und gehe zu dem Auto.

Das hintere Fenster wird heruntergelassen. »Lassen Sie uns eine Runde mit dem Auto drehen«, sagt Frank und öffnet die Tür. »Wir müssen reden.«

Ich blicke ihn hart an. »Das glaube ich nicht. Wenn Sie reden möchten, können wir das hier auf der Stelle tun.«

Frank betrachtet mich, fragt sich wahrscheinlich, wie viel er von mir verlangen kann, und ich kann den genauen Moment erkennen, in dem er entscheidet, mich nicht weiter zu verärgern.

»In Ordnung.« Er steigt aus dem Auto, und sein grauer Anzug spannt über dem Bauch. »Wenn Ihnen die neugierigen Nachbarn nichts ausmachen, gerne.«

Mit geübtem Blick fahre ich die Umgebung ab. Leider hat er recht. Auf der anderen Straßenseite bewegt sich schon die Gardine.

Wir ziehen die Aufmerksamkeit auf uns.

»Auf der anderen Seite des Hauses gibt es einen Park«, sage ich und treffe eine Entscheidung. »Warum gehen wir nicht dorthin? Sie haben genau fünfzehn Minuten.«

Frank nickt, und der schwarze Lincoln fährt weg, wahrscheinlich, um eine Runde um den Block zu fahren. Ich habe keine Zweifel, dass die zusätzlichen Sicherheitskräfte genauso unsichtbar bleiben wie meine Männer. Es ist unmöglich, dass die CIA einen ihrer Männer mit jemandem wie mir ohne zusätzlichen Schutz allein lässt.

»In Ordnung, reden Sie«, sage ich, als wir in Richtung Park gehen. Ich gebe Lucas ein Zeichen, uns in einiger Entfernung zu folgen. »Warum sind Sie hier?«

»Die bessere Frage ist: Warum sind Sie hier?« Franks Stimme klingt frustriert. »Wissen Sie überhaupt, für wie viel Ärger ihre Anwesenheit sorgt?

Das FBI weiß, dass Sie sich auf seinem Hoheitsgebiet befinden, und ist gerade am Durchdrehen…«

»Ich dachte, darum haben Sie sich gekümmert.«

»Das habe ich, aber Wilson weigert sich, das Thema fallen zu lassen. Er und Bosovsky schnüffeln herum und versuchen, eine Vertuschung auffliegen zu lassen. Es ist ein verdammtes Chaos, und Ihr Besuch ist nicht gerade hilfreich.«

»Inwiefern ist das mein Problem?«

»Wir möchten Sie nicht in diesem Land, Esguerra«, meint Frank, nachdem wir um die Ecke gebogen sind. »Sie haben keinen Grund dafür, hier zu sein.«

»Nein?« Ich ziehe eine Augenbraue in die Höhe. »Die Eltern meiner Frau leben hier.«

»Ihrer Frau?« Frank schnaubt abfällig. »Sie meinen die Achtzehnjährige, die sie entführt haben?«

Nora ist jetzt zwanzig Jahre alt – beziehungsweise wird es in einigen Tagen werden –, aber ich korrigiere ihn nicht. Ihr Alter ist kaum das Kernthema. »Genau die«, erwidere ich kühl. »Wie Sie wissen, musste ich gerade das Abendessen mit ihren Eltern verlassen … meinen Schwiegereltern.«

Frank schaut mich ungläubig an. »Meinen Sie das ernst? Wie können Sie diesen Menschen überhaupt in die Augen schauen? Sie haben ihre Tochter entführt …«

»Die jetzt meine Frau ist.« Mein Ton wird schärfer. »Mein Verhältnis zu ihren Eltern geht Sie nichts an, also mischen Sie sich nicht ein.«

»Das werde ich nicht – wenn Sie außerhalb dieses Landes bleiben.« Frank hält an und atmet schwer, da er sich anstrengen muss, mit mir Schritt zu halten. »Ich mache keine Witze darüber, Esguerra. Wir können Akten und Aufzeichnungen verschwinden lassen, aber keine Menschen. Nicht in diesem Fall.«

»Sie wollen mir gerade erzählen, dass die CIA sich keine neugierigen FBI-Beamten vom Leib halten kann?« Ich schaue ihn kühl an. »Weil, wenn das das einzige Problem ist …«

»Nein, das ist es nicht«, unterbricht mich Frank, dem schnell klar geworden ist, worauf ich hinausmöchte. »Es ist nicht nur das FBI, Esguerra.« Er wischt sich seinen Schweiß von der Stirn. »Es gibt einige wichtige Personen, die durch Ihre Anwesenheit hier nervös sind. Sie wissen nicht, was sie zu erwarten haben.«

»Sagen Sie ihnen, sich darauf einzustellen, dass ich meine Schwiegereltern besuche und dann wieder abreise.« Zum ersten Mal sage ich Frank die volle Wahrheit. »Ich bin nicht hier, um zu arbeiten, also müssen sich Ihre Vorgesetzten keine Gedanken machen.«

Frank sieht nicht so aus, als würde er mir glauben, aber das ist mir scheißegal. Wenn die CIA weiß, was gut für sie ist, hält sie mir das FBI vom Leib.

Ich bin wegen Nora hier, und wem das nicht passt, der kann direkt in die Hölle gehen.

~

ALS ICH ZUM HAUS ZURÜCKKEHRE, STREITEN SICH NORA und Rosa gerade über das Abräumen des Tisches.

»Rosa, bitte, heute bist du der Gast«, sagt Nora und greift nach dem Teller mit den Resten des Lamms. »Bitte, bleib einfach sitzen, während ich meiner Mutter helfe …«

»Nein, nein, nein«, widerspricht Rosa, geht um den Tisch herum und sammelt dreckige Teller ein. »Du musst auf dein Baby aufpassen. Bitte, das ist eigentlich meine Arbeit. Lass mich helfen.«

»Ich bin in der zehnten Woche, nicht im zehnten Monat …«

»Sie hat recht, Baby«, sage ich und gehe zu Nora, um ihr den Teller aus der Hand zu nehmen. »Es war ein langer Tag, und ich möchte nicht, dass du dich überanstrengst.«

Nora beginnt zu widersprechen, aber ich trage den Teller bereits in die Küche, in der Noras Eltern das restliche Essen wegpacken. Als ich eintrete, bekommt Gabriela große Augen, aber nimmt mir den Teller mit einem leisen »Danke« ab.

Ich lächele sie an und gehe zurück ins Esszimmer, um weitere Teller zu holen.

Rosa und ich müssen noch einige Male in die Küche gehen, bis der Tisch vollständig abgeräumt ist. Nora sitzt währenddessen auf dem Wohnzimmersofa und sieht uns mit einer Mischung aus Verzweiflung und Neugier zu.

Endlich ist der Tisch leer, und die Lestons kommen aus der Küche zu uns. Ich setze mich neben Nora, nehme ihre Hand und lege sie mir in den Schoß, um mit ihren Fingern spielen zu können.

»Gabriela, Tony, ich danke euch für dieses wundervolle Abendessen«, sage ich, als Noras Eltern sich neben Rosa auf das zweite Sofa setzen. »Ich möchte mich dafür entschuldigen, dass ich euch verlassen musste und den Nachtisch verpasst habe.«

»Ich habe dir ein Stück Kuchen aufgehoben«, meint Nora, deren Handfläche ich gerade massiere. »Meine Mutter hat es zum Mitnehmen eingepackt.«

Ich lächele ihre Mutter warm an. »Danke, Gabriela. Das ist wirklich sehr aufmerksam.«

Gabriela nickt. »Das ist doch selbstverständlich. Es ist wirklich ärgerlich, dass deine Geschäfte dich so spät am Abend noch in Anspruch genommen haben.«

»Das stimmt«, erwidere ich und tue so, als hätte ich die Nachfrage in ihrer Antwort nicht bemerkt. »Und du hast recht, es ist schon spät …« Ich schaue zu Nora, die sich ihre freie Hand vor den Mund hält, um zu gähnen.

»Nora hat erzählt, dass ihr in einem Haus in Palos Park wohnt«, sagt Tony und blickt uns mit einem unleserlichen Gesichtsausdruck an. »Werdet ihr heute Nacht dort schlafen?«

»Ja, genau.« Das Haus ist auf der anderen Seite des Viertels und umgeben von ausreichend Grundstück für Lucas, um die nötigen Sicherheitsvorkehrungen treffen zu können. »Dort werden wir während unseres Besuchs wohnen.«

»Ihr könnt auch gerne Noras Zimmer benutzen, falls ihr möchtet«, bietet Gabriela etwas unsicher an.

»Vielen Dank, aber wir möchten euch nicht zur Last fallen. Es wäre besser, wenn wir in diesen zwei Wochen unseren eigenen Rückzugsort hätten.« Ohne Noras Hand loszulassen, stehe ich auf und lächele die Lestons freundlich an. »Und da wir gerade darüber sprechen, ich denke, es ist Zeit, zu gehen. Nora braucht ihren Schlaf.«

»Nora geht es gut«, murmelt das Objekt meiner Sorge, als ich es Richtung Ausgang führe. »Ich kann auch länger als bis zehn aufbleiben, weißt du?«

Ich unterdrücke ein Grinsen bei ihrem mürrischen Unterton. Mein Kätzchen gibt nicht gerne zu, wie müde es im Moment ist. »Ja, das weiß ich. Aber deine Eltern müssen auch schlafen. Morgen ist Donnerstag, stimmt's?«

»Richtig, natürlich.« Nora hält an, bevor wir die Ausgangstür erreichen, und dreht sich zu ihren Eltern herum. »Ich habe nicht daran gedacht, dass ihr morgen arbeiten müsst«, meint sie zerknirscht. »Es tut mir leid. Wir hätten eher gehen sollen ...«

»Nein, Süße«, widerspricht ihre Mutter. »Wir freuen uns, dass ihr hier seid, und schließlich haben wir euch ja für heute Abend eingeladen. Wann sehen wir uns wieder?«

Nora schaut mich an, und ich sage: »Morgen Abend, wenn es euch passt. Zum Abendessen in unserem Haus.«

»Wir werden kommen«, sagt Tony, und ich beobachte, wie beide Lestons Nora zum Abschied umarmen und küssen.

<br>
*ora*

ALS WIR IN DIE LIMOUSINE EINSTEIGEN, BEMERKE ICH wie müde ich eigentlich bin, da die angespannte Aufregung des Abends von mir abfällt und mich erschöpft zurücklässt. Rosa nimmt wieder uns gegenüber Platz, und Julian zieht mich eng an sich heran, um den Arm um meine Schultern zu legen. Als sein warmer männlicher Duft mich umgibt, entspanne ich mich und lasse meine Gedanken wandern.

Mein einstiger Entführer und ich haben gerade mit meinen Eltern gegessen. Wie eine Familie. Es ist so absurd, dass ich es gar nicht glauben kann. Ich weiß nicht, was ich mir vorgestellt hatte, als Julian sich damit einverstanden erklärt hat, meine Eltern zu besuchen, aber das mit Sicherheit nicht.

Ich denke, ich habe mich unbewusst geweigert, darüber nachzudenken, wie so etwas ablaufen könnte – mein Entführer bei einem zivilisierten Abendessen mit meiner Familie. Um mir keine Sorgen machen zu müssen, hatte ich eine Mauer in meinem Kopf errichtet. Immer wenn ich daran gedacht habe, nach Hause zu fliegen, hatte ich mich mit meinen Eltern gesehen … nur uns drei, so als würde Julian sich im Hintergrund halten, als Teil meines anderen dunkleren Lebens zurückbleiben.

Natürlich war es lächerlich gewesen, das zu denken. Julian bleibt niemals im Hintergrund. Er dominiert jede Situation, in der er sich befindet, ordnet sie seinem Willen unter. Selbst hier – in der Beziehung die meine Eltern und ich haben – hat er die Kontrolle übernommen, sich nach seinen eigenen Regeln in unsere Familie eingeführt und scheint sich dort völlig wohlzufühlen, obwohl andere Männer vor Scham sterben würden.

Offensichtlich ist es gut, wenn man kein Gewissen hat.

»Wie fühlst du dich, mein Kätzchen?«

Als ich Julians geflüsterte Frage höre, lege ich den Kopf zurück, um ihn anzusehen, und mir wird klar, dass ich die letzten Minuten geschwiegen habe. »Es geht mir gut«, erwidere ich, da ich mir der Tatsache bewusst bin, dass Rosa bei uns ist. »Ich verdaue gerade.«

»Ach?« Julian schaut mich amüsiert an und lässt

meine Hand los, damit ich mich bequemer hinsetzen kann. »Essen oder Gedanken?«

»Beides, nehme ich an.« Ich muss lachen, als mir meine ungewollte Zweideutigkeit klar wird. »Das war ein tolles Essen.«

»Ja, das war es.« Selbst in dem dunklen Innenraum des Autos kann ich seine sinnlich geschwungenen Lippen sehen. »Das haben deine Eltern toll hinbekommen.«

Ich nicke. »Definitiv.« Ich frage mich, wie es für sie gewesen sein muss, mit dem Mann zu Abend gegessen zu haben, der ihre Tochter entführt hat.

Mit dem Kriminellen, der jetzt ihr Schwiegersohn und der Vater ihres Enkelkindes ist.

Seufzend kuschele ich mich an Julian und schließe die Augen.

Noch verrückter könnte mein Leben wohl kaum sein.

WIR BRAUCHEN WENIGER ALS ZWANZIG MINUTEN, UM den reichen Stadtteil Palos Park zu erreichen. Als ich aufgewachsen bin, wusste ich immer, dass er existiert, da ich auf meinem Weg zum Tampier Lake Resort daran vorbeigefahren bin. Die Anwohner von Palos Park sind in der Regel Anwälte und Ärzte, und ich habe niemals davon gehört, dass jemand ein Haus für nur einige Wochen dort gemietet hat.

Natürlich ist Julian nicht irgendjemand.

Das Haus, das er sich ausgesucht hat, liegt am äußersten Rand des Viertels und ist mit einem großen Zaun aus geflochtenem Eisen umgeben. Nachdem wir durch das automatische Tor gefahren sind, folgen wir einige hundert Meter einer gewundenen Einfahrt, bevor wir bei dem eigentlichen Haus ankommen.

Das Haus ist innen sehr luxuriös eingerichtet, fast genauso hübsch wie unsere Villa auf dem Anwesen. Angefangen bei dem glänzenden Parkettfußboden bis hin zu der modernen Kunst an den Wänden, schreit alles in unserer Urlaubsunterkunft nach »extrem reich«.

»Wie viel hast du dafür bezahlt?«, frage ich, als wir durch einen riesigen Essbereich gehen. »Ich wusste gar nicht, dass man solche Häuser mieten kann.«

»Das kann man auch nicht«, erwidert Julian beiläufig. »Ich habe es gekauft.«

Meine Kinnlade klappt nach unten. »Was? Wann? Du hast gesagt, dass du es gemietet hättest.«

»Ich sagte, ich habe für unseren Besuch ein Haus gefunden«, korrigiert er mich. »Ich habe niemals gesagt, wie.«

»Oh.« Ich fühle mich dumm. »Wann hattest du die Gelegenheit, es zu kaufen?«

»Ich habe mit den Vorbereitungen begonnen, sobald wir die Reise beschlossen hatten. Der Vorbesitzer hat zwar fast eine Woche benötigt, um auszuziehen, aber jetzt gehört das Haus uns.«

*Uns.* Das Wort kam ihm so leicht über die Lippen, dass es mir eine Sekunde lang gar nicht auffällt.

Danach verarbeite ich, was er gesagt hat. »Das Haus gehört uns?«, frage ich vorsichtig. »Uns beiden?«

»Technisch gesehen einer unserer Tochtergesellschaften, aber ich habe dich zu einer fünfzigprozentigen Gesellschafterin gemacht, was bedeutet, dass wir es besitzen, ja«, erklärt mir Julian, als wir das große Schlafzimmer mit dem Himmelbett betreten.

»Julian …« Ich bleibe vor dem Bett stehen und schaue ihn an. »Warum hast du das getan? Ich meine, der Trustfonds war mehr als genug …«

»Weil du zu mir gehörst.« Er kommt näher, und eine vertraute Hitze leuchtet in seinen Augen, als er nach den Knöpfen meines Kleides greift. Seine Finger streifen meine nackte Haut, und sofort kribbeln meine Nippel mit Verlangen. »Weil ich für dich sorgen möchte, weil ich dich verwöhnen möchte, weil ich sicherstellen möchte, dass du nichts in deinem Leben vermissen wirst …« Trotz seiner zärtlichen Worte funkeln seine Augen dunkler, als er das Kleid aufgeknöpft hat und es zu Boden fällt. »Weitere Fragen, mein Kätzchen?«

Ich schüttele den Kopf und blicke ihn an. Jetzt trage ich nur noch den blauen Tanga und einen passenden BH, während er mich ansieht wie ein hungriger Löwe, der sich gerade auf eine Gazelle stürzen möchte. Er will vielleicht für mich sorgen, aber in diesem Moment will er mich auch verschlingen.

»Gut.« Seine Stimme ist ein tiefes, drohendes Schnurren. »Jetzt dreh dich rum.«

Mein Puls erhöht sich in nervöser Vorfreude, und ich tue, was er sagt. Auch wenn ich mich jetzt nach Dunkelheit sehne, spüre ich eine unterschwellige, instinktive Angst in mir aufsteigen. Julian war schon immer unberechenbar. Ich denke, die häusliche Atmosphäre heute Abend hat sein sadistisches Verlangen geweckt, den Dämon entfesselt, den er die letzten Wochen so gut unter Kontrolle hatte.

Bei diesen Gedanken spüre ich ein warmes, verräterisches Pochen zwischen meinen Schenkeln.

Während ich abwartend dastehe, höre ich ein leises Rascheln, bevor weicher Stoff meine Augen bedeckt.

Eine Augenbinde, wird mir klar, und ich halte meinen Atem an. Ohne meine Sicht fühle ich mich unendlich verletzbarer. Meine rechte Hand zuckt, aus dem plötzlichen Drang heraus, meinen Arm zu heben und das Stück Stoff wegzureißen.

»Oh nein, das wirst du nicht tun.« Julian fängt meinen Arm ein, und seine Finger umfassen mein Handgelenk, als seien sie Handschellen aus Stahl. Er beugt sich zu mir und flüstert in mein Ohr: »Wer hat dir erlaubt, das zu tun, mein Kätzchen?«

Ich erschaudere durch die Hitze seines Atems. »Ich …«

»Ruhig.« Sein Kommando vibriert in mir und erhöht die pulsierende Hitze zwischen meinen Beinen. »Ich werde dir sagen, wann du sprechen kannst.« Er gibt mein Handgelenk frei und drückt mich nach vorn, so dass ich mit dem Gesicht nach unten auf das Bett falle. »Bewege dich nicht«, befiehlt er und tritt näher.

Ich gehorche und traue mich kaum zu atmen, als er mit seiner Hand über mich streicht, von den Schultern bis zu meinen Schenkeln. Seine Berührung ist zärtlich, aber trotzdem eindringlich, so wie die eines Fremden. Oder sie fühlt sich so an, weil meine Augen verbunden sind. Ich kann ihn hinter mir spüren, aber ich kann nichts sehen, und er berührt mich, als sei ich ein Objekt … mit dem er alles tun kann, was er möchte. Ich kann die Hornhaut auf seinen langen, warmen Handflächen spüren, und die Erinnerung an unser erstes Mal blitzt in meinen Gedanken auf, lässt mich meinen Bauch aus Angst und dunklem Verlangen anspannen.

Als er damit fertig ist, mich zu streicheln, rollt er mich auf meinen Rücken, rückt mich zurecht und legt ein Kissen unter meinen Kopf. Dann ergreift er meinen Arm, und ich spüre, wie er ein Stoffband um mein Handgelenk bindet. Das andere Ende befestigt er an einem der Bettpfosten, nehme ich an.

Danach geht er um das Bett herum und macht das Gleiche mit meinem anderen Arm.

Ich liege da wie eine Art sexuelle Opfergabe, mit ausgestreckten Armen und verbundenen Augen. Ich bin noch hilfloser als normalerweise, und diese Tatsache macht mir Angst und erregt mich gleichermaßen, wie die meisten meiner Spiele mit Julian. Bei anderen Paaren ist es nur ein Vorwand. Aber bei uns ist es so real, wie es nur sein kann. Ich habe nicht die Option, Nein zu sagen. Julian wird mich nehmen, ob ich es will oder nicht, und perverserweise steigert dieses Wissen das schmerzhafte Verlangen meines Geschlechts.

»Du bist wunderschön.« Sein raues Flüstern wird begleitet von einem federleichten Streichen seiner Finger über meinen empfindlichen Bauch. »Und du gehörst mir. Tust du das nicht, mein Kätzchen?«

»Ja.« Meine Atmung wird unregelmäßig, als seine Finger den Rand meines Tangas erreichen. »Ja, dir allein.«

Die Matratze bewegt sich, als er auf das Bett steigt und meine Beine spreizt. Das Material seiner Jeans fühlt sich rau auf meinen nackten Oberschenkeln an und erinnert mich daran, dass er immer noch vollständig bekleidet ist. »Das stimmt …« Er beugt sich nach unten, und die Knöpfe seines Hemdes drücken sich in meinen Bauch, als er mich mit seiner harten, breiten Brust bedeckt. Seine Zähne fahren mein Ohrläppchen entlang und lösen eine Gänsehaut auf meinen Armen aus, während er in mein Ohr flüstert: »Niemand außer mir wird dich jemals haben.«

Ich unterdrücke ein Schaudern, auch wenn sich mein Innerstes gerade in flüssige Hitze verwandelt. Bei einem anderen Mann wäre das nur besitzergreifendes Bettgeflüster, aber bei Julian ist es eine Drohung und gleichzeitig eine Feststellung von Tatsachen. Wäre ich jemals so dumm, einem anderen Mann zu erlauben, mich zu berühren, würde Julian ihn ohne einen weiteren Gedanken töten.

»Ich möchte niemanden außer dir.« Das ist die Wahrheit, aber trotzdem zittert meine Stimme da

Julian meinen Nacken küsst und an dem zarten Fleisch unter meinem Ohr saugt. »Das weißt du.«

Er lacht leise, und dieses tiefe, maskuline Geräusch vibriert in mir weiter. »Ja, mein Kätzchen. Das weiß ich.«

Er steigt von mir herunter, und ich spüre, wie er zum Fußende des Bettes geht. Als er nach meinem rechten Knöchel greift, weiß ich auch, warum.

Er wird meine Beine ebenfalls fixieren.

Das Seil wird um meinen Knöchel gewickelt, während ich mit rasendem Herzen daliege. Julian fesselt mich selten so gründlich. Das muss er nicht. Selbst wenn ich mich wehren wollen würde, könnte er mich auch ohne Seile und Ketten kontrollieren, da er viel kräftiger ist als ich.

Natürlich habe ich nicht vor, mich zu wehren. Nicht mit dem Wissen darüber, zu was er fähig ist, wenn er mich besitzen möchte.

Als mein rechtes Bein fixiert ist, fasst er nach meinem linken. Seine Hände sind kräftig und sicher, als er das Seil um meinen Knöchel schlingt und das andere Ende mit dem letzten Bettpfosten verbindet, so dass ich mit weit geöffneten Beinen daliege. Es ist eine beunruhigende Position, und sobald Julian sich nach hinten bewegt, versuche ich automatisch, meine Beine zu schließen. Ich kann sie natürlich nicht einen Zentimeter enger zusammenbringen. Genau wie das Seil um meine Handgelenke halten mich die Fesseln an meinen Füßen bewegungsunfähig an meinem Platz, ohne jedoch meine Durchblutung abzuschnüren.

Mein Entführer mag nicht der klassische BDSM-Typ sein, aber er weiß mit Sicherheit, wie man jemanden fesselt.

»Julian?« Mir fällt auf, dass ich immer noch meine Unterwäsche trage, den Tanga und den BH. »Was machst du mit mir?«

Er antwortet nicht. Stattdessen spüre ich, wie sich die Matratze erneut bewegt, als er aufsteht, seine Schritte sich entfernen und die Tür geschlossen wird.

Er ist aus dem Raum gegangen und hat mich gefesselt auf dem Bett zurückgelassen.

Mein Herz beginnt, schneller zu schlagen.

Ich beuge meine Arme, um das Seil noch einmal zu testen, auch wenn ich weiß, dass es sinnlos ist. Wie erwartet, geben meine Fesseln kaum nach; das Seil schneidet schmerzhaft in meine Haut, als ich versuche, daran zu ziehen. Ich bin fast nackt und allein, habe verbundene Augen und bin in diesem unbekannten Haus gefesselt. Und auch wenn ich weiß, dass Julian es nicht zulässt, dass mir etwas passiert, kann ich nichts gegen die Anspannung tun, die sich in meinen Körper aufbaut, als die Zeit vergeht und er nicht zurückkehrt.

Nach einigen Minuten versuche ich erneut, das Seil zu lockern. Es gibt immer noch nicht nach … und immer noch keine Spur von Julian.

Ich zwinge mich dazu, tief einzuatmen und langsam auszuatmen. Nichts Furchtbares passiert; niemand will mir wehtun. Ich weiß nicht, was für ein Spiel Julian spielt, aber es scheint nicht besonders brutal zu sein.

Aber du willst es brutal, erinnert mich eine kleine,

hinterlistige Stimme in meinem Kopf. *Du willst Schmerz und Gewalt.*

Ich lasse diese Stimme verstummen und konzentriere mich darauf, ruhig zu bleiben. Julians wechselhafte Herangehensweise an das Liebemachen mag mich erregen, aber es verängstigt mich genauso. Den gesunden Teil von mir zumindest. Ich will Schmerz, und doch fürchte ich ihn im gleichen Maße. So ist es gerade immer. Es fühlt sich an, als sei ich zweigeteilt, der Rest der Person, die ich einmal war, kämpft gegen die, die ich jetzt bin, an.

Weitere Minuten schleichen dahin.

»Julian?« Ich kann nicht länger schweigen. »Julian, wo bist du?«

Nichts. Überhaupt keine Antwort.

Ich reibe meinen Hinterkopf gegen das Laken, um die Augenbinde zu verschieben, aber sie bewegt sich nur hin und her. Frustriert ziehe ich mit meiner ganzen Kraft an den Fesseln, aber das Einzige, was passiert, ist, dass ich mich selbst verletze. Schließlich gebe ich auf und versuche, mich zu entspannen, die Angst, die in mir aufsteigt, zu ignorieren.

Weitere Minuten vergehen. Gerade als ich denke, dass ich verrückt werde, geht die Tür auf, und ich höre leise Schritte.

»Julian, bist du das?« Ich kann die Erleichterung in meiner Stimme nicht unterdrücken. »Was ist passiert? Wohin bist du gegangen?«

»Schscht.« Dem Geräusch folgt ein kribbelndes

Gefühl auf meinen Lippen. »Wer hat dir erlaubt zu sprechen, mein Kätzchen?«

Mein Puls springt in die Höhe, als ich den Hauch Kälte in seiner Stimme höre. Wird er mich für etwas bestrafen? »Was …«

»Pssst.« Seine Finger drücken auf meine Lippen, und ich verstumme. »Kein Wort mehr.«

Ich schlucke, und meine Kehle fühlt sich plötzlich ganz trocken an. Er berührt mich nur an den Lippen, aber das reicht, um meinen Körper zu entzünden und meine Erregung trotz der wachsenden Nervosität zu steigern.

Oder vielleicht deshalb. Das kann ich unmöglich sagen.

»Saug an meinen Fingern.« Sein geflüsterter Befehl wird von einem verstärkten Druck auf den Rand meiner Lippen begleitet. »Jetzt.«

Gehorsam öffne ich meinen Mund und sauge zwei seiner großen Finger ein. Sie schmecken sauber und leicht salzig, die rauen Kanten seiner Nägel kratzen gegen meinen empfindlichen Gaumen. Ich lasse meine Zunge um seine Finger kreisen, als seien sie sein Geschlecht, und seine Hand zuckt, als sei das Gefühl für ihn genauso intensiv.

Gerade als ich beginne, an ihnen zu saugen, zieht Julian seine Finger zurück und fährt damit die Vorderseite meines Körpers hinunter, auf der er eine kühle, feuchte Spur hinterlässt. Ich erzittere als Antwort darauf, und meine inneren Muskeln ziehen sich zusammen, als seine Finger meinen Nabel umkreisen, seine Nägel leicht über meinen Bauch kratzen. *Tiefer, flehe ich ihn in Gedanken an, bitte, nur ein wenig weiter nach unten, aber stattdessen hebt er seine Hand hoch, berührt mich nicht mehr.*

Ich öffne meinen Mund, um zu betteln, aber dann erinnere ich mich daran, dass er nicht möchte, dass ich spreche. Ich schlucke, um die Worte zu unterdrücken, da ich nicht ungehorsam sein möchte, wenn er in dieser unberechenbaren Stimmung ist.

Julian bestraft mich wirklich gerade für etwas, und ich will ihn nicht weiter reizen.

Also liege ich anstatt zu betteln einfach flach atmend da und versuche, seine Bewegungen zu hören. Ich kann nichts hören. Steht er einfach da und betrachtet mich? Schaut sich meinen halbnackten, ans Bett gefesselten Körper an?

Endlich höre ich etwas. Ein schabendes Geräusch, so als würde er etwas vom Nachttisch nehmen.

Ich warte und höre angespannt, bis ich es auf einmal fühle.

Etwas Kaltes und Hartes gleitet unter das enge Band meines BHs und drückt sich zwischen meine Brüste.

Ich will vor Schreck zurückweichen, aber es gelingt mir, unbeweglich und mit frenetisch klopfendem Herzen liegenzubleiben.

*Schnipp.* Dieses Geräusch ist unverwechselbar.

Es ist das Geräusch von Metall, das durch dicken Stoff schneidet. Julian hat meinen BH vorn mit einer Schere zerschnitten.

Ich erlaube mir, leicht erleichtert aufzuatmen, aber spanne mich wieder an, als ich spüre, wie die Schere an meinem Körper hinabgleitet.

Schnipp. Schnipp. Beide Seiten meines Tangas sind zerschnitten, und die stumpfe Kante der Schere drückt gegen meine Hüftknochen. Ich fühle die Wärme von Julians Hand, als er den kaputten Stofffetzen von meinem Körper zieht, und ich höre, wie er Luft einzieht. Er sieht mich an. Ich weiß es. Ich stelle mir vor, was er sieht, während ich hier nackt mit weit gespreizten Beinen daliege, und ich spüre die Hitze der Röte, die durch dieses pornographische Bild mein Gesicht überzieht.

»Du bist schon feucht.« Seine Stimme ist leise und lustvoll, was mein Feuer nur noch schürt. »Deine Muschi tropft für mich.« Er begleitet diese Worte mit einer schmetterlingszarten Berührung meiner schmerzenden Klitoris. Seine Fingerspitzen fühlen sich auf meinem empfindlichen Fleisch rau an, aber das Feuer fließt durch meine Adern, erfüllt mich mit verzweifeltem Begehren. Ungebeten entweicht mir ein Stöhnen, und ich hebe meine Hüfte in seine Richtung, bitte ihn schweigend um mehr.

Dieses Mal erhört er mein Flehen.

Ich spüre, wie sich die Matratze ein weiteres Mal bewegt, als er auf das Bett steigt und zwischen meinen Beinen verharrt. Seine großen, starken Hände ergreifen meine Oberschenkel, bevor er seinen Kopf zu meinem Geschlecht senkt. Ich fühle, wie sein heißer Atem über meine Falten streicht. Ich wimmere fast vor

Vorfreude aber kann mich in letzter Sekunde zurückhalten, da ich nichts tun möchte, was seine Meinung ändert. Ich will seine Berührung. Ich brauche sie. Es ist quälend ohne sie.

Und dann spüre ich ihn – den weichen, nassen Druck seiner Zunge zwischen meinen Falten, den Druck, der den Schmerz stillt und verstärkt. Er leckt mich nicht; er hält einfach nur seine Zunge gegen meine Klitoris, aber das ist genug. Es ist mehr als genug. Ich wiege meine Hüften in kleinen, spasmodischen Bewegungen und finde genau den Rhythmus den ich brauche, die Anspannung in mir wächst, und die Lust sammelt sich wie ein heißer pulsierender Ball in meinem Innersten. Dann bewegt sich seine Zunge, seine Lippen schließen sich fest saugend um meine Klitoris, und der Ball zerplatzt, sendet ekstatische Wellen durch meine Nervenenden, als ich aufschreie, da ich nicht länger schweigen kann.

Bevor mein Orgasmus völlig abgeklungen ist, beginnt er mich zu lecken. Nur ein weiches, zärtliches Streicheln mit der Zunge, das die angenehmen Nachwellen, die durch meinen Körper fließen, verlängert. Es fühlt sich gut an, obwohl meine Klitoris geschwollen und empfindlich ist, und ich liege einfach nur da und genieße es, erschöpft und entspannt durch meine Entladung. Erst eine Minute später bemerke ich, dass sich die Lust erneut durchsetzt, stärker wird und sich in eine schmerzhafte Anspannung verwandelt.

Ich schlucke, biege mich seinem Mund entgegen, da ich mehr Druck brauche, um kommen zu können, aber sein Lecken bleibt leicht, seine Zunge berührt meine Klitoris kaum.

»Bitte, Julian ...« Diese Worte entweichen mir, bevor ich mich an mein Sprechverbot erinnere, aber zu meiner Erleichterung hört er nicht auf. Stattdessen leckt er mich weiter, seine Zunge bewegt sich in einem Rhythmus, der mich langsam und quälend weiter anspannt, mich näher an den Orgasmus treibt, ohne mir zu geben, was ich brauche. Ich versuche, meine Hüften weiter nach oben zu drücken, aber ich habe keinen Spielraum, so gestreckt und ausgebreitet wie ich bin.

Ich kann es nur hinnehmen, mich völlig seiner Gnade aussetzen, egal welche Lustqualen Julian mit mir im Sinn hat.

Gerade als ich denke, dass ich es nicht mehr ertragen kann, dreht er sich auf die Seite, und seine rechte Hand bewegt sich von meinem Oberschenkel zu meinem pochenden Geschlecht. Seine großen, schonungslosen Finger berühren meinen Eingang, und ich stöhne, als er zwei von ihnen in mich schiebt und sie überraschend schnell in mir bewegt. Ich bin fast da, das ist fast das, was ich brauche ... und dann presst er seinen Daumen hart auf meine Klitoris.

Ich zerberste, Lust durchströmt meinen Körper, als ich komme, nach Luft schnappe und aufschreie.

»Ja, das ist es, Baby«, murmelt er. Seine Hand zieht sich zurück, und ich höre, wie ein Reißverschluss geöffnet wird. Ich nehme das nur am Rande wahr. Ich fühle mich durch den Orgasmus wie berauscht, bin erschöpft durch die brutale Intensität des Ganzen. Mein Herz schlägt, als sei ich gerannt, und meine Knochen fühlen sich an, als seien sie aus Gummi.

Es ist unmöglich, dass ich noch mehr wollen könnte, und trotzdem baut sich erneut Anspannung in meinem Bauch auf, als er mich mit seinem großen Körper bedeckt. Er ist nackt, hat sich schon ausgezogen, und ich kann seine Hitze, seine Härte spüren. Seine rohe männliche Kraft. Selbst wenn ich nicht gefesselt wäre, würde ich mich umgeben von ihm hilflos und klein fühlen, aber das Seil an meinen Handgelenken und meinen Knöcheln verstärkt diese Sensation. Ich kann unter seinem Gewicht kaum atmen, aber das macht nichts. Selbst Luft scheint in diesem Moment nicht wichtig zu sein.

Alles, was ich brauche, ist Julian.

Er bewegt sich auf mir, stützt sich auf seine Ellenbogen. Die harte, glatte Spitze seiner Erektion streift meine inneren Oberschenkel, als er seinen Kopf nach unten beugt, um mich zu küssen, und ich spanne mich voller Vorfreude an, als ich merke, dass er beginnt, einzudringen.

Ich bin von den Orgasmen nass und rutschig, doch obwohl mein Körper auf seine Inbesitznahme vorbereitet ist, spüre ich, wie ich mich ausdehne, als sein dickes Geschlecht fast schmerzhaft meine inneren Wände auseinanderdrückt. Gleichzeitig nimmt seine Zunge meinen Mund in Besitz, und ich kann nicht einmal aufstöhnen, als er beginnt, sich mit tiefen und rhythmischen Stößen zu bewegen. Es ist überwältigend, ihn zu fühlen, ihn zu schmecken – die Art, wie sein Körper mich beherrscht und besitzt. Ich kann nichts sehen, kann mich nicht bewegen. Ich versinke, und er ist meine einzige Rettung.

Ich weiß nicht, wie lange es dauert, bevor die pulsierende Anspannung sich erneut in meinem Innersten aufbaut. Ich weiß nur, dass ich gleichzeitig mit Julian komme, in seiner Umarmung erschaudere und aufschreie.

Danach entfernt er meine Augenbinde und die Seile und trägt mich unter die Dusche. Ich bin so erschöpft, dass ich kaum stehen kann, weshalb Julian mich wäscht und sich um mich kümmert als sei ich ein Kind. Er bringt mich wieder ins Bett, schließt mich in seine Arme, und als ich einschlafe, höre ich, wie er sanft sagt: »Ich werde dir die Welt zu Füßen legen. Die ganze verdammte Welt – solange du mir gehörst.«

 *ulian*

ICH WACHE AM NÄCHSTEN MORGEN, MIT DEM vertrauten Gefühl, Nora auf mir liegen zu haben, auf. Wie immer schläft sie mit ihrem Kopf auf meiner Brust und einem ihrer schlanken Beine über meinen Oberschenkeln. Ich kann das weiche, pralle Gewicht ihrer Brüste an meiner Seite spüren, höre ihr gleichmäßiges Atmen, und mein Geschlecht versteift sich, als die Bilder von letzter Nacht in meinem Kopf aufsteigen.

Ich weiß nicht, weshalb ich ab und an den Drang verspüre, sie zu quälen, sie betteln und bitten zu hören. Warum mir der Anblick ihres ans Bett gefesselten

Körpers eine solche Befriedigung verschafft. Als wir gestern Nacht von ihren Eltern nach Hause gefahren sind, hatte ich vorgehabt, sie zärtlich zu nehmen und sie schlafen zu lassen, aber als ich sie neben dem Himmelbett stehen sah, haben sich meine guten Vorsätze in Luft aufgelöst. Irgendetwas an der Art, wie sie mich angesehen hat, hat den gefährlichen Hunger in mir verstärkt, die Dunkelheit an die Oberfläche gebracht. Was ich mit ihr anstellen wollte, begann mit den Seilen, und wenn ich mich nicht dazu gezwungen hätte, aus dem Raum zu gehen, nachdem ich sie gefesselt hatte, hätte ich den Schwur gebrochen, den ich mir selbst nach jener Nacht gegeben habe, in der ich sie zum Sex zwang.

Den Schwur, die Gewalt für die nächsten Monate aus unserem Schlafzimmer zu verbannen.

Zum Glück schien es zu helfen, sie eine Zeit lang allein zu lassen und in einem der Gästezimmer kalt zu duschen. Als ich zurückkam, war ich kontrollierter, konnte mich damit begnügen, sie mit Lust zu quälen anstatt mit Schmerzen.

Eine Veränderung in Noras Atmung zieht meine Aufmerksamkeit auf sich. Sie bewegt sich auf mir, gibt einen leisen Laut von sich und reibt ihre Wange an meiner Brust. »Du bist noch nicht aufgestanden«, murmelt sie schläfrig, und ich lächele, als der freudige Ton ihrer Stimme eine Welle des Wohlbefindens in mir auslöst.

»Nein, noch nicht«, erwidere ich und streichele ihren glatten, nackten Rücken. »Aber gleich.«

»Musst du?« Ihre Worte sind gedämpft. »Du bist ein nettes Kopfkissen.«

»Ich freue mich, so nützlich zu sein.«

Als sie meinen trockenen Ton hört, bewegt sie ihren Kopf, um mich durch ihre langen, dunklen Wimpern anzuschauen. »Stört es dich? Dass ich so auf dir schlafe?«

»Nein.« Ihre Frage bringt mich zum Lachen. »Denkst du, ich würde dich lassen, wenn es das täte?«

Sie blinzelt. »Nein, natürlich nicht.« Sie rückt von mir ab, setzt sich hin und wickelt die Decke um sich. »Wir sollten vielleicht aufstehen. Ich wollte vor dem Frühstück laufen gehen.«

Ich setze mich ebenfalls hin. »Laufen?«

»Ja. Es ist doch sicher hier, oder nicht?«

»Nicht so sicher wie auf dem Anwesen.« Der Gedanke, dass sie draußen laufen gehen möchte, macht mich nervös, trotz aller Sicherheitsmaßnahmen und keiner drohenden Gefahr. Wenn ihr irgendetwas zustoßen sollte …

»Julian, bitte.« Nora fängt an, verärgert auszusehen. »Ich gehe nur hier laufen, in Palos Park. Ich werde mich nicht weit entfernen, aber ich kann auch nicht zwei Wochen lang in diesem Haus eingesperrt sein …«

»Ich begleite dich.« Ich stehe auf und gehe zum Schrank, um eine Hose zu suchen. »Zieh dich an. Wir sollten uns beeilen. Ich nehme an, dass Rosa schon das Frühstück macht.«

~

Wir beginnen das Laufen mit langsamem Joggen, um uns aufzuwärmen. Draußen sind es kühle sechzehn Grad, aber durch die Bewegung spüre ich sie selbst ohne ein T-Shirt anzuhaben nicht. Ich überlege, ob ich versuchen sollte, Nora davon zu überzeugen, sich wärmer anzuziehen, aber da sie so aussieht, als fühle sie sich in ihren kurzen Leggings und dem T-Shirt wohl, lasse ich das Thema fallen.

Als wir unsere Einfahrt verlassen und auf die Straße treten, behalte ich die Nachbarn im Auge die ihre Autos aus der Garage fahren, und die Menschen die gerade selbst laufen gehen wollen. Ich werde nervös bei so vielen Fremden. Meine Männer sind in der ganzen Gemeinde verteilt, und ich weiß, wir befinden uns in Sicherheit, aber ich kann nichts dagegen tun, nach Zeichen von Gefahren zu suchen.

»Du weißt, dass niemand aus dem Gebüsch springen wird, um uns anzufallen, stimmt's?«, sagt Nora, die meine Besorgnis über unsere Umgebung offensichtlich bemerkt. »Hier wohnt nicht diese Art von Nachbarn.«

Ich schaue kurz zu ihr. »Ich weiß. Ich habe sie gründlich überprüft.«

Sie lächelt und wird schneller. »Selbstverständlich hast du das.«

Ich passe mich ihrer Geschwindigkeit an, und eine Weile laufen wir recht schnell. Noras Gesicht fängt an leicht schweißig zu glänzen, ihre goldene Haut scheint zu glühen, und ich bemerke, dass mich ihr Anblick ablenkt. Sie sieht immer sexy aus, wenn sie läuft, da ihr zierlicher Körper gleichzeitig durchtrainiert und weiblich ist. Die festen, runden Muskeln ihres Pos bewegen sich bei jedem Schritt, den sie macht, und ich kann nicht anders, als mir vorzustellen, wie meine Hände diese Kugeln kneten, während ich mein Geschlecht in sie ramme.

*Scheiße.* Wenn es so weitergeht, muss ich gleich noch einmal kalt duschen.

»Was machst du nach dem Frühstück?«, fragt mich Nora atemlos, als wir an einem joggenden Pärchen vorbeilaufen. »Musst du arbeiten?«

»Ich treffe mich mit dem Portfoliomanager in der Stadt«, antworte ich und versuche meinen Drang zu kontrollieren, mich nach dem männlichen Jogger umzudrehen, um ihm einen bösen Blick zuzuwerfen. Dieses Arschloch hat Nora ein wenig zu bewundernd angeschaut, als wir an ihm vorbeigelaufen sind. »Ich werde vor dem Abendessen zurück sein.«

»Das ist gut.« Sie beginnt zu keuchen während sie spricht. »Ich will heute zum Friseur gehen und mich vielleicht mit Leah und Jennie treffen.«

»Was?« Ich drehe mich zu ihr herum und blicke sie an, während wir um die Ecke biegen. »Und wo genau hast du vor diese Dinge zu tun?«

»In der Chicago Ridge Mall. Ich habe Leah und Jennie letzte Woche eine Nachricht geschickt, um ihnen Bescheid zu sagen, dass ich in der Stadt sein werde, und sie haben mir gesagt, dass sie heute nach Hause kommen und bis zum Memorial Day bleiben.« Sie sagt das alles in einem langen Atemzug, holt tief Luft und schaut mich erwartungsvoll an. »Du hast doch nichts dagegen, wenn ich mich mit ihnen treffe? Ich habe Jennie seit zwei Jahren nicht gesehen und Leah …« Sie verstummt augenblicklich, und ich weiß, dass sie gerade sagen wollte, dass sie Leah gesehen hat, als sie das letzte Mal in dieser verfluchten Mall war, als sie als Köder für die Al-Quadar fungierte. Mein Kätzchen ahnt vielleicht nicht, dass ich schon lange über dieses Treffen Bescheid weiß – und darüber, dass Jake an jenem Tag auch dabei war.

»Du wirst nicht in dieses Einkaufszentrum gehen.« Ich weiß, ich höre mich harsch an, aber ich kann nicht anders. Ich sehe allein bei dem Gedanken daran, dass sie allein durch die Mall spaziert, rot. »Es sind zu vielen Menschen dort, um ein sicherer Ort für dich zu sein.«

»Aber …«

»Wenn du dich mit deinen Freunden treffen möchtest, kannst du das hier in diesem Haus oder in einem Restaurant in Oak Lawn tun – nachdem ich sichergestellt habe, dass es dort sicher ist.«

Noras Lippen verhärten sich, aber sie ist clever genug, nicht zu widersprechen. Sie weiß, dass sie keine weiteren Zugeständnisse bekommen wird. »In Ordnung, ich frage sie, ob wir uns im Fish-of-the-Sea treffen können«, sagt sie nach einer Minute. »Was ist mit meinem Haarschnitt?«

Ich betrachte den langen Pferdeschwanz, der ihren Rücken hinabfällt. Ich finde sie wunderschön, besonders das Ende, welches über ihrem Po hin und her schwingt. »Warum brauchst du einen?«

»Weil«, sie atmet schwer als wir schneller laufen, »ich mir seit zwei Jahren die Haare nicht schneiden lassen habe.«

»Und?« Ich kann das Problem immer noch nicht verstehen. »Ich mag deine langen Haare.«

»Du bist wirklich ein Mann.« Sie kann zwar kaum sprechen, aber schafft es, ihre Augen zu verdrehen. »Ich muss Form in dieses Gewirr bringen. Es macht mich verrückt.«

»Ich möchte nicht, dass du es kurz schneidest.« Ich weiß nicht, warum das auf einmal so ist, aber es ist so. »Wenn du es schneiden lässt, dann nicht mehr als einige Zentimeter.«

Nora schaut mich ungläubig an, als wir anhalten, um ein Auto aus einer Einfahrt vor uns fahren zu lassen. »Ernsthaft? Warum nicht?«

»Das habe ich dir doch gesagt. Ich mag es lang.«

Sie rollt wieder mit den Augen. »In Ordnung. Ich hatte auch nicht vor, es mir abrasieren zu lassen. Ich wollte nur ein paar Stufen haben.«

»Nicht mehr als ein paar Zentimeter«, wiederhole ich und schaue sie ernst an.

»Ja, natürlich.« Ich habe den Eindruck, dass sie gerade innerlich zum dritten Mal mit den Augen rollt. »Dann kann ich mir also die Haare schneiden lassen?«

»Nicht in der Chicago Ridge Mall. Finde einen ruhigen Salon in der Nähe, und ich werde ihn von meinen Männern sichern lassen.«

»In Ordnung«, keucht sie, als wir einen Sprint beginnen. »Abgemacht.«

~

BEVOR ICH IN DIE STADT FAHRE, GEHE ICH SICHER, DASS Noras Pläne für den Tag feststehen. Ich beauftrage ein Dutzend meiner besten Männer damit, für ihre Sicherheit zu sorgen, und gebe ihnen den Befehl, so unsichtbar wie möglich zu sein. Wahrscheinlich wird sie ihre Anwesenheit nicht einmal bemerken, aber sie werden verhindern, dass verdächtige Personen sich ihr auf mehr als 300 Meter nähern.

»Mir wird nichts passieren«, sagt sie, als ich zögernd im Flur stehen bleibe, bevor ich das Haus verlasse. »Wirklich, Julian. Es ist nur ein Friseurbesuch und ein Mittagessen mit Freundinnen. Ich verspreche dir, dass alles problemlos verlaufen wird.«

Ich hole tief Luft und atme wieder aus. Sie hat recht. In diesem Punkt bin ich paranoid. Die Sicherheitsvorkehrungen, die ich getroffen habe, sind die bestmöglichen außerhalb des Anwesens. Natürlich könnte ich sie auch für den Rest ihres Lebens auf dem Anwesen einsperren – was für meinen Seelenfrieden eine optimale Lösung wäre –, aber Nora wäre damit nicht glücklich, und ihr Glück liegt mir am Herzen.

Mehr als ich es jemals für möglich gehalten hätte.

»Wie fühlst du dich?«, frage ich, da ich mich immer noch nicht von ihr trennen kann. »Ist dir schlecht? Bist du müde?« Ich blicke auf ihren Bauch – einen Bauch, der in den engen Jeans, die sie trägt immer noch völlig flach ist.

»Nein, nichts davon.« Sie lächelt mich beruhigend an, als ich sie ansehe. »Nicht einmal ein kleines bisschen übel. Ich bin kerngesund.«

»Na dann, alles klar.« Ich gehe zu ihr und hebe meine Hand, um über ihre Wange zu streicheln. »Sei vorsichtig, Baby, versprochen?«

»Versprochen«, flüstert sie und sieht mich an. »Du auch, Julian. Pass auf dich auf, und bis nachher.«

Bevor ich weggehen kann, stellt sie sich auf ihre Zehenspitzen und gibt mir einen kurzen, brennenden Kuss auf die Lippen.

Nora

»ROSA, BIST DU SICHER, DASS DU NICHT MITKOMMEN möchtest?«

»Nein, das habe ich dir doch schon gesagt – ich habe bis zum Abendessen noch eine Menge zu erledigen. Señor Esguerra hat mich beauftragt, deine Familie mit diesem Essen zu beeindrucken, und ich möchte ihn nicht enttäuschen. Nun gehe schon und habe Spaß mit deinen Freundinnen.« Rosa schmeißt mich geradezu aus der riesigen Küche. »Jetzt geh – oder du kommst zu spät zu deinem Friseurtermin.«

»In Ordnung, wenn du es so möchtest.« Ich schüttele den Kopf über Rosas sturen Diensteifer und gehe zum Haupteingang, wo schon ein Auto auf mich wartet. Zum Glück ist es keine Limousine, sondern ein normaler schwarzer Mercedes. Ich werde mit diesem Auto weniger auffallen als mit der Limousine, auch wenn es so aussieht, als habe es ebenfalls kugelsicheres Glas.

Der Fahrer ist ein großer, dünner Mann, den ich schon auf dem Anwesen gesehen, aber mit dem ich noch nie gesprochen habe. Julian hat mir heute Morgen gesagt, dass er Thomas heißt. Thomas stellt sich mir auch dieses Mal nicht vor, da er gar nicht mit mir redet, sondern seine Aufmerksamkeit auf die Straße richtet. Als wir die Ausfahrt verlassen, sehe ich, dass uns zwei schwarze Geländewagen in einiger Entfernung folgen. Ich fühle mich, als sei ich die First Lady – oder eben eine Mafia-Prinzessin.

Das Letztere ist wahrscheinlich der bessere Vergleich.

Nach weniger als einer halben Stunde kommen wir beim Friseursalon an. Es ist keiner der superschicken Salons, aber er hat einen guten Ruf in dieser Gegend und eine Lage, in der Julian ihn leicht sichern konnte. Ich hatte nicht erwartet, so leicht einen Termin zu bekommen, aber sie hatten eine Terminabsage für heute Morgen und konnten mich deshalb um elf dazwischenschieben.

»Nur ein wenig nachschneiden, bitte«, erkläre ich, nachdem eine tätowierte Frau mit lilafarbenem Haar mir meine Haare gewaschen hat und mich zum Schneiden bringt. »Nicht mehr als ein paar Zentimeter«

»Sind Sie sicher?«, fragt sie nach. »Schauen Sie

doch mal, wie dick es ist. Sie sollten es zumindest stufig schneiden lassen.«

Ich runzele die Stirn und betrachte mein Spiegelbild. »Wird es dann immer noch lang sein?«

»Natürlich. Es wird die Länge Ihrer Haare nicht verändern – aber sie werden eine hübschere Form haben. Die kürzeste Stufe, die in Gesichtsnähe, wird unterhalb Ihrer Schultern sein.«

»In dem Fall: Einverstanden.« Ich versuche, entschieden zu klingen, auch wenn ich mich nicht so fühle. Es fällt mir schwer, nicht auf Julian zu hören, selbst wenn es sich um so eine Kleinigkeit handelt, und genau deshalb tue ich es. »Einmal Stufen für diesen Wildwuchs.«

Während die Friseurin um mich herumwirbelt, mein Haar in die Länge zieht und schneidet, betrachte ich die anderen Personen in dem Salon. Nach wochenlanger Isolation auf dem Anwesen fühlt es sich eigenartig an, so viele Fremde um sich herum zu haben. Niemand achtet auf mich, aber ich fühle mich trotzdem unangenehm ausgestellt, so als würden mich alle anstarren. Ich bin auch etwas ängstlich. Ich weiß, dass mir hier niemand etwas zuleide tun möchte, weshalb dieses Gefühl unlogisch ist, aber offensichtlich färbt Julians Paranoia auf mich ab.

Es ist aber auch gleichzeitig aufregend, hier allein zu sein. Ich weiß, dass sich Julians Männer draußen befinden, weshalb ich mich nicht wirklich in Freiheit befinde, aber es fühlt sich so an.

Ich fühle mich, als sei ich ein normales Mädchen,

welches sich einen Tag lang freigenommen hat, um zum Friseur zu gehen und sich mit ihren Freundinnen zu treffen.

»Das war's«, erklärt die Friseurin nach einigen Minuten. »Nur noch föhnen – und Sie sind fertig.«

Ich nicke und versuche, nicht auf die langen Locken zu blicken, die überall auf dem Boden verteilt liegen. Es scheinen eine Menge Haare zu sein, auch wenn die nassen Strähnen, die ich im Spiegel sehe, nicht besonders kurz aussehen.

»Also, wie finden Sie es?«, fragt sie mich, nachdem sie meine Haare getrocknet hat. Sie reicht mir den Spiegel. »Mögen Sie es?«

Ich drehe mich mit dem Stuhl hin und her, um meinen neuen Haarschnitt von allen Seiten zu betrachten. Er sieht aus wie in der Shampoowerbung – lang, dunkel und glänzend, mit kürzeren Stufen in Gesichtsnähe für zusätzliches Volumen.

»Perfekt.« Ich gebe ihr lächelnd den Spiegel zurück. »Vielen Dank.«

Nicht auf Julian zu hören scheint mir gut zu bekommen. Zumindest, was mein Aussehen betrifft.

DA ICH IMMER NOCH ZEIT TOTZUSCHLAGEN HABE, BEVOR ich mich mit Leah und Jennie treffe, beschließe ich, aufs Ganze zu gehen und auch noch eine Maniküre und Pediküre machen zu lassen. Während der Pediküre bekomme ich eine Nachricht von Julian.

»Bist du noch da?«, schreibt er. »Thomas sagt, dass du schon fast zwei Stunden im Salon bist.«

»Lasse mir die Nägel lackieren«, antworte ich. »Wie läuft es bei dir?«

»Wahrscheinlich nicht so farbenfroh wie bei dir.«

Ich grinse und lege mein Telefon weg. Das alles fühlt sich so wunderbar normal an, sogar unter Thomas' Aufsicht. Es ist so, als seien wir einfach nur ein normales Paar, ohne dunkle oder chaotische Dinge in unserem Leben.

Spontan ziehe ich erneut mein Handy aus der Tasche.

»Liebe dich«, schreibe ich und setze zur Verstärkung einen Smiley dahinter.

Ich erhalte keine Antwort, aber das hatte ich auch nicht erwartet. Julian würde mir seine Gefühle für mich – wie auch immer sie aussehen mögen – niemals in einer Nachricht mitteilen. Trotzdem fühlt sich mein Herz nicht mehr ganz so leicht an, als ich das Telefon wegpacke und stattdessen eine Klatschzeitschrift zur Hand nehme.

Eine halbe Stunde später bin ich so zurechtgemacht wie die Mädchen in den Zeitschriften. Mein Haar fällt meinen Rücken wie ein weicher glänzender Vorhang hinunter, und meine Nägel sehen besser aus als während der ganzen letzten Monate. Ich zahle, gebe ein großzügiges Trinkgeld und verlasse den Salon voller Vorfreude auf den Rest meines Tages.

Wie erwartet, steht Thomas vor dem Salon. Ich sehe kein weiteres Sicherheitspersonal, aber ich weiß, dass sie mich unauffällig beobachten. Diese Unsichtbarkeit verstärkt meine Illusion von Normalität, und meine Laune verbessert sich erneut, als wir zu dem Fischrestaurant fahren, in dem ich mich mit Leah und Jennie verabredet habe.

Sie warten schon auf mich, als ich eintrete, und die ersten paar Minuten verbringen wir damit, uns zu umarmen und aufgeregt darüber zu reden, wie lange es schon her ist, dass wir uns das letzte Mal gesehen haben. Ich hatte Angst gehabt, dass sich mein Verhältnis zu Leah nach unserem letzten Treffen im Einkaufszentrum angespannt haben könnte, aber meine Sorgen erweisen sich als unbegründet. Wenn wir drei uns treffen, ist es genauso wie zu alten Highschoolzeiten.

»Oh Gott, Nora, ich hatte ganz vergessen wie wunderschön du bist«, ruft Jennie aus, als wir uns alle hingesetzt haben. »Entweder das, oder das Leben im Dschungel bekommt dir gut.«

»Danke«, erwidere ich lachend. »Du siehst selber umwerfend aus. Wann hast du dir rote Haare zugelegt? Sie stehen dir hervorragend.«

Jennie grinst, und ihre grünen Augen funkeln. »Als ich mit der Uni angefangen habe. Ich fand, es war an der Zeit für eine Farbveränderung, und wollte entweder Rot oder Blau.«

»Ich habe sie überzeugt, es mit Rot zu probieren«, mischt sich Leah mit einem spitzbübischen Lächeln ein. »Blau hätte nicht so gut zu ihrem irischen Aussehen gepasst.«

»Ach, ich weiß nicht«, erwidere ich mit ernsthaftem Gesicht. »Ich habe gehört, dass die Schlümpfe in letzter Zeit wieder in Mode gekommen sind.«

Leah bricht in Lachen aus, und Jennie und ich fallen ein. Es fühlt sich so gut an, etwas mit den beiden zu machen. Seit meiner Entführung habe ich mich zwar einige Male mit Leah getroffen, aber ich habe Jennie fast zwei Jahre lang nicht gesehen. Als ich diese vier Monate nach der Explosion des Lagerhauses zu Hause verbrachte, hat sie gerade woanders studiert, weshalb wir außer über Facebook nicht miteinander gesprochen haben.

»Also, Nora, jetzt spuck es schon aus«, sagt Jenny, nachdem wir unsere Bestellung aufgegeben haben. »Wie fühlt es sich an, mit einem modernen Pablo Escobar verheiratet zu sein? Die Gerüchte, die ich höre, sind mehr als bizarr.«

Leah verschluckt sich an ihrem Wasser, und ich explodiere vor Lachen. Ich hatte Jennies Hang, Leute zu schockieren, ganz vergessen.

»Na ja«, sage ich, als ich mich wieder so weit beruhigt habe, dass ich sprechen kann. »Julian ist Waffenhändler, kein Drogenhändler, aber ansonsten ist es ziemlich schön, mit ihm verheiratet zu sein.«

»Jetzt komm schon. Ziemlich schön?« Jennie runzelt übertrieben ihre Stirn. »Ich möchte alle schmutzigen Details. Schläft er mit einer Maschinenpistole unter dem Kopfkissen? Isst er Welpen zum Frühstück? Ich meine, immerhin hat er dich ja entführt! Wir wollen alle Einzelheiten …«

»Jennie«, unterbricht Leah sie scharf. Sie sieht überhaupt nicht amüsiert aus. »Ich denke nicht, dass das eine lustige Angelegenheit ist.«

»Das ist in Ordnung«, beruhige ich sie. »Wirklich, Leah, es ist okay. Julian und ich sind jetzt verheiratet und glücklich. Das sind wir wirklich.«

»Glücklich?« Leah starrt mich an, als würden mir Hörner wachsen. »Nora, du weißt, wozu er fähig ist und was er getan hat. Wie kannst du mit so einem Mann glücklich sein?«

Ich erwidere ihren Blick und weiß nicht, wie ich ihr antworten soll. Ich möchte sagen, dass Julian gar nicht so schlimm ist, aber mir bleiben die Worte im Halse stecken. Mein Ehemann ist so schlimm. Wahrscheinlich ist er sogar schlimmer, als Leah denkt. Sie weiß nichts von seinen Massenmorden unter den Al-Quadar-Mitgliedern in den letzten Monaten – oder dass Julian seit seiner Kindheit ein Mörder ist.

Natürlich weiß sie auch nicht, dass ich eine Mörderin bin. Falls sie das wüsste, würde sie wahrscheinlich denken, dass Julian und ich uns verdient haben.

Zu meiner Erleichterung springt Jennie rettend ein. »Jetzt hör auf, so ein Spielverderber zu sein«, sagt sie und pikst Leah mit ihrem Finger in die Rippen. »Sie ist also glücklich mit ihm. Das ist doch besser als unglücklich, oder etwa nicht?«

Leahs hübsches Gesicht errötet. »Natürlich. Es tut mir leid, Nora.« Sie versucht ein kleines Lächeln. »Ich nehme an, mir fällt es einfach schwer, das Ganze zu verstehen. Ich meine, jetzt bist du endlich wieder in den USA, und dann planst du, wieder mit ihm nach Kolumbien zurückzugehen.«

»Das passiert, wenn Menschen heiraten«, meint Jennie, bevor ich antworten kann. »Sie leben zusammen. So wie du und Jake. Es ist nur natürlich, dass Nora mit ihrem Ehemann zurückkehren will ...«

»Du und Jake, ihr lebt zusammen?«, unterbreche ich und schaue Leah überrascht an. »Seit wann?«

»Seit zwei Wochen«, sagt Jennie strahlend. »Hat Leah es dir nicht erzählt?«

»Ich wollte es dir heute sagen«, meint Leah zu mir. Sie sieht aus, als sei ihr diese Sache unangenehm. »Ich wollte es dir persönlich sagen.«

»Warum? Sie sind nur einmal zusammen ausgegangen«, sagt Jennie vernünftigerweise. »Es ist ja nicht so, als seien sie zusammen gewesen.«

»Jennie hat recht«, stimme ich zu. »Wirklich Leah, ich freue mich riesig für euch zwei. Du musst keine Angst davor haben, mir solche Dinge zu erzählen. Ich werde nicht ausrasten, versprochen.« Ich lächele sie warm an, bevor ich frage: »Habt ihr ein Apartment außerhalb des Campus gemietet?«

»Das haben wir«, antwortet Leah und sieht erleichtert über die Frage aus. »Wir hatten beide Probleme mit unseren Mitbewohnern und haben uns gedacht, dass es die beste Lösung sei, wenn wir zusammenziehen würden.«

»Das ergibt Sinn«, meint Jennie, und die nächsten Minuten sprechen wir über die Vor- und Nachteile davon, mit dem Partner oder mit Mitbewohnern zu leben.

»Was gibt es bei dir Neues, Jennie?«, frage ich, nachdem uns der Kellner die Vorspeisen gebracht hat. »Hast du einen Freund in Aussicht?«

»Ach, nein.« Jennie verzieht angeekelt ihr Gesicht. »Es gibt weniger als ein Dutzend halbwegs gutaussehender Typen an der Grinnell, und die sind schon alle vergeben. Ihr beide hättet mich zur Vernunft bringen sollen, als ich beschlossen habe eine Uni in der Pampa zu besuchen. Ehrlich, das ist schlimmer als auf der Highschool.«

»Nein!« Ich reiße meine Augen mit gespieltem Entsetzen auf. »Schlimmer als auf der Highschool?«

»Nichts ist schlimmer als die Highschool«, sagt Leah, und beide beginnen, die Verfügbarkeit von Typen auf einer Highschool in der Vorstadt mit der einer kleinen Uni der freien Künste zu vergleichen.

Im Verlauf des Essens reden wir über alles Mögliche, außer meiner Beziehung zu Julian. Leah berichtet uns von ihrem Praktikum bei einer Rechtsanwaltskanzlei in Chicago, und Jennie erzählt uns lustige Geschichten aus ihrem letzten Urlaub auf Curaçao. »Gleich neben unserem Hotel war eine Ölplattform. Könnt ihr euch das vorstellen?«, beschwert sie sich, und Leah und ich müssen ihr darin zustimmen, dass selbst ein Salzwasserüberlaufpool – der definitiv sehr cool ist – so etwas Scheußliches wie eine Ölplattform in einem Urlaubsort nicht ausgleichen kann.

Zufällig wendet sich die Unterhaltung danach meinem Leben auf dem Anwesen zu, und ich erzähle ihnen alles von meinen Onlinekursen von Stanford, dem Kunstunterricht, den ich von Monsieur Bernard erteilt bekomme, und meiner wachsenden Freundschaft mit Rosa. »Ich wollte, dass sie heute mitkommt, aber sie konnte nicht«, füge ich hinzu und fühle mich etwas schuldig deswegen. »Meine Eltern kommen zum Abendessen, und Julian hat Rosa gebeten, mit den Vorbereitungen zu helfen.« Als ich das sage, fällt mir auf, wie verzogen ich mich anhöre – und den neidischen Blicken nach zu urteilen, die mir Jennie und Leah zuwerfen, ist es ihnen auch aufgefallen.

»Wow«, sagt Jennie und schüttelt ihren Kopf. »Kein Wunder, dass du mit dem Typen glücklich bist. Er behandelt dich wie eine Prinzessin. Wenn jemand mir Stanford, Angestellte und ein großes Anwesen geben würde, hätte ich auch nichts dagegen, entführt zu werden.«

»Jennie!« Leah blickt sie schockiert an. »Das meinst du nicht ernst.«

»Nein, wahrscheinlich nicht«, stimmt ihr Jennie grinsend zu. »Und trotzdem, Nora, musst du zugeben, dass das Ganze irgendwie cool ist.«

Ich zucke lächelnd mit den Schultern. »Irgendwie cool« ist auch eine Art, es zu beschreiben. Chaotisch und kompliziert eine andere – aber momentan bleibe ich gerne bei Jennies Beschreibung.

»Warte mal, du hast gesagt, dass deine Eltern zum

Abendessen kommen?«, fragt Leah, so als habe sie diesen Teil meiner Aussage erst jetzt mitbekommen. »Sie essen mit dir und ihm?«

»Ja«, antworte ich und genieße den Gesichtsausdruck meiner Freundinnen. »Gestern Nacht haben wir bei meinen Eltern gegessen, also kommen sie heute zu uns.« Und als Leah und Jennie mich weiterhin entsetzt anschauen, erkläre ich ihnen, dass Julian ein Haus in Palos Park erstanden hat, damit wir während unseres Aufenthalts an einem sicheren Ort leben könnten.

»Mädchen, ich muss sagen, dass du jetzt in einer völlig anderen Welt lebst«, meint Jennie kopfschüttelnd. »Private Insel, ein Anwesen in Kolumbien und jetzt das …«

»Das ändert nichts an der Tatsache, dass er ein Psychopath ist«, entgegnet Leah und wirft Jennie einen strengen Blick zu, bevor sie sich zu mir umdreht. »Nora, wie kommen deine Eltern mit ihm klar?«

»Sie … kommen klar.« Ich weiß nicht, wie ich diese vorsichtige Akzeptanz von Seiten meiner Eltern anders beschreiben soll. »Natürlich ist es nicht einfach für sie.«

»Das kann ich mir vorstellen«, sagt Jennie. »Deine Eltern sind unglaublich. Meine wären schon lange durchgedreht.«

»Ich glaube nicht, dass durchzudrehen in dieser Angelegenheit hilfreich wäre«, meint Jennie verschmitzt. »Ich bin mir sicher, dass Noras Eltern gerade einfach nur glücklich sind, sie wiederzuhaben.«

Ich will gerade antworten, als ich sehe, wie Jennie und Leah beide aufschauen und auf etwas starren, das sich hinter mir befindet. Instinktiv drehe ich mich mit rasendem Herzen um – und blicke geradewegs in die blauen Augen meines ehemaligen Entführers.

Er steht hinter mir, hat seine Hand locker auf der Lehne meines Stuhls abgelegt, und seine Lippen werden von einem gefährlichen und anziehenden Lächeln umspielt. »Darf ich Ihnen Gesellschaft leisten, meine Damen?«, fragt er amüsiert.

»Julian.« Ich springe erschrocken und mehr als nur ein wenig nervös von meinem Stuhl auf. »Was machst du hier?«

»Mein Meeting war früher zu Ende, also dachte ich mir, dass ich hier vorbeikomme und schaue, ob du schon nach Hause willst«, erwidert er. »Aber wie ich sehe, bist du noch nicht fertig.«

»Ähm, nein. Wir warten noch auf unseren Nachtisch.« Ich werfe einen unsicheren Blick auf Leah und Jennie, die, wie ich sehe, beide Julian anstarren. Leah sieht aus, als sei sie bereit, jederzeit aufzuspringen und wegzurennen, während Jennies Gesichtsausdruck eine Mischung aus Faszination und Ehrfurcht ist.

*Scheiße.* Das war's dann wohl mit einem normalen Essen unter Freundinnen. Ich wende meine Aufmerksamkeit wieder Julian zu und sage zögernd: »Ich meine, wenn du möchtest, dann könnte ich …«

»Nein, bitte setz dich doch zu uns, wenn du Zeit hast«, fällt mir Jennie, die sich offensichtlich von ihrem

Schock erholt hat, ins Wort. »Hier gibt es tollen Käsekuchen.«

»In dem Fall muss ich wohl hierbleiben«, erklärt Julian geschmeidig und nimmt neben mir Platz. »Ich würde Nora niemals so eine Köstlichkeit vorenthalten wollen.« Er lächelt mich an. »Dein Haar sieht toll aus, Baby. Du hattest recht mit den Stufen.«

»Oh.« Als er mich an meinen kleinen Aufstand erinnert, berühre ich mein Haar und fühle die kürzeren Strähnen. Seine Anerkennung ist eine Enttäuschung und gleichzeitig eine Erleichterung. »Danke.«

»Er sieht wirklich gut aus«, meint Leah mit rauer Stimme, und ich sehe, dass ihr Blick weniger panisch ist. Sie räuspert sich und fügt überflüssigerweise hinzu: »Der neue Haarschnitt, meine ich.«

Julians Lächeln verstärkt sich. »Ja. Sie sieht umwerfend aus.«

»Ja, umwerfend«, wiederholt Jennie, nur dass sie Julian dabei anblickt und nicht mich. Sie sieht wie hypnotisiert aus, und ich kann ihr keinen Vorwurf daraus machen. Die Narben auf seinem Gesicht sind fast verschwunden, das Augenimplantat ist von einem echten Auge nicht zu unterscheiden und Julian sieht mit seiner dunklen und beeindruckenden männlichen Schönheit wirklich großartig aus.

Ich habe mich endlich wieder im Griff und sage: »Entschuldigt bitte, ich habe vergessen, euch vorzustellen. Julian – das sind meine Freundinnen

Leah und Jennie. Leah, Jennie – das ist Julian, mein Ehemann.«

»Ich freue mich, euch beide kennenzulernen«, sagt Julian gekonnt charmant. »Nora hat mir schon einiges über euch erzählt.«

»Ach?« Leah legt ihre Stirn in Falten. Im Gegensatz zu Jennie scheint sie gegen sein Aussehen immun zu sein. »Was denn?«

»Zum Beispiel, dass ihr beiden seit der Mittelschule Freunde seid«, erwidert Julian. »Oder, dass du Jennie, Noras Verabredung beim Sophomore Homecoming Dance warst.«

Ich blinzele überrascht. Ich hatte es Julian gegenüber irgendwann einmal erwähnt, aber ich hatte nicht erwartet, dass er sich solche Nebensächlichkeiten merkt.

»Oh, wow«, haucht Jennie, die ihre Augen immer noch nicht von Julian gelöst hat. »Ich kann gar nicht glauben, dass sie dir das alles erzählt hat.«

Leahs Mund spannt sich an, und sie winkt den Kellner herbei. »Ein Stück Käsekuchen und die Rechnung bitte«, verlangt sie, als er bei uns ist. »Die Portionen hier sind riesig«, erklärt sie, obwohl niemand Einspruch gegen ihre Bestellung erhoben hat. »Wir können uns eine teilen.«

»In Ordnung«, sage ich. Ich bin überrascht, dass Leah noch für den Käsekuchen bleibt. Ich hätte ihr keinen Vorwurf gemacht, wenn sie sofort aufgestanden und gegangen wäre. Ich weiß, dass sie sich darüber im Klaren ist, was damals mit Jake passierte, und die Tatsache, dass sie gewillt ist, zivilisiert mit Julian umzugehen, spricht Bände über den Stellenwert unserer Freundschaft.

»Und«, fragt Julian, als der Kellner den Tisch verlässt, »wie war euer Essen bis jetzt? Hat Nora euch schon die großartige Neuigkeit erzählt?«

Ich gefriere und bin entsetzt, dass er mich derart bloßstellt. Meinen Freundinnen von dem Baby zu erzählen hatte ich für einen späteren Zeitpunkt geplant – wenn es unvermeidbar sein würde. Nicht heute, wenn ich noch einmal vorgeben kann, eine sorgenfreie Studentin zu sein.

»Was denn für eine großartige Neuigkeit?«, fragt Jennie sofort und beugt sich nach vorn. Ihre Augen sind vor Neugier weit aufgerissen. »Nora hat uns nichts erzählt.«

»Sie hat euch nichts von dem Galeriebesitzer in Paris erzählt?«, Julian wirft mir einen Blick von der Seite zu. »Demjenigen, der ein Angebot für den Kauf ihrer Gemälde unterbreitet hat?«

»Was?«, ruft Leah aus. »Wann ist das denn passiert, Nora?«

»Gestern«, murmele ich, und eine Welle der Erleichterung spült meine Übelkeit weg. »Julian hat mir davon erzählt, aber ich habe das Angebot noch nicht gesehen.«

»Wow, herzlichen Glückwunsch.« Jennie strahlt mich an. »Also wirst du jetzt eine berühmte Künstlerin werden?«

»Ich weiß nicht, ob berühmt …«, beginne ich, aber Julian unterbricht mich.

»Das ist sie schon«, sagt er bestimmt. »Der Galeriebesitzer hat zehntausend Euro für jedes ihrer fünf Bilder geboten.« Und unter den aufgeregten Ausrufen meiner Freundinnen erklärt er, dass der Galeriebesitzer ein bekannter Kunstsammler ist und dass meine Bilder schon allein durch Monsieur Bernards Verbindungen in Paris bekannt werden.

Wir werden dadurch unterbrochen, dass der Käsekuchen gebracht wird. Leah hatte recht damit gehabt, nur eine Portion zu bestellen; das Stück hat in etwa die Größe meines Kopfes. Der Kellner stellt uns vier kleine Teller hin, und wir teilen den Kuchen auf, während Julian Jennies Fragen über die Pariser Kunstszene und Frankreich generell beantwortet.

»Wow, Nora, du beginnst gerade wirklich ein aufregendes Leben«, meint Jennie und greift nach der Rechnung. »Du sagst uns Bescheid, wenn du deine erste Ausstellung hast, stimmt's?«

»Ich übernehme das«, meint Julian und hält die Rechnung in der Hand, noch bevor Jennie sie berühren kann. Und bevor meine Freundinnen protestieren können, gibt er dem Kellner einen Zweihundert-Dollar-Schein und sagt: »Stimmt so.«

»Danke«, meint Jennie, als der freudig erregte Kellner davoneilt. »Du hättest das nicht tun müssen. Du hattest doch nur ein Stück von dem Käsekuchen, und sonst nichts.«

»Bitte, lass uns unseren Anteil zahlen«, sagt Leah steif, während sie ihr Portemonnaie hervorzieht.

»Bitte, mach dir keine Gedanken. Das ist das Mindeste, was ich für Noras Freundinnen tun kann.« Er steht auf und hält mir seine Handfläche hin. »Bereit, Baby?«

»Ja«, sage ich und lege meine Hand in seine. Meine wenigen Stunden Freiheit sind vorbei, aber irgendwie macht es mir nichts aus. So aufregend der Tag auch gewesen sein mag, ich fühle mich wohl dabei, wieder von Julian vereinnahmt zu werden.

Wieder da zu sein, wo ich hingehöre.

*ulian*

»WARUM BIST DU HIER VORBEIGEKOMMEN?«, FRAGT Nora, nachdem wir uns von ihren Freundinnen verabschiedet haben und ins Auto gestiegen sind. »Hattest du Angst, ich könnte wegrennen?«

»Du wärst nicht weit gekommen, wenn du es versucht hättest.« Ich drehe mein Gesicht zu ihr und fahre mit meinen Fingern durch ihre Haare. Es ist vorn ein wenig kürzer, aber immer noch lang und sogar seidiger als vorher.

»Ich hatte nicht vor, wegzulaufen.« Nora runzelt die Stirn. »Ich will nicht vor dir weglaufen. Nicht mehr.«

»Das weiß ich, mein Kätzchen.« Ich zwinge mich,

ihr Haar loszulassen, bevor ich einen Fetisch entwickle. »Ansonsten hätte ich dich nicht nach Amerika gelassen.«

»Also, warum bist du vorbeigekommen? Ich wäre sowieso in einer Stunde zu Hause gewesen.«

Ich zucke mit den Schultern, weil ich nicht zugeben möchte, wie sehr ich sie vermisst habe. Meine Abhängigkeit ist völlig außer Kontrolle geraten. Egal was ich mache, ich denke ständig an sie. Im Moment sind sogar einige Stunden ohne sie kaum auszuhalten, so lächerlich das auch sein mag.

»Ich bin froh, dass Leah nicht völlig ausgerastet ist«, sagt Nora, als ich weiterhin schweige. »Ich dachte schon, sie würde weglaufen oder die Polizei rufen, als sie dich gesehen hat.« Sie blickt kurz nach unten, bevor sie mich erneut anschaut. »Wenn du die große Neuigkeit nicht verkündet hättest, wäre die Situation ziemlich eigenartig gewesen.«

»Wirklich?«, frage ich seidig. »Vielleicht hätte ich ihnen ja die wirklich wichtige Neuigkeit verraten sollen.« Das hatte ich eigentlich auch vorgehabt – sie zu fragen, ob Nora ihnen schon von dem Baby berichtet hat – aber der entsetzte Ausdruck auf ihrem Gesicht hat sie schon verraten, bevor ihre Freundinnen überhaupt etwas sagen konnten.

Nora ergreift meine Hand, und ihre schlanken Finger umfassen meine Handfläche. »Ich bin froh, dass du es nicht getan hast.« Sie drückt meine Hand sanft. »Danke.«

»Warum hast du es ihnen nicht gesagt?«, frage ich

und bedecke ihre kleine Hand mit meiner anderen Handfläche. »Sie sind deinen Freundinnen – ich hätte gedacht, dass du ihnen solche Dinge erzählst.«

»Ich werde es ihnen erzählen.« Sie sieht bedrückt aus. »Nur jetzt noch nicht.«

»Hast du Angst, sie werden es verurteilen?« Ich lege meine Stirn in Falten, während ich versuche, sie zu verstehen. »Wir sind verheiratet. Das ist völlig natürlich. Das weißt du, richtig?«

»Sie werden mich verurteilen, Julian.« Ihre weichen Lippen spitzen sich. »Mit zwanzig Jahren werde ich Mutter sein. Mädchen in meinem Alter heiraten nicht und bekommen keine Kinder. Zumindest nicht diejenigen, die ich kenne.«

»Ich verstehe.« Ich betrachte sie nachdenklich. »Was tun sie? Partys? Klubs? Freunde?«

Sie senkt ihren Blick. »Ich bin mir sicher, du denkst, dass das dumm ist.«

Das ist es, aber andererseits auch nicht. Manchmal überrascht es mich immer noch, wie jung sie ist. Wie begrenzt ihre Erfahrungen sind. Ich kann mich nicht daran erinnern, jemals so jung gewesen zu sein. Mit zwanzig stand ich schon an der Spitze der Organisation meines Vaters, hatte den Großteil der Welt gesehen und Dinge getan, die die abgebrühtesten Mafiosi erschaudern lassen würden. Ich habe meine Jugend übersprungen und vergesse immer, dass Nora einen Teil ihrer eigenen noch in sich trägt.

»Ist es das, was du möchtest?«, frage ich, als sie mich wieder anschaut. »Ausgehen? Spaß haben?«

»Nein – ich meine, das wäre schön, aber ich weiß, dass es nicht realistisch ist.« Sie atmet tief ein, und ihre Hand zuckt in meinem Griff. »Es ist in Ordnung, Julian. Wirklich. Ich werde es ihnen bald sagen. Ich wollte nur nicht, dass sich unser gesamtes Gespräch beim Essen darum dreht.«

»Okay.« Ich lasse ihre Hand los, lege meinen Arm um ihre Schultern und ziehe sie näher zu mir heran. »Was auch immer du für das Beste hältst, mein Kätzchen.«

~

Zu meiner Befriedigung verläuft das zweite Abendessen mit Noras Eltern problemlos. Nora führt sie im Haus herum, während ich nach meiner Arbeit schaue, und als ich mich zu den anderen geselle, scheinen die Lestons weniger angespannt zu sein als zuvor.

»Wow, seht euch diesen Tisch an«, meint Gabriela, als wir uns alle hinsetzen. »Rosa, hast du das alles zubereitet?«

Rosa nickt und lächelt stolz. »Das habe ich. Ich hoffe, es wird euch schmecken.«

»Ich bin mir sicher, das wird es«, sage ich. Der Tisch ist mit Gerichten von weißem Spargelsalat bis hin zum Arroz con Pollo nach dem traditionellen kolumbianischen Rezept bedeckt. »Danke, Rosa.«

»Ich bin immer noch ganz voll von dem Käsekuchen«, sagt Nora grinsend, »aber ich werde mich bemühen, dieses Mahl ausreichend zu würdigen. Das sieht alles köstlich aus.«

Als wir mit dem Essen beginnen, dreht sich die Unterhaltung um Noras Tag mit ihren Freundinnen und den neuesten Stadtklatsch. Offensichtlich hat einer der geschiedenen Nachbarn von Noras Eltern damit begonnen, sich mit einer Frau zu treffen, die zehn Jahre älter ist als er, während sein Miniaturchihuahua eine Beziehung mit der persischen Katze eines anderen Nachbarn eingegangen ist. »Könnt ihr das glauben?«, fragt Tony Leston grinsend. »Diese Katze wiegt gute zehn Pfund mehr als der Hund.«

Nora und Rosa lachen, während ich die Lestons amüsiert beobachte. Zum ersten Mal verstehe ich, wieso Nora so dringend hierherkommen wollte, warum sie eine Auszeit vom Anwesen brauchte. Das Leben von Noras Eltern – das Leben, das Nora führte, bevor sie mich getroffen hat – ist so anders, als seien wir gerade auf einem anderen Planeten.

Einem Planeten, der von Menschen bewohnt ist, die zum Glück nichts von der wirklichen Welt wissen.

»Was machst du am Samstag, Süße?«, fragt Gabriela und lächelt ihre Tochter warm an. »Hast du schon Pläne?«

Nora sieht überrascht aus. »Samstag? Nein, noch nicht.« Dann werden ihre Augen groß. »Ach, Samstag. Du meinst meinen Geburtstag?«

Ich unterdrücke meine aufsteigende Verärgerung. Ich hatte gehofft, Nora noch einmal überraschen zu können – diesmal allerdings mit einem hoffentlich besseren Ergebnis. Aber gut. Jetzt ist es zu spät. Ich lehne mich in meinem Stuhl zurück und sage: »Wir haben Pläne für den Abend, aber tagsüber steht nichts an.«

»Hervorragend.« Noras Mutter strahlt sie an. »Wie wäre es mit einem Mittagessen bei uns? Ich könnte alle deine Lieblingsgerichte kochen.«

Nora wirft mir einen Blick zu, und ich nicke leicht. »Das machen wir gerne, Mama«, sagt sie.

Gabrielas Lächeln kühlt sich bei dem Wort »wir« ein wenig ab, also beuge ich mich nach vorn und sage zu Nora: »Es tut mir leid, aber ich muss arbeiten, Baby. Warum verbringst du nicht ein wenig Zeit allein mit deinen Eltern?«

»Natürlich.« Nora blinzelt. »In Ordnung.«

Tony und Gabriela sehen überglücklich aus, und ich fahre mit dem Essen fort, ohne ihrer Unterhaltung weiter zuzuhören. So wenig mir der Gedanke gefällt, von Nora getrennt zu sein, so sehr möchte ich, dass sie ein wenig spannungsfreie Zeit mit ihren Eltern verbringt – etwas, was nur ohne meine Anwesenheit möglich ist.

Ich möchte, dass mein Kätzchen an ihrem Geburtstag glücklich ist, egal, was ich dafür tun muss.

$\sim$

NACHDEM DIE LESTONS GEGANGEN SIND, GEHT NORA duschen, und ich nehme mein Telefon zur Hand, um meine Nachrichten zu lesen. Überrascht stelle ich fest, dass ich eine E-Mail von Lucas bekommen habe. Sie enthält nur einen Satz.

*Yulia Tzakova ist geflüchtet.*

Seufzend lege ich mein Telefon weg. Ich weiß, ich sollte wütend werden, aber aus irgendeinem Grund bin ich nur leicht verärgert. Das russische Mädchen wird nicht weit kommen; Lucas wird sie verfolgen und sie zurückbringen, sobald wir zurückkehren. Momentan stelle ich mir seine Wut vor – die Wut, die ich in den knappen Worten der Nachricht spüren kann –, und lache.

Wenn der Flugzeugabsturz nicht so viele meiner Männer getötet hätte, könnte ich fast Mitleid mit dem Mädchen haben.

Nora

»Auge um Auge.« In Majids Augen lodert Hass, als er auf mich zukommt und dabei über Beths verstümmelten Körper steigt. Das Blut, in dem er läuft, ist knöcheltief, und die dunkle Flüssigkeit schwappt in einem bösartigen Wirbel um seine Füße. »Leben um Leben.«

»Nein.« Ich zittere, und die Angst pulsiert in einem übelkeitserregenden Rhythmus in mir. »Das nicht. Bitte, das nicht.«

Es ist aber zu spät. Er ist schon hier und drückt sein Messer gegen meinen Bauch. Er lächelt grausam, schaut hinter mich und sagt: »Der Kopf wird eine schöne Trophäe abgeben – natürlich erst, nachdem ich ein wenig daran herumgeschnitten habe ...«

*»Julian!«*

Mein Schrei hallt durch den Raum, als ich zitternd vor Terror vom Bett springe.

»Baby, geht es dir gut?« Starke Hände umfassen mich in der Dunkelheit und ziehen mich in eine feste, warme Umarmung. »Schscht …« Julian beruhigt mich, als ich zu schluchzen beginne und mich mit aller Kraft an ihm festklammere. »Hattest du wieder einen Albtraum?«

Ich kann gerade so leicht nicken.

»Was hast du denn geträumt, mein Kätzchen?« Julian sitzt auf dem Bett, zieht mich auf seinen Schoß und streichelt mein Haar. »Wieder den alten mit mir und Beth?«

Ich vergrabe mein Gesicht an seinem Hals. »So in der Art«, flüstere ich, als ich wieder sprechen kann. »Nur, dass Majid diesmal mich bedroht hat.« Ich schlucke die Galle hinunter, die in meinem Hals aufsteigt. »Das Baby in mir.«

Ich kann spüren, wie sich Julians Muskeln anspannen. »Er ist tot, Nora. Er kann dir nicht mehr wehtun.«

»Ich weiß.« Ich kann nicht aufhören zu weinen. »Glaub mir, das weiß ich.«

Eine von Julians Händen bewegt sich zu meinem Bauch hinunter und erwärmt meine kühle Haut. »Alles wird gut werden«, murmelt er und wiegt mich zärtlich hin und her. »Alles wird gut werden.«

Ich halte mich weiterhin an ihm fest und versuche, mein Schluchzen in den Griff zu bekommen. Ich will ihm so unglaublich gern glauben. Ich will, dass unser Leben so wie in den letzten Wochen ist, und nicht, dass die letzten Wochen die Ausnahme darstellen.

Ich rücke mich auf Julians Schoß zurecht und spüre, wie sich sein erhärtendes Geschlecht in meine Hüfte drückt, was meine Angst aus irgendeinem Grund mindert. Wenn es irgendetwas gibt, dessen ich mir sicher sein kann, dann ist es das verzweifelte, brennende Bedürfnis unserer Körper nacheinander. Und plötzlich weiß ich ganz genau, was ich brauche.

»Lass mich vergessen«, flüstere ich und küsse ihn auf seinen Hals. »Bitte, lass mich vergessen.«

Julians Atem beschleunigt sich, und sein Körper spannt sich auf eine andere Art und Weise an. »Gerne«, murmelt er und dreht sich herum, um mich auf die Matratze zu legen.

Als er in mich eindringt, schlinge ich meine Beine um seine Hüften und lasse meine Albträume durch seine Stöße aus meinem Kopf drängen.

~

ICH WACHE FREITAGMORGEN ERST SPÄT AUF, UND MEINE Augen sind von meinem mitternächtlichen Weinen gereizt. Ich zwinge mich dazu, aufzustehen, putze meine Zähne und dusche lange und heiß. Danach fühle ich mich unendlich besser und gehe ins Schlafzimmer zurück, um mich anzuziehen.

»Wie geht es dir, mein Kätzchen?« Julian betritt den Raum, als ich gerade dabei bin, den Reißverschluss meiner Shorts vor dem Spiegel zuzumachen. Er ist schon mit einer dunklen Jeans und einem T-Shirt bekleidet, die ihn mit seinem großen, muskulösen Körper aussehen lassen wie ein GQ-Model.

»Mir geht es gut.« Ich drehe mich um und grinse ihn verlegen an. »Ich weiß nicht, warum ich letzte Nacht diesen Traum hatte. Seit zwei Wochen hatte ich meine Ruhe vor ihnen.«

»Stimmt.« Julian lehnt an der Wand, hat seine Arme verschränkt und schaut mich bohrend an. »Ist gestern irgendetwas passiert? Etwas, was einen Rückfall verursacht haben könnte?«

»Nein«, entgegne ich schnell. Ich möchte auf gar keinen Fall, dass Julian denkt, ich könne nicht einmal ein paar Stunden ohne ihn sein. »Gestern war ein toller Tag. Ich denke, es gibt keinen bestimmten Grund dafür. Vielleicht habe ich zu viel zum Abendbrot gegessen.«

»Aha.« Julian blickt mich an. »Sicher.«

»Mir geht es gut«, wiederhole ich und drehe mich wieder zum Spiegel, um meine Haare zu bürsten. »Es war nur ein dummer Traum.«

Julian erwidert nichts, aber ich weiß, dass ich seine Sorgen nicht zerstreut habe. Während des Frühstücks beobachtet er mich mit Adleraugen, zweifellos, weil er nach Anzeichen einer beginnenden Panikattacke sucht. Ich versuche, mich normal zu verhalten – wobei mir Rosas leichte Gesprächsthemen erheblich helfen –, und nach dem Essen schlage ich einen Spaziergang im Park vor.

»In welchem Park?« Julian runzelt die Stirn.

»Irgendein Park in der Nähe«, sage ich. »Den, den du für den sichersten hältst. Ich möchte nur ein wenig aus dem Haus gehen und frische Luft schnappen.«

Julian schaut einen Moment lang nachdenklich aus; dann nimmt er sein Telefon und beginnt, etwas zu schreiben. »In Ordnung«, meint er. »Gib meinen Männern eine halbe Stunde, um alles vorzubereiten, und dann können wir los.«

»Möchtest du mitkommen, Rosa?«, frage ich, weil ich meine Freundin nicht schon wieder ausschließen möchte, aber zu meiner Überraschung schüttelt sie mit dem Kopf.

»Nein, ich gehe in die Stadt«, erklärt sie mir. »Señor Esguerra« – sie blickt kurz zu Julian – »hat gesagt, das sei in Ordnung, solange ich einen der Wächter mitnehme. Ich brauche nicht so viele Sicherheitsvorkehrungen wie ihr, also habe ich mir gedacht, ich nutze den Tag, um mir Chicago anzuschauen.« Sie macht eine Pause und schaut mich besorgt an. »Du hast doch nichts dagegen, oder? Ich muss nicht unbedingt gehen …«

»Quatsch, das solltest du unbedingt tun. Chicago ist eine tolle Stadt. Du wirst viel Spaß haben.« Ich lächele sie strahlend an und ignoriere den Neid, der plötzlich in mir aufsteigt. Ich möchte, dass Rosa diese Freiheit hat; es gibt keinen Grund dafür, weshalb sie im Vorort festsitzen sollte.

Es gibt keinen Grund dafür, dass sie genauso ans Haus gebunden ist wie ich.

～

DIE FAHRT ZUM PARK DAUERT NICHT GANZ DREISSIG Minuten. Als wir ihm uns nähern, erkenne ich, um welchen es sich handelt, und mein Magen zieht sich zusammen.

Ich kenne diesen Park.

Es ist derjenige, in dem ich in jener Nacht, in der Julian mich entführt hat, einen Spaziergang mit Jake gemacht habe.

Die Erinnerungen sind klar und deutlich in meinem Kopf. In einem dunklen Aufblitzen erlebe ich die Angst erneut, Jake bewusstlos auf dem Boden liegen zu sehen, und spüre den grausamen Stich der Nadel auf meiner Haut.

»Geht es dir gut?«, fragt Julian, und ich verstehe, dass ich wohl erblasst bin. Er zieht seine Augenbrauen zusammen. »Nora?«

»Mir geht es gut.« Ich versuche zu lächeln, als das Auto am Straßenrand anhält. »Es ist nichts.«

»Das stimmt nicht.« Seine blauen Augen verengen sich. »Wenn es dir nicht gut geht, fahren wir nach Hause zurück.«

»Nein.« Ich greife nach dem Türgriff und ziehe heftig daran. Die Atmosphäre im Auto ist plötzlich schwer und voller Erinnerungen. »Bitte, ich brauche nur ein wenig frische Luft.«

»In Ordnung.« Julian, der meine Anspannung offensichtlich bemerkt, gibt dem Fahrer ein Zeichen, und die Türverriegelung öffnet sich. »Du kannst.«

Ich stürze mich aus dem Auto, und das ängstliche Gefühl in meiner Brust verfliegt, sobald ich draußen bin. Ich atme tief durch, und als ich mich umdrehe, sehe ich, wie Julian mit besorgtem Gesicht hinter mir aus dem Auto steigt.

»Warum hast du diesen Park ausgesucht?«, frage ich und versuche meine Stimme ruhig zu halten. »Es gibt auch andere in dieser Gegend.«

Er sieht einen Moment lang überrascht aus, bevor die Besorgnis auf seinem Gesicht von Verständnis abgelöst wird. »Weil ich diesen Ort schon ausgekundschaftet hatte«, sagt er und kommt auf mich zu. Seine Hände umfassen meine Unterarme, während er mich anblickt. »Ist es das, was dich beschäftigt, mein Kätzchen? Meine Wahl des Ortes?«

»Ja, irgendwie schon.« Ich atme erneut tief ein. »Es bringt bestimmte … Erinnerungen zurück.«

»Oh, natürlich.« Plötzlich funkeln Julians Augen amüsiert. »Ich schätze, ich hätte daran denken sollen. Das hier war einfach der Park, der am einfachsten abzusichern war, da ich den ganzen Aufbau von damals schon kannte.«

»Als du mich entführt hast.« Ich blicke ihn an. Manchmal überrascht mich seine fehlende Reue immer noch. »Du hast den Park vor zwei Jahren ausgekundschaftet, um mich zu entführen.«

»Ja.« Ein Lächeln erscheint auf seinen wunderschönen Lippen, als er meine Arme loslässt und zurücktritt. »Fühlst du dich jetzt besser oder sollen wir lieber zurückfahren?«

»Nein, lass uns einen Spaziergang machen«, sage ich, da ich entschieden bin, den Tag zu genießen. »Es geht mir wieder gut.«

Julian nimmt meine Hand, schiebt seine Finger durch meine, und wir betreten den Park. Zu meiner Erleichterung sieht im Tageslicht alles anders aus als an jenem schicksalsträchtigen Abend, und nach kurzer Zeit verschwinden die dunklen Erinnerungen und ziehen sich in die verbotene, verschlossene Ecke meines Gehirns zurück.

Ich möchte, dass sie dort bleiben, also konzentriere ich mich auf den strahlenden Sonnenschein und die warme Frühlingsbrise.

»Ich liebe dieses Wetter«, sage ich zu Julian, als wir an einem Spielplatz vorbeikommen. »Ich bin froh, dass wir rausgegangen sind.«

Er lächelt und hebt meine Hand an, um mir einen Kuss auf meine Knöchel zu geben. »Ich auch, Baby. Ich auch.«

Während wir durch den Park spazieren, fällt mir auf, dass für einen Freitag ungewöhnlich viel los ist. Es gibt ältere Paare, Mütter und Kindermädchen mit ihren Schützlingen sowie eine beträchtliche Anzahl an Menschen in meinem Alter. Ich nehme an, dass sie Studenten sind, die für das lange Wochenende nach Hause gekommen sind. Hier und da sehe ich auch einige Männer, die nach Militär aussehen, aber ihr Bestes geben, um nicht aufzufallen.

Julians Männer. Sie sind hier, um uns zu beschützen, aber ihre Gegenwart ist auch eine

Erinnerung daran, dass ich auf gewisse Weise immer noch eine Gefangene bin.

»Wie hast du mich damals gefunden?«, frage ich, als wir uns auf eine Bank setzen. Ich weiß, ich sollte nicht länger über die Vergangenheit nachgrübeln, aber ich kann einfach nicht aufhören, über unsere Anfänge nachzudenken. »Nach unserem ersten Treffen in dem Klub, meine ich.«

Julian dreht sich mit einem unleserlichen Gesichtsausdruck zu mir um. »Ich habe einen meiner Wächter damit beauftragt, dir nach Hause zu folgen.«

»Oh.« So einfach und doch so teuflisch. »Du wusstest schon, dass du mich entführen würdest?«

»Nein.« Er nimmt meine Hände zwischen seine Handflächen. »Diese Entscheidung hatte ich noch nicht getroffen. Ich habe mir eingeredet, nur wissen zu wollen, wer du bist, und sicherstellen zu wollen, dass du gut zu Hause ankommst.«

Ich blicke ihn fasziniert und verstört an. »Also, wann hast du beschlossen, mich mitzunehmen?«

Seine Augen leuchten in einem strahlenden Blau. »Das kam später, als ich nicht aufhören konnte, über dich nachzudenken. Ich bin zu deiner Abschlussfeier gekommen, weil ich mir einredete, dass du unmöglich so sein konntest, wie ich dich in Erinnerung hatte, wie du auf den Bildern aussahst, die der Wächter von dir geschossen hat. Ich habe mir gesagt, dass meine Besessenheit verschwinden würde, wenn ich dich persönlich sehe … aber offensichtlich stimmte das nicht.« Seine Lippen bekommen einen ironischen Zug.

»Es wurde schlimmer. Und es wird immer schlimmer.«

Ich schlucke, kann meinen Blick nicht von der dunklen Intensität seines Ausdrucks abwenden. »Hast du es jemals bereut? Mich auf die Art und Weise zu nehmen, wie du es getan hast?«

»Bereut, dass du mir gehörst?« Er hebt seine Augenbrauen an. »Nein, mein Kätzchen. Warum sollte ich?«

Ja, warum eigentlich? Ich weiß selbst nicht, welche andere Antwort ich erwartet habe. Dass er sich in mich verliebt hat und es bereut, mir so viel Leid zugefügt zu haben? Dass ich ihm mittlerweile so viel bedeute, dass er sehen kann, dass seine Taten falsch waren?

»Ich weiß es nicht«, sage ich leise und ziehe meine Hände aus seinen zurück. »Ich habe es mich nur gerade gefragt, das ist alles.«

Sein Gesichtsausdruck wird ein wenig weicher. »Nora …«

Ich sehe ihn an, aber bevor er fortfahren kann, werden wir durch Kindergelächter unterbrochen. Ein kleines Mädchen mit blonden Zöpfen wackelt auf uns zu und hält dabei einen großen, grünen Ball fest in ihren pummeligen Händen.

»Fang!«, kreischt sie und wirft Julian den Ball zu. Ich sehe fasziniert dabei zu, wie Julian seinen Arm zur Seite streckt und das ungeschickt geworfene Objekt sicher fängt.

Das Kleinkind lacht erfreut, kommt schneller auf uns zu, und seine kurzen Beine wackeln, während es rennt. Bevor ich etwas sagen kann, ist das kleine Mädchen auch schon bei unserer Bank und greift so selbstverständlich nach Julians Beinen, als seien sie ein Baum.

»Hallo«, sagt sie gedehnt und lächelt Julian mit tiefen Grübchen an. »Kann ich bitte meinen Ball zurückbekommen?« Sie spricht jedes Wort so deutlich aus, dass es selbst ältere Kinder stolz machen würde. »Ich möchte weiterspielen.«

»Hier, bitte.« Julian lächelt sie an und gibt ihr den Ball zurück. »Selbstverständlich kannst du ihn zurückbekommen.«

»Lisette!« Eine besorgt aussehende blonde Frau mit einem geröteten Gesicht kommt auf uns zugerannt. »Da bist du ja. Lass die fremden Leute in Ruhe.« Sie ergreift den Arm des Kindes und schaut uns entschuldigend an. »Es tut mir leid. Sie war schneller weg als ich …«

»Keine Sorge«, beruhige ich sie grinsend. »Sie ist toll. Wie alt ist sie?«

»Zweieinhalb, aber sie ist viel weiter, als für ihr Alter normal ist«, sagt die Mutter mit sichtlichem Stolz. »Ich weiß nicht, von wem sie das hat; ihr Vater und ich haben gerade mal die Highschool geschafft.«

»Ich kann lesen«, merkt Lisette an und blickt zu Julian. »Und du?«

Julian verlässt die Bank und kniet sich vor dem Mädchen hin. »Ich auch«, sagt er ernsthaft. »Aber nicht jeder kann lesen, also hast du den anderen definitiv etwas voraus.«

Das Kleinkind strahlt ihn an. »Ich kann auch bis hundert zählen.«

»Wirklich?« Julian legt seinen Kopf auf die Seite. »Was kannst du noch alles?«

Als sie sieht, dass uns die Gegenwart des Kindes nicht stört, entspannt sich die blonde Frau sichtlich und lässt den Arm ihrer Tochter los. »Sie kennt den gesamten Text des Liedes aus der Eisprinzessin«, sagt sie und streichelt das Kind über den Kopf. »Und sie kann es singen.«

»Wirklich?«, fragt Julian das kleine Mädchen völlig ernsthaft, und sie nickt enthusiastisch bevor, sie das Lied mit ihrer hohen Kinderstimme singt.

Ich grinse und erwarte, dass Julian sie jeden Moment unterbricht, aber das macht er nicht. Stattdessen hört er ihr aufmerksam zu, und sein Gesichtsausdruck ist bewundernd, ohne gönnerhaft zu sein. Als Lisette das Lied zu Ende gesungen hat, applaudiert er und fragt sie, welches ihre Lieblingsfilme von Disney seien, was zu einem begeisterten Gespräch über Cinderella und die kleine Meerjungfrau führt.

»Es tut mir leid«, entschuldigt sich ihre Mutter erneut bei mir, als Lisette keine Anstalten macht, aufhören zu wollen. »Ich weiß nicht, was heute mit ihr los ist. Normalerweise ist sie bei Fremden nicht so gesprächig.«

»Das ist völlig in Ordnung«, meint Julian und stellt sich mit einer geschmeidigen Bewegung hin, als Lisette eine Pause macht, um Luft zu holen. »Das macht uns nichts aus. Sie haben eine wundervolle Tochter.«

»Haben sie eigene Kinder?«, fragt Lisettes Mutter und lächelt ihn mit dem gleichen begeisterten Gesichtsausdruck an wie ihre Tochter. »Sie können so gut mit ihr umgehen.«

»Nein …« Julians Blick fällt auf meinen Bauch. »Noch nicht.«

»Oh!« Die Frau holt hörbar Luft und lächelt uns strahlend an. »Herzlichen Glückwunsch. Sie beide werden wunderschöne Babys haben, das weiß ich einfach.«

»Danke«, erwidere ich und spüre wie ich erröte. »Wir freuen uns auch schon darauf.«

»So, wir müssen los«, sagt Lisettes Mutter und ergreift erneut den Arm ihrer Tochter. »Komm, Lisette, Süße, verabschiede dich von dem netten jungen Paar. Es hat noch etwas vor, und wir müssen mittagessen gehen.«

»Auf Wiedersehen.« Das Kleinkind kichert und winkt Julian mit seiner freien Hand zu. »Habt noch einen schönen Tag.«

Lächelnd winkt Julian zurück, bevor er sich mir zudreht. »Mittagessen hört sich nach keiner schlechten Idee an. Was meinst du, mein Kätzchen? Bereit, nach Hause zu gehen?«

»Ja.« Ich trete näher an Julian heran, um mich bei ihm einzuhaken. Meine Brust schmerzt eigenartig. »Lass uns nach Hause gehen.«

Auf unserem Weg zurück lasse ich zum ersten Mal

einen kleinen Tagtraum zu. Eine Fantasie, in der Julian und ich eine ganz normale Familie sind. Ich schließe die Augen und stelle mir meinen Entführer so vor, wie er heute im Park war: ein gefährlicher, düsterer, wunderschöner Mann, der neben einem kleinen, frühreifen Mädchen kniet.

Neben unserem Kind kniet.

Einem Kind, nach dem ich mich unglaublich sehne, solange die Fantasie andauert.

*Julian*

Sonnabendmorgen stehe ich früh auf und gehe in die Küche. Rosa ist schon da, und nachdem ich mich vergewissert habe, dass sie alles unter Kontrolle hat, gehe ich zurück nach oben zu Nora.

Sie schläft noch, als ich das Schlafzimmer betrete. Ich nähere mich dem Bett und ziehe vorsichtig die Decke von ihr, um sie nicht aufzuwecken. Sie murmelt etwas und rollt sich auf den Rücken, aber ihre Augen bleiben geschlossen. Sie sieht nackt auf dem Bett liegend unglaublich sexy aus, und ich versuche, das harte Geschlecht in meiner Hose zu ignorieren, während ich die Flasche mit dem warmen Massageöl, die ich aus der Küche mitgebracht habe, in die Hand nehme und etwas von der Flüssigkeit auf meine andere Handfläche gieße.

Ich beginne mit ihren Füßen, da ich weiß, wie sehr mein Kätzchen Fußmassagen liebt. Sobald ich ihre Fußsohle berühre, krümmen sich ihre Zehen, und ein schläfriges Stöhnen entweicht ihren Lippen. Ich werde dadurch noch härter, aber widerstehe dem Drang, auf ihr Bett zu steigen und mich in ihrem engen, köstlichen Körper zu vergraben.

Heute Morgen ist alles, was zählt, sie.

Zuerst massiere ich einen Fuß, widme mich jedem einzelnen ihrer Zehen, bevor ich mich dem anderen Fuß zuwende und mich danach über ihre schlanken Waden zu ihren Oberschenkeln vorarbeite. Zu diesem Zeitpunkt schnurrt Nora schon, und ich weiß, dass sie wach ist, auch wenn ihre Augen immer noch geschlossen sind.

»Herzlichen Glückwunsch zum Geburtstag, Baby«, murmele ich und beuge mich über sie, um das Öl auf ihrem glatten, straffen Bauch zu verteilen. »Hast du gut geschlafen?«

»Mmm.« Dieses Geräusch scheint das Einzige zu sein, dessen sie fähig ist, während ich meine Hand zu ihren Brüsten gleiten lasse. Ihre harten Nippel drücken sich in meine Handflächen und flehen mich an, an ihnen zu saugen. Ich kann dieser Verlockung nicht widerstehen, beuge mich nach unten und nehme einen in den Mund, um kräftig an ihm zu saugen. Sie zieht scharf die Luft ein, reißt ihre Augen auf, und ich wende mich der anderen Brust zu, während meine öligen Finger ihren Körper hinunterwandern, um ihre Klitoris zu stimulieren.

»Julian«, stöhnt sie und atmet schneller, als ich zwei Finger in ihren engen, heißen Kanal schiebe und sie in ihr krümme. »Oh mein Gott, Julian!« Ihre Worte enden in einem leisen Schrei, als ihr Körper sich anspannt und ich ihr erlösendes Pulsieren spüren kann.

Als ihre Kontraktionen abebben, ziehe ich meine Finger aus ihrem geschwollenen Fleisch zurück und lasse sie über ihren Brustkorb gleiten. »Drehe dich herum, Baby«, sage ich leise. »Ich bin noch nicht fertig mit dir.«

Sie gehorcht mir, und ich greife wieder nach der Flasche mit dem Massageöl. Ich gieße eine großzügige Menge davon auf meine Hand und massiere es in ihren Nacken, die Arme und den Rücken ein, während ich ihr Stöhnen genieße. Als ich bei den festen Rundungen ihres Pos ankomme, atme ich selbst schwer, und mein Geschlecht fühlt sich in meinen Shorts an, als sei es aus Eisen. Ich steige auf das Bett, öffne ihre Schenkel und beuge mich nach vorn, so dass ich sie mit meinem Körper bedecke.

»Ich will dich nehmen«, flüstere ich in ihr Ohr, und ich weiß, dass sie den harten Druck meiner Erektion an ihrem Hintern spüren kann. »Möchtest du das, Baby? Möchtest du, dass ich dich nehme und du noch einmal kommst?«

Sie erzittert unter mir. »Ja. Bitte, ja.«

Ein dunkles Lächeln erscheint auf meinen Lippen. »Dein Wunsch ist mir Befehl.« Ich öffne den Reißverschluss meiner Hose, ziehe mein Geschlecht heraus und lasse meinen Arm unter ihre Hüften gleiten, um ihren Po ein wenig anzuheben. An einem anderen Tag würde ich das Öl über ihr kleines Poloch gießen und sie dort nehmen, ihr Zögern genießen – aber nicht heute. Heute werde ich ihr nur das geben, was sie möchte.

Ich drücke mein Geschlecht gegen ihren kleinen, feuchten Eingang und stoße langsam zu.

Weiche feuchte Hitze umgibt mich, während ich tiefer in ihren Körper eindringe. Trotz der Lust, die in mir wütet, bewege ich mich langsam, damit sie sich an meine Größe anpassen kann. Als ich vollständig in sie eingedrungen bin, stöhnt sie, zieht sich um mich zusammen, und ich explodiere fast, als ich so zusammengepresst werde und sich meine Hoden eng an meinen Körper drücken.

»Julian …« Sie stöhnt erneut und windet sich unter mir, während ich beginne, sie mit langsamen, kontrollierten Bewegungen zu nehmen. »Julian, bitte lass mich kommen!«

Ihr Flehen gibt mir den Rest, und mit einem tiefen Stöhnen stoße ich härter zu, dringe tief in ihr festes, seidiges Fleisch ein. Ich kann ihre Schreie hören, fühle, wie ihr Körper sich fester um mich anspannt, und als ihr Orgasmus beginnt, explodiere ich mit einem rauen Schrei, schieße meinen Samen in ihr zuckendes Geschlecht.

Danach lege ich mich neben sie und ziehe sie in meine Arme.

»Herzlichen Glückwunsch zu deinem zwanzigsten Geburtstag«, flüstere ich in ihr zerzaustes Haar, und sie lacht leise, aber glücklich.

~

»Julian, das wäre wirklich nicht nötig gewesen«, protestiert Nora, als ich ihr die Kette mit dem zarten Diamantenanhänger um den Hals lege. »Sie ist wunderschön, aber …«

»Aber was?« Ich trete zurück und bewundere im Spiegel, wie die bogenförmigen Steine auf ihrer goldenen Haut aussehen.

Sie wendet sich vom Spiegel ab, um mich mit dunklen und ernsthaften Augen anzusehen. »Du hast den Tag schon durch die Massage und die Pancakes, die Rosa mir zum Frühstück zubereitet hat, zu etwas ganz Besonderem gemacht. Du musst mir kein so teures Geschenk machen. Schon allein deshalb nicht, weil ich nie die Gelegenheit hatte, dir jemals etwas zu deinem Geburtstag zu schenken.«

»Mein Geburtstag ist im November«, erwidere ich amüsiert. »Letzten November wusstest du nicht einmal, dass ich die Explosion überlebt hatte, weshalb du mir überhaupt nichts schenken konntest. Und das Jahr davor …« Ich lächele, als ich mich daran erinnere, wie sehr sie mich die ersten Monate auf der Insel gehasst hat.

»Stimmt.« Noras Blick bleibt unverändert. »Das Jahr davor hatte ich andere Dinge im Kopf.«

Ich lache. »Mit Sicherheit. Wie dem auch sei, mach dir keine Gedanken. Ich feiere meinen Geburtstag nie.«

»Warum nicht?« Sie zieht überrascht ihre Augenbrauen zusammen. »Magst du keine Geburtstage?«

»Meinen eigenen nicht, nein.« Meine Eltern haben ihn regelmäßig vergessen, als ich noch ein Kind war, also habe ich irgendwann auch angefangen, ihn zu vergessen. »Aber das hat nichts mit diesem Geschenk zu tun. Falls du es nicht magst, kannst du es auch umtauschen.«

»Nein.« Nora hält die Kette besitzergreifend fest. »Ich liebe es.«

»In diesem Fall gehört die Kette dir.« Ich gehe auf sie zu und hebe ihr Kinn mit meinen Fingern an, um ihr einen kurzen Kuss zu geben, bevor ich wieder zurücktrete. »Jetzt solltest du dich anziehen. Deine Eltern freuen sich schon auf das Mittagessen mit dir.«

Sie blinzelt, während sie mich anblickt. »Was machen wir heute Abend? Du hast ihnen gesagt, wir hätten etwas vor.«

»Das haben wir auch. Wir gehen in der Stadt essen.« Ich mache eine Pause und schaue sie an. »Außer natürlich, du möchtest etwas anderes machen. Du kannst es dir aussuchen.«

»Wirklich?« Ihr Gesicht beginnt vor Aufregung zu strahlen. »Können wir auch etwas Verrücktes tun?«

»So wie?«

»Können wir nach dem Essen in einen Klub gehen?«

Mein erster Impuls ist es, Nein zu sagen, aber ich schlucke die Worte hinunter. »Warum?«, frage ich stattdessen.

Sie zuckt mit den Schultern und sieht unsicher aus. »Ich weiß nicht. Ich denke einfach, dass es Spaß machen würde. Ich war nicht mehr in einem Klub seit …« Sie verstummt und beißt sich auf ihre Lippe.

»Seit du mich getroffen hast.«

Sie nickt, und ich erinnere mich an das Gespräch, das wir nach dem Essen mit ihren Freundinnen hatten. Nora hatte ein wenig wehmütig geklungen, als sie von Ausgehen und Spaßhaben gesprochen hat, so als habe sie Sehnsucht nach diesen Dingen, von denen sie denkt, dass sie sie niemals wieder erleben wird.

»In welchen Klub möchtest du denn gehen?«, frage ich und kann es gar nicht glauben, dass ich wirklich mit diesem Gedanken spiele.

Noras Augen leuchten. »In irgendeinen Klub«, sagt sie schnell. »Den, den du für den sichersten hältst. Mir ist es egal, wohin wir gehen, solange es Musik gibt und ich tanzen kann.«

»Was ist mit dem Klub, in dem wir uns kennengelernt haben?«, schlage ich zögernd vor. »Meine Männer kennen ihn schon, also wäre es leichter …«

»Ja, perfekt«, unterbricht sie mich und strahlt mich an. »Können wir Rosa mitnehmen? Ich weiß, dass sie es lieben würde.« Mein Gesichtsausdruck muss meine

Gedanken widergespiegelt haben, weil sie schnell klarstellt: »Nur in den Klub, nicht ins Restaurant. Ich möchte auch lieber allein mit dir essen.«

Ich seufze. »Natürlich. Einer der Wächter wird sie fahren, und dann können wir uns mit ihr nach dem Essen am Klub treffen.«

Nora quiekt vor Freude und schlingt ihre Arme um meinen Hals. »Danke! Ich kann es gar nicht erwarten. Das wird toll werden.«

Und als sie das Haus verlässt, um zum Mittagessen zu ihren Eltern zu gehen, treffe ich mich mit Lucas, um eine Lösung dafür zu finden, einen beliebten Chicagoer Nachtklub an einem Samstag zu sichern.

»Wow, Julian, das ist fantastisch«, meint Nora, als wir das edle französische Restaurant betreten, das ich für unser Abendessen gewählt habe. »Wie hast du eine Reservierung bekommen? Ich habe gehört, dass man monatelang warten muss …« Dann hält sie inne und rollt mit den Augen. »Oh, lass gut sein. Was frage ich überhaupt? Wenn jemand einen Tisch reservieren kann, dann du.«

Ich lächele darüber, dass sie so aufgeregt ist. »Ich freue mich, dass du es magst. Dann hoffen wir mal, dass das Essen genauso gut ist wie die Einrichtung.«

Der Kellner führt uns zu unserem Tisch, der sich in einer ruhigen Ecke am hinteren Ende des Restaurants befindet. Statt Wein bestelle ich für uns beide Wasser mit Kohlensäure und entscheide mich erst dann für das Degustationsmenü, nachdem ich erklärt habe, was Nora wegen ihrer Schwangerschaft nicht essen kann.

»Sehr gut, mein Herr«, sagt der Kellner, verbeugt sich leicht, und bevor wir damit rechnen, steht der erste Gang schon auf dem Tisch.

Während wir unser Spargelrisotto und die Langustenravioli essen, erzählt mir Nora von ihrem Mittagessen und wie glücklich ihre Eltern darüber waren, ihren Geburtstag mit ihr zu feiern. »Sie haben mir ein neues Pinselset geschenkt«, sagt sie grinsend. »Ich nehme an, dass es bedeutet, dass mein Vater nicht mehr ganz so skeptisch ist, was mein Hobby betrifft.«

»Das ist toll, Baby. Er sollte es auch nicht sein. Du bist unglaublich talentiert.«

»Danke.« Sie lächelt mich glücklich an und greift nach ihrem Wasserglas.

Während wir reden, kann ich einfach nicht von ihr wegschauen. Heute Nacht strahlt sie förmlich und ist schöner, als ich sie jemals gesehen habe. Ihr trägerloses, blaues Kleid ist sexy und elegant – auch wenn es für meinen Seelenfrieden etwas zu kurz ist. Als ich sie vorhin die Treppen hinabsteigen sah, in diesem Kleid und den silberfarbenen Absatzschuhen, musste ich mich beherrschen, sie nicht nach oben zurückzuzerren und sie zu nehmen. Es ist auch nicht besonders hilfreich, dass sie ein Make-up benutzt, das ihre Lippen extra voll und glänzend macht. Jedes Mal, wenn sie ihre Lippen um die Gabel legt, stelle ich mir vor, wie sie an mir saugt, und meine Hose wird unangenehm eng.

»Du hast mir nie erzählt, was du in diesem Klub gemacht hast, als wir uns zum ersten Mal getroffen haben«, meint sie, als wir gerade beim dritten Gang sind. »Warum warst du überhaupt in Chicago? Deine Geschäftspartner sind doch hauptsächlich außerhalb der USA, oder nicht?«

»Ja«, erwidere ich nickend. »Ich war nicht wirklich geschäftlich hier. Einer meiner Bekannten empfahl mir diesen Hedgefonds-Analysten, und ich hatte ein Vorstellungsgespräch mit ihm, da ich persönliche Portfoliomanager gesucht habe.«

»Oh.« Nora reißt die Augen auf. »Ist das der gleiche, mit dem du dich gestern getroffen hast?«

»Ja. Ich mochte das, was ich vor zwei Jahren gesehen habe, also habe ich ihn eingestellt. Danach beschloss ich, auszugehen und mir die Stadt ein wenig anzusehen – und deshalb bin ich in den Klub gegangen.«

»Hast du dir damals keine Gedanken über die Sicherheit gemacht?«

»Ich hatte einige meiner Männer dabei, aber Al-Quadar stellte damals keine große Bedrohung dar, und außerdem musste ich mir keine Sorgen um dich machen.« Bevor ich Nora hatte, war ich nicht so paranoid, was Sicherheit anbelangt. Mein Kätzchen weiß nicht, wie verletzlich ich durch sie geworden bin, hat keine Ahnung wie weit ich gehen würde, um sie zu schützen. Wäre ich mir sicher gewesen, dass Majid sie unverletzt gehen lässt, hätte ich ihm sogar Sprengstoff, und was auch immer er verlangt hätte, gegeben.

Ich hätte alles getan, um sie zurückzubekommen.

»Hattest du vor, diesen Abend mit einer Frau zu beenden?«, fragt Nora und trinkt einen Schluck. Ihr Ton ist leicht aber ihr Blick ist es definitiv nicht.

Ich lächele und freue mich darüber, dass sie eifersüchtig ist. »Vielleicht«, ärgere ich sie. »Das ist für die meisten Männer der Grund dafür, in einen Klub zu gehen. Das Tanzen ist es nicht, das kann ich dir versichern.«

»Also, hattest du es vor?« Sie beugt sich nach vorn, und ihre kleine Hand umklammert fest die Gabel. »Hast du den Klub in Begleitung verlassen, nachdem ich fort war?«

Ich habe Lust, sie noch ein wenig aufzuziehen, aber ich kann nicht so gemein zu ihr sein. »Nein, mein Kätzchen. Ich bin allein in mein Hotelzimmer zurückgekehrt und habe nur an dieses wunderschöne zierliche Mädchen gedacht, das ich getroffen hatte.« Ich habe auch von ihr geträumt. Von ihrem Gesicht, das Marias so ähnlich war … von ihrer seidigen Haut und ihren köstlichen Kurven.

Von den dunklen, perversen Dingen, die ich mit ihr anstellen würde.

»Ich verstehe.« Nora entspannt sich, und ein Lächeln breitet sich auf ihrem Gesicht aus. »Und am nächsten Tag? Bist du wieder ausgegangen?«

»Nein.« Ich nehme mir eine mit Krabben gefüllte Feige. »Ich habe keinen Sinn darin gesehen.« Weil ich wie ein Besessener Stunden damit verbringen musste, mir die Fotos anzuschauen, die meine Wächter von Nora gemacht hatten.

Weil ich schon wusste, dass ich nie wieder eine Frau so sehr wollen würde.

Nora

Als wir das Restaurant verlassen, fühle ich mich wie im siebten Himmel. Unser Essen von heute Nacht war wie ein richtiges Date gewesen, etwas, was wir bis jetzt nie gehabt hatten, und zum ersten Mal seit Monaten bin ich nicht mehr so besorgt über unsere Zukunft.

Wir werden niemals »normal« sein, aber das bedeutet nicht, dass wir nicht glücklich sein können.

Als wir zu dem Klub fahren, lasse ich wieder einen Tagtraum zu, über Julian und mich als Familie. Jetzt fühlt er sich echter an, realistischer. Zum ersten Mal kann ich mir vorstellen wie wir unser Kind zusammen aufziehen. Es würde nicht leicht werden, und wir wären immer von Sicherheitspersonal umgeben, aber wir könnten es hinbekommen. Wir könnten es schaffen. Wir würden den Großteil unserer Zeit auf dem Anwesen verbringen, aber wir würden auch reisen. Wir würden meine Eltern und meine Freunde besuchen und nach Europa und Asien fliegen. Ich würde eine erfolgreiche Künstlerin sein, und Julians Geschäfte würden im Hintergrund unseres Lebens ablaufen, anstatt unser Lebensmittelpunkt zu sein.

Es wäre nicht das Leben, von dem ich geträumt habe, als ich jünger war, aber trotzdem ein gutes Leben.

Wegen des dichten Verkehrs in der Innenstadt brauchen wir eine halbe Stunde, um zum Klub zu gelangen. Als wir aus dem Auto steigen, wartet Rosa bereits auf uns. Sobald sie mich erblickt, fängt sie an zu grinsen und rennt auf unser Auto zu.

»Nora, du siehst umwerfend aus«, ruft sie aus, bevor sie sich zu Julian umdreht. »Und Sie auch, Señor.« Sie lächelt ihn strahlend an. »Vielen Dank dafür, dass ich heute Abend mitkommen darf. Ich habe schon immer davon geträumt, in einen amerikanischen Nachtklub zu gehen.«

»Ich freue mich, dass du kommen konntest«, erwidere ich lächelnd. »Du siehst umwerfend aus.« Und das sieht sie auch. In den sexy roten High Heels und dem gelben Kleid, das ihre Kurven betont, sieht sie so heiß aus, dass sie ein Pin-up-Girl sein könnte.

»Findest du wirklich?«, fragt sie erfreut. »Ich habe das Kleid am Donnerstag gekauft, als ich mir die Stadt angesehen habe. Ich habe mir Sorgen gemacht, es könnte übertrieben sein.«

»Überhaupt nicht«, sage ich entschieden. »Du siehst phänomenal aus. Und jetzt komm, lass uns tanzen gehen.« Ich umfasse ihren Arm und führe sie zum Eingang des Klubs, während Julian uns mit einem amüsierten Gesichtsausdruck folgt.

Obwohl der Klub in einem älteren, heruntergekommeneren Teil Chicagos liegt, ist die Schlange vor der Tür lang. Dieser Ort muss jetzt sogar noch beliebter sein als vor zwei Jahren. Als wir an der Schlange vorbeigehen, ziehen Rosa und ich die Blicke der Männer auf uns, während die Frauen Julian anstarren. Ich mache den Frauen keinen Vorwurf daraus, auch wenn der dunkle Teil von mir ihnen die Augen auskratzen möchte. Mein Ehemann, der heute Nacht ein eng anliegendes Sakko und dunkle Designer-Jeans trägt, sieht unglaublich attraktiv aus, wie ein Filmstar, der von einer Filmpremiere kommt. Natürlich verstecken Filmstars normalerweise keine Waffen und Messer unter ihren stylischen Sakkos, aber ich versuche, nicht darüber nachzudenken.

Nach einem Wort von Julian zu dem Türsteher sind wir drin, ohne uns angestellt zu haben. Niemand möchte unsere Ausweise sehen, nicht einmal an der Bar, als Julian Rosa ein Getränk kauft. Ich frage mich, ob Julians Männer schon das Management des Klubs vorgewarnt haben.

Wie dem auch sei, es ist sehr angenehm.

Es ist erst zehn Uhr, aber trotzdem ist die

Stimmung im Klub schon angeheizt, und die neuesten Pop- und Rock-Hits dröhnen aus den Lautsprechern. Auch wenn ich keinen Alkohol getrunken habe, fühle ich mich vor Aufregung wie betrunken. Lachend ergreife ich Rosa und Julian und ziehe sie beide auf die Tanzfläche, auf der sich bereits Menschenmassen aneinanderreiben.

Als wir in der Mitte der Tanzfläche ankommen, dreht Julian mich herum, zieht mich an sich heran und umfasst mich von hinten, während wir beginnen, uns zur Musik zu bewegen. Ich verstehe sofort, was er tut. So wie er mich hält, bin ich Rosa zugedreht, und wir drei tanzen quasi zusammen, obwohl Julians Körper mich umgibt. Niemand kann mich berühren, weder gewollt noch ungewollt, zumindest nicht, ohne zuerst auf ihn zu treffen.

Selbst mitten auf einer vollen Tanzfläche gehöre ich einzig und allein ihm.

Rosa grinst, da sie ganz offensichtlich Julians Strategie durchschaut. Sie ist noch aufgeregter als ich, und ihre Augen funkeln, während sie ihren Körper zum neuesten Song von Lady Gaga bewegt. Es dauert nicht lange, bis eine Gruppe gutaussehender junger Männer sich Rosa tanzend nähert, und ich sehe grinsend dabei zu, wie sie beginnt, mit ihnen zu flirten und langsam immer weiter von Julian abrückt.

Sobald sie mit ihnen beschäftigt ist, dreht Julian mich herum, damit ich ihn anschauen kann. »Wie fühlst du dich, Baby?«, fragt er, und seine tiefe Stimme übertönt die Musik. Die farbigen Lichter flackern über sein Gesicht, und er sieht überirdisch gut aus. »Bist du müde? Ist dir schlecht?«

»Nein.« Ich lächele und schüttele vehement den Kopf. »Mir geht es hervorragend. Besser als hervorragend sogar.«

»So siehst du auch aus«, murmelt er, zieht mich näher an sich heran, und ich erröte, als ich die harte Ausbeulung in seiner Hose spüre. Er will mich, und mein Körper reagiert augenblicklich, mein Innerstes pulsiert im Takt der Musik. Wir sind umgeben von Menschen, aber sie scheinen alle zu verschwinden, während wir einander anblicken und sich unsere Körper in einem primitiven, sexuellen Rhythmus bewegen. Meine Brüste schwellen an, und meine Nippel stellen sich auf, als ich meinen Oberkörper gegen seinen drücke und selbst durch meine Bekleidung die Hitze spüren kann, die sein großer Körper abgibt ... die gleiche Hitze, die sich in mir aufbaut.

»Scheiße, Baby«, haucht er, während er mich anstarrt. Seine Hüfte bewegt sich nach hinten und vorn, während wir tanzen, wegen der Musik und unseres Verlangens nacheinander. »Du kannst dieses Kleid nicht mehr tragen.«

»Das Kleid?« Ich blicke ihn an, und mein Körper brennt. »Du denkst, es ist das Kleid?«

Er schließt seine Augen und atmet tief durch bevor er sie wieder öffnet, um mich anzuschauen. »Nein«, sagt er rau. »Es ist nicht das Kleid, Nora. Du bist es. Verdammt nochmal, du bist es immer.«

Ich erwarte fast, dass er mich fortschleift, aber das tut er nicht. Stattdessen lässt er mich los, um Abstand zwischen uns zu schaffen. Ich kann immer noch seinen Körper an meinem spüren, aber die rohe Sexualität des Moments ist schwächer, erlaubt mir, zu Atem zu kommen. Wir tanzen einige weitere Songs mit diesem Abstand, und dann habe ich Durst.

»Könnte ich bitte erstmal etwas trinken?«, frage ich laut, um trotz der Musik verstanden zu werden, und Julian nickt, bevor er mich zur Bar führt. Als wir an Rosa vorbeikommen, tanzt sie immer noch mit den beiden Männern und scheint sich sehr wohl zwischen ihnen zu fühlen. Ich zwinkere ihr zu und halte die Daumen dezent nach oben, bevor wir die tanzende und wogende Masse hinter uns lassen.

Julian bestellt mir ein Glas Wasser mit Eis, und ich kippe es hinunter, da ich mich wie ausgetrocknet fühle. Er lächelt mich an, während ich trinke, und ich weiß, dass er sich auch daran erinnert – an unser erstes Treffen an genau dieser Bar.

Als wir zur Tanzfläche zurückgehen, sehe ich, wie Rosa nach hinten verschwindet, dorthin, wo sich die Toiletten befinden. Sie winkt mir grinsend zu, und ich winke zurück, bevor ich mich Julian zuwende.

»Lass uns noch ein bisschen tanzen«, sage ich, ergreife seine Hand, und wir stürzen uns wieder in die tanzende Menge, als ein neuer Song beginnt.

Einige Minuten später fühle ich sie – meine übervolle Blase.

»Ich muss mal meine Nase pudern«, erkläre ich

Julian, und er grinst, während er mich sofort von der Tanzfläche führt. Wir gehen zusammen bis zum hinteren Ende des Klubs, und ich stelle mich in die Schlange vor der Damentoilette, während Julian sich gegen die Wand lehnt und mir dabei zusieht, wie ich langsam in dem dunklen, gebogenen Gang verschwinde, der zur Toilette führt. Ich frage mich, ob er mich auch hier überwachen wird, und muss mir das Lachen verkneifen, als ich mir vorstelle, dass er besorgt genug ist, um mich auf die Damentoilette zu begleiten.

Zum Glück macht er es nicht. Stattdessen bleibt er mit vor der Brust verschränkten Armen am Eingang stehen.

Die Schlange ist lang, weshalb ich fast fünfzehn Minuten brauche, um bei meinem Ziel anzukommen. Als ich endlich an der Reihe bin, trete ich in den kleinen Raum mit den drei abgetrennten Zellen und verrichte mein Geschäft. Erst als ich meine Hände wasche fällt mir auf, dass Rosa in diese Richtung verschwunden ist und ich sie seitdem nicht mehr gesehen habe.

Ich nehme mein Handy aus meiner winzigen Tasche und schreibe Julian: *Ist Rosa bei dir vorbeigekommen? Hast du sie irgendwo gesehen?*

Da ich nicht sofort eine Antwort bekomme, trete ich aus der Kabine, um zurückzugehen, als ich im Augenwinkel etwas Rotes einige Zentimeter von mir entfernt aufblitzen sehe. Ich runzele die Stirn, folge dem gewundenen Flur an den Toiletten vorbei, und dann sehe ich was es ist.

Auf dem Boden liegt ein roter Absatzschuh.

Mein Herz setzt einen Schlag aus.

Ich beuge mich nach unten, hebe ihn hoch, und eine Kältewelle läuft mir den Rücken hinunter.

Jetzt habe ich keine Zweifel mehr. Es ist Rosas Schuh.

Mein Puls wird schneller, ich richte mich auf und schaue mich um, aber ich kann sie nirgendwo entdecken. Durch die Krümmung des Flurs ist jetzt selbst die Schlange vor den Toiletten nicht mehr zu sehen.

Ich lasse den Schuh fallen und nehme erneut mein Handy zur Hand. Ich habe eine Antwort von Julian: *Nein, ich habe sie nicht gesehen.*

Ich beginne, eine Antwort zu schreiben, als sich plötzlich eine Tür öffnet, die ich vorher nicht gesehen hatte.

Ein kleiner, dürrer Kerl tritt heraus, schließt die Tür hinter sich und lehnt sich gegen den Rahmen.

Er ist jung, bemerke ich, als ich ihn mir näher anschaue. Eher wie ein Junge im Teenageralter, dessen blasses, sommersprossiges Gesicht noch keine Spuren eines Bartes aufweist. Seine Haltung ist lässig, aber irgendetwas in der Art, wie er mich anschaut, lässt mich innehalten.

»Entschuldige bitte.« Ich nähere mich ihm vorsichtig, und ein Schwall von Alkohol- und Zigarettengestank trifft mich. »Hast du meine Freundin gesehen? Sie trägt ein gelbes Kleid …«

Er spuckt vor mir auf den Boden. »Sieh zu, dass du Land gewinnst, Schlampe.«

Ich bin so schockiert, dass ich einen Schritt zurücktrete. Dann steigt Wut gemischt mit Adrenalin in mir auf. »Wie bitte?« Meine Hände formen sich zu Fäusten. »Wie hast du mich gerade genannt?«

Die Haltung des Teenagers verändert sich, wird kampfeslustiger. »Ich habe gesagt …«

Und in diesem Moment höre ich etwas.

Eine Frau schreit hinter der Tür, bevor etwas umfällt.

Mein Adrenalinspiegel steigt sprunghaft an. Ohne nachzudenken, trete ich nach vorn und schwinge meine rechte Faust nach oben, genauso wie ich es von Julian gelernt habe. Die Stoßkraft meiner Bewegung verstärkt die Kraft des Schlages, und der Kerl schnappt nach Luft, als ich auf seinem Solarplexus aufkomme. Er krümmt sich nach vorn, und in diesem Moment trifft mein Knie auf seine intimsten Bereiche.

Mit einem hohen Schrei fällt er vornüber, umklammert seinen Schoß, und ich ergreife seinen Nacken, während ich den Schwung meiner Bewegung nutze, um ihn nach vorn zu ziehen und gleichzeitig mit meinem rechten Fuß auszuholen.

Das funktioniert noch besser als während des Trainings.

Er fällt mit seinen Armen rudernd nach vorn, und sein Kopf stößt gegen die Mauer auf der gegenüberliegenden Seite des Ganges. Danach gleitet er bewegungslos zu Boden und bleibt, ohne sich zu rühren, vor mir liegen.

Zitternd starre ich ihn an. Ich kann gar nicht glauben, dass ich das gerade getan habe.

Ich kann nicht glauben, einen Mann im Kampf besiegt zu haben – obwohl der »Mann« ein betrunkener Teenager gewesen ist.

Ein weiterer Schrei reißt mich aus meinem Nebel.

Jetzt erkenne ich die Stimme, und eine frische Adrenalinwelle lässt meinen Herzschlag ins Unermessliche ansteigen. Ich reagiere rein instinktiv, springe über den bewegungslosen Körper des jungen Mannes und drücke die Tür auf.

Der Raum dahinter ist lang und schmal, mit einer weiteren Tür am anderen Ende. Vor dieser Tür ist ein schmutziges Sofa – und auf dem Sofa ist meine Freundin, die sich schluchzend gegen einen Mann wehrt, der auf ihr liegt.

Eine Sekunde lang stehe ich da wie eingefroren, ohne zu reagieren, bis ich die roten Flecken auf Rosas zerrissenem, gelben Kleid sehe.

Eine heiße, dunkle Wut steigt in mir hoch, und alle Vorsicht verfliegt.

»Lass sie los!«, schreie ich und renne in den Raum. Erschrocken lässt der Kerl von Rosa ab, bevor er wieder zu sich kommt und sie an ihren Haaren von dem Sofa zerrt.

»Nora!«, schreit Rosa hysterisch und zeigt auf etwas hinter mir.

Erschrocken drehe ich mich herum, doch es ist bereits zu spät.

Ein zweiter Mann ist bereits bei mir, und seine Hand kommt auf mein Gesicht zugeschossen.

Der Schlag lässt mich gegen die Wand knallen, und der Aufprall erschüttert meine Wirbelsäule.

Benebelt gehe ich zu Boden, und durch das Klingeln in meinen Ohren höre ich, wie ein Mann sagt: »Du kannst die ficken, wenn du willst. Ich werde diese hier im Auto nehmen.«

Und als raue Hände beginnen, an meinem Kleid zu reißen, sehe ich, wie Rosa von ihrem Angreifer zu der Tür am Ende des Raumes gezerrt wird.

*J*ulian

GELANGWEILT LÖSE ICH MICH VON DER WAND UND schaue in den Gang. Nora ist schon am Anfang der Schlange, weshalb ich mich wieder anlehne und mich darauf vorbereite noch ein wenig zu warten. Ich behalte außerdem im Hinterkopf, nie wieder in diesen Klub zu kommen. Diese Schlangen scheinen hier normal zu sein, und ich finde es nicht normal, dass sie keine größere Toilettenanlage für Frauen haben.

Ich nehme mein Handy zur Hand und schaue zum dritten Mal nach meinen E-Mails. Wie ich erwartet hatte, ist in den drei Minuten, die ich nicht nachgeschaut habe, nicht viel passiert, weshalb ich das

Telefon wieder wegpacke und zur Bar gehe, um etwas zu trinken. Ich habe die ganze Nacht keinen Alkohol zu mir genommen, um meine Reflexe im Fall einer Gefahr nicht zu beeinträchtigen, aber ein Bier sollte keine Auswirkungen haben.

Trotzdem entscheide ich mich letztendlich dagegen. Auch wenn ich meine Wächter im ganzen Klub verteilt habe, fühle ich mich nicht wohl dabei, Nora für mehr als einige Minuten nicht im Blick zu haben. Ich hätte mich auch mit ihr in der Schlange angestellt, aber der enge, gewundene Gang lässt kaum genug Platz für die Frauen, die dort anstehen, und die wenigen Männer, die sich ab und an vorbeidrängen.

Also warte ich und beobachte währenddessen die tanzende Menschenmenge. Durch diese ganzen Körper, die sich gegeneinanderreiben, ist die Atmosphäre voller sexueller Spannung, aber die flackernden Lichter und der pulsierende Rhythmus sprechen mich nicht an. Ohne Nora in meinem Arm könnte ich gerade genauso gut an einer Straßenecke stehen und dem Gras beim Wachsen zusehen.

Mein Telefon vibriert in meiner Hosentasche und reißt mich damit aus meinen Gedanken. Ich ziehe es hervor, schaue auf Noras Nachricht und runzele meine Stirn.

Ist Rosa bei dir vorbeigekommen? Hast du sie irgendwo gesehen?

Ich trete wieder einen Schritt nach vorn und schaue in den Gang. Ich sehe weder Rosa noch Nora, aber das

Mädchen, das in der Schlange hinter Nora stand, wartet immer noch.

Ich bin froh, dass Nora endlich hineingegangen sein muss und drehe mich herum, um in der tanzenden Menge nach einem gelben Kleid Ausschau zu halten. In dem schummerigen Licht und bei den vielen Menschen kann ich kaum etwas sehen, aber Rosas Kleid sollte leuchtend genug sein, um sie erkennen zu können.

Trotzdem sehe ich nichts. Weder an der Bar noch auf der Tanzfläche.

Langsam bekomme ich ein ungutes Gefühl und schiebe mich durch die Tänzer, um von der anderen Seite der Bar aus erneut zu schauen.

Nichts. Nirgendwo ein gelbes Kleid.

Mein ungutes Gefühl verwandelt sich in höchste Alarmbereitschaft. Ich nehme mein Telefon erneut zur Hand und überprüfe, wo sich Noras Tracker befinden.

Sie sind in der Toilette oder zumindest dicht daneben.

Das beruhigt mich leicht, und ich schreibe Lucas, einige Männer zu alarmieren, bevor ich Nora meine Antwort schicke und mich wieder auf den Weg zu den Toiletten mache. Vielleicht bin ich paranoid, aber ich muss Nora an meiner Seite haben. Jetzt sofort. Meine Instinkte schreien mich an, dass etwas nicht stimmt, und ich werde mich nicht entspannen, bis ich sie wohlbehalten und sicher bei mir habe.

Als ich den Flur betrete, sehe ich, dass die Schlange vor der Damentoilette jetzt sogar noch länger ist und man sich selbst vor der Herrentoilette anstellen muss. Der enge Flur ist völlig verstopft, weshalb ich die Menschen zur Seite schiebe, ohne auf ihre aufgebrachten Proteste zu hören.

Nora ist nicht in der Schlange, obwohl die Tracker anzeigen, dass sie hier in der Nähe sein muss. Auf der Damentoilette ist sie auch nicht, bemerke ich, als ich daran vorbeigehe. Laut meiner Tracking-App befindet sie sich etwa zehn Meter vor mir auf der linken Seite des gebogenen Ganges. An dieser Stelle habe ich die wartenden Menschen schon hinter mir gelassen und beschleunige meine Schritte, da ich immer besorgter werde.

Eine Sekunde später sehe ich es.

Auf dem Boden neben einer geschlossenen Tür liegt ein bewegungsloser Mann.

Mein Blut gefriert, und ich kann scharfe, beißende Angst schmecken. Wenn jemand Nora genommen hat, ihr irgendetwas angetan hat …

Nein. Ich kann mich solchen Gedanken nicht hingeben, nicht, wenn sie mich braucht.

Eine eisige Ruhe überkommt mich und schaltet die Angstgefühle aus. Ich hocke mich hin, um mein Messer aus meinem Knöchelholster zu ziehen, und schiebe es in meine Gürtelschnalle, damit ich es schnell zur Hand nehmen kann. Danach stelle ich mich wieder hin, ziehe meinen Revolver und mache einen Schritt über den bewegungslosen Körper, ohne auf das Blut zu achten, das aus der Stirn des Mannes läuft.

Die App zeigt an, dass Nora sich nur wenige

Zentimeter links von mir befindet – was bedeutet, dass sie hinter der Tür sein muss.

Ich atme tief ein, drücke die Tür auf und betrete den Raum.

Sofort zieht ein unterdrücktes Schluchzen meine Aufmerksamkeit auf sich. Ich drehe mich schnell herum, sehe zwei Personen, die an der Wand kämpfen … und meine Ruhe ist wie weggeblasen.

Nora – meine Nora – kämpft mit einem Mann, der zweimal so groß ist wie sie. Er ist auf ihr, eine seiner Hände liegt auf ihrem Mund, um ihre Schreie zu dämpfen, und die andere reißt an ihrem Kleid. Ihre Augen sind wild und wütend, und ihre zu Krallen gebogenen Finger kratzen sein Gesicht und seinen Hals blutig.

Ein roter Nebel hüllt mich ein, eine Wut, die gewalttätiger ist als jemals zuvor.

Mit einem Satz bin ich auf ihnen und zerre den Mann von Nora herunter. Ich schieße nicht – das wäre zu risikoreich mit ihr in der Nähe –, aber ich habe das Messer bereits in der Hand, als ich ihn auf den Boden drücke und mein linker Unterarm seine Kehle eindrückt. Er versucht nach Luft zu schnappen, und seine Augen treten hervor, als ich das Messer erhebe und es ihm immer wieder in die Seite steche. Heißes Blut spritzt über mich, und ich rieche seine Panik, sein Bewusstsein über den bevorstehenden Tod. Seine Hand schlägt auf mich ein, aber ich spüre nichts. Stattdessen betrachte ich seine Augen, während ich immer weiter auf ihn einsteche und seinen Todeskampf genieße.

»Julian!« Noras Schrei reißt mich aus meinem Blutrausch, und ich lasse den zuckenden Körper ihres Angreifers auf dem Boden zurück, als ich aufspringe.

Sie zittert, Mascara und Tränen laufen ihr Gesicht hinunter, während sie versucht, aufzustehen, und sich dafür an der Wand festhält.

*Scheiße.* Mir wird vor Angst ganz schlecht. Ich eile zu ihr und ziehe sie an mich, um sie auf mögliche Verletzungen abzutasten. Nichts fühlt sich an, als sei es gebrochen, aber ihre Unterlippe ist aufgeplatzt und dick, und ihr Kleid hat einen kleinen Riss am Oberteil. Und das Baby – darüber kann ich jetzt nicht nachdenken.

»Baby, bist du verletzt?« Ich erkenne meine Stimme kaum wieder. »Hat er dich verletzt?«

Sie schüttelt den Kopf mit einem unverändert wilden Blick. »Nein!« Sie windet sich aus meinem Arm und stößt mich mit erstaunlicher Kraft von sich. »Lass mich los. Wir müssen ihr folgen!«

»Was? Wem?« Überrascht trete ich nach hinten, ohne allerdings ihren Arm loszulassen, da ich nicht möchte, dass sie fällt.

»Rosa! Er hat sie, Julian! Er hat sie ergriffen und sie dort hinausgeschleift.« Nora deutet mit ihrer freien Hand auf die Hintertür. »Wir müssen ihr folgen!« Sie klingt hysterisch.

»Ein anderer Mann hat sie mitgenommen?«

»Ja! Er hat gesagt …« Ein Schluchzen unterbricht

den Satz. »Er hat gesagt, er würde mit ihr im Auto weitermachen. Es waren zwei Männer hier, und einer hat Rosa mitgenommen!«

Ich blicke sie an, und eine riesige Wut baut sich in mir auf. Ich stehe Rosa zwar nicht besonders nahe, aber ich mag das Mädchen und sie steht unter meinem Schutz. Der Gedanke, dass jemand es gewagt hat, das zu tun, sie und Nora auf diese Art zu überfallen …

»Beeil dich!«, fleht mich Nora an und zieht frenetisch an dem Arm, mit dem ich sie halte, um mich zur Tür zu ziehen. »Komm schon, Julian, wir müssen uns beeilen! Er hat sie gerade erst aus der Tür gezerrt, also könnten wir sie noch einholen!«

*Scheiße.* Ich knirsche mit den Zähnen, und jeder Muskel in meinem Körper vibriert vor Anspannung. Ich bin niemals in meinem Leben so zerrissen gewesen. Nora ist verletzt, und alles in mir schreit, dass sie meine erste Priorität ist, dass ich sie ergreifen und sie so schnell wie möglich in Sicherheit bringen sollte. Aber sie hat recht mit dem, was sie sagt. Die einzige Möglichkeit, Rosa zu retten, ist, sofort zu reagieren – aber meine Männer benötigen auf jeden Fall einige Minuten, bis sie hier sind.

»Bitte, Julian!«, bettelt Nora, und die Panik in ihren Augen nimmt mir meine Entscheidung ab.

»Bleib hier.« Meine Stimme ist kalt und scharf, als ich ihren Arm loslasse und zurücktrete. »Beweg dich nicht.«

»Ich komme mit dir …«

»Auf gar keinen Fall.« Ich ziehe meine Waffe hervor

und lege sie in ihre Hände. »Warte hier auf mich und erschieße jeden, den du nicht kennst.«

Und noch bevor sie widersprechen kann, schreibe ich Lucas eine Nachricht, um ihm die Situation zu erklären, während ich gleichzeitig auf die Hintertür zueile.

## 25

Sobald Julian durch die Tür verschwunden ist, sinke ich zu Boden und umklammere die Waffe, die er mir gegeben hat. Meine Beine zittern, in meinem Kopf dreht sich alles und Übelkeitswellen überkommen mich. Ich fühle mich, als hinge mein gesunder Verstand an einem seidenen Faden. Einzig das Wissen, dass Julian gerade auf dem Weg ist, um Rosa zu retten, hält mich davon ab, wieder komplett hysterisch zu werden. Ich hole zitternd Luft und wische mir mit meinem Handrücken die Tränen aus dem Gesicht, bevor ich beim Herunternehmen des Arms etwas Rotes bemerke.

Blut.

Ich habe Blut an mir.

Ich betrachte es angewidert und gleichzeitig

fasziniert. Es muss von dem Mann sein, den Julian getötet hat. Julian war von oben bis unten blutbeschmiert, als er mich angefasst hat, und jetzt habe ich sie überall, rote Abdrücke auf Armen und Brust, die einem meiner Gemälde ähneln. Dieser Vergleich beruhigt mich eigenartigerweise ein wenig. Ich atme erneut ein und schaue auf, um den toten Mann, der einige Zentimeter von mir entfernt liegt, zu betrachten.

Da er mich jetzt nicht mehr angreift, erkenne ich bestürzt, dass ich ihn kenne. Er ist einer der beiden jungen Männer die mit Rosa getanzt haben. Bedeutet das, dass der andere Angreifer der zweite von ihnen ist? Ich runzele die Stirn, als ich versuche, mich an das Gesicht des anderen Mannes zu erinnern, aber ich habe nur ein verschwommenes Bild von ihm. Ich kann mich auch nicht daran erinnern, jemals den Teenager gesehen zu haben der den Eingang zu diesem Raum bewachte. Gehörte er zu Rosas Tanzpartnern? Und falls ja, warum? Das ergibt alles keinen Sinn. Selbst wenn die drei Serienvergewaltiger wären, wieso dachten sie, sie könnten mit einem solchen brutalen Überfall in einem Klub durchkommen?

Natürlich ist die Motivation des toten Mannes nicht mehr wichtig. Ich weiß, dass er tot ist, weil sein Körper nicht mehr zuckt. Seine Augen sind geöffnet, sein Mund ist entspannt, und Blut läuft an seiner Wange herunter. Er stinkt auch nach Tod – nach Blut, Fäkalien und Angst. Als ich diese Gerüche wahrnehme, entferne ich mich von ihm, krieche näher an das Sofa heran.

Noch ein Mann, der vor meinen Augen getötet wurde. Ich warte auf Entsetzen und Ekel, aber diese Gefühle stellen sich nicht ein. Stattdessen fühle ich eine Art boshafte Freude. Wie auf einer Kinoleinwand sehe ich Julians Messer nach oben und unten schwingen, immer wieder in die Seite des Mannes eindringen, und alles, was ich denken kann, ist, dass ich froh bin, dass er tot ist.

Ich bin froh, dass Julian ihn erstochen hat.

Es ist eigenartig, aber dieses Mal stört mich die Abwesenheit von Mitgefühl nicht. Ich kann immer noch die Hände dieses Mannes auf meinem Körper spüren, seine Nägel, die meine Haut zerkratzten, als er an meinem Kleid riss. Er hatte es geschafft, mich auf den Boden zu drücken, während ich von seinem Schlag benebelt war, und auch wenn ich mich so gut wie möglich gewehrt habe, wusste ich, dass ich verlieren würde. Wenn Julian nicht gekommen wäre, als er es tat …

Nein. Ich unterbreche diesen Gedanken. Julian ist hierhergekommen, also muss ich nicht über den schlimmsten Fall nachdenken. Alles in allem bin ich mit dem kleinstmöglichen Schaden davongekommen. Meine aufgeplatzte Lippe pulsiert, und mein Rücken fühlt sich wie ein riesiger blauer Fleck an, aber das ist nichts, was man nicht wieder reparieren könnte. Mein Körper wird heilen. Ich wurde schon andere Male zuvor geschlagen und habe es überlebt.

Die wichtigste Frage ist: wird Rosa es überleben?

Der Gedanke daran, dass sie verletzt, gebrochen und vergewaltigt sein könnte, macht mich wütend. Ich will, dass Julian den anderen Mann genauso grausam tötet wie diesen hier. Eigentlich möchte ich es am liebsten selbst machen. Ich hätte darauf bestanden, mitzukommen, hätte ein Streit mit Julian nicht Rosas Rettung verlangsamt.

Im Moment kann ich nur warten und hoffen, dass Julian sie zurückbringt.

Als ich meine kleine Tasche auf dem Boden liegen sehe, krieche ich zu ihr hinüber und hebe sie auf. Jede Bewegung schmerzt, aber ich möchte die Tasche bei mir haben. In ihr befindet sich mein Telefon, und ich möchte Julian erreichen können. Und das ist wichtig – weil mir plötzlich klar wird, dass Rosa nicht die einzige Person ist, die sich gerade in Gefahr befindet.

Mein Ehemann ebenfalls.

Nein, diesen Gedanken verdränge ich. Ich weiß, wozu Julian fähig ist. Wenn jemand dazu geeignet ist, einen Ausweg zu finden, dann der Mann, der mich entführt hat. Julians Leben ist seit seiner Kindheit von Gewalt geprägt gewesen; ein oder zwei Arschlöcher zu töten sollte für ihn ein Kinderspiel sein.

Außer, das besagte Arschloch ist bewaffnet oder ruft Freunde.

Nein, ich kneife die Augen zusammen und weigere mich, solche Gedanken zuzulassen. Julian wird mit Rosa zurückkommen und alles wird gut sein. Es muss.

Wir werden eine Familie sein, ein gemeinsames Leben aufbauen …

Eine Familie.

Ich reiße meine Augen auf, atme hörbar aus und lege meine Hände auf meinen Bauch. Mir wird gerade bewusst, dass Rosa und ich vielleicht nicht die einzigen Opfer der Vergewaltiger gewesen wären, hätte Julian nicht eingegriffen. Wenn mir noch mehr Gewalt zugefügt worden wäre, ich weitere Schläge erhalten hätte, weiß ich nicht, welche Auswirkungen das auf das Baby gehabt hätte.

Dieser entsetzliche Gedanke nimmt mir den Atem.

Ich beginne wieder zu zittern, und meine Augen füllen sich mit frischen Tränen. Ich weiß nicht einmal, wieso ich weine. Alles ist in Ordnung. Es muss in Ordnung sein.

Ich drücke meine Tasche an mich und konzentriere mich auf die Hintertür. In wenigen Sekunden wird Julian mit Rosa hereinkommen, und unsere Leben werden wieder normal sein.

Es kann jede Sekunde so weit sein.

Die Sekunden vergehen langsam. So langsam, dass ich es kaum schaffe, nicht zu schreien. Ich blicke auf die Tür, bis ich aufhöre zu weinen und meine Augen vor Trockenheit brennen. Egal wie sehr ich es auch versuche, ich kann die dunklen Bilder nicht beiseiteschieben, und die Angst in mir fühlt sich an, als würde sie mich von innen heraus auffressen, so lange an mir nagen, bis nichts übrig bleibt.

Endlich geht die Tür auf.

Meine Schmerzen sind vergessen, und ich springe auf, bis ich mich an Julians letzte Worte erinnere.

Er ist nicht der Einzige, der durch die Tür kommen könnte.

Ich nehme die Waffe hoch, die er mir gegeben hat, ziele mit zitternden Händen und warte.

## 26

*J*ulian

Sobald ich meine Nachricht an Lucas abgeschickt habe öffne ich die Tür und trete auf die Straße hinter dem Klub. Sofort trifft mich der Gestank von Abfall, gemischt mit dem beißenden Geruch von Urin. Es muss geregnet haben, während wir drin waren, denn der mit Schlaglöchern übersäte Asphalt ist nass, und das Licht einer weit entfernten Straßenlaterne spiegelt sich in den öligen Pfützen wider.

Ich ignoriere meine gewaltige Wut und meine Sorgen, als ich mich sorgfältig umschaue. Ich werde später an Noras tränenüberströmtes Gesicht denken, und daran, wie sehr ich versagt habe, jetzt muss ich mich darauf konzentrieren, Rosa zu retten.

Das bin ich ihr und Nora schuldig.

Ich sehe niemanden in der Nähe, also schlängele ich mich durch die Müllcontainer, um zur Straße zu gelangen. Einige Ratten laufen eilig weg, als ich ihnen zu nahe komme. Ich frage mich, ob sie die Wut, die in meinen Adern pulsiert, spüren können, den Blutrausch, der mit jedem meiner Schritte stärker wird.

Ein Tod war nicht genug. Nicht ansatzweise genug.

Meine Schritte hallen nass wider, als ich um die Ecke in eine schmale Gasse einbiege, und dann sehe ich sie.

Zwei Figuren, die etwa dreißig Meter von mir entfernt bei einem weißen Geländewagen miteinander kämpfen.

Ich kann Rosas gelbes Kleid erkennen, an dem ein Mann sie in das Auto zu ziehen versucht, und die schwarze Wut in mir gewinnt die Oberhand.

Ich ziehe mein Messer hervor und renne auf sie zu.

Ich weiß genau, in welchem Augenblick Rosas Angreifer mich sieht. In diesem Moment reißt er nämlich die Augen auf, sein Gesicht verzieht sich angsterfüllt, und bevor ich etwas tun kann, schubst er Rosa in meine Richtung, um selbst so schnell wie möglich im Auto zu verschwinden.

Ich renne so schnell ich kann, schaffe es, Rosa aufzufangen, bevor sie fällt, und sie krallt sich hysterisch schluchzend an mir fest. Ich versuche, sie zu beruhigen und mich gleichzeitig aus ihren Händen zu winden, aber es ist zu spät.

Der Motor heult auf und die Reifen quietschen, als

Rosas Angreifer auf das Gaspedal tritt und wie ein Feigling die Flucht ergreift.

*Scheiße.* Keuchend schaue ich dem verschwindenden Auto nach. Ich weiß, dass meine Männer an der nächsten Ampel stationiert sind, aber ein öffentlicher Schusswechsel würde zu viel Aufmerksamkeit erregen. Ich halte Rosa mit einem Arm fest, ziehe mein Telefon hervor und sage Lucas, dass er dem weißen Auto folgen soll.

Danach wende ich mich der schluchzenden Frau in meinen Armen zu.

»Rosa.« Ich ignoriere das Pumpen des Adrenalins in mir, als ich sie sanft von mir wegschiebe, um mir ihre Verletzungen anzusehen. Eine Hälfte ihres Gesichts ist geschwollen und blutverkrustet, und ihr ganzer Körper ist mit Kratzern und blauen Flecken übersät, aber zu meiner Erleichterung scheint nichts gebrochen zu sein. Allerdings zittert sie, weshalb ich mit leiser Stimme zu ihr spreche, so als sei sie ein Kind. »Wie schwer bist du verletzt, Rosa?«

»Er ... sie ...« Sie scheint nicht klar denken zu können, und als ich sie so zitternd mit ihrem aufgerissenen Kleid vor mir stehen sehe, muss ich zähneknirschend gegen ein frisches Aufwallen meiner Wut ankämpfen. Ich verstehe, dass was auch immer passiert ist, nichts ist, worüber sie schnell hinwegkommen wird.

»Komm, ich bringe dich zu Nora zurück«, sage ich mit sanfter und beruhigender Stimme, während ich mich nach unten beuge, um sie hochzuheben. Ihr

Zittern wird stärker, als ich sie in meine Arme nehme, und ich spanne mein Kinn noch mehr an, während ich, so schnell ich kann, zur Straße zurückgehe.

Als wir vor der Tür zum Klub stehen, stelle ich Rosa wieder auf ihre Füße und halte sie am Ellenbogen fest, während ich sie vorsichtig durch den Eingang schiebe.

Das Erste, was wir erblicken, ist Nora, die eine Waffe auf uns gerichtet hat. Als sie uns erblickt, erhellt sich ihr Gesicht augenblicklich, und sie lässt ihre Waffe sinken.

»Rosa!« Noras Waffe fällt zu Boden, als sie zu uns rennt. »Du hast sie gefunden, Julian! Gott sei Dank hast du sie gefunden!« Als sie bei uns ankommt, stellt sie sich auf ihre Zehenspitzen und umarmt mich fest, bevor sie Rosa in ihre Arme schließt und sie zum Sofa führt. Ich höre, wie sie Rosa beruhigende Worte zuflüstert, während diese sich weinend an ihr festkrallt und ich diese Gelegenheit nutze, um unser Auto herzubestellen.

Wenige Minuten später ist es da.

»Komm, Baby. Wir müssen los und euch beide ins Krankenhaus fahren«, sage ich sanft, als ich mich dem Sofa nähere und Nora nickt, ohne ihre Arme von Rosas zitterndem Körper zu lösen. Meine Frau scheint jetzt viel ruhiger zu sein, zeigt keine Anzeichen von Hysterie mehr. Trotzdem muss ich mich beherrschen, sie nicht in meine Arme zu nehmen und mich zu vergewissern, dass es ihr so gut geht, wie es scheint. Das Einzige, was mich davon abhält, ist mein Wissen, dass Rosa ohne Noras Hilfe zusammenbrechen wird.

Zum Glück scheint mein Kätzchen in der Lage zu sein, sich um ihre traumatisierte Freundin zu kümmern. Der Stahlkern, den ich schon immer in ihr gespürt habe, kam noch nie deutlicher zum Vorschein als jetzt. Trotz des Zorns, der in mir wütet, spüre ich den Stolz auf Nora, als ich ihr dabei zusehe, wie sie Rosa vom Sofa hilft und sie zum Ausgang nach draußen führt.

Lucas wartet gegen das Auto gelehnt auf uns. Als er Rosa erblickt, sehe ich, wie sich sein Gesichtsausdruck verändert, seine unbewegte Miene verwandelt sich in etwas Dunkles und Angsteinflößendes.

»Diese Arschlöcher«, murmelt er mit belegter Stimme und geht um das Auto herum, um uns die Tür zu öffnen. »Diese verdammten Arschlöcher.« Er kann seinen Blick nicht von Rosa abwenden. »Sie werden sterben.«

»Ja, das werden sie«, stimme ich ihm zu und beobachte überrascht, wie er Rosa vorsichtig von meiner Frau trennt und das weinende Mädchen in das Auto setzt. Sein Benehmen ist so untypisch, dass ich mich frage, ob zwischen den beiden etwas läuft. Das wäre komisch, wenn man seine Besessenheit mit der russischen Übersetzerin bedenkt, aber es sind schon eigenartigere Dinge vorgekommen.

Ich zucke im Geiste mit den Schultern und drehe mich zu Nora um, die an der offenen Autotür steht und den oberen Rahmen mit ihrer linken Hand umklammert. Sie scheint in ihrer eigenen Welt versunken zu sein und hat einen eigenartig abwesenden Gesichtsausdruck, als sie ihre rechte Hand anhebt, um sie auf ihren Bauch zu legen.

»Nora?« Mein Brustkorb fühlt sich durch eine plötzlich aufsteigende Angst eng an, und ich gehe gerade auf sie zu, als ich sehe, dass sie kreidebleich wird.

## 27

Nora

DAS LEICHTE KRAMPFEN, DAS VOR EINIGEN SEKUNDEN begonnen hat, wird plötzlich stärker und verwandelt sich in einen stechenden Schmerz. Er breitet sich in Windeseile in meinem Bauch aus, verschlägt mir den Atem genau in dem Moment, als Julian mit angsterfülltem Blick auf mich zukommt. Ich schnappe nach Luft, krümme mich und spüre, wie ich sofort in starke Arme gehoben werde.

»Krankenhaus, sofort!«, ruft er Lucas scharf zu, und bevor ich blinzeln kann, bin ich schon zusammengerollt auf Julians Schoß im Auto und wir rasen aus der Straße.

»Nora? Nora, geht es dir gut?« Rosas Stimme ist voller Panik, aber ich kann sie in diesem Moment nicht beruhigen, nicht mit meinen Krämpfen. Alles, was ich tun kann, ist, kurz und flach zu atmen und mich mit meinen Händen an Julians Schultern festzukrallen, während er mich angespannt hin und her schaukelt.

»Julian«, schreie ich auf, als ein besonders bösartiger Krampf durch meinen Bauch fährt. Ich kann auf meinen Schenkeln eine heiße, glitschige Nässe spüren, und ich weiß, dass ich Blut sehen würde, wenn ich jetzt nach unten schaute. »Julian, das Kind …«

»Ich weiß, Baby.« Er drückt seine Lippen auf meine Stirn und schaukelt mich schneller. »Halte durch. Bitte, halte durch.«

Wir fliegen durch die dunklen Straßen, und die Lichter und Ampeln verschwimmen vor meinen Augen. Ich kann hören, dass Rosa mit mir spricht, ihre weiche Hand beruhigend über meine Haare gleitet, und ich fühle mich unterschwellig schuldig dafür, dass sie nach allem, was sie gerade erlebt hat, damit belastet wird.

Aber das, was ich am stärksten fühle, ist Angst.

Eine unerträgliche Angst, dass es zu spät ist und niemals wieder alles gut werden wird.

~

»Es tut mir wahnsinnig leid, Frau Esguerra.« Die junge Ärztin bleibt neben meinem Bett stehen, und ihre braunen Augen sind voller Mitgefühl. »Wie sie sich wahrscheinlich schon gedacht haben, hatten Sie eine Fehlgeburt. Die gute Nachricht – falls es die zu einem solchen Zeitpunkt überhaupt gibt – ist, dass Sie noch im ersten Trimester waren und die Blutung schon aufgehört hat. In den nächsten Tagen kann es zu gelegentlichen Nachblutungen oder Ausscheidungen kommen, aber Ihr Körper sollte sich sehr schnell wieder vollständig erholen. Es gibt keinen Grund, weshalb Sie nicht bald einen neuen Versuch, schwanger zu werden, unternehmen könnten … natürlich nur, falls Sie das möchten.«

Ich blicke sie an, und meine Augen fühlen sich an, als seien sie mit Sandpapier behandelt worden. Ich kann nicht mehr weinen. Ich habe alle Tränen, die ich hatte, aufgebraucht. Ich bemerke, dass Julian, der auf meiner Bettkante sitzt, meine Hand hält, dass ich immer noch leichte Krämpfe habe und ich an nichts anderes als das Baby denken kann.

Ich habe unser Baby verloren, und es ist meine Schuld.

»Wo ist Rosa?« Mein Hals ist so geschwollen, dass ich Schwierigkeiten habe, die Worte herauszupressen. »Geht es ihr gut?«

»Sie liegt in Ihrem Nachbarzimmer«, sagt die Ärztin sanft. Sie ist ungewöhnlich hübsch, mit ihrem blassen, herzförmigen Gesicht, das von welligem, kastanienbraunem Haar eingerahmt wird. »Möchten Sie mit ihr sprechen?«

»Sind Sie mit Ihren Untersuchungen fertig?« Julians Stimme ist härter, als ich sie jemals zuvor gehört habe. Sein Gesicht und seine Hände sind jetzt sauber – er hat das Wasser aus der Flasche genommen, um sich den Großteil des Blutes aus dem Gesicht zu wischen, bevor wir aus dem Auto ausgestiegen sind – aber seine graue Jacke weist braune Schlieren auf. Ich frage mich, was die Ärztin über unser Aussehen denkt, ob sie erkennt, dass das nicht alles mein Blut ist.

»Ja, sie sind abgeschlossen.« Die Ärztin zögert einen Moment. »Herr Esguerra, Ihre Freundin sagt, dass sie keine Anzeige erstatten oder überhaupt mit der Polizei sprechen möchte, aber in solchen Fällen empfehlen wir das eindringlich. Sie sollte wenigstens unsere Schwester für sexuelle Übergriffe die Beweise aufnehmen lassen. Vielleicht könnten Sie mit Frau Martinez reden, uns dabei helfen, sie davon zu überzeugen …«

»Hat sie Verletzungen, deretwegen sie im Krankenhaus bleiben sollte?«, unterbricht Julian, und seine Hand spannt sich um meine Finger an. »Oder kann sie mit uns nach Hause kommen?«

Die Ärztin runzelt die Stirn. »Sie kann nach Hause gehen, aber …«

»Und meine Frau?« Er sieht die junge Frau mit einem stechenden Blick an. »Sie sind sich sicher, dass sie außer den äußerlichen Verletzungen keine weiteren aufweist?«

»Ja, wie ich Ihnen schon gesagt habe, Herr Esguerra, sind alle Testergebnisse normal.« Die Ärztin erwidert seinen Blick, ohne ihm auszuweichen. »Sie hat weder eine Gehirnerschütterung noch andere innere Verletzungen, und es besteht auch kein Grund für Dilatation und Ausschabung, wenn der Verlust so früh in der Schwangerschaft eingetreten ist. Ich empfehle, dass Frau Esguerra es in den nächsten Tagen ruhig angehen lässt, aber danach kann sie sich wieder ihren normalen Aktivitäten widmen.«

Julian blickt zu mir hinunter. »Baby?« Sein Ton ist etwas weicher. »Möchtest du sicherheitshalber bis zum Morgen hierbleiben oder lieber nach Hause gehen?«

»Nach Hause.« Ich schlucke unter Schmerzen. »Ich möchte nach Hause gehen.«

»Frau Esguerra …« Die Ärztin legt ihre Hand auf meinen Unterarm, und ihre schlanken Finger fühlen sich warm auf meiner Haut an. Als ich sie ansehe, meint sie freundlich zu mir: »Ich weiß, dass das kaum ein Trost für Sie ist, aber ich möchte, dass Sie wissen, dass der Großteil der Fehlgeburten nicht verhindert werden kann. Es ist möglich, dass das, was Ihnen und Ihrer Freundin zugestoßen ist, eine Rolle bei diesem unglücklichen Ereignis gespielt hat, aber es ist genauso gut möglich, dass eine Chromosomenabweichung der Grund dafür war. Statistisch gesehen sind diese Abweichungen für zwanzig Prozent der Fehlgeburten während der gesamten Schwangerschaft und sogar bis zu siebzig Prozent während des ersten Trimesters verantwortlich – und nicht das Verhalten der Mütter.«

Ich höre ihren Worten träge zu, und mein Blick wandert von ihrem Gesicht zu dem Namensschild auf ihrer Brust. *Dr. Cobakis.* Dieser Name hört sich irgendwie vertraut an, aber ich bin zu müde, um eine Verbindung herzustellen.

Lustlos schaue ich wieder zu ihr hoch. »Vielen

Dank«, murmele ich und hoffe, dass sie dieses Thema fallen lässt. Ich verstehe, was sie tun möchte. Die Ärztin hat wahrscheinlich vorher schon mit derartigen Fällen zu tun gehabt – dass eine Frau automatisch die Schuld bei sich sucht, wenn etwas mit der Schwangerschaft nicht so verläuft wie erwartet. Was sie nicht weiß, ist, dass ich wirklich schuld daran bin.

Ich habe darauf bestanden, in den Klub zu gehen. Was mit Rosa und dem Baby passiert ist, ist allein meine Schuld.

Die Ärztin drückt noch einmal sanft auf meinen Unterarm, bevor sie zurücktritt. »Ich werde die Entlassung Ihrer Freundin vorbereiten, während Sie sich anziehen«, sagt sie und geht aus dem Zimmer. Zum ersten Mal seit unserer Ankunft in dem Krankenhaus bin ich mit Julian allein.

Sobald die Ärztin weg ist, lässt er meine Hand los und beugt sich über mich. »Nora ...« In seinem Blick sehe ich die gleichen Schmerzen, die mich innerlich zerreißen. »Baby, hast du immer noch Schmerzen?«

Ich schüttele den Kopf. Mein körperliches Unbehagen ist mir egal. »Ich möchte nach Hause gehen«, sage ich heiser. »Bitte, Julian, bringe mich einfach nur nach Hause.«

»Das mache ich.« Er streichelt meine unverletzte Gesichtshälfte mit einer warmen und zärtlichen Berührung. »Ich verspreche dir, dass ich das tun werde.«

Julian

ICH HABE NOCH NIE EINE SOLCHE LEERE GESPÜRT, EIN brennendes Nichts aus pulsierendem Schmerz. Als ich Maria und meine Eltern verloren habe, war ich voller Wut und Trauer, aber ohne diese Leere.

Diese Leere, die mit dem stärksten Blutrausch gemischt ist, den ich jemals empfunden habe.

Nora bewegt sich nicht und schweigt, als ich sie die Treppen zu unserem Schlafzimmer hinauftrage. Ihre Augen sind geschlossen, und ihre Wimpern sind dunkle Halbmonde auf ihren farblosen Wangen. So ist sie schon die ganze Zeit, seit wir das Krankenhaus verlassen haben – apathisch durch den ganzen Blutverlust und die Erschöpfung.

Als ich sie auf das Bett lege, fällt mein Blick auf ihre verletzte Wange und die aufgeplatzte Lippe, und ich muss mich abwenden, um nicht die Kontrolle zu verlieren. Die Gewalt in mir fühlt sich so giftig an, so ätzend, dass ich Nora gerade nicht anfassen kann – nicht, ohne auf irgendeine Weise meine Spuren zu hinterlassen.

Nach einigen Minuten fühle ich mich ruhig genug, um mich wieder dem Bett zuzuwenden. Nora hat sich nicht von dem Platz wegbewegt, auf den ich sie gelegt habe, und ich erkenne, dass sie sich nicht rührt, weil sie eingeschlafen ist. Ich atme langsam ein, beuge mich über sie und beginne, sie auszuziehen. Ich könnte sie bis zum Morgen schlafen lassen, aber auf ihrer Bekleidung sind Spuren von getrocknetem Blut, und ich möchte nicht, dass sie so aufwacht.

Sie wird am Morgen schon genug zu verarbeiten haben.

Als sie nackt ist, ziehe ich mich selbst aus und hebe sie in meine Arme, um ihren kleinen, schlaffen Körper an meine Brust gedrückt ins Badezimmer zu tragen. Ich betrete die Duschkabine, und während ich sie weiterhin fest an mich drücke, drehe ich das Wasser auf.

Sie wacht auf, als das warme Wasser ihre Haut berührt, reißt ihre Augen auf und krallt sich an meinen Bizeps fest. »Julian?« Sie hört sich alarmiert an.

»Schscht«, beruhige ich sie. »Alles ist gut. Wir sind zu Hause.« Als sie ein wenig beruhigter aussieht, stelle ich sie hin und frage sie sanft: »Kannst du einen Moment lang allein stehen, Baby?«

Sie nickt, und ich beeile mich, erst sie und danach mich zu waschen. Als ich fertig bin, schwankt sie schon, und ich bemerke, dass sie ihre letzten Kraftreserven aufbraucht, um sich auf den Füßen zu halten. Schnell wickele ich sie in ein großes Handtuch und trage sie zurück zum Bett.

Noch bevor ihr Kopf das Kissen berührt, ist sie wieder eingeschlafen. Ich decke sie zu und setze mich einige Momente lang neben sie, um zu beobachten wie sich ihre Brust während des Atmens hebt und senkt.

Danach ziehe ich mich an und gehe nach oben.

ALS ICH DAS WOHNZIMMER BETRETE, SEHE ICH, DASS Lucas schon auf mich wartet.

»Wo ist Rosa?«, frage ich mit ruhiger Stimme. Später werde ich mir die Zeit nehmen, über unser Kind nachzudenken, darüber, dass Nora so verletzt und verletzlich in unserem Bett liegt, aber jetzt verdränge ich diese Dinge. Ich kann es mir nicht leisten, mich meiner Trauer und Wut hinzugeben, nicht, wenn so viel erledigt werden muss.

»Sie schläft«, erwidert Lucas und steht vom Sofa auf. »Ich habe ihr ein Schlafmittel gegeben und sichergestellt, dass sie geduscht ist.«

»Gut. Danke.« Ich durchquere den Raum, um mich neben ihn zu stellen. »Und jetzt erzähl mir alles.«

»Die Reinigungskolonne hat sich um die Leiche gekümmert und den jungen Mann festgenommen, den Nora auf dem Flur bewusstlos geschlagen hat. Sie halten ihn in einem Warenhaus in South Side fest.«

»Gut.« Grausame Vorfreude steigt in mir auf. »Was ist mit dem weißen Auto?«

»Den Männern ist es gelungen, ihm zu einem der Hochhäuser mit Wohnungen in der Innenstadt zu folgen. Dann ist es in die Tiefgarage gefahren, und sie wollten ihm nicht folgen. Ich habe das Kennzeichen bereits überprüfen lassen.«

An dieser Stelle macht er eine Pause, bis ich ungeduldig frage: »Und?«

»Und es sieht so aus, als haben wir ein Problem«, antwortet Lucas grimmig. »Sagt Ihnen der Name Patrick Sullivan etwas?«

Ich runzele die Stirn und versuche, mich daran zu erinnern, wo ich diesen Namen schon einmal gehört habe. »Er hört sich bekannt an, aber ich komme nicht darauf.«

»Den Sullivans gehört die halbe Stadt. Prostitution, Drogen, Waffen – sie haben in allem ihre Hände drin. Patrick Sullivan führt die Familie an und hat so ziemlich jeden Lokalpolitiker und Polizeichef in seiner Tasche.«

»Aha.« Jetzt ergibt alles einen Sinn. Ich habe noch nie etwas mit den Sullivans zu tun gehabt, aber es ist mir generell wichtig, potentielle Klienten in den USA oder anderswo zu kennen. Der Name Sullivan muss bei meinen Nachforschungen aufgetaucht sein – was in der Tat bedeutet, dass wir ein Problem haben könnten. »Was hat Patrick Sullivan damit zu tun?«

»Er hat zwei Söhne«, meint Lucas. »Oder besser gesagt hatte er zwei Söhne. Brian und Sean. Brian nimmt gerade ein Laugenbad in einem unserer gemieteten Warenhäuser, und Sean ist der Eigentümer des weißen Geländewagens.«

»Ich verstehe.« Also besteht ein Zusammenhang zwischen den Arschlöchern, die Rosa und meine Frau überfallen haben. Mehr als ein Zusammenhang sogar – was ihre idiotische Arroganz erklärt, sich an zwei Frauen in einem Klub zu vergreifen. Wenn ihr Vater diese Stadt beherrscht, müssen sie daran gewöhnt sein, die größten Haie im Pool zu sein.

»Außerdem«, fügt Lucas hinzu, »ist das halbe Kind, das wir in dem Warenhaus festhalten, ihr siebzehn Jahre alter Cousin, Sullivans Neffe. Sein Name ist Jimmy. Offensichtlich stehen sich er und die zwei Brüder sehr nahe. Oder sie standen sich nahe, sollte ich wohl besser sagen.«

Meine Augen verengen sich wegen einer Vermutung. »Haben sie eine Ahnung, wer wir sind? Könnten sie sich Rosa ausgesucht haben, um an mich heranzukommen?«

»Nein, das denke ich nicht.« Lucas Gesicht spannt sich an. »Die Sullivan-Brüder haben eine hässliche Vergangenheit, was Frauen anbelangt. Vergewaltigungsdrogen bei Verabredungen, Gangbangs mit Studentinnen – die Liste ist endlos.

Hätten sie einen anderen Vater, würden sie gerade im Gefängnis verrotten.«

»Ich verstehe.« Mein Mund zuckt. »Wenn wir erst einmal mit ihnen fertig sind, werden sie sich wünschen, dass sie genau das täten.«

Lucas nickt grimmig. »Soll ich eine Einsatzmannschaft fertig machen?«

»Nein«, erwidere ich. »Noch nicht.« Ich drehe mich herum, um mich ans Fenster zu stellen und auf das dunkle, mit Bäumen bewachsene Grundstück zu blicken. Es ist vier Uhr morgens, und das einzige sichtbare Licht, das durch die Bäume fällt, ist das des Halbmondes, der am Himmel scheint.

Diese Gemeinde ist ein ruhiger, friedlicher Ort, aber das wird nicht lange so bleiben. Sobald Sullivan herausfindet, wer seinen Sohn und seinen Neffen getötet hat, werden diese sauberen und gepflegten Straßen blutrot sein.

»Ich möchte, dass Nora und ihre Eltern zum Anwesen gebracht werden, bevor wir etwas unternehmen«, erkläre ich und wende mich wieder Lucas zu. »Sean Sullivan muss warten. Jetzt werden wir uns erst einmal auf seinen Neffen konzentrieren.«

»In Ordnung.« Lucas nickt. »Ich werde die nötigen Vorbereitungen treffen.«

Er verlässt den Raum, und ich drehe mich erneut zum Fenster, um hinauszuschauen.

Trotz des Halbmondes ist alles, was ich sehe, Dunkelheit.

## 29

*Nora*

»Nora, Liebling …« Eine vertraute Berührung reißt mich aus meinem unruhigen Schlaf. Ich zwinge mich dazu, meine schweren Augenlider zu öffnen, und schaue verständnislos auf meine Mutter, die auf meiner Bettkante sitzt und mir über die Haare streicht. Mein Kopf schmerzt so stark, dass ich einige Momente benötige, um ihre Anwesenheit in unserem Schlafzimmer zu verarbeiten – und ihre rot umrandeten, geschwollenen Augen zu bemerken.

»Mama?« Ich wickele die Decke um mich, setze mich hin und unterdrücke ein Stöhnen durch den Schmerz, den die Bewegung auslöst. Mein Rücken fühlt sich steif und wund an, und mein Unterleib krampft unterschwellig. »Was machst du hier?«

»Julian hat uns heute Morgen angerufen«, sagt sie mit zitternder Stimme. »Er hat uns erzählt, dass Rosa und du letzte Nacht im Klub überfallen worden seid.«

»Oh.« Wut steigt in mir auf, und plötzlich bin ich hellwach. Wie kann Julian es wagen, meinen Eltern solche Angst zu machen? Ich hätte mir etwas weniger Besorgniserregendes einfallen lassen, einen netteren Weg, um ihnen den Verlust des Babys zu erklären.

*Den Verlust des Babys.*

Der Schmerz ist so stechend und plötzlich, dass ich ihn nicht unterdrücken kann. Ein durchdringendes Schluchzen entweicht meiner Kehle, zusammen mit einem Strom brennender Tränen. Zitternd bedecke ich meinen Mund mit der Hand, aber es ist zu spät. Der Schmerz steigt auf und drängt hinaus, die Tränen fühlen sich auf meiner Haut wie Säure an. Ich kann die Arme meiner Mutter um mich spüren, und ich weiß, ich muss damit aufhören – aber ich kann nicht. Es ist einfach zu viel … die Trauer, das Wissen, dass ich daran schuld bin.

Und plötzlich werde ich nicht mehr von meiner Mutter gehalten. Stattdessen sitze ich zusammengekauert und in meine Decke gehüllt auf Julians Schoß, seine starken Arme sind um mich geschlungen, während er mich an sich drückt und mich wie ein Kind hin und her wiegt. Ich kann außerdem die tiefe und beruhigende Stimme meines Vaters hören und weiß, dass er gerade meine Mutter tröstet, versucht, ihren Schmerz zu lindern. Irgendwann muss Julian den Raum betreten haben, aber ich weiß weder, wie, noch, wann das passiert ist.

Schließlich trägt mich Julian zur Dusche. Dort, ohne die Gegenwart meiner Eltern, bekomme ich mich endlich wieder unter Kontrolle. »Es tut mir leid«, flüstere ich, als Julian mich abtrocknet und mich in einen dicken Frotteebademantel hüllt. »Es tut mir so leid. Wo ist Rosa? Wie geht es ihr?«

»Es geht ihr gut«, sagt er ruhig. Seine Augen sind blutunterlaufen, weshalb ich vermute, dass er letzte Nacht nicht viel geschlafen hat. »Na ja, so gut es ihr eben gehen kann. Sie ist immer noch in ihrem Zimmer, aber Lucas hat mit ihr gesprochen und gesagt, dass es ihr besser geht. Und es gibt nichts, was dir leidtun sollte. Nichts.«

Ich schüttele den Kopf, als dieses furchtbare Schuldgefühl mich erneut überkommt. »Ich muss sie sehen …«

»Warte, Nora.« Er ergreift meinen Arm, gerade als ich zurück ins Schlafzimmer gehen möchte. »Bevor du das tust, gibt es etwas, was wir beide mit deinen Eltern besprechen müssen.«

»Meinen Eltern?«

Er nickt und schaut mich an. »Ja. Das ist der Grund dafür, dass ich sie hierherbestellt habe. Wir alle müssen reden.«

∼

»DIE KRIMINELLE SULLIVAN-FAMILIE?« DIE STIMME

meines Vaters erhebt sich ungläubig. »Du willst mir erzählen, dass die Männer, die meine Tochter angegriffen haben, Teil der Mafia sind?«

»Ja«, erwidert Julian mit einem harten und ausdruckslosen Gesicht. Er sitzt neben mir auf dem Sofa, und seine linke Hand liegt auf meinem Knie. »Ich habe es letzte Nacht herausgefunden, nachdem wir aus dem Krankenhaus gekommen sind.«

»Wir müssen sofort zur Polizei gehen.« Meine Mutter lehnt sich nach vorn, und ihre Hände sind in ihrem Schoß fest zusammengeballt. »Diese Monster müssen dafür bezahlen. Wenn du weißt, wer sie sind …«

»Sie werden dafür bezahlen, Gabriela.« Julians Gesichtsausdruck wird kalt wie Stahl. »Darüber musst du dir keine Sorgen machen.«

»Es ist deinetwegen, stimmt's?«, fragt mein Vater wütend und steht in einer schnellen Bewegung auf. »Sie sind hinter dir her …«

»Nein«, unterbreche ich kopfschüttelnd. Ich bin immer noch dabei, das zu verdauen, was ich gerade erfahren habe, aber wenn es etwas gibt, was ich mit Sicherheit weiß, dann, dass Julians Geschäfte diesmal nichts damit zu tun haben. »Es war ein Zufall, Papa. Sie wussten nicht, wer Rosa und ich sind. Sie haben es einfach nur …«, ich erschaudere, als ich mich daran erinnere, »aus Spaß getan.«

»Spaß?« Mein Vater starrt mich an, und sein Gesichtsausdruck ist voller Wut, als er sich wieder hinsetzt. »Diese Arschlöcher haben gedacht, es mache Spaß, zwei Frauen wehzutun?«

»Na ja, eigentlich wollten sie nur Rosa«, sage ich, ohne darüber nachzudenken. »Ich habe mich einfach nur eingemischt.«

Julians Hand auf meinem Knie spannt sich an, als er in meine Richtung blickt. Zum ersten Mal an diesem Morgen sehe ich Wut hinter seiner ausdruckslosen Maske aufblitzen. Ich habe keinen Zweifel daran, dass er mich dafür verantwortlich macht, meinen Geburtstag als Anlass dafür zu nehmen, in diesen Klub zu gehen und Rosa selbst retten zu wollen.

Dafür, unser Kind verloren zu haben ... das Kind, von dem ich nicht wusste, wie sehr ich es wollte, bis es zu spät war.

Ich weiß nicht, was meine Bestrafung sein wird, aber was auch immer es sein sollte, ich habe sie mehr als verdient.

»Wir müssen zur Polizei gehen«, sagt meine Mutter erneut. »Wir müssen Anzeige erstatten ...«

»Nein.« Diesmal ist Julian derjenige, der aufspringt und beginnt, vor dem Sofa hin und her zu gehen. »Das wäre nicht gut.«

»Warum nicht?«, fragt mein Vater scharf. »Das ist, was zivilisierte Menschen in diesem Land tun. Sie gehen zu den zuständigen Behörden ...«

»Den Behörden, die Sullivan kontrolliert.« Julian hält inne, um meinen Vater mit einem festen Blick anzuschauen. »Und selbst wenn das nicht der Fall wäre, könnten wir dann gleich eine E-Mail an Sullivan schicken und ihm sagen, wer wir sind.«

»Er hat recht.« Ich springe auf und ignoriere den Schmerz meiner geschundenen Muskeln. Endlich hat mein träges Gehirn alle Punkte miteinander verbunden, und ich verstehe, warum Julian meine Eltern hierhergebeten hat. Wenn der Mann, den Julian letzte Nacht umgebracht hat, wirklich der Sohn des Mafiabosses war, ist mein Ehemann nicht der einzige Kriminelle, der auf Rache aus ist. »Mama, Papa, das können wir nicht tun.«

Meine Mutter sieht überrascht aus. »Aber Nora …«

»Es wäre das Beste, wenn ihr beiden uns einige Zeit lang besuchen kommen würdet«, wirft Julian ein und kommt zu uns, um sich neben mich zu stellen. »Nur so lange, bis wir diese Situation im Griff haben.«

»Was?« Meine Mutter starrt uns an. »Was meint ihr? Warum? Oh.« Sie verstummt abrupt. »Du hast letzte Nacht einem dieser Männer etwas angetan, stimmt's?«, fragt sie langsam und schaut dabei Julian an. »Du möchtest nicht, dass sie wissen, wer du bist, weil … weil …«

»Weil einer von Sullivans Söhnen tot ist, genau.« Julian hätte genauso gut über den Wetterbericht reden können. »Sie werden uns suchen, und sobald sie herausgefunden haben, wer wir sind, werden sie hinter dir und Tony her sein.«

Meine Mutter erblasst sichtlich, und mein Vater springt auf. »Du meinst, die Mafia ist hinter uns her?« Seine Stimme ist eine Mischung aus Ärger und

Ungläubigkeit. »Dass sie uns angreifen könnten, weil … weil du …«

»Weil ich einen von Sullivans Söhnen getötet habe, da er versucht hat, Nora zu verletzen, ja.« Julians Stimme ist eisiger als jemals zuvor. »Wir können uns später mit Schuldzuweisungen befassen. Jetzt gerade möchte ich nicht, dass Nora bald um ihre Eltern trauern muss, und deshalb schlage ich vor, dass ihr eure Arbeitgeber über euren bevorstehenden Urlaub benachrichtigt und mit dem Packen beginnt.«

»Wann reisen wir ab?«, fragt meine Mutter mit blassem Gesicht, während sie ebenfalls aufsteht. »Und wie lange wird der Urlaub dauern?«

»Gabs, du denkst doch nicht ernsthaft daran …«, beginnt mein Vater, aber meine Mutter legt ihre Hand auf seinen Arm.

»Doch, das tue ich.« Die Stimme meiner Mutter ist jetzt fest – und ihr Gesichtsausdruck entschlossen. »Ich möchte das genauso wenig wie du, aber ich habe schon von den Sullivans gehört. Mit ihnen ist nicht zu spaßen, und wenn Julian sagt, dass wir in Gefahr sind …«

»Du vertraust diesem Mörder?« Mein Vater starrt sie an. »Du denkst, dass wir bei ihm sicherer sind?«

»Als hier mit der Mafia, die auf Rache aus ist? Ja, ich denke, das sind wir«, entgegnet meine Mutter. »Wir haben nicht wirklich viele Möglichkeiten.«

»Wir können zur Polizei oder zum FBI gehen …«

»Nein, Tony, das können wir nicht, wenn das, was Julian sagt, stimmt.«

»Offensichtlich hat er auch einen guten Grund, gegen die Polizei zu sein …«

Während sie sich streiten, werden meine Kopfschmerzen schlimmer. Schließlich kann ich es nicht mehr ertragen. »Mama, Papa, bitte.« Ich trete nach vorn und versuche, das Klopfen meiner Schläfen zu ignorieren. »Kommt einfach für eine Weile zu uns. Es muss ja nicht für immer sein. Stimmt's, Julian?« Ich schaue zu meinem Ehemann, um sicherzugehen.

Julian nickt kühl. »Wie ich gesagt habe, nur bis die Situation geregelt ist. Ich hoffe, dass das in ein bis zwei Monaten der Fall sein wird.«

»Ein bis zwei Monate? Wie genau willst du das in nur ein bis zwei Monaten aus der Welt schaffen?«, fragt meine Mutter. während mein Vater vor Ärger zitternd dasteht.

»Möchtest du das wirklich wissen, Gabriela?«, fragt Julian sie sanft. und meine Mutter wird noch blasser.

»Nein, ist schon in Ordnung.« Sie hört sich ein wenig rau an. Sie räuspert sich und fragt: »Also. was sagen wir unserem Arbeitgeber? Womit sollen wir eine so lange Abwesenheit erklären? Ich meine, das ist eher eine Auszeit als ein Urlaub …«

»Ihr könnt ihnen die Wahrheit erklären: eure Tochter hatte eine Fehlgeburt und braucht euch in den nächsten Wochen.« Bei Julians direkten Worten zucke ich zusammen. Als er meine Reaktion bemerkt, streckt er sich nach mir aus, und seine Finger legen sich um meine Hand, während er zu meiner Mutter in einem sanfteren Ton sagt: »Oder ihr denkt euch eine andere

Geschichte aus. Das könnt ihr machen, wie ihr möchtet.«

»In Ordnung, das machen wir«, sagt meine Mutter ruhig und schaut uns an. Als ich zu meinem Vater blicke, sehe ich, dass sein wütender Gesichtsausdruck verschwunden ist und er jetzt eher damit beschäftigt ist, Tränen zurückzuhalten. Als er bemerkt, dass ich ihn anschaue, kommt er zu mir.

»Es tut mir leid, Süße«, sagt er ruhig, und seine tiefe Stimme ist voller Trauer. »Ich hatte noch nicht die Gelegenheit, es dir zu sagen, aber dein Verlust tut mir unglaublich leid.«

»Danke, Papa«, flüstere ich, bevor ich mich wegdrehen muss, um nicht wieder zu weinen.

Sofort schließen sich Julians Arme um mich. »Tony, Gabriela«, höre ich ihn sanft sagen. Seine Hände kreisen beruhigend über meinen Rücken, während ich gegen meine Tränen ankämpfe und mein Gesicht gegen seine Brust lehne. »Ich denke, es ist das Beste, wenn sich Nora ein wenig ausruht. Warum besprecht ihr beiden euch nicht – und wir reden später weiter? Am liebsten möchte ich, dass ihr und Nora morgen die Stadt verlasst, bevor Sullivan herausfindet, wer wir sind.«

»Natürlich«, sagt meine Mutter ruhig. »Komm, Tony, wir haben noch eine Menge zu erledigen.« Und bevor ich mich herumdrehen kann, höre ich schon, wie sie den Raum verlassen.

Sobald sie gegangen sind, lockert Julian seinen Griff

und rückt mich ein wenig von sich ab, um mich anzuschauen. »Nora, Baby …«

»Mir geht es gut«, unterbreche ich ihn, weil ich sein Mitleid nicht möchte. Die Schuldgefühle, die ich die ganze letzte Stunde verdrängt habe, sind zurück, stärker als jemals zuvor. »Ich gehe jetzt zu Rosa, um mit ihr zu sprechen.«

Julian betrachtet mich eindringlich, bevor er zurücktritt und mich loslässt. »In Ordnung, mein Kätzchen«, sagt er sanft. »Tu das.«

## 30

Julian

ALS ICH NORA DABEI ZUSEHE, WIE SIE DEN RAUM verlässt, bemerke ich, wie eng mein Brustkorb sich anfühlt. Sie versucht, ihren Schmerz zu verbergen, stark zu sein, aber ich sehe, dass das, was passiert ist, sie zerreißt. Ihr Zusammenbruch heute Morgen war nur die Spitze des Eisbergs, und das Wissen, dass ich daran schuld bin – dass ich an allem schuld bin –, verstärkt den aggressiven, brennenden Hass in mir.

Das ist alles meine Schuld. Hätte ich mich nicht um jeden Preis darum bemüht, ihr alle ihre Wünsche zu erfüllen, sie glücklich zu machen, indem ich ihr nichts abschlage, wäre das alles nicht passiert. Ich hätte auf meine Instinkte hören und sie auf dem Anwesen behalten sollen, wo ihr niemand zu nahe kommen kann. Zumindest hätte ich ihr ihren Wunsch, in den verdammten Klub zu gehen, abschlagen sollen.«

Aber das habe ich nicht. Ich bin weich geworden. Ich lasse mein Urteilsvermögen durch meine Besessenheit von ihr beeinflussen, und jetzt muss sie dafür zahlen. Wenn ich sie wenigstens daran gehindert hätte, allein zu den Toiletten zu gehen, wenn ich einfach einen anderen Klub ausgewählt hätte … Dieses grenzenlose Bedauern wirbelt in meinem Kopf, bis ich mich fühle, als würde er gleich explodieren.

Ich muss ein Ventil für meinen Zorn finden, und zwar sofort.

Ich drehe mich herum und gehe zur Eingangstür.

»Ich habe den Cousin hierhergebracht«, sagt Lucas sobald ich die Einfahrt betrete. »Ich habe mir gedacht, Sie möchten heute vielleicht nicht bis nach Chicago fahren.«

»Hervorragend.« Lucas kennt mich zu gut. »Wo ist er?«

»In dem Lieferwagen dort drüben.« Er zeigt auf einen schwarzen Lieferwagen, der strategisch hinter Bäumen an dem Punkt geparkt ist, der am weitesten von den Nachbarn entfernt ist.

Voller Vorfreude gehe ich auf ihn zu, und Lucas begleitet mich. »Hat er uns schon Informationen gegeben?«, frage ich.

»Er hat uns die Zugangscodes seines Cousins für die Tiefgarage und den Fahrstuhl gegeben«, erklärt Lucas. »Es war nicht sehr schwierig, ihn zum Sprechen zu bewegen. Ich habe mir gedacht, den Rest der Befragung Ihnen zu überlassen, falls Sie gerne persönlich mit ihm reden wollen.«

»Eine gute Überlegung. Das möchte ich definitiv.« Als ich bei dem Lieferwagen ankomme, öffne ich die Türen hinten und schaue in den dunklen Innenraum.

Ein dürrer junger Mann liegt geknebelt auf dem Boden. Seine Knöchel sind mit seinen Handgelenken in einer unnatürlich verdrehten Stellung auf seinem Rücken zusammengebunden, und sein Gesicht ist blutverschmiert und geschwollen. Ein starker Gestank nach Urin, Angst und Schweiß weht mir entgegen. Lucas und meine Wächter haben ihn bereits ordentlich bearbeitet.

Ich ignoriere den beißenden Geruch, steige in den Lieferwagen und drehe mich herum. »Sind die Wände schallisoliert?«, will ich von Lucas wissen, der draußen bleibt.

Er nickt. »Zu etwa neunzig Prozent.«

»Gut. Das sollte ausreichend sein.« Ich schließe die Türen hinter mir und bin mit dem Jungen eingesperrt – der sofort beginnt, sich auf dem Boden zu winden und durch seinen Knebel hindurch verzweifelte Laute von sich zu geben.

Ich ziehe mein Messer hervor und knie mich neben ihm hin. Sein Zappeln verstärkt sich, und seine panischen Geräusche nehmen an Lautstärke zu. Ich ignoriere den angsterfüllten Ausdruck in seinen Augen, fasse nach seinem Nacken, um ihn ruhigzustellen, und zwänge das Messer zwischen den

Knebel und seine Wange, um durch das Stück Stoff zu schneiden. Blut läuft von der Stelle seiner Wange hinunter, an der mein Messer ihn geschnitten hat, und ich betrachte es, erfreue mich an seinem Anblick. Ich möchte noch mehr von seinem Blut. Ich möchte diesen Lieferwagen voll davon sehen.

Als würde der Teenager meine Gedanken erahnen, beginnt er zu winseln. »Bitte tun Sie das nicht, Mann«, bittet er schluchzend. »Ich habe nichts getan! Ich schwöre, dass ich nichts getan habe …«

»Halt den Mund.« Ich blicke ihn an und lasse meine Vorfreude wachsen. »Weißt du, warum du hier bist?«

Er schüttelt den Kopf. »Nein! Ich schwöre«, heult er. »Ich weiß gar nichts. Ich war in dem Klub, und da war dieses Mädchen, und ich weiß nicht, was passiert ist, weil ich erst in diesem Lagerhaus aufgewacht bin und nichts getan habe …«

»Du hast das Mädchen in dem gelben Kleid nicht angefasst?« Ich lege meinen Kopf auf die Seite und drehe das Messer zwischen meinen Fingern. Ich weiß ganz genau, wie sich Katzen fühlen, wenn sie mit Mäusen spielen; diese Dinge machen einfach Spaß.

Der junge Mann reißt die Augen auf. »Was? Nein! Scheiße, nein! Ich schwöre, dass ich damit nichts zu tun habe! Ich habe Sean gesagt, dass es eine dumme Idee ist …«

»Also wusstest du, was sie vorhatten?«

Als er bemerkt, etwas zugegeben zu haben, fängt der Junge augenblicklich wieder an zu heulen, und Tränen und Rotz laufen sein zugerichtetes Gesicht hinunter. »Nein! Ich meine, sie sagen mir nie vorher, was sie vorhaben, also wusste ich von nichts! Ich schwöre, dass ich nichts wusste, bis wir da waren und sie mich angewiesen haben, die Tür zu bewachen, und ich habe ihnen gesagt, das sei nicht fair, und sie haben gesagt, ich sollte es einfach machen, und dann kam das andere Mädchen, und ich habe ihr gesagt, dass sie weggehen soll …«

»Halt den Mund.« Ich drücke die scharfe Spitze des Messers gegen seinen Mund. Er verstummt augenblicklich, und seine Augen sind vor lauter Angst ganz weiß. »In Ordnung«, sage ich sanft, »Und jetzt hör mir gut zu. Du wirst mir erzählen, wo dein Cousin Sean isst, schläft, scheißt, fickt und was auch immer er sonst noch macht. Ich möchte eine Liste aller Orte, zu denen er jemals gehen könnte. Verstanden?«

Er nickt leicht, und ich entferne mein Messer. Sofort beginnt der Junge damit, Namen von Restaurants, Klubs, Untergrund-Kampfstudios, Hotels und Bars herauszusprudeln. Ich nehme alles mit meinem Telefon auf, und als er fertig ist, lächele ich ihn an. »Gut gemacht.«

Seine aufgeplatzten Lippen zittern in einem schwachen Versuch, zu lächeln. »Jetzt werden Sie mich gehen lassen, stimmt's? Ich schwöre, dass ich mit der ganzen Sache nichts zu tun habe.«

»Dich gehen lassen?« Ich schaue auf mein Messer in meiner Hand, so als würde ich darüber nachdenken. Dann blicke ich auf und lächele ihn wieder an. »Warum? Weil du deinen Cousin verraten hast?«

»Aber … aber ich habe Ihnen alles erzählt!« Seine Augen sind erneut ganz weiß. »Ich weiß nichts weiter!«

»Ja, ich weiß.« Ich drücke das Messer gegen seinen Bauch. »Und das bedeutet, dass du jetzt nutzlos für mich bist.«

»Das bin ich nicht!«, beginnt er zu schreien. »Sie können Lösegeld für mich verlangen! Ich bin Jimmy Sullivan, Patrick Sullivans Neffe, und er wird dafür bezahlen, mich zurückzubekommen! Das wird er, ich schwöre es …«

»Oh, ich schwöre, das wird er.« Ich lasse die Messerspitze hineingleiten und genieße den Anblick des aufsteigenden Blutes. Als ich mich abwende, schaue ich in den gelähmten Blick des jungen Mannes. »Es ist schlecht für dich, dass Geld das Letzte ist, was ich brauche.«

Und als er einen verängstigten Schrei ausstößt, schneide ich ihn auf und sehe dabei zu, wie das Blut wie ein dunkler, wunderschöner roter Fluss aus ihm herausläuft.

~

NACHDEM ICH MEINE HÄNDE AN EINEM HANDTUCH abgewischt habe, das jemand vorausschauend in dem Lieferwagen gelassen hat, öffne ich die Tür und springe heraus. Lucas wartet auf mich, und ich weise ihn an, den Körper entfernen zu lassen, bevor ich wieder ins Haus gehe.

Eigenartigerweise fühle ich mich kaum besser. Das

Töten hätte den Druck erleichtert, den brennenden Drang nach Gewalt besänftigt haben sollen, aber es scheint alles nur verschlimmert zu haben, da die Leere in mir wächst und mit jeder Minute dunkler wird.

Ich will Nora. Ich brauche sie mehr denn je. Aber als ich das Haus betrete, gehe ich als Erstes duschen. Ich bin voller Blut, und ich möchte nicht, dass sie mich so sieht.

Wie den grausamen Mörder, der ich für ihre Eltern bin.

Als ich aus der Dusche komme, schaue ich als Erstes auf der Tracking-App nach, wo sich Nora befindet. Zu meiner maßlosen Enttäuschung ist sie immer noch in Rosas Zimmer. Ich überlege, sie dort abzuholen, aber beschließe dann, ihr noch ein wenig Zeit zu geben, und in der Zwischenzeit ein wenig Arbeit nachzuholen.

Als ich meinen E-Mail-Eingang öffne, sehe ich, dass er mit den normalen Nachrichten gefüllt ist. Russen, Ukrainer, der islamische Staat, Vertragsänderungen für Lieferanten, eine Sicherheitslücke in einer der indonesischen Fabriken ... Ich überfliege sie alle desinteressiert, bis ich bei einer E-Mail von Frank, meinem Kontakt bei der CIA, ankomme.

Ich öffne sie, lese sie schnell – und mein Innerstes vereist.

## 31

»HALLO.« ICH HALTE EIN TABLETT MIT TEE UND belegten Broten in meinen Händen, drücke die Tür zu Rosas Zimmer auf und nähere mich ihrem Bett.

Sie liegt mit dem Gesicht von der Tür abgewandt auf der Seite und ist fest in eine Decke eingewickelt. Ich stelle das Tablett auf dem Nachttisch ab, setze mich auf ihre Bettkante und berühre sanft ihre Schulter. »Rosa? Alles in Ordnung?«

Sie dreht sich herum, um mich anzuschauen, und fast zucke ich zusammen, als ich die Verletzungen in ihrem Gesicht erblicke.

»Ziemlich übel, was?«, fragt sie, als sie meine Reaktion sieht. Ihre Stimme ist ein wenig kratzig, aber sie sieht erstaunlich ruhig aus, und ihre Augen in ihrem geschwollenen Gesicht sind trocken.

»Na ja, zumindest würde ich nicht sagen, dass es gut ist«, erwidere ich vorsichtig. »Wie fühlst du dich?«

»Wahrscheinlich besser als du«, sagt sie ruhig und schaut mich an. »Das mit dem Baby tut mir so leid, Nora. Ich kann mir nicht einmal vorstellen, wie Julian und du euch fühlt.«

Ich nicke und versuche, den stechenden Schmerz in meiner Brust zu ignorieren. »Danke.« Ich zwinge mich zu einem Lächeln. »Hast du Hunger? Ich habe dir etwas zu essen gebracht.«

Mit schmerzverzerrtem Gesicht setzt sie sich hin und schaut zweifelnd auf das Tablett. »Du hast das gemacht?«

»Natürlich. Du weißt, dass ich Wasser kochen und Käse auf ein Brot legen kann, stimmt's? Bevor Julian mich entführt hat und ich dieses Luxusleben hatte, habe ich das immer selbst gemacht.«

Der Hauch eines Lächelns umspielt Rosas aufgeplatzte Lippen. »Ach ja. Diese dunklen Zeiten in deiner Vergangenheit, als du noch alles selber machen musstest.«

»Genau.« Ich nehme die Tasse mit dem heißen Tee in die Hand und reiche sie Rosa. »Bitte. Kamille mit Honig. Das heilt laut Ana alle Krankheiten.«

Rosa nimmt einen kleinen Schluck und zieht eine Augenbraue nach oben. »Beeindruckend. Fast so gut wie Anas.«

»Jetzt komm schon.« Ich runzele übertrieben die

Stirn. »Fast? Und ich dachte, ich hätte das Teekochen perfektioniert.«

Ihr Lächeln verstärkt sich. »Du bist sehr nahe dran. Und jetzt lass mich die Brote probieren. Ich muss sagen, dass sie sehr lecker aussehen.«

Ich reiche ihr einen Teller und sehe ihr beim Essen zu. »Isst du nichts?«, fragt sie nach der Hälfte, und ich schüttele den Kopf.

»Nein, ich habe schon eine Kleinigkeit in der Küche gegessen«, erkläre ich.

»Ich sollte eigentlich auch keinen Hunger haben«, meint Rosa, nachdem sie den Großteil der Brotscheiben aufgegessen hat. »Lucas hat mir heute Morgen schon ein Omelette gebracht.«

»Ach ja?« Ich blinzele überrascht. »Ich wusste gar nicht, dass er kochen kann.«

»Ich auch nicht.« Sie isst den Rest auf und gibt mir den Teller zurück. »Das war wirklich gut. Vielen Dank, Nora.«

»Gern geschehen.« Ich stehe auf und ignoriere meinen schmerzhaft steifen Rücken. »Möchtest du noch irgendetwas haben? Vielleicht ein Buch?«

»Nein, danke.« Ihr Gesicht verzieht sich erneut vor Schmerzen, als sie die Decke aufschlägt, ihr langes T-Shirt zum Vorschein kommt und sie die Füße auf den Boden gleiten lässt. »Ich werde jetzt aufstehen. Ich kann ja nicht den ganzen Tag im Bett bleiben.«

Ich runzele die Stirn. »Natürlich kannst du das. Du solltest dich heute ausruhen, es ruhig angehen lassen.«

»So wie du?« Sie wirft mir einen ironischen Blick

zu und geht zum Kleiderschrank auf der anderen Seite des Raumes. »Ich habe genug davon, im Bett rumzuliegen. Ich möchte mit Lucas reden und herausfinden, was wegen der Arschlöcher unternommen wird, die uns angegriffen haben.«

Ich schaue sie an. »Rosa …« Ich zögere, weil ich nicht sicher bin, ob ich die Frage stellen kann.

»Du möchtest wissen, was letzte Nacht mit den Kerlen passiert ist, stimmt's?« Sie zieht sich eine Jeans an und hält inne, um mich mit glitzernden Augen anzublicken. »Du möchtest wissen, was sie mit mir gemacht haben, bevor du eingegriffen hast.«

»Nur, wenn du es mir erzählen möchtest«, erwidere ich schnell. »Wenn du nicht möchtest …«

Sie hält ihre Hand nach oben und schneidet mich damit mitten im Satz ab. Dann atmet sie tief ein und sagt: »Sie sind mir zur Toilette gefolgt.« Ihre Stimme ist fast normal, auch wenn ich ein leichtes Zittern heraushöre. »Als ich herauskam, standen sie beide dort, und der ältere, Sean, meinte, es gäbe einen VIP-Raum im hinteren Bereich, den sie mir zeigen wollten. So wie sie ihn manchmal in den Filmen haben, weißt du?«

Ich nicke und spüre, wie sich ein Knoten in meinem Hals bildet.

»Na ja, und da ich ein Idiot bin, habe ich ihnen geglaubt.« Sie dreht sich um und fasst in den Kleiderschrank. Ich sehe ihr schweigend dabei zu, wie sie ihr T-Shirt auszieht, bevor sie sich einen BH und ein schwarzes, langärmeliges Shirt anzieht. Ihre weiche

Haut ist mit Kratzern und blauen Flecken übersät, einige haben die Form von Fingerabdrücken, und ich muss mein Entsetzen verbergen, als sie sich wieder zu mir dreht und sagt: »Ich hatte ihnen davor erzählt, dass ich zum ersten Mal in diesem Land bin, und ich dachte, sie wollten, dass ich Spaß habe.«

»Ach, Rosa …« Ich trete mit engem Brustkorb auf sie zu, aber sie hält beide Hände in die Luft.

»Nicht.« Sie schluckt. »Lass mich erst einmal zu Ende erzählen.«

Ich halte ein Stück von ihr entfernt an, und nach einem Moment spricht sie weiter. »Sobald wir die Toiletten hinter uns gelassen hatten und uns außerhalb der Sichtweite der Menschen in der Schlange befanden, hat der Jüngere, Brian, mich angefallen und in den Raum gezogen. Dann war da noch dieser Teenager, und er hat das Ganze mit angesehen, bevor Sean ihn angewiesen hat, sich nach draußen auf den Flur zu stellen und dafür zu sorgen, dass niemand in den Raum kommt. Ich denke, sie hatten vor«, sie hält einen Moment inne, um sich zu fangen, bevor sie weiterredet »ihn auch ranzulassen, sobald sie mit mir fertig waren.«

Während sie spricht, spüre ich, wie die Wut aus dem Klub zurückkehrt. Sie war von der Schwere meiner Trauer und dem Schmerz meines eigenen Verlusts verdrängt worden, aber jetzt ist sie erneut da. Durchdringende und brennende Wut erfüllt mich, bis ich beginne zu zittern – und die Hände an meinen Seiten zu Fäusten zu ballen.

»Ich glaube, du kennst den Rest der Geschichte«, fährt Rosa fort, und ihre Stimme wird sekündlich brüchiger. »Du bist hereingekommen, als ich gerade versucht habe, Sean abzuwehren. Ohne dich ...« Sie verzieht das Gesicht, und diesmal kann ich mich nicht zurückhalten.

Ich gehe zu ihr und umarme sie, halte sie fest, als sie zu zittern beginnt. Unter meiner Wut fühle ich mich hilflos, völlig ungeeignet, ihr zu helfen. Was Rosa passiert ist, ist der schlimmste Albtraum aller Frauen, und ich weiß einfach nicht, wie ich sie trösten kann. Für einen Außenstehenden könnte das, was Julian mit mir auf der Insel getan hat, aussehen, als sei es das Gleiche, aber selbst während der traumatischen ersten Zeit war er ab und an zärtlich zu mir. Ich habe mich vergewaltigt gefühlt, aber gleichzeitig geliebt, so inkompatibel sich diese Beschreibung auch anhören mag.

Ich habe mich nie so gefühlt wie Rosa.

»Es tut mir so leid«, flüstere ich und streichele ihr über den Kopf. »Es tut mir so leid. Diese Bastarde werden dafür bezahlen. Wir werden sie dafür bezahlen lassen.«

Sie schnieft und löst sich mit tränenfeuchten Augen von mir. »Ja.« Ihre Stimme ist erstickt, als sie zurücktritt. »Ich will, dass sie das tun. Das will ich mehr als alles andere.«

»Ich auch«, flüstere ich und blicke sie an. Ich will, dass Rosas Angreifer sterben. Ich will, dass sie so brutal wie möglich getötet werden. Es ist falsch, es ist krank, aber das interessiert mich nicht. Bilder des Mannes, den Julian gestern Nacht getötet hat, steigen in meinem Kopf auf – und mit ihnen eine gewisse Befriedigung. Ich will, dass der andere, Sean, genauso dafür bezahlt.

Ich will Julian auf ihn loslassen und meinem Ehemann dabei zusehen, wie er seinen grausamen Zauber wirkt.

Ein Klopfen an der Tür erschreckt uns beide.

»Herein«, ruft Rosa und wischt sich mit ihrem Ärmel die Tränen vom Gesicht.

Zu meiner Überraschung betritt Julian mit einem angespannten und eigenartig besorgten Gesicht den Raum. Er hat sich seit heute Morgen umgezogen, und sein Haar sieht nass aus, so als hätte er gerade geduscht.

»Was ist los?«, frage ich sofort mit klopfendem Herzen. »Ist etwas passiert?«

»Nein«, antwortet Julian und durchquert den Raum. »Noch nicht. Aber wir sollten so schnell wie möglich abreisen.« Er hält vor mir an. »Ich habe gerade erfahren, dass ein Phantombild von uns dreien im lokalen Büro des FBI im Umlauf ist. Der Bruder, der entkommen konnte, muss ein gutes Auge für Gesichter haben. Die Sullivans suchen nach uns, und wenn sie so gute Verbindungen haben, wie wir denken, dann haben wir nicht viel Zeit.«

Angst schlingt sich wie Stacheldraht um meinen Brustkorb. »Meinst du, sie wissen schon über meine Eltern Bescheid?«

»Ich habe keine Ahnung, aber ich kann es nicht

ausschließen. Ruf sie sofort an und sag ihnen, sie sollen alles einpacken, was sie können. Wir werden sie in einer Stunde abholen, und ich bringe euch alle zum Flughafen.«

»Warte mal.« Ich blicke Julian an. »Uns alle? Was ist mit dir?«

»Ich muss mich um die Bedrohung durch die Sullivans kümmern. Lucas und ich werden mit dem Großteil der Männer hierbleiben.«

»Was?« Plötzlich habe ich Schwierigkeiten, zu atmen. »Was meinst du damit, dass du hierbleiben wirst?«

»Ich muss diese Sache aus der Welt schaffen«, sagt Julian ungeduldig. »Werden wir jetzt unsere Zeit damit verschwenden, uns zu streiten, oder rufst du deine Eltern an?«

Ich schlucke meinen bitteren Widerspruch hinunter. »Ich werde sie sofort anrufen«, sage ich angespannt und nehme mein Telefon zur Hand.

Julian hat recht; jetzt ist nicht der richtige Zeitpunkt, das auszudiskutieren. Sollte er allerdings denken, ich werde mich einfach fügen, hat er sich getäuscht.

Ich werde alles dafür tun, ihn nicht wieder zu verlieren.

*J*ulian

DIE FAHRT ZU NORAS ELTERN VERLÄUFT SCHWEIGEND. Ich bin damit beschäftigt, die Sicherheitsmaßnahmen mit meinem Team zu koordinieren, und Nora schreibt die ganze Zeit hektisch mit ihren Eltern, die sie mit Fragen über die plötzliche Planänderung zu bombardieren scheinen. Rosa schaut uns beiden schweigend zu, und die schwarzblaue Schwellung in ihrem Gesicht macht ihren Ausdruck unleserlich.

Sobald wir ankommen, eilt Nora ins Haus, und ich folge ihr, da ich sie nicht einmal für eine halbe Stunde allein lassen möchte. Rosa erklärt, dass sie nicht im Weg sein möchte, und bleibt mit Lucas im Auto.

Als ich das Haus betrete, sehe ich, dass Rosa recht damit hatte, draußen zu bleiben.

Bei den Lestons herrscht das reinste Chaos. Gabriela läuft hin und her, während sie versucht, so viele Dinge wie möglich in einen großen Koffer zu packen, und ihr Ehemann spricht mit lauter Stimme am Telefon, um jemandem zu erklären, dass er das Land jetzt verlassen müsse und dass er leider nichts weiter dazu sagen könne.

»Sie werden mich feuern«, murmelt er düster, als er auflegt, und ich muss mich zurückhalten, ihm nicht zu erklären, dass kein Job der Welt es wert ist, sein Leben dafür zu geben.

»Wenn sie dich feuern, werde ich dir dabei helfen, eine andere Arbeit zu finden, Tony«, sage ich stattdessen und setze mich an den Küchentisch. Noras Vater wirft mir als Antwort darauf einen wütenden Blick zu, aber ich ignoriere ihn und konzentriere mich stattdessen auf die E-Mails, die sich in den letzten Stunden in meinem Posteingang angesammelt haben.

Vierzig Minuten später schafft Nora es endlich, die Lestons davon zu überzeugen, mit dem Packen aufzuhören.

»Wir müssen los, Mama«, wiederholt sie eindringlich, als ihre Mutter sich an eine weitere Sache erinnert, die sie mitnehmen wollte. »Wir haben Insektenspray auf dem Anwesen, ich verspreche es dir. Und was auch immer du sonst noch gebrauchen könntest, werden wir dir bestellen und anliefern lassen. Wir leben nicht völlig in der Wildnis.«

Das scheint Gabriela zu beruhigen, also helfe ich ihr dabei, den großen Koffer zu schließen und trage ihn zum Auto. Dieses Ding wiegt mindestens hundertzwanzig Kilo, und ich stöhne vor Anstrengung, als ich es in den Kofferraum der Limousine wuchte.

In der Zwischenzeit bringt Noras Vater einen zweiten, kleineren Koffer heraus.

»Ich nehme ihn dir ab«, sage ich und greife danach, aber er zieht ihn schnell weg.

»Ich mache das«, sagt er scharf, also trete ich beiseite, damit er ihn selbst wegpacken kann. Wenn er weiterhin wütend sein möchte, dann ist das seine Sache.

Als endlich alles eingeladen ist, steigen Nora und ihre Eltern ins Auto, und Rosa setzt sich nach vorn neben Lucas. »Damit ihr vier mehr Platz habt«, erklärt sie, als ob im hinteren Bereich der Limousine nicht genug Platz für mindestens zehn Personen wäre.

»Müssen alle diese Autos hier sein?«, fragt Noras Mutter, als sie neben Nora Platz nimmt. »Ich meine, ist es wirklich so unsicher?«

»Wahrscheinlich nicht, aber ich möchte kein Risiko eingehen«, erwidere ich, als wir aus der Einfahrt fahren. Zusätzlich zu den dreiundzwanzig Männern die auf sieben Geländewagen aufgeteilt sind – und gerade noch in diesem ruhigen Viertel herumgelaufen sind –, habe ich ein Waffenlager unter unserem Sitz. Es ist übertrieben für eine ruhige Fahrt nach Chicago, aber da jetzt Schwierigkeiten aufgetreten sind, habe ich Angst, es könnte nicht genug sein. Ich hätte mehr

Männer und mehr Waffen mitnehmen sollen, aber ich wollte nicht, dass Frank und sein Unternehmen denken, dass ich geschäftlich hier sei.

»Das ist krank«, murmelt Tony und schaut aus der Heckscheibe auf die ganzen Autos, die uns folgen. »Ich frage mich, was unsere Nachbarn denken müssen.«

»Sie denken, dass du ein VIP bist, Papa«, sagt Nora gezwungen fröhlich. »Hast du dich nie gefragt, wie es für einen Präsidenten sein muss, der immer mit der Geheimpolizei verreist?«

»Nein, das habe ich nicht.« Noras Vater dreht sich herum, um uns anzuschauen, und sein Gesichtsausdruck wird weicher, als er seine Tochter anblickt. »Wie fühlst du dich, Süße?«, möchte er wissen. »Wahrscheinlich solltest du dich besser ausruhen, als mit diesem Irrsinn zu tun zu haben.«

»Es geht mir gut, Papa.« Noras Gesicht spannt sich an. »Und ich würde lieber nicht darüber reden, wenn es dir nichts ausmacht.«

»Natürlich, Süße«, sagt ihre Mutter und blinzelt schnell – ich nehme an, um sich vom Weinen abzuhalten. »Wie du möchtest, mein Liebling.«

Nora versucht, ihre Mutter anzulächeln, aber scheitert kläglich. Ich kann nicht gegen mein Bedürfnis ankämpfen, mich auszustrecken, meinen Arm um ihre Schultern zu legen und sie an mich zu ziehen. »Entspann dich, Baby«, murmele ich in ihre Haare als sie sich an meine Seite kuschelt. »Wir sind gleich da, und dann kannst du im Flugzeug schlafen, okay?«

Nora seufzt und sagt leise gegen meine Schulter:

»Das hört sich gut an.« Sie sieht müde aus, also streiche ich durch ihr Haar und genieße seine weiche Seidigkeit. Ich könnte bis in alle Ewigkeit so dasitzen, die Wärme ihres zarten Körpers spüren und ihren süßen, köstlichen Duft einatmen. Zum ersten Mal seit der Fehlgeburt fühlt sich mein Brustkorb leichter an, ist die düstere, bittere Trauer ein wenig schwächer. Die Gewalt pulsiert noch in meinen Adern, aber die furchtbare Leere ist in diesem Moment gefüllt und das Ausbreiten des schmerzvollen Vakuums gebremst.

Ich weiß nicht, wie lange wir so dasitzen, aber als ich über den Mittelgang der Limousine blicke, sehe ich, dass Noras Eltern uns eigenartig anschauen. Besonders Gabriela sieht fasziniert aus. Ich werfe ihnen einen bösen Blick zu und bewege Nora leicht, damit sie sich bequemer an mich lehnt. Ich mag es nicht, dass sie das miterleben. Ich möchte nicht, dass sie wissen, wie sehr ich an meinem Kätzchen hänge, wie verzweifelt ich es brauche.

Als sie meinen Gesichtsausdruck bemerken, wenden sie sich beide ab, und ich fahre damit fort, Noras Kopf zu streicheln, als wir von der Autobahn auf eine zweispurige Landstraße abfahren.

»Wie lange dauert es noch, bis wir ankommen?«, fragt Noras Vater einige Minuten später. »Wir fahren zu einem privaten Flughafen, nehme ich an?«

»Das stimmt«, bestätige ich. »Wir sind schon ganz in der Nähe, glaube ich. Da gerade nicht viel Verkehr ist, nehme ich an, dass wir so in zwanzig Minuten dort sein werden. Einer meiner Männer ist schon vorgefahren, um das Flugzeug vorzubereiten, also können wir, sobald wir da sind, starten.«

»Und wir können einfach so losfliegen? Ohne durch den Zoll zu gehen?«, fragt Noras Mutter. Sie scheint sich immer noch sehr für die Art zu interessieren, wie ich Nora umarme. »Niemand wird uns daran hindern, wieder in das Land einzureisen oder Ähnliches?«

»Nein«, antworte ich. »Ich habe ein spezielles Abkommen mit …« Bevor ich den Satz zu Ende sprechen kann, wird das Auto schneller. Die Beschleunigung ist so stark und plötzlich, dass ich es kaum schaffe, aufrecht sitzen zu bleiben und Nora festzuhalten, die hörbar nach Luft schnappt und sich an meiner Taille festklammert. Ihre Eltern haben nicht so viel Glück; sie werden auf ihre Sitze geschleudert und fliegen fast von der langen Bank der Limousine.

Das Fenster, welches uns vom Fahrer trennt, fährt nach unten, und ich sehe Lucas' grimmiges Gesicht im Rückspiegel.

»Wir werden verfolgt«, sagt er angespannt. »Sie sind hinter uns und kommen mit allem, was sie haben.«

MEIN HERZ SETZT EINEN SCHLAG AUS, DANACH SCHIEẞT Adrenalin in meine Adern.

Bevor ich reagieren kann, hat sich Julian schon in Bewegung gesetzt. Er löst meinen Gurt, fasst nach meinem Arm und zieht mich vom Sitz auf den Boden der Limousine.

»Bleib hier«, befiehlt er, und ich sehe ihm schockiert dabei zu, wie er den Sitz hochklappt und ein riesiges Waffenlager zum Vorschein kommt.

»Was …«, ruft meine Mutter, aber in diesem Moment bricht die Limousine aus, und ich werde an die Unterseite der gepolsterten Ledersitze gestoßen. Meine Eltern schreien auf, klammern sich verzweifelt aneinander, während Julian die Kante des aufgeklappten Sitzes umfasst, um zu verhindern, dass er selbst umfällt.

Und dann höre ich es.

Das Rattern von Dauerfeuer.

Jemand schießt auf uns.

»Gabriela!« Das Gesicht meines Vaters ist kreidebleich. »Halte dich an mir fest!«

Die Limousine schwenkt erneut aus, was meine Mutter dazu veranlasst, erneut angsterfüllt zu schreien. Irgendwie schafft es Julian, auf seinen Füßen stehen zu bleiben und sich über das Waffenlager zu beugen, während die Limousine erneut beschleunigt. Von meiner Position auf dem Boden aus kann ich durch die Fenster die Baumkronen vorbeirauschen sehen. Wir müssen diese Landstraße mit halsbrecherischer Geschwindigkeit entlangfahren.

Weitere Schüsse ertönen, und die Bäume ziehen noch schneller an uns vorbei, das Grün verschwimmt vor meinen Augen. Ich kann das Pochen meines Pulses spüren; es ist fast noch lauter als das Quietschen der Reifen in einiger Entfernung.

»Oh mein Gott!« Als der panische Aufschrei meiner Mutter ertönt, krieche ich auf einen Sitz und knie mich hin, um aus der Heckscheibe zu blicken.

Der Anblick, der mich begrüßt, ist wie aus einem Fast-and-Furious-Film.

Hinter unserem Sicherheitspersonal fährt eine ganze Autokarawane. Ich zähle über ein Dutzend Geländewagen und Transporter, und außerdem drei Hummer, auf deren Dächern riesige Gewehre montiert sind. Männer mit Sturmgewehren hängen aus den Autofenstern und wechseln Schüsse mit unseren Wächtern. Während ich diesem Spektakel entsetzt zuschaue, erblicke ich ein Auto unserer Verfolger, das unseren letzten Geländewagen einholt und ihn – offensichtlich, um ihn von der Straße abzubringen –, in die Seite rammt. Natürlich schwanken beide Autos, Funken fliegen an den Stellen, an denen sich die Autos berühren, und ich höre weitere Maschinengewehrsalven, nach denen das Auto der Verfolger von der Straße geschleudert wird und auf dem Dach liegen bleibt.

*Eines weniger, fünfzehn oder mehr Autos bleiben übrig.*

Die Zahlen sind glasklar in meinem Kopf. *Fünfzehn Autos gegen acht, einschließlich unserer Limousine.* Die Chancen stehen nicht gut für uns. Mein Herz schlägt wie wild, während unsere Schlacht bei Höchstgeschwindigkeit fortgeführt wird und die Autos in einem Kugelhagel gegeneinanderprallen.

*Bumm!* Das betäubende Geräusch vibriert in mir und schüttelt mich bis auf die Knochen durch. Wie hypnotisiert sehe ich dabei zu, wie die Wachen in dem Geländewagen hinter uns abheben und in der Luft explodieren. Sein Tank muss getroffen worden sein, denke ich benebelt, bevor ich höre, wie Julian meinen Namen ruft.

Mit klingenden Ohren drehe ich mich um und sehe, wie er mir etwas Sperriges zuwirft. »Zieh das an!«, brüllt er, bevor er meinen Eltern ebenfalls zwei dieser Pakete zuwirft.

Kugelsichere Westen, begreife ich ungläubig.

Er hat uns gerade kugelsichere Westen zugeworfen.

Das Ding ist schwer, aber ich schaffe es, sie mir überzuziehen, obwohl die Limousine hin und her schwankt. Ich kann hören, wie meine Eltern sich gegenseitig anweisen, und als ich mich umdrehe, sehe ich, dass Julian selbst bereits eine trägt.

Er hält eine AK 47 in seinen Händen – die er mir zuwirft, bevor er eine große, ungewöhnlich aussehende Waffe aus dem Lager holt. Ich betrachte sie verwundert, bis ich erkenne, was es ist.

Ein Granatwerfer. Julian hat ihn mir einmal auf dem Anwesen gezeigt.

Ich schüttele mein Entsetzen ab, klettere auf den Sitz und ergreife das Sturmgewehr mit zitternden Händen. Ich muss funktionieren, ganz egal, wie angsteinflößend diese Situation gerade sein mag. Aber bevor ich das Fenster herunterlassen und schießen kann, zieht mich Julian wieder auf den Boden zurück.

»Bleib unten«, brüllt er mich an. »Verdammt nochmal, beweg dich nicht!«

Ich nicke und versuche, meine gehetzte Atmung zu kontrollieren. Das Adrenalin, welches durch mich hindurchfließt, beschleunigt und verlangsamt gleichzeitig alles, meine Sicht ist wie benebelt und doch scharf. Ich kann das Schluchzen meiner Mutter hören, als Rosa und Lucas uns vorn etwas zurufen – und dann sehe ich, wie sich Julians Gesichtsausdruck verändert, als er sich zur Windschutzscheibe umdreht.

»Scheiße!« Der Fluch wird mit solchem Nachdruck ausgesprochen, dass er mich beängstigt.

Da ich einfach nicht still liegen bleiben kann, knie ich mich wieder hin … und dann hören meine Lungen auf zu funktionieren.

Auf der Straße vor uns, nur einige hundert Meter von uns entfernt, befindet sich eine Polizeiblockade.

3 4

ulian

DER KALTE, RATIONALE TEIL MEINES GEHIRNES NIMMT sofort zwei Dinge wahr: wir haben keine Möglichkeit, umzukehren, und die vier Polizeiautos, die die Straße blockieren, sind von Männern in der Bekleidung des Spezialeinsatzkommandos umgeben.

Sie haben uns erwartet – was bedeutet, dass sie für die Sullivans arbeiten und hier sind, um uns zu töten.

Dieser Gedanke erfüllt mich mit schrecklicher Wut. Ich habe keine Angst um mich selbst, aber das Wissen, dass Nora heute sterben könnte, dass ich sie vielleicht nie wieder in meinen Armen halten werde …

*Nein, verdammt nochmal, nein.* Schonungslos schiebe ich diesen lähmenden Gedanken zur Seite und verschaffe mir schnell einen Überblick über die Situation.

In weniger als zwanzig Sekunden werden wir die Polizeisperre erreicht haben. Ich weiß, was Lucas vorhat: die beiden Autos rammen, die den größten Abstand zueinander haben. Die Lücke ist nur etwa sechzig Zentimeter breit, aber wir fahren mit einer Geschwindigkeit von etwa hundertneunzig Kilometern pro Stunde, was bedeutet, dass wir unsere Schwungkraft zu unserem Vorteil nutzen können.

Das Einzige, was wir tun müssen, ist, den Aufprall zu überleben.

Ich umfasse den Granatwerfer mit meiner rechten Hand, schreie Noras Eltern »Macht euch bereit!« zu und lasse mich auf den Boden fallen, um Nora mit meinem Körper zu bedecken.

Einige Sekunden später prallt unsere Limousine mit markerschütternder Wucht in die Polizeiautos. Ich kann Noras Eltern schreien hören, spüre die Trägheit des Aufpralls, die mich nach vorn schiebt, und spanne jeden Muskel in meinem Körper an, um zu verhindern, dass ich wegrutsche.

Es gelingt mir mit Müh und Not. Meine linke Schulter schlägt gegen die Seite des Sitzes, aber ich kann Nora sicher unter mir behalten. Ich habe keinen Zweifel daran, dass ich sie mit meinem Gewicht fast erdrücke, aber das ist besser als die Alternative. Ich kann das metallische Geräusch der Kugeln hören, die auf den Seiten und den Fenstern des Autos aufkommen, als sie auf uns feuern.

Befänden wir uns in einem normalen Auto, wären wir schon von Kugeln durchlöchert worden.

Sobald ich merke, dass die Limousine wieder an Geschwindigkeit zunimmt, springe ich auf meine Füße und bemerke aus dem Augenwinkel, dass Noras Eltern den Aufprall überlebt zu haben scheinen. Tony hält seinen Arm mit einer schmerzverzogenen Grimasse fest, aber Gabriela scheint höchstens ein wenig benommen zu sein.

Ich habe allerdings nicht die Zeit, sie mir genauer anzusehen. Wenn wir überhaupt die Möglichkeit haben, das Ganze hier zu überleben, müssen wir uns so schnell wie möglich um Sullivans Männer kümmern.

Der Granatwerfer befindet sich immer noch in meiner Hand, und ich drücke auf einen Knopf an der Seite der Tür, um die versteckte Öffnung im Dach zu aktivieren. Dann stelle ich mich in die Mitte des Ganges, so dass mein Kopf und meine Schultern aus dem Auto ragen. Ich hebe die Waffe an und ziele auf die Autos, die uns verfolgen – jetzt einschließlich eines Streifenwagens der Polizei, der an der Spitze der fünfzehn Autos von Sullivan fährt.

Nein, dreizehn Fahrzeuge von Sullivan, korrigiere ich mich, nachdem ich sie schnell gezählt habe. In den letzten Minuten ist es meinen Männern gelungen, zwei weitere von ihnen unschädlich zu machen.

Es ist an der Zeit, das Ungleichgewicht zu beheben.

Kugeln umschwirren meinen Kopf, aber ich ignoriere sie, während ich sorgfältig ziele. Ich habe nur sechs Schuss in diesem Werfer, also muss jeder einzelne ein Treffer werden.

*Bumm!* Die erste Granate löst sich mit einem harten Rückstoß. Der Rückprall erwischt meine Schulter, aber ich treffe mein Ziel – das Polizeiauto, das genau hinter uns fährt. Das Fahrzeug hebt ab, explodiert in der Luft und landet brennend auf einer Seite. Einer der Hummer prallt hinein, und ich beobachte mit grimmiger Zufriedenheit, wie beide Autos in die Luft gehen und dadurch einen von Sullivans Transportern von der Straße fegen.

Es bleiben elf feindliche Fahrzeuge übrig.

Ich ziele erneut. Dieses Mal habe ich ein ehrgeizigeres Vorhaben: einen der verbleibenden Hummer weiter hinten zu erwischen. Er hat auf seinem Dach einen Granatwerfer mit einem Schuss – den, der vorhin einen der Geländewagen erwischt hat –, und ich weiß, dass sie die Waffe erneut benutzen werden, sobald sie nachgeladen haben.

*Bumm!* Ein weiterer Rückschlag, und zu meinem maßlosen Ärger verfehle ich mein Ziel. In letzter Sekunde weicht der Hummer scharf aus und rammt einen unserer Geländewagen mit brutaler Wucht. Ich sehe mit hilfloser Wut dabei zu, wie das Auto meiner Männer sich überschlägt und von der Straße rollt.

Jetzt haben wir nur noch fünf Geländewagen und unsere Limousine.

Ich unterdrücke alle Spuren von Emotionen und ziele für den nächsten Schuss auf einen Transporter. der sich näher bei uns befindet. *Bumm!* Diesmal ist es ein Volltreffer. Das Fahrzeug überschlägt sich, explodiert dabei. und die zwei Geländewagen der Sullivans, die sich genau hinter ihm befinden. rasen ungebremst hinein.

Es bleiben acht feindliche Fahrzeuge übrig.

Ich richte den Werfer erneut aus und versuche. dabei bestmöglich den Zickzack-Kurs der Limousine auszugleichen. Ich weiß, dass Lucas die gesamte Straßenbreite nutzt, um aus uns ein schwierigeres Ziel zu machen, aber das bedeutet gleichzeitig, dass mein eigenes Zielen erschwert wird.

*Bumm!* Ich schieße erneut, und ein weiterer Geländewagen der Sullivans explodiert und reißt das hinter ihm fahrende Fahrzeug dabei mit sich.

Es bleiben sechs feindliche Fahrzeuge übrig, und ich habe noch zwei Granaten, die ich abfeuern kann.

Ich hole tief Luft und ziele erneut – und in diesem Moment feuern beide Hummer ab. Zwei unserer Geländewagen fliegen in die Luft und von der Straße.

Uns bleiben nur noch drei Geländewagen.

Ich unterdrücke meine Wut, halte die Waffe ruhig und ziele auf den Hummer, der uns immer näher kommt. Eins, zwei … bumm! Diese Granate trifft ihr Ziel, und das massive Auto, aus dessen Motorhaube jetzt Rauch aufsteigt, wird von der Straße gefegt.

Es bleiben ein Hummer und vier feindliche Geländewagen übrig.

Ich habe nur noch eine Granate.

Ich hole erneut tief Luft, ziele, aber bevor ich abdrücken kann, schert eines der feindlichen Autos aus und kracht in ein anderes. Meine Männer müssen den Fahrer erschossen und damit unsere Chancen ein wenig verbessert haben. Die Streitmacht der Sullivans liegt jetzt bei einem Hummer und zwei Geländewagen.

Erleichtert richte ich den Granatwerfer erneut aus … und dann höre ich es.

Das unverwechselbare Geräusch von Hubschrauberrotoren in einiger Entfernung.

Ich blicke nach oben und sehe einen Polizeihelikopter, der aus Richtung Westen auf uns zusteuert.

*Scheiße.*

Entweder handelt es sich dabei um weitere korrupte Polizisten, oder die US-Behörden haben Wind von dieser Auseinandersetzung bekommen.

In beiden Fällen sieht es nicht gut für uns aus.

## 35

ALS ICH DAS NEUE GERÄUSCH HÖRE, STEIGT MEIN Adrenalinspiegel schlagartig an. Ich wusste nicht, dass es möglich ist, sich so zu fühlen – betäubt und gleichzeitig völlig lebendig. Mein Herz rast in Schallgeschwindigkeit, und meine Haut prickelt vor eisiger Angst. Allerdings ist die Panik, die mich vorhin erfasst hatte, weg; sie verschwand etwa zwischen der zweiten und dritten Explosion.

Offensichtlich kann man sich an alles gewöhnen, sogar an Autos, die in die Luft fliegen.

Ich umfasse die Waffe, die Julian mir gegeben hat, halte mich mit meiner freien Hand am Sitz fest und kann meinen Blick nicht von der Schlacht abwenden, die außerhalb des Autofensters tobt. Die Landschaft hinter uns sieht mit den kaputten und brennenden Autos, die den leeren Abschnitt der engen Landstraße säumen, wie ein Kriegsgebiet aus.

Es fühlt sich an, als befänden wir uns in einem Videospiel, nur dass die Verluste echt sind.

*Bumm!* Einmal auf den Kontrollknopf drücken, und ein Auto fliegt in die Luft. *Bumm!* Noch ein Auto. *Bumm! Bumm!* Ich ertappe mich selbst dabei, wie ich im Kopf jede Granate führe, so als könne ich Julians Kugeln mit meinen Gedanken lenken.

Ein Spiel. Nur ein realistisches Ballerspiel mit erstaunlichen Soundeffekten. Wenn ich es mir so hinbiege, kann ich damit umgehen. Ich kann so tun, als lägen nicht Dutzende von verbrannten Leichen beider Parteien verstreut hinter uns. Ich kann mir einreden, dass der Mann, den ich liebe, nicht gerade mitten in einer Limousine steht und einen Granatwerfer in seinen Händen hält, während sein Oberkörper dem Kugelhagel ausgesetzt ist.

Ja, ein Spiel – in dem es jetzt auch einen Hubschrauber gibt. Ich kann ihn hören, und als ich den Sitz hinaufsteige, um mich näher an das Fenster zu lehnen, kann ich ihn auch sehen.

Es ist ein Polizeihubschrauber, der genau auf uns zuhält.

Ich sollte erleichtert sein, dass die Behörden versuchen, einzugreifen – außer, dass die Barrikade, die wir gerade durchbrochen haben, nicht wie ein Versuch aussah, Recht und Ordnung wiederherzustellen. Ich sah den Streifenwagen, der uns mit der Sullivans Flotte verfolgt hat; niemand hat versucht, die Verbrecher zu verhaften, die in diesen tödlichen Fall verwickelt sind.

Sie haben versucht, uns zu zerstören.

Eine neue Schreckenswelle überrollt mich und punktiert meine falsche Ruhe. Das ist kein Spiel. Um uns herum sterben Menschen, und wenn es die Panzerung dieser Limousine nicht gäbe und Lucas nicht so ein ausgezeichneter Fahrer wäre, wären wir schon längst tot. Ginge es dabei nur um mich, würde ich mir nicht so viele Sorgen machen. Aber alle Menschen, die ich liebe, befinden sich in diesem Auto. Sollte ihnen etwas zustoßen …

*Nein, halt.* Ich spüre, wie ich beginne zu hyperventilieren, und ich zwinge mich diesen Gedanken, aus meinem Kopf verschwinden zu lassen. Ich kann es mir nicht leisten, jetzt in Panik zu verfallen. Ich schaue nach vorn und sehe, wie meine Eltern zusammengekauert auf dem Sitz sitzen und sich an ihren Gurten festhalten. Sie sind so blass, dass sie schon fast grün aussehen. Da meine Mutter nicht länger schreit, nehme ich an, dass sie beide unter Schock stehen.

Die Limousine macht eine scharfe Rechtskurve, die mich fast vom Sitz wirft.

»Ich fahre in den Hangar!«, schreit Lucas von vorn, und ich bemerke, dass wir von der Landstraße auf eine noch engere Straße gefahren sind. Der kleine Flughafen liegt genau vor uns und lockt mit dem Versprechen auf Rettung. Das Dröhnen des

Hubschraubers ist genau über uns, aber wenn wir zum Flugzeug gelangen und abheben können …

*Bumm!* Mir wird schwarz vor Augen, und alle Geräusche verschwinden eine Sekunde lang. Ich ziehe hörbar Luft ein, klammere mich an der Kante des Sitzes fest und versuche verzweifelt, nicht herunterzurutschen, als die Limousine eine Kurve fährt und gleichzeitig beschleunigt. Als meine Sinne wieder zu sich kommen, bemerke ich, dass der Geländewagen der Wachen, der genau hinter uns gefahren ist, getroffen wurde. Er hat jetzt ein klaffendes, rauchendes Loch in seinem Dach. Ich sehe entsetzt und schockiert dabei zu, wie er unkontrolliert auf ein anderes unserer eigenen Fahrzeuge zurast und schließlich mit erschütternder Kraft aufprallt. Reifen quietschen, bevor beide Autos wie ein eingedrücktes Metallknäuel von der Straße rollen.

Der Polizeihubschrauber hat auf uns geschossen, wird mir voller Panik klar. Er hat auf uns geschossen und zwei unserer Autos außer Gefecht gesetzt, weshalb uns für unseren Schutz nur noch ein Auto mit Wächtern zur Verfügung steht.

Ich drehe mich herum und blicke erneut aus der Frontscheibe. Der Hangar, in dem unser Flugzeug geparkt ist, ist nahe, so nahe. Nur noch einige hundert Meter – und wir werden da sein. Bestimmt können wir so lange noch überleben …

*Bumm!* Meine Ohren klingeln, und als ich mich herumdrehe, sehe ich, wie der Hummer hinter uns in Flammen aufgeht. Julian muss ihn getroffen haben, stelle ich erleichtert fest. Jetzt werden wir nur noch von einem Hubschrauber und zwei Geländewagen verfolgt, und uns bleibt ein Geländewagen mit unseren Männern. Noch ein paar weitere Schüsse wie diesen – und wir sind in Sicherheit.

»Nora!« Starke Arme schlingen sich um meine Taille und ziehen mich auf den Boden. Ein verärgerter Julian kniet über mir, und sein Gesichtsausdruck ist wutentbrannt. »Ich habe dir verdammt nochmal gesagt, dass du unten bleiben sollst.«

In dem Bruchteil einer Sekunde registriere ich zwei Dinge: er ist unverletzt, und seine Hände sind leer.

Der Granatwerfer muss keine Munition mehr haben.

*Bumm!* Ein Schlag erschüttert die Limousine, und wir beide fliegen durch die Luft. Ich bemerke kaum, dass Julian sich auf mich wirft, um mich mit seinem Körper zu beschützen, aber ich fühle den brutalen Aufprall, als wir gegen das Trennfenster geschleudert werden. Die Luft wird aus meinen Lungen gedrückt, der Innenraum des Autos beginnt sich zu drehen, und vor meinem Blick verschwimmt alles, während gleichzeitig etwas Scharfes in meine Haut eindringt. Mein Kopf hämmert von innen heraus, so als hätte er Probleme damit, mein Gehirn daran zu hindern, zu explodieren.

»Nora!« Julians Stimme erreicht mich durch das Klingen in meinen Ohren. Benommen versuche ich, mich auf ihn zu konzentrieren. Als die Verschwommenheit ein wenig nachlässt, wird mir klar, dass wir uns wieder auf dem Boden befinden und er auf mir liegt. Sein Gesicht ist blutverschmiert; die rote, warme Flüssigkeit läuft an ihm herunter und tropft auf mich. Er sagt auch etwas, aber seine Worte erreichen mich nicht.

Alles, was ich wahrnehmen kann, ist das hinterhältige, tödliche Rot seines Blutes.

»Du bist verletzt.« Das verängstigte Krächzen hat kaum Ähnlichkeit mit meiner Stimme. »Julian, du bist verletzt …«

Er ergreift mein Kinn hart und zwingt mich, zu verstummen. »Hör mir zu«, knirscht er zwischen seinen Zähnen hervor. »In genau einer Minute musst du rennen. Verstehst du mich? Renn ohne Umwege zu dem verdammten Flugzeug und halte nicht an, egal was passiert.«

Ich blicke ihn verständnislos an. *Tropf. Tropf. Tropf.* Die roten Tropfen fallen nach unten. Ich kann die Nässe auf meinem Gesicht spüren, schmecke den metallischen Geschmack auf meinen Lippen. Seine Augen sind leuchtend blau inmitten dieses Rots, blau und unglaublich schön …

»Nora!«, brüllt er und schüttelt mich. »Verstehst du mich?«

Ein Teil des Dröhnens in meinem Kopf erlischt, und die Bedeutung seiner Worte erreicht mich endlich.

Renne. Er möchte, dass ich renne.

»Was ist mit … dir«, möchte ich fragen, aber er schneidet mich ab.

»Du wirst deine Eltern mit dir nehmen, und ihr alle

werdet verdammt nochmal rennen.« Seine Stimme ist schneidend genug, um Stahl zu durchtrennen, und sein Blick brennt sich in mich ein. »Du wirst die Waffe bei dir haben, aber ich möchte nicht, dass du Held spielst. Hast du mich verstanden, Nora?«

Ich schaffe es gerade, leicht zu nicken. »Ja.« Durch meine pochenden Schläfen hindurch bekomme ich mit, dass das Auto immer noch fährt – trotz des Dings, das uns getroffen hat. Ich kann den Hubschrauber über uns hören, aber im Moment sind wir immer noch am Leben. »Ja, ich habe dich verstanden.«

»Gut.« Er blickt mir noch einen Augenblick länger in die Augen, bevor er, als könne er nicht widerstehen, seinen Kopf nach unten beugt und mich hart und brennend küsst. Ich schmecke das Salz und Metall seines Blutes und den einzigartigen Geschmack Julians, und ich will, dass er nicht aufhört, mich zu küssen, dass er mich den Albtraum vergessen lässt, den wir gerade erleben. Viel zu früh bewegen sich seine Lippen von meinem Mund zu meinem Hals, und ich spüre die Wärme seines Atems, als er mir ins Ohr flüstert: »Bitte, bringe dich und deine Eltern ins Flugzeug, Baby. Thomas ist schon dort, und er kann es fliegen, falls es sein muss. Lucas wird sich um Rosa kümmern. Das ist unsere einzige Chance lebendig hier herauszukommen, also renne, wenn ich es dir sage. Ich werde genau hinter dir sein, okay?«

Und bevor ich irgendetwas erwidern kann, springt er hoch, zieht mich auf meine Knie und reicht mir die AK 47, die ich fallen gelassen hatte. In meinem Kopf dreht sich alles durch die plötzliche Bewegung, aber ich kann die Betäubung abschütteln und ergreife die Waffe mit aller Kraft. Ich fühle mich, als funktioniere ich im Sparbetrieb, mein Körper ist erstaunlich unkooperativ, aber ich bin in der Lage, mich genug zu konzentrieren, um zu bemerken, dass die Heckscheibe verschwunden ist und Rauch aus dem Ende des Autos aufsteigt. Zu meiner Erleichterung sind meine Eltern immer noch an ihren Sitzen festgeschnallt, blutend und benommen, aber lebendig.

Die Heckscheibe muss zersplittert sein, weshalb Glasfragmente durch das Auto geflogen sind – das erklärt das Blut auf ihnen und auf Julian.

Die Limousine beginnt langsamer zu werden, und Julian ergreift erneut mein Kinn, um meine Aufmerksamkeit zu ihm zurückzubringen. »In zehn Sekunden«, sagt er knapp, »werde ich diese Tür öffnen und hinausgehen. In diesem Moment flüchtet ihr durch die gegenüberliegende Tür. Hast du das verstanden, Nora? Ihr springt heraus und rennt, als sei der Teufel hinter euch her.«

Ich nicke, und sobald er mich loslässt, drehe ich mich zu meinen Eltern um. »Schnallt euch ab«, sage ich rau. »Wir werden zum Flugzeug rennen, sobald das Auto anhält.«

Meine Mutter, die durch den Schockzustand, in dem sie sich befindet, leichenblass im Gesicht ist, reagiert nicht, aber mein Vater beginnt an seinem Gurt zu nesteln. Aus dem Augenwinkel sehe ich, wie der

Hangar vor uns auftaucht, und beginne frenetisch, meinen Eltern zu helfen, bevor das Auto stehen bleibt.

Ich kann den Gurt meiner Mutter abschnallen, aber der meines Vaters scheint sich blockiert zu haben. Wir beide ziehen verzweifelt an ihm, und unsere Hände behindern sich gegenseitig, als die Limousine bereits durch ein breites, offenes Tor in ein warenhausähnliches Gebäude rast.

»Beeilt euch!«, brüllt Julian, als die Limousine zum Stehen kommt. Ich werde fast wieder zu Boden geworfen, aber kann mich im letzten Moment an dem Gurt festhalten.

»Nora, jetzt!«, schreit Julian und schleudert seine Tür auf. »Los!«

Endlich gibt der Verschluss nach, der Gurt löst sich, und ich ergreife die Hand meines Vaters, während er die meiner Mutter nimmt. Wir stoßen die gegenüberliegende Tür auf, stürzen aus dem Auto und fallen auf unsere Hände und Knie. Mein Herz klopft, ich drehe meinen Kopf, um unser Flugzeug zu suchen, und dann sehe ich es.

Es steht nahe des Ausgangs auf der gegenüberliegenden Seite des Hangars mit einem Dutzend Flugzeugen zwischen ihm und uns.

»Dorthin!« Ich springe auf und ziehe an meinem Vater. »Kommt, wir müssen uns beeilen!«

Wir beginnen zu rennen. Hinter uns hören wir ein weiteres Quietschen von Bremsen, auf das ein wütender Kugelhagel folgt. Als ich mich umdrehe, sehe ich, dass Julian und Lucas auf den Geländewagen schießen, der sich gerade zu uns gesellt hat. Rosa rennt ebenfalls genau hinter uns. Mein Herz hämmert, ich werde langsamer, und alles in mir schreit danach, zurückzurennen und Lucas und Julian zu helfen, aber dann erinnere ich mich an seine Worte.

Unsere einzige Chance, zu überleben, ist, alle in das Flugzeug zu bekommen. Trotz meiner Hilfe funktionieren meine Eltern kaum.

Ich unterdrücke den Drang, zur Limousine zurückzukehren, und brülle stattdessen »Beeile dich!« zu Rosa, die schon fast bei uns ist. Wir vier rennen weiter, und mein Vater zieht meine Mutter hinter sich her. Er ist ebenfalls leichenblass, und seine Augen sehen wild aus, aber er setzt einen Fuß vor den anderen, und das ist alles, was ich gerade von ihm will. Sollten wir das hier überstehen, werde ich mir Gedanken um die Auswirkungen auf die Psyche meiner Eltern machen und mich damit quälen, welche Rolle ich dabei gespielt habe.

In diesem Moment ist unsere einzige Aufgabe, zu überleben.

Und trotzdem, auch wenn ich das weiß, kann ich es nicht verhindern, panische Blicke hinter mich zu werfen. Die Angst um Julian sitzt wie ein riesiger Knoten in meiner Brust. Ich kann mir nicht vorstellen, ihn schon wieder zu verlieren. Ich glaube nicht, dass ich das überleben könnte.

Als ich das erste Mal zurückschaue, suchen Julian und Lucas Schutz hinter der Limousine und wechseln Schüsse mit den Männern die sich hinter dem

Geländewagen verstecken. Auf dem Boden liegen bereits zwei Leichen, und der Geländewagen weist ein blutiges Loch in seiner Windschutzscheibe auf.

Trotz meiner Panik bin ich einen Moment lang stolz. Mein Ehemann und seine rechte Hand wissen, was sie tun, wenn es darum geht, Leben zu nehmen.

Bei meinem zweiten Blick hinter mich sieht es noch besser aus. Vier feindliche Leichen, und Lucas geht langsam um die Limousine, um den letzten Schützen zu eliminieren, während Julian ihm Rückendeckung gibt.

Beim dritten Mal ist der letzte Schütze erledigt, die Schüsse hören auf und der Hangar ist eigenartig ruhig nach diesem ganzen Lärm. Ich sehe Lucas und Julian, wie es aussieht, unverletzt, und Glückstränen laufen meine Wangen hinunter.

Wir haben es geschafft. Wir haben überlebt.

Wir sind schon am Flugzeug, und ich sehe, dass Thomas, der Fahrer meines Friseurtermins, an der geöffneten Tür steht. »Bitte, bringe sie hinein«, sage ich zu ihm mit zitternder Stimme, und er nickt während er meine Eltern und Rosa die Stufen hinaufführt. »Ich bin sofort bei euch«, rufe ich meinem Vater zu, als er versucht, mich zu ihnen zu holen. »Einen Augenblick nur.« Ich befreie mich aus seinem Griff und drehe mich wieder zur Limousine um.

»Julian!« Ich hebe die AK 47 über meinen Kopf und winke ihm mit der Waffe zu. »Kommt her! Lasst uns fliegen!«

Er blickt mich an und ein breites Lächeln erleuchtet sein Gesicht.

Halb lachend, halb weinend, beginne ich voller Freude, auf ihn zuzurennen – und dann explodiert die Wand neben der Limousine, und Lucas und er fliegen durch die Luft.

## 36

*J*ulian

SCHMERZ. DUNKELHEIT.

Einen Augenblick lang bin ich wieder zurück in diesem fensterlosen Raum mit Majid, dessen Messer durch mein Gesicht fährt. Mein Magen zieht sich zusammen, und sein Inhalt kommt hoch. Dann klärt sich mein Kopf, und ich bemerke das dumpfe Klingen in meinen Ohren.

Das ist nicht in Tadschikistan passiert.

Mir war dort auch nicht so heiß.

Zu heiß. So heiß, als würde ich brennen.

*Scheiße!* Ein Adrenalinschub verjagt alle Spuren meiner Benebelung. Ich bewege mich in Lichtgeschwindigkeit und rolle mich mehrere Male um meine eigene Achse, um die Flammen auszulöschen, die auf meiner Weste brennen. Übelkeit steigt in mir auf, und mein Kopf schmerzt durch die quälende Anstrengung, aber als ich innehalte, ist das Feuer gelöscht.

Ich keuche angestrengt und liege bewegungslos da, um wieder zu mir zu kommen. Was zum Teufel ist gerade passiert?

Das Klingen in meinem Kopf lässt leicht nach, und ich zwinge meine Augenlider dazu, sich zu öffnen, um die brennenden Trümmer um mich herum zu betrachten.

Eine Explosion. Es muss eine Explosion gewesen sein.

Sobald ich das erkenne, höre ich sie.

Die Schüsse, die erwidert werden.

Mein Herz setzt aus. *Nora!*

Die Panik, die mich durchfährt, ist so intensiv, dass sie alles andere verdrängt. Ich bemerke meine Schmerzen nicht länger, stelle mich hin und habe einen Moment lang damit zu kämpfen, dass meine Knie nachgeben, bevor sie es endlich schaffen, mein Gewicht zu halten.

Ich drehe mich nach allen Seiten um, um die Quelle der Schüsse zu entdecken, und dann kann ich sie sehen.

Eine kleine Figur huscht hinter ein großes Flugzeug, nachdem sie eine weitere Salve Schüsse abgegeben hat. Hinter ihr befindet sich eine Gruppe von vier bewaffneten Männern, die alle die Ausrüstung des Spezialeinsatzkommandos tragen.

In Sekundenschnelle nehme ich den Rest der Situation wahr. Die Wand des Hangars neben der Limousine ist verschwunden, in die Luft gesprengt worden, und durch die Öffnung kann ich den Polizeihubschrauber mit jetzt bewegungslosen Flügelblättern auf dem Gras stehen sehen.

Meine Männer in dem Geländewagen müssen den Kampf verloren haben, und wir sind der verbleibenden Streitmacht der Sullivans allein ausgesetzt.

Bevor ich den Gedanken zu Ende gebracht habe, bewege ich mich schon. Die Limousine brennt neben mir, aber das Feuer ist vorn, nicht hinten, was mir einige Sekunden Zeit verschafft. Ich stürze zum Auto, reiße eine der Türen auf und steige ein. Die Waffen sind immer noch in ihrem Versteck, und ich nehme mir zwei Maschinenpistolen, bevor ich wieder herausspringe, da das Auto jeden Moment explodieren kann. Während ich das tue, bemerke ich Lucas, der etwa zehn Meter von mir entfernt versucht, sich hinzustellen. Er lebt, nehme ich mit einer unterschwelligen Erleichterung wahr.

Ich habe nicht die Zeit, mich jetzt damit zu befassen. In hundert Metern Entfernung schlängelt sich Nora um die Flugzeuge herum und tauscht Schüsse mit ihren Verfolgern aus. Mein kleines Kätzchen gegen vier bewaffnete Männer – dieser Gedanke erfüllt mich mit wahnsinniger Angst und Wut.

Ich nehme eine Waffe in jede Hand und beginne zu rennen. Sobald ich freie Sicht auf die Männer von Sullivan habe eröffne ich das Feuer.

*Rat-tat-tat!* Der Kopf von einem der Männer explodiert. *Rat-tat-tat!* Und ein weiterer Mann ist außer Gefecht gesetzt.

Als sie verstehen, was gerade passiert, drehen sich die beiden überlebenden Männer in meine Richtung und beginnen, auf mich zu schießen. Ich ignoriere die Kugeln, die um mich herum fliegen, renne und schieße weiter, während ich gleichzeitig mein Bestes gebe, um einen Zickzackkurs um die Flugzeuge beizubehalten. Trotz meiner Weste, die meinen Oberkörper schützt, bin ich noch lange nicht immun gegen Schüsse.

*Rat-tat-tat!* Etwas schabt an meiner linken Schulter entlang und hinterlässt eine brennende Spur. Fluchend umgreife ich die Waffen fester und erwidere das Feuer, woraufhin einer der Männer hinter einen kleinen Lastwagen springt. Der zweite fährt damit fort, auf mich zu schießen, und während ich laufe, sehe ich, wie Nora hinter einem der Flugzeuge hervortritt und mit dunklen, riesigen Augen in ihrem blassen Gesicht zielt.

*Pop!* Der Kopf des Schützen explodiert mit einem Knall. Ihre Kugel hat ihr Ziel getroffen. Nora dreht sich um und feuert auf den Mann, der sich hinter dem Lastwagen versteckt.

Ich nutze die Ablenkung, die sie bietet, ändere meinen Kurs und schleiche mich um diesen Lastwagen, hinter dem sich der letzte Mann versteckt. Als ich mich hinter ihm befinde, sehe ich, dass er auf Nora zielt –

und mit einem Wutschrei drücke ich ab, durchsiebe ihn mit Kugeln.

Er rutscht wie eine blutige Masse leblosen Fleisches an der Wand des Lastwagens hinab.

Es folgen keine weiteren Schüsse, und die resultierende Stille ist fast unheimlich.

Keuchend lasse ich meine Waffe sinken und trete hinter dem Lastwagen hervor.

Nora

ALS JULIAN BLUTÜBERSTRÖMT, ABER LEBENDIG HINTER dem LKW hervortritt, lasse ich die AK-47 fallen, da meine Finger diese schwere Waffe nicht länger halten können. Das Gefühl in meiner Brust ist mehr als nur Glück, mehr als nur Erleichterung.

Es ist ein reines Hochgefühl, überwältigender, ungebremster Jubel darüber, dass wir unsere Feinde getötet und selbst überlebt haben.

Als die Wand explodierte und bewaffnete Männer in den Hangar stürmten, dachte ich, dass Julian getötet worden sei. In meiner blinden Wut habe ich das Feuer auf sie eröffnet, und als sie begannen, es zu erwidern, bin ich ohne nachzudenken gerannt, habe rein instinktiv gehandelt.

Ich wusste, ich würde nicht länger als einige wenige Minuten überleben, aber das war mir egal. Alles, was ich wollte, war, lange genug zu leben, um so viele Männer wie möglich umzubringen.

Jetzt ist Julian aber hier, steht vor mir, so lebendig wie immer.

Ich weiß nicht, ob ich zu ihm gerannt bin oder ob er zu mir kam, aber ich finde mich in seiner Umarmung wieder und er drückt mich so fest, dass ich kaum atmen kann. Er lässt heiße, brennende Küsse über mein Gesicht und meinen Hals regnen, während seine Hände meinen Körper nach Verletzungen abtasten. Der ganze Schrecken der vergangenen Stunde fällt von mir ab und wird durch reine Freude ersetzt.

Wir haben überlebt, wir sind zusammen, und nichts wird uns jemals wieder trennen.

~

»Diese beiden hier habe ich in der Nähe des Hubschraubers gefunden«, meint Lucas, als wir aus dem Hangar gehen, um nach ihm zu suchen. Wie Julian ist er blutbeschmiert und unsicher auf seinen Füßen, aber deshalb nicht weniger tödlich – wie der Zustand der beiden Männer, die auf dem Rasen liegen, beweist. Sie stöhnen und weinen beide, einer umfasst seinen blutenden Arm, und der andere versucht, den Blutstrom aus seinem Bein aufzuhalten.

»Sind das diejenigen von denen ich denke, dass sie es sind?«, fragt Julian rau, während er mit seinem Kopf in Richtung des älteren Mannes deutet, und Lucas grinst grausam.

»Ja. Patrick Sullivan höchstpersönlich mit seinem Lieblingssohn – und gleichzeitig dem letzten, den er noch hat – Sean.«

Ich blicke auf den jüngeren Mann, und jetzt erkenne ich seine verzerrten Züge. Es ist Rosas Angreifer, derjenige, der entkommen ist.

»Ich denke, sie kamen mit dem Hubschrauber, um die ganze Sache zu beobachten und zum richtigen Zeitpunkt einzugreifen«, fährt Lucas fort und verzieht sein Gesicht, während er sich seine Rippen hält. »Nur, dass dieser Zeitpunkt niemals gekommen ist. Sie müssen erfahren haben, wer wir sind, und Polizisten gerufen haben, die ihnen Gefallen schuldeten.«

»Die Männer, die wir getötet haben, waren Polizisten?«, frage ich und beginne zu zittern, als mein Adrenalinspiegel abfällt. »Die in den Hummern und den Geländewagen auch?«

»Ihrer Uniform nach zu urteilen waren viele von ihnen Polizisten«, erwidert Julian und legt seinen rechten Arm um meine Taille. Ich bin dankbar für seine Stütze, da meine Beine gerade weich werden. »Einige waren wahrscheinlich korrupt, aber andere haben einfach den Anweisungen ihrer Vorgesetzten Folge geleistet. Ich bin mir sicher, dass ihnen gesagt wurde, wir seien höchst gefährliche Kriminelle. Vielleicht sogar Terroristen.«

»Oh.« Bei diesem Gedanken beginnt mein Kopf zu schmerzen, und plötzlich werde ich mir meiner

Verletzungen bewusst. Der Schmerz trifft mich wie eine Flutwelle, bevor mich eine so starke Erschöpfung überkommt, dass ich mich gegen Julian lehne, als alles vor mir verschwimmt.

»Scheiße.« Mit diesem leisen Fluch kippt die Welt um mich herum um, begibt sich in die Horizontale, und ich begreife, dass Julian mich hochgehoben hat und vor seiner Brust trägt. »Ich bringe sie zum Flugzeug«, höre ich ihn sagen, und es kostet mich meine letzte Kraft, den Kopf zu schütteln.

»Nein, es geht mir gut. Bitte lass mich runter«, verlange ich, drücke mich von seinen Schultern ab, und zu meiner Überraschung stellt Julian mich hin. Sein Arm bleibt weiterhin um meinen Rücken geschlungen, aber er lässt mich auf eigenen Füßen stehen.

»Was ist los, Baby?«, fragt er und sieht mich an.

Ich zeige auf die beiden blutenden Männer. »Was wirst du mit ihnen tun? Wirst du sie umbringen?«

»Ja«, bestätigt Julian. Seine blauen Augen glänzen kalt. »Das werde ich.«

Ich atme langsam ein und aus. Das Mädchen, das Julian auf die Insel gebracht hat, hätte Einwände gehabt, ihm einen Grund dafür genannt, ihre Leben zu verschonen, aber ich bin nicht mehr dieses Mädchen. Das Leiden dieser Männer berührt mich nicht. Ich habe mehr Mitleid für einen Käfer, der auf dem Rücken liegt, als für diese Menschen, und ich bin froh, dass sich Julian um diese Gefahr kümmert, die sie darstellen.

»Ich denke, Rosa sollte dabei sein«, meint Lucas.

»Sie möchte bestimmt sehen, dass der Gerechtigkeit Genüge getan wird.«

Julian blickt mich an, und ich nicke zustimmend. Es mag falsch sein, aber in diesem Moment scheint es richtig zu sein, dass sie dabei ist, dass sie sieht, wie diejenigen die ihr wehgetan haben, dieses Ende nehmen.

»Bringe sie her«, befiehlt Julian. Als Lucas zum Hangar geht, bleiben Julian und ich allein mit den Sullivans zurück.

Wir betrachten unsere Gefangenen in grimmiger Stille, da keinem von uns nach Reden zumute ist. Der ältere Mann hat bereits das Bewusstsein verloren, wahrscheinlich durch seine starke Blutung, aber Rosas Angreifer ist noch recht redselig und fleht um Gnade. Schluchzend windet er sich auf dem Boden und verspricht uns Geld, politische Gefallen, Einführung in die US-Kartelle ... was auch immer wir möchten, solange wir ihn gehen lassen. Er schwört, dass er nie wieder eine Frau anfassen wird, sagt, dass es ein Fehler war – er wusste nicht, wer Rosa war ... Als weder Julian noch ich reagieren, werden aus seinen Verhandlungen Drohungen, und ich höre ihm nicht länger zu, da ich weiß, dass nichts, was er sagt, unsere Meinung ändern wird. Die Wut in mir ist eiskalt und lässt keinen Raum für Mitleid.

Für das, was er Rosa und dem Kind, das wir verloren haben, angetan hat, verdient Sean Sullivan nichts anderes als den Tod.

Eine Minute später ist Lucas zurück und führt eine

zittrig aussehende Rosa aus dem Hangar. In der Sekunde allerdings, in der ihr Blick auf die beiden Männer fällt, kommt ihre Gesichtsfarbe zurück, und ihr Blick verhärtet sich. Sie nähert sich ihrem Angreifer und schaut ihn einige Sekunden lang an, bevor sie sich uns zuwendet.

»Darf ich?«, fragt sie, streckt ihre Hand aus, und Lucas lächelt kalt, als er ihr seine Waffe reicht. Ihre Hand ist sicher, als sie auf ihren Angreifer zielt.

»Tu es«, sagt Julian, und ich sehe dabei zu wie ein weiterer Mann stirbt, als sein Kopf zerplatzt. Bevor das Echo von Rosas Schuss verstummt ist, tritt Julian zu dem bewusstlosen Patrick Sullivan und versenkt eine Kugelladung in seiner Brust.

»Wir sind hier fertig«, sagt er, wendet sich von der Leiche ab – und wir vier gehen zurück zum Flugzeug.

AUF DEM NACHHAUSEWEG STEUERT THOMAS DAS Flugzeug, während Lucas mit Julian, mir und Rosa in der Hauptkabine bleibt. Als sie sieht, dass wir alle am Leben sind bricht meine Mutter in ein hysterisches Schluchzen aus, so dass Julian meine Eltern in das Schlafzimmer des Flugzeugs führt und ihnen sagt, sie sollen dort duschen und sich ein wenig ausruhen. Ich möchte hingehen, um nach ihnen zu sehen, aber die Kombination aus Erschöpfung und dem Adrenalinabfall holt mich plötzlich wieder ein.

Sobald wir in der Luft sind, schlafe ich auf meinem Sitz ein, während Julian fest meine Hand umfasst.

Ich erinnere mich weder daran, gelandet, noch, in das Haus gekommen zu sein. Als ich das nächste Mal meine Augen öffne, sind wir schon zu Hause in unserem Schlafzimmer, und Dr. Goldberg säubert und verbindet meine Verletzungen. Ich erinnere mich ganz schwach daran, dass Julian im Flugzeug das Blut von mir abgewaschen hat, aber der Rest der Reise ist unbemerkt an mir vorbeigezogen.

»Wo sind meine Eltern?«, frage ich den Arzt, als er einen Glassplitter aus meinem Arm zieht. »Wie fühlen sie sich? Und was ist mit Rosa und Lucas?«

»Sie schlafen alle«, sagt Julian, der dem Arzt zuschaut. Sein Gesicht sieht vor Erschöpfung ganz grau aus, und seine Stimme ist so schwach, wie ich sie noch niemals zuvor gehört habe. »Mach dir keine Sorgen. Es geht ihnen gut.«

»Ich habe sie untersucht, als sie hier eingetroffen sind«, erwidert Dr. Goldberg, während er die leicht blutende Wunde an meinem Arm verbindet. »Dein Vater hat sich seinen Ellenbogen böse angeschlagen, aber er hat sich nichts gebrochen. Deine Mutter war in einem Schockzustand, aber außer ein paar Schnitten durch die umherfliegenden Glassplitter und einem leichten Schleudertrauma geht es ihr gut, genauso wie Frau Martinez. Lucas Kent hat einige gebrochene Rippen und ein paar Verbrennungen, aber er wird sich erholen.«

»Und Julian?«, frage ich und blicke zu meinem

Ehemann hinüber. Er ist bereits sauber und verbunden, also muss der Arzt ihn sich bereits angesehen haben, während ich schlief.

»Eine leichte Gehirnerschütterung, genau wie Sie, und Verbrennungen ersten Grades auf dem Rücken, einige Stiche am Arm, wo er von der Kugel gestreift wurde, und einige Quetschungen. Und natürlich diese kleinen Wunden durch das umherfliegende Glas.« Er entfernt einen weiteren Glassplitter aus meinem Arm, macht eine Pause und blickt uns beide an, als wisse er nicht, ob er fortfahren sollte. Schließlich sagt er leise: »Ich habe von der Fehlgeburt gehört. Es tut mir wahnsinnig leid.«

Ich nicke und unterdrücke ein plötzliches Aufsteigen von Tränen. Das Mitleid in Dr. Goldbergs Blick ist schmerzhafter als das ganze Glas, es erinnert mich an das, was wir verloren haben. Diese quälende Trauer, die ich während unseres Kampfes tief in mir vergraben hatte, ist zurück, schneidender und stärker als jemals zuvor.

Wir haben vielleicht überlebt, aber sind nicht unversehrt aus der Sache herausgekommen.

»Danke«, sagt Julian mit belegter Stimme, steht auf und geht zum Fenster hinüber, vor dem er stehen bleibt. Seine Bewegungen sind steif und ungelenk, seine Haltung strahlt Anspannung aus. Offensichtlich erkennt der Arzt seinen Fehler, denn er beendet die restliche Behandlung schweigend, bevor er mit einem gemurmelten »Gute Nacht« verschwindet und uns mit unserem Schmerz allein lässt.

Sobald Dr. Goldberg gegangen ist, kommt Julian zum Bett zurück. Ich habe ihn noch nie so müde gesehen. Er schwankt, während er geht.

»Hast du im Flugzeug überhaupt geschlafen?«, frage ich Julian, als er sein T-Shirt und die Jogginghose auszieht, die er sich angezogen haben muss, als wir nach Hause kamen. Mein Brustkorb fühlt sich auf einmal sehr eng an, als ich seine Verletzungen sehe. »Einige Quetschungen« ist eine ernsthafte Untertreibung. Er ist am ganzen Körper blau, und ein Großteil seines muskulösen Rückens und Oberkörpers ist in einen weißen Verband gewickelt.

»Nein, ich wollte dich im Auge behalten«, erwidert er schwach und kommt neben mich aufs Bett. Er legt sich mit seinem Gesicht zu mir gewandt hin, legt einen Arm über meine Seite und zieht mich näher zu sich heran. »Ich habe gedacht, du hättest eine Gehirnerschütterung von deinem Sturz im Auto«, murmelt er, und sein Gesicht befindet sich nur wenige Zentimeter von meinem entfernt.

»Oh, ich verstehe.« Ich kann mich nicht von dem intensiven Blau seiner Augen abwenden. »Aber du hast von der Explosion auch eine Gehirnerschütterung.«

Er nickt. »Ja, das hatte ich mir schon gedacht. Ein weiterer Grund dafür, wach zu bleiben.«

Ich betrachte ihn, und mein Brustkorb zieht sich um meine Lungen zusammen. Ich fühle mich, als würde ich in seinem Blick versinken, als würde ich immer weiter in diesen hypnotischen blauen Seen versinken. Ungebeten steigen in meinem Kopf

Erinnerungen an die Explosion hoch, und mit ihnen der volle Schrecken der jüngsten Ereignisse. Julian, der durch die Explosion durch die Luft fliegt, Rosas Vergewaltigung, meine Fehlgeburt, die entsetzten Gesichter meiner Eltern, als wir die Landstraße mit halsbrecherischer Geschwindigkeit inmitten eines Kugelhagels entlanggejagt sind ... Diese schrecklichen Szenen vermischen sich alle in meinem Kopf, erfüllen mich mit erstickender Trauer und Schuldgefühlen.

Weil ich uns in diesen Klub geschleppt habe, habe ich innerhalb von zwei Tagen mein Baby und um ein Haar jeden anderen verloren, der mir etwas bedeutet.

Die Tränen, die in meinen Augen aufsteigen, fühlen sich an, als seien sie Blut, das aus meiner Seele gequetscht wird. Jeder Tropfen brennt in meinen Tränenkanälen, die Laute, die meiner Kehle entweichen, sind rau und hässlich. Meine neue Welt ist nicht mehr einfach nur dunkel; sie ist schwarz und jeglicher Hoffnung beraubt.

Ich kneife meine Augen zusammen, versuche, mich zu einem Ball zusammenzurollen, und mache mich so klein wie möglich, um den Schmerz davon abzuhalten, nach außen zu drängen, aber Julian lässt mich nicht. Er schlingt seine Arme um mich, hält mich fest, als ich zerbreche, sein großer Körper wärmt mich, während er meinen Rücken streichelt und in mein Haar flüstert, dass wir überlebt haben, dass alles gut wird und bald wieder Normalität einkehren wird ... Der leise, tiefe Klang seiner Stimme umgibt mich, füllt meine Ohren, bis ich ihm einfach zuhören muss und seine Worte mich beruhigen, auch wenn ich weiß, dass sie gelogen sind.

Ich weiß nicht, wie lange ich so weine, aber irgendwann ebben die schlimmsten Schmerzen ab, und ich bemerke Julians Berührung, seine riesige Stärke. Seine Umarmung, einst mein Gefängnis, ist jetzt meine Rettung, bewahrt mich davor, in Verzweiflung zu ertrinken.

Als meine Tränen langsam aufhören, bemerke ich, dass ich ihn genauso fest halte, wie er mich umfasst, und dass ihn meine Berührung genauso zu beruhigen scheint. Er tröstet mich, aber ich tröste ihn ebenfalls – und irgendwie schwächt diese Tatsache meine Qualen, hebt einen Teil dieses dunklen Nebels an, der mich erdrückt.

Er hat mich schon vorher gehalten, während ich weinte, aber niemals so. Direkt oder indirekt war er immer der Grund für meine Tränen gewesen. Wir waren noch nie vorher in unserem Schmerz vereint, haben nie gemeinsames Leid erlebt. Das, was einem gemeinsamen Verlust bis jetzt am nächsten gekommen war, war Beths grausamer Tod gewesen, aber selbst damals hatten wir keine Gelegenheit dazu gehabt, gemeinsam zu trauern. Nach der Explosion des Warenhauses habe ich allein um Beth und Julian getrauert, und als er wieder zu mir zurückkam, fühlte ich mehr Wut als Trauer.

Dieses Mal ist es anders. Mein Verlust ist sein Verlust. Eigentlich mehr sein Verlust, da er dieses Kind von Anfang an haben wollte. Das kleine Leben, das in mir heranwuchs – das, was er so leidenschaftlich bewacht hat –, ist weg, und ich kann mir nicht einmal vorstellen, wie Julian sich fühlen muss.

Er muss mich für das, was ich getan habe, hassen.

Dieser Gedanke zerstört mich ein weiteres Mal, aber ich schaffe es, die Schmerzen in mir zu behalten. Ich weiß nicht, was morgen geschehen wird, aber jetzt gerade beruhigt er mich, und ich bin egoistisch genug, das zu akzeptieren, mich auf seine Stärke zu verlassen, um das Ganze zu überstehen.

Ich seufze zitternd, vergrabe mich tiefer in meinen Ehemann und lausche dem starken, regelmäßigen Schlag seines Herzens.

Selbst wenn Julian mich jetzt hasst, ich brauche ihn.

Ich brauche ihn zu sehr, um ihn jemals wieder gehen zu lassen.

## 38

Julian

ALS SICH NORAS ATMUNG BERUHIGT UND gleichmäßiger wird, entspannt sie sich an mir. Ab und an erschüttert ein Zittern ihren Körper, aber auch das hört auf, als sie endlich einschläft.

Ich sollte ebenfalls schlafen. Ich habe seit der Nacht vor Noras Geburtstag kein Auge zugemacht, was bedeutet, dass ich seit über achtundvierzig Stunden wach bin.

Achtundvierzig Stunden, die zu den schlimmsten meines Lebens zählen.

Wir haben überlebt. Alles wird gut werden. Bald wird wieder Normalität einkehren. Meine beruhigenden Worte für Nora klingen in meinen

Ohren wider. Ich möchte meinen eigenen Aussagen glauben, aber der Verlust ist zu frisch, der Schmerz zu durchdringend.

Ein Kind. Ein Kind, das zu einem Teil aus mir und zum anderen aus Nora bestand. Es war noch nichts, nur eine Ansammlung von Zellen mit Potential, aber selbst mit nur zehn Wochen hatte diese kleine Kreatur mich vor Gefühlen überlaufen lassen, mich um ihren winzigen, kaum geformten Finger gewickelt.

Ich hätte alles für sie getan, und sie war noch nicht einmal geboren.

Sie ist gestorben, bevor sie eine Möglichkeit hatte, zu leben.

Dunkle, bittere Wut schnürt mir erneut die Luft ab, aber diesmal ist sie einzig und allein auf mich gerichtet. Es gibt so viele Dinge, die ich hätte tun können – müssen –, um diesen Ausgang zu vermeiden. Ich weiß, dass es sinnlos ist, darüber nachzugrübeln, aber mein erschöpftes Gehirn weigert sich, diese Gedanken aufzugeben. Dieses nutzlose »Was wäre wenn« dreht sich in meinem Kopf, bis ich mich wie ein Hamster in einem Rad fühle, der die ganze Zeit auf der Stelle läuft und nirgendwo ankommt. Was wäre passiert, wenn ich Nora auf dem Anwesen behalten hätte? Was wäre passiert, wenn ich schneller bei der Toilette gewesen wäre? Was wäre passiert, wenn … Mein Kopf dreht sich schneller, die Leere taucht bedrohlich ein weiteres Mal in mir auf, und ich weiß, dass, wenn ich Nora nicht bei mir hätte, ich dem Wahnsinn verfallen und von der Leere aufgefressen werden würde.

Ich festige meinen Griff um ihren kleinen, warmen Körper, starre in die Dunkelheit und wünsche mir verzweifelt etwas Unmögliches, eine Absolution, die ich nicht verdiene und niemals bekommen werde.

Nora seufzt im Schlaf, reibt ihre Wange auf meiner Brust, und ihre weichen Lippen drücken sich auf meine Haut. In einer anderen Nacht hätte diese unbewusste Geste mich erregt, die Lust erweckt, die mich immer in ihrer Gegenwart quält. Heute Nacht jedoch verstärkt diese zärtliche Berührung den Druck, der sich in meiner Brust aufbaut.

*Mein Kind ist tot.*

Diese unveränderliche Endgültigkeit trifft mich, durchdringt meine Schilde, die mich seit meiner Kindheit betäuben. Es gibt nichts, was ich tun kann, nichts, was irgendjemand tun könnte. Ich könnte ganz Chicago dem Erdboden gleichmachen – und es würde nichts ändern.

*Mein Kind ist tot.*

Der Schmerz rauscht unkontrollierbar über mich hinweg, wie ein Fluss, der einen Damm durchbricht. Ich versuche, dagegen anzukämpfen, aber das macht es nur schlimmer. Die Erinnerungen überschwemmen mich wie eine Flutwelle, und die Gesichter aller Menschen, die ich verloren habe, schwimmen durch meinen Kopf. *Das Baby, Maria, Beth, meine Mutter, mein Vater, so wie er in diesen Momenten gewesen war, in denen ich ihn geliebt habe ...* Diese Trauer ist überwältigend und verdrängt alles außer dem Bewusstsein über diesen neuen Verlust.

*Mein Kind ist tot.*

Die Qualen versengen mich innerlich, sind unerträglich, aber auf eine gewisse Weise reinigend.

*Mein Kind ist tot.*

Zitternd halte ich mich an Nora fest und gebe den Kampf auf – ich lasse den Schmerz zu.

IV

---

# DIE FOLGEZEIT

## 39

# Nora

Zwei Wochen nach unserer Ankunft befindet Julian, dass es sicher für meine Eltern wäre, wieder nach Oak Lawn zurückzukehren.

»In den nächsten Monaten werde ich zusätzliche Sicherheitsmaßnahmen für sie bereitstellen«, erklärt er mir, als wir zu den Trainingsplätzen gehen. »Sie müssen einige Einschränkungen in Kauf nehmen, aber sie sollten wieder zu ihrer Arbeit zurückkehren und auch ihren restlichen normalen Aktivitäten nachgehen können.«

Ich nicke und bin nicht besonders erstaunt, das zu hören. Julian hat mich die ganze Zeit über seine Aktivitäten dieses Thema betreffend auf dem Laufenden gehalten, und ich weiß, dass die Sullivans nicht länger eine Gefahr darstellen. Mit der gleichen rücksichtslosen Taktik, die er schon bei der Al-Quadar angewendet hat, ist meinem Ehemann das gelungen, was die Behörden seit Jahrzehnten erfolglos versucht haben: er hat Chicago von seiner einflussreichsten kriminellen Familie befreit.

»Was ist mit Frank?«, frage ich, als wir an zwei Wächtern vorbeigehen, die auf dem Rasen kämpfen. »Ich dachte, dass die CIA nicht wollte, dass irgendjemand von uns jemals wieder das Land betritt.«

»Sie haben gestern nachgegeben. Ich musste etwas Überzeugungsarbeit leisten, aber deine Eltern sollten problemlos zurückkehren können.«

»Aha.« Ich kann mir kaum vorstellen, wie diese »Überzeugungsarbeit« ausgesehen haben muss, wenn man bedenkt, welche Zerstörung wir hinterlassen haben. Selbst die Säuberungsmannschaft, die die CIA ausgeschickt hatte, konnte nicht verhindern, dass die Geschichte unserer Hochgeschwindigkeitsschlacht ans Licht kam. Das Gebiet rund um den privaten Flughafen ist zwar nicht dicht besiedelt, aber die Explosionen und Schüsse waren nicht unbemerkt geblieben. In den letzten Wochen war alles, über das die Medien berichteten, der geheime Einsatz in Chicago »zur Festnahme des tödlichen Waffenhändlers« gewesen.

So, wie Julian schon im Auto gemutmaßt hatte, hatten die Sullivans wirklich einige größere Gefallen eingefordert, um den Angriff zu organisieren. Der Polizeichef – ehemals ein Spion der Sullivans und heute blutige Schmiere in Lauge – hatte die Informationen über uns, die die Sullivans ausgegraben hatten, dazu benutzt, wegen des »Waffendealers, der Sprengstoff in die Stadt schmuggeln will« eilig ein Spezialeinsatzkommando zusammenzustellen. Die Männer von Sullivan, die sich ihm angeschlossen hatten, wurden als »Verstärkung aus einem anderen Bezirk« ausgegeben, und die ganze hastig organisierte Operation wurde vor den anderen Behörden geheim gehalten – was der Grund dafür war, dass sie uns ohne Vorwarnung traf.

»Mach dir keine Gedanken«, meint Julian, der meinen Gesichtsausdruck falsch deutet. »Außer Frank und einigen anderen hochrangigen Beamten weiß niemand, dass deine Eltern an dem Geschehen beteiligt waren. Die erhöhten Sicherheitsvorkehrungen sind lediglich eine Vorsichtsmaßnahme, nichts weiter.«

»Das weiß ich.« Ich blicke ihn an. »Du würdest sie niemals zurückkehren lassen, wenn es nicht sicher wäre.«

»Nein«, erwidert Julian sanft und hält vor dem Eingang zum Kampfraum an. »Das würde ich nicht tun.« Seine Stirn glänzt wegen der feuchten Luft schweißig, sein ärmelloses Shirt klebt an seinen deutlich geformten Muskeln. Einige seiner Narben von den Glassplittern in seinem Gesicht und auf seinem Hals sind noch nicht vollständig geheilt, aber sie lenken kaum von seiner anziehenden Erscheinung ab.

Mein Ehemann, der etwa einen halben Meter von mir entfernt steht und mich mit seinen stechenden blauen Augen anschaut, ist das perfekte Bild eines kräftigen, gesunden Mannes.

Ich schlucke, wende meinen Blick ab, und meine Haut prickelt heiß, als ich mich daran erinnere, wie ich heute Morgen aufgewacht bin. Wir hatten zwar seit meiner Fehlgeburt keinen Geschlechtsverkehr mehr, aber das bedeutet nicht, dass Julian und ich keinen Sex hatten. *Auf meinen Knien mit seinem Geschlecht in meinem Mund, gefesselt mit seinem Mund an meiner Klitoris ...* Diese Bilder in meinem Kopf erhitzen mich trotz des ständigen Schuldgefühls, das mich quält.

Warum ist Julian immer noch so nett zu mir? Seit unserer Rückkehr warte ich darauf, dass er mich bestraft, etwas tut, um der Wut, die er fühlen muss, Ausdruck zu verleihen, aber bis jetzt kam nichts. Wenn überhaupt, war er ungewöhnlich zärtlich zu mir, auf gewisse Weise sogar noch fürsorglicher als während meiner Schwangerschaft. Diese Veränderung in seinem Verhalten ist subtil – mehr Küsse und Berührungen tagsüber, jeden Abend eine Ganzkörpermassage, die Bitte an Ana, häufiger meine Lieblingsgerichte zu kochen ... Das ist nichts, was er nicht vorher auch getan hat, aber die Häufigkeit dieser kleinen Gesten hat sich seit unserer Rückkehr aus Amerika erhöht.

Seit wir unser Baby verloren haben.

In meinen Augen steigen plötzlich Tränen auf, und ich senke den Kopf, um sie zu verstecken, während ich an Julian vorbei in die Halle gehe. Ich möchte nicht, dass er mich schon wieder weinen sieht. Das hat er in den letzten Wochen schon zu häufig getan. Vielleicht ist das der Grund dafür, dass er mich noch nicht bestraft hat: er denkt, dass ich nicht stark genug bin, es auszuhalten, hat Angst, dass ich mich wieder in dieses Wrack voller Panikattacken verwandele, das ich nach Tadschikistan war.

Aber das werde ich nicht. Das weiß ich jetzt. Irgendetwas ist diesmal anders.

Etwas in mir ist anders.

Ich gehe zu den Matten hinüber, beuge mich nach vorn und dehne mich, während ich mich gleichzeitig wieder unter Kontrolle bringe. Als ich mich Julian zuwende, ist auf meinem Gesicht nichts mehr von der Trauer zu sehen, die mich immer wieder unerwartet überkommt.

»Ich bin so weit«, sage ich und stelle mich auf die Matte. »Lass uns anfangen.«

In der nächsten Stunde bringt mir Julian bei, wie ich einen einhundert Kilo schweren Mann innerhalb von sieben Sekunden zu Fall bringen kann; und ich schaffe es, indem ich alle Gedanken an Verlust oder Schuld aus meinem Kopf dränge.

Nach der Trainingseinheit gehe ich zum Haus zurück, dusche und gehe zum Pool, um meinen Eltern die Neuigkeiten mitzuteilen. Meine Muskeln sind erschöpft, aber ich vibriere durch die Endorphine, die während dieses harten Workouts freigesetzt wurden.

»Also können wir zurückkehren?« Mein Vater setzt

sich auf seinem Liegestuhl hin, und ich kann auf seinem Gesicht eine Mischung aus Misstrauen und Erleichterung erkennen. »Und was ist mit diesen ganzen Polizisten? Und diesen kriminellen Verbindungen?«

»Ich bin mir sicher, dass es gelöst wurde, Tony«, erwidert meine Mutter, bevor ich antworten kann. »Julian würde uns nicht zurückschicken, wenn nicht alles in Ordnung wäre.«

Sie trägt einen gelben Badeanzug und sieht gebräunt und erholt aus, so als habe sie die letzten Wochen in einem Resort verbracht – was ja auch irgendwie der Wahrheit entspricht. Julian hat sich selbst übertroffen, damit sich meine Eltern wohlfühlen und den Eindruck gewinnen, sie seien wirklich im Urlaub. Bücher, Filme, köstliches Essen und sogar fruchtige Cocktails am Pool – das alles steht ihnen zur Verfügung, und sogar mein Vater hat widerstrebend zugeben müssen, dass mein Leben auf dem Anwesen eines Waffenhändlers nicht so schrecklich ist, wie er es sich vorgestellt hatte.

»Das stimmt, das würde er nicht«, bestätige ich und setze mich auf einen Liegestuhl neben meiner Mutter. »Julian sagt, dass ihr abreisen könnt, wann immer ihr möchtet. Er könnte das Flugzeug ab morgen bereitstehen haben – auch wenn wir es natürlich schön fänden, wenn ihr noch bleiben würdet.«

Wie erwartet, schüttelt meine Mutter ablehnend den Kopf. »Danke, Süße, aber ich denke, wir sollten nach Hause zurückkehren. Dein Vater sorgt sich um seinen Job, und meine Chefs fragen täglich nach, wann ich wieder zurückkommen kann ...« Sie bricht ab und schaut mich entschuldigend an.

»Natürlich.« Ich lächele zurück und ignoriere das Zusammenziehen meines Brustkorbs. Ich weiß, was hinter ihrem Wunsch, abzureisen, steckt, und es sind weder ihre Jobs noch ihre Freunde. Trotz des ganzen Komforts hier fühlen sich meine Eltern eingeengt, eingesperrt durch die Wachtürme und die Drohnen, die über dem Dschungel kreisen. Ich kann es an der Art erkennen, wie sie die bewaffneten Wächter anschauen, an der Angst, die in ihrem Gesicht aufflackert, wenn sie an der Trainingsfläche vorbeigehen und Schüsse hören. Für sie ist das Leben hier wie ein Luxusgefängnis voller gefährlicher Krimineller.

Eine dieser Kriminellen ist ihre Tochter.

»Wir sollten hineingehen und packen«, sagt mein Vater und erhebt sich. »Ich denke, es ist das Beste, wenn wir gleich morgen früh fliegen.«

»In Ordnung.« Ich versuche, mich nicht von seinen Worten verletzen zu lassen. Es ist dumm, dass ich mich zurückgewiesen fühle, nur weil meine Eltern nach Hause zurückkehren möchten. Sie gehören nicht hierher, und das weiß ich genauso gut wie sie. Ihre Körper haben sich vielleicht von den Verletzungen erholt, die sie sich während der Verfolgungsjagd zugezogen haben, aber ihre Gedanken sind ein anderes Thema.

Meine Eltern aus der Vorstadt würden mehr als

einige Stunden Therapie bei Dr. Wessex benötigen, um darüber hinwegzukommen, explodierende Autos und sterbende Menschen gesehen zu haben.

»Möchtet ihr, dass ich euch beim Packen helfe?«, frage ich, als mein Vater meiner Mutter ein Handtuch um die Schultern legt. »Julian spricht mit seinem Buchhalter, und ich habe bis zum Abendessen nichts zu tun.«

»Das ist schon in Ordnung, Süße«, sagt meine Mutter zärtlich. »Wir können das allein machen. Warum gehst du nicht noch ein wenig schwimmen, bevor es Essen gibt? Das Wasser ist angenehm kühl.«

Damit lassen sie mich am Pool stehen und eilen in das angenehm temperierte Haus.

~

»SIE REISEN MORGEN FRÜH AB?« ROSA SIEHT überrascht aus als ich ihr von der bevorstehenden Abreise meiner Eltern berichte. »Das ist aber schade. Ich hatte nicht einmal die Gelegenheit, deiner Mutter den See zu zeigen, von dem du mir erzählt hast.«

»Das ist nicht so schlimm«, sage ich und hebe den Wäschekorb an, um ihr beim Bestücken der Waschmaschine zu helfen. »Sie kommen uns ja hoffentlich noch einmal besuchen.«

»Ja, hoffentlich«, wiederholt Rosa und legt ihre Stirn in Falten, als sie sieht, was ich gerade tue. »Nora, stell ihn wieder ab. Du solltest nicht …« Sie hält abrupt inne.

»Ich sollte keine schweren Sachen heben?«, frage ich und lächele sie ironisch an. »Du und Ana vergesst immer noch, dass ich keine Invalidin mehr bin. Ich kann wieder Gewichte heben und kämpfen und schießen und essen, was immer ich möchte.«

»Natürlich.« Rosa sieht zerknirscht aus. »Es tut mir leid …«, sie greift nach meinem Korb, »aber trotzdem solltest du nicht meine Arbeit machen.«

Seufzend lasse ich los, weil ich weiß, dass sie sich nur aufregen wird, wenn ich darauf bestehe, ihr zu helfen. Seit unserer Rückkehr war sie besonders empfindlich, was das anbelangt, da sie nicht von irgendjemandem anders behandelt werden möchte als zuvor.

»Ich bin vergewaltigt worden, aber meine Arme sind noch intakt«, hatte sie Ana angefahren, als diese versucht hatte, sie mit leichteren Reinigungsaufgaben zu betrauen. »Nichts wird geschehen, wenn ich staubsauge oder einen Wischmopp benutze.«

Natürlich war Ana daraufhin in Tränen ausgebrochen, und Rosa war die nächsten zwanzig Minuten lang damit beschäftigt gewesen, sie zu beruhigen. Die ältere Frau war seit unserer Rückkehr sehr emotional gewesen und hatte öffentlich um meine Fehlgeburt und Rosas Überfall getrauert.

»Sie nimmt das Ganze schlechter auf als meine eigene Mutter«, hat mir Rosa letzte Woche erzählt, und ich nicke, ohne im Geringsten davon überrascht zu sein. Auch wenn ich Frau Martinez nur einige wenige Male getroffen habe, hat diese rundliche, ernste Frau auf mich wie eine ältere Version von Beth gewirkt – mit der gleichen harten Schale und der gleichen zynischen Betrachtung des Lebens. Wie Rosa bei einer solchen Mutter so fröhlich bleiben konnte, wird wohl immer ein Geheimnis für mich bleiben. Selbst jetzt, nach allem, was sie durchgemacht hat, ist das Lächeln meiner Freundin nur ein kleines bisschen weniger strahlend, das Leuchten in ihren Augen nur einen kleinen Hauch gedämpfter. Da ihre Verletzungen jetzt fast verheilt sind, würde niemand jemals ahnen, dass Rosa so etwas Traumatisches überlebt hat – besonders nicht, da sie so unbedingt darauf besteht, normal behandelt zu werden.

Ich seufze erneut und betrachte sie dabei, wie sie die Waschmaschine schnell und effizient belädt, die dunklere Wäsche trennt und sie in einem ordentlichen Haufen auf den Boden legt. Als sie fertig ist, dreht sie sich wieder zu mir um. »Hast du es gehört?«, möchte sie von mir wissen. »Lucas hat die Übersetzerin ausfindig gemacht. Er denkt, er wird sie einfangen, sobald deine Eltern nach Hause geflogen sind.«

»Das hat er dir erzählt?«

Sie nickt. »Ich habe ihn heute Morgen zufällig getroffen und ihn gefragt, wie es ihm geht. Und dabei hat er es mir erzählt.«

»Ich verstehe.« Das verstehe ich nicht im Geringsten, aber ich entscheide mich dagegen, nachzubohren. Rosa ist immer verschwiegener geworden, was ihre eigenartige Nicht-Beziehung zu Lucas anbelangt, und ich möchte keinen Druck auf sie ausüben. Ich nehme an, dass sie mir davon erzählen wird, wenn sie bereit dazu ist – falls es überhaupt etwas zu erzählen gibt.

Sie dreht sich wieder herum, um die Waschmaschine anzustellen, und ich frage mich, ob ich ihr von dem erzählen sollte, was ich gestern herausgefunden habe … was ich Julian immer noch nicht gesagt habe. Schließlich entscheide ich mich dazu, es zu tun, da sie einen Teil der Geschichte sowieso schon kennt.

»Erinnerst du dich an die junge, hübsche Ärztin, die mich im Krankenhaus behandelt hat?«, frage ich und lehne mich gegen den Trockner.

Rosa wendet sich zu mir und sieht von dem plötzlichen Themenwechsel überrascht aus. »Ja, ich glaube schon. Warum?«

»Ihr Nachname ist Cobakis. Ich erinnere mich daran, ihn auf ihrem Namensschild gelesen zu haben, und dachte, dass er sich bekannt anhörte, so als sei ich vorher schon einmal über ihn gestolpert.«

Rosa sieht neugierig aus. »Und, bist du? Schon vorher über ihn gestolpert, meine ich.«

Ich nicke. »Ja. Ich konnte mich nicht daran erinnern, in welchem Zusammenhang – und gestern ist es mir dann eingefallen. Einer der Namen auf der Liste, die ich Peter gegeben habe, war George Cobakis.«

Rosa bekommt große Augen. »Die Liste mit den Personen die für den Tod seiner Familie verantwortlich sind?«

»Ja.« Ich hole tief Luft. »Ich war mir nicht hundertprozentig sicher, also habe ich letzte Nacht noch einmal in meiner E-Mail nachgesehen, und ich hatte recht. George Cobakis aus Homer Glen, Illinois. Eigentlich war mir der Name nur wegen des Wohnortes aufgefallen.«

»Oh, wow.« Rosa starrt mich mit offenem Mund an. »Du denkst, dass es eine Verbindung zwischen der Ärztin und diesem George gibt?«

»Ich weiß, dass es sie gibt. Ich habe letzte Nacht George Cobakis gesucht, und in den Ergebnissen ist sie auch mit aufgetaucht. Sie ist seine Frau. Eine lokale Zeitung hat über eine Spendenaktion für Kriegsveteranen und ihre Familien geschrieben, und sie haben ein Bild der beiden veröffentlicht, da das Paar eine Menge für diese Organisation getan hat. Offensichtlich ist er ein Journalist, ein Auslandskorrespondent. Ich habe keine Ahnung, wie sein Name auf dieser Liste gelandet ist.«

»Scheiße.« Rosa sieht gleichzeitig entsetzt und fasziniert aus. »Und was wirst du jetzt tun?«

»Was kann ich schon tun?« Diese Frage quält mich, seit ich von dieser Verbindung erfahren habe. Davor waren die Namen auf der Liste genau das: Namen. Aber jetzt hat einer dieser Namen ein Gesicht, das ich mit ihm verbinde. Ein Foto eines lächelnden dunkelhaarigen Mannes, der neben seiner intelligenten, hübschen Frau steht.

Eine Frau, die ich kennengelernt habe.

Eine Frau, die bald eine Witwe sein wird, wenn Julians ehemaliger Sicherheitsberater Rache übt.

»Hast du mit deinem Mann darüber gesprochen?«, fragt Rosa. »Weiß er Bescheid?«

»Nein, noch nicht.« Ich bin mir nicht sicher, ob ich möchte, dass Julian es erfährt. Vor einigen Wochen habe ich Rosa von der Liste erzählt, die ich zu Peter geschickt habe, aber ich habe ihr nicht erzählt, dass ich es gegen Julians Wunsch getan habe. Dieser Teil – wie das, was geschehen ist, nachdem wir von der Schwangerschaft erfuhren – ist zu privat, um es ihr zu sagen. »Ich nehme an, dass Julian mir sagen wird, dass man jetzt nichts mehr machen kann, weil Peter die Liste bereits hat«, sage ich und versuche, mir die Reaktion meines Ehemannes vorzustellen.

»Und wahrscheinlich hat er damit recht.« Rosa blickt mich ruhig an. »Es ist ein unglücklicher Zufall, dass wir diese Frau getroffen haben, aber wenn ihr Ehemann etwas mit dem zu tun hat, was Peters Familie zugestoßen ist, weiß ich nicht, was wir tun können.«

»Richtig.« Ich atme erneut tief ein und versuche, die Sorge abzuschütteln, die ich seit gestern fühle. »Wir können nichts tun. Wir sollten nichts tun.«

Auch wenn ich diejenige gewesen bin, die Peter die Liste gegeben hat.

Auch wenn ich weiß, dass was auch immer passieren wird mein Fehler sein wird.

»Das ist nicht dein Problem«, meint Rosa, die meine Bedenken spürt. »Peter hätte so oder so die Namen auf der Liste herausbekommen. Er war zu entschlossen, um es nicht zu schaffen. Du bist nicht für das verantwortlich, was er mit diesen Menschen tun wird – das ist Peter.«

»Natürlich«, murmele ich und versuche zu lächeln. »Natürlich weiß ich das.«

Und während Rosa damit fortfährt, die Schmutzwäsche zu sortieren, wechsele ich das Thema, und wir reden über die neu rekrutierten Wächter.

*ulian*

NACHDEM DIE UNTERHALTUNG MIT MEINEM Buchhalter beendet ist, stehe ich auf, strecke mich und fühle, wie sich die Anspannung in meinen Muskeln löst. Sofort wenden sich meine Gedanken wieder Nora zu, und ich nehme mein Telefon zur Hand, um zu sehen, wo sie sich gerade befindet. Ich mache das jetzt mindesten fünfzig Mal am Tag, diese Angewohnheit ist so fest in mir verwurzelt wie das tägliche Zähneputzen am Morgen.

Sie ist im Haus, genau dort, wo ich es erwartet habe. Zufrieden stecke ich mein Telefon wieder weg und schließe meinen Laptop, da ich vorhabe, heute Abend nicht mehr zu arbeiten. Zwischen dem ganzen

Papierkram für eine neue Briefkastenfirma und den Bewerbungsgesprächen, die ich mit potentiellen Ersatzwächtern geführt habe, habe ich mehr als zwölf Stunden täglich gearbeitet. Es gab Zeiten, in denen es mir gleichgültig gewesen wäre – ich habe nur für meine Geschäfte gelebt –, aber jetzt ist Arbeit für mich eine unerwünschte Ablenkung.

Sie hält mich davon ab, Zeit mit meiner wunderschönen, eigenartig distanzierten Frau zu verbringen.

Ich weiß nicht genau, wann es mir zum ersten Mal aufgefallen ist, dass Nora ständig meinem Blick ausweicht. Dass sie einen Teil von sich zurückhält, sogar beim Sex. Zuerst habe ich ihre Zurückgezogenheit der Trauer und der Verarbeitung des Traumas zugeschrieben, aber im Laufe der Zeit ist mir aufgefallen, dass mehr dahintersteckt.

Sie ist subtil, kaum spürbar, diese Distanz zwischen uns, aber sie ist da. Sie spricht und verhält sich, als sei alles normal, aber ich merke, dass es das nicht ist. Welches Geheimnis sie auch immer vor mir hat, es belastet sie und bringt sie dazu, Mauern zwischen uns aufzubauen. Ich habe sie heute während des Trainings gespürt, und ich habe beschlossen, der Sache endlich auf den Grund zu gehen.

Den Ärzten nach ist sie endlich komplett von der Fehlgeburt geheilt – und auf irgendeine Art und Weise wird sie mir heute Nacht alles erzählen.

~

Beim Abendessen beobachte ich, wie sich Nora ihren Eltern gegenüber benimmt, nehme hungrig jede noch so kleine ihrer Bewegungen wahr, jedes Blinzeln ihrer langen Wimpern. Ich hätte nicht gedacht, dass das möglich sei, aber seit unserer Rückkehr hat meine Besessenheit von ihr einen neuen Höhepunkt erreicht. Es ist, als seien die Trauer, die Wut und der Schmerz in mir zu einem herzzerreißenden Gefühl verschmolzen, einer Empfindung, die so intensiv ist, dass ich es kaum in mir behalten kann.

Eine Sehnsucht, ausschließlich nach ihr.

Als wir mit dem Hauptgang fertig sind, bemerke ich, dass ich kaum ein Wort gesagt habe, da ich den Großteil der Mahlzeit ihren Anblick und den Klang ihrer Stimme aufgesaugt habe. Das ist wahrscheinlich auch gut so, denn schließlich ist es der letzte Abend, den Noras Eltern bei uns verbringen. Auch wenn sich ihr Vater nicht mehr offen feindselig mir gegenüber zeigt, weiß ich, dass beide Lestons sich immer noch wünschen, ihre Tochter aus meinen Klauen befreien zu können. Natürlich würde ich sie mir niemals von ihnen wegnehmen lassen, aber ich habe kein Problem damit, dass die drei Zeit miteinander verbringen.

Deshalb entschuldige ich mich, sobald Ana den Nachtisch bringt, damit, dass ich schon voll bin, und gehe in die Bücherei, damit sie die Mahlzeit ohne mich beenden können.

Als ich dort ankomme, nehme ich neben dem Fenster Platz und verbringe einige Minuten damit, E-Mails von meinem Handy aus zu beantworten. Danach schleicht sich erneut das Rätsel um Noras eigenartige Distanziertheit zurück in meinen Kopf. Ihr Verhalten der letzten Wochen erinnert mich an die Zeit, nachdem ich ihr die Tracker aufgezwungen hatte. Ich weiß nicht, ob sie wütend auf mich ist – und ich wüsste dieses Mal auch nicht, warum.

Ich blicke auf die Uhr an der Wand und bemerke, dass schon eine halbe Stunde vergangen ist, seit ich den Tisch verlassen habe. Hoffentlich ist Nora schon nach oben gegangen. Als ich ihren Aufenthaltsort nachschaue, sehe ich allerdings, dass sie sich immer noch im Esszimmer aufhält.

Leicht genervt beschließe ich, ein Buch zu lesen, während ich warte, aber dann habe ich eine bessere Idee.

Ich öffne eine andere App auf meinem Telefon, aktiviere das versteckte Tonsignal aus dem Esszimmer, setze meine Bluetooth-Kopfhörer auf und lehne mich in meinem Stuhl zurück, um zuzuhören.

Eine Sekunde später erreicht Gabrielas frustrierte Stimme meine Ohren.

»... Menschen sind gestorben«, wendet sie ein. »Wie kann dir das nichts ausmachen? Es befanden sich Polizisten unter den Kriminellen, gute Männer, die einfach nur Anweisungen befolgt haben ...«

»Und sie hätten uns durch die Befolgung dieser Anweisungen getötet.« Noras Ton ist ungewöhnlich scharf, und ich setze mich hin, um konzentrierter zuzuhören. »Ist es besser, durch die Kugel eines guten Mannes zu sterben, als dich und dein Leben zu verteidigen? Es tut mir leid, dass ich nicht die Reue zeige, die du erwartest, Mama, aber es tut mir nicht leid, dass wir alle am Leben sind und es uns gut geht. Nichts von dem, was passiert ist, ist Julians Schuld. Wenn überhaupt …«

»Er ist derjenige, der den Sohn dieses Kriminellen getötet hat«, unterbricht Tony. »Wenn er sich zivilisierter benommen hätte und, anstatt zu morden, neun-eins-eins angerufen hätte …«

»Wenn er sich zivilisierter verhalten hätte, wäre ich vergewaltigt worden, und Rosa hätte noch mehr gelitten, bis die Polizei dagewesen wäre.« Noras Stimme hat einen harten, spröden Unterton. »Du warst nicht dabei, Papa. Du verstehst das nicht.«

»Dein Vater versteht das sehr gut, Süße.« Gabrielas Stimme ist jetzt ruhiger und klingt ein wenig müde. »Und vielleicht konnte dein Ehemann nicht danebenstehen und auf die Polizisten warten, aber er hätte trotzdem darauf verzichten können, den Mann zu töten.«

Darauf verzichten können, den Mann zu töten, der Nora verletzt und beinahe vergewaltigt hat? Mein Blut kocht mit plötzlich aufsteigender Wut. Dieser Dreckskerl hat Glück gehabt, dass ich ihn nicht kastriert und ihm seine Eier in den Hintern geschoben habe. Der einzige Grund für seinen schnellen Tod war die Gegenwart Noras, und dass meine Sorge um sie größer war als meine Wut.

»Vielleicht hätte er das.« Noras Ton gleicht dem ihrer Mutter. »Aber höchstwahrscheinlich wären die

Sullivans durch ihre Verbindungen ungestraft davongekommen. Möchtest du das, Mama, dass solche Männer das Gleiche auch mit anderen Frauen machen?«

»Nein, natürlich nicht«, sagt Tony. »Aber das gibt Julian noch lange nicht das Recht, sich als Richter, Geschworener und Vollstrecker aufzuspielen. Als er diesen Mann getötet hat, wusste er nicht, wer er war, also kannst du diese Entschuldigung nicht anbringen. Dein Ehemann hat getötet, weil er es wollte, und aus keinem anderen Grund.«

Einige Sekunden lang herrscht Stille in meinem Kopfhörer. Die Wut in mir wächst, der Ärger steigt auf und brodelt, während ich darauf warte, was Nora erwidern wird. Mir ist es scheißegal, was Noras Eltern über mich denken, aber mir ist es nicht egal, dass sie versuchen, ihre Tochter gegen mich aufzubringen.

Schließlich spricht Nora. »Ja, Papa, du hast recht, das hat er getan.« Ihre Stimme ist ruhig. »Er hat den Mann, der mir wehgetan hat, umgebracht, ohne auch nur einen Moment darüber nachzudenken. Möchtest du, dass ich ihn dafür verurteile? Das kann ich nicht. Das werde ich nicht. Denn wenn ich die Möglichkeit gehabt hätte, hätte ich das Gleiche getan.«

Eine weitere längere Stille folgt. Dann: »Süße, als du das Flugzeug verlassen hast und wir diese ganzen Schüsse gehört haben, warst du das?«, fragt Gabriela leise. »Hast du jemanden erschossen?« Eine kurze Pause, und dann noch leiser: »Hast du jemanden umgebracht?«

»Ja.« Noras Stimme verändert sich nicht. Ich kann sie mir vorstellen, wie sie dort sitzt und ihre Eltern ohne mit der Wimper zu zucken anschaut. »Ja, Mama, das habe ich.«

Ich höre ein scharfes Einatmen, auf das eine erneute Stille folgt.

»Ich habe es dir gesagt, Gabs.« Jetzt spricht Tony, und seine Stimme ist voller Traurigkeit. »Ich habe dir gesagt, dass sie es getan haben muss. Unsere Tochter hat sich verändert – er hat sie verändert.«

Ich nehme ein schabendes Geräusch wahr, so als bewege sich ein Stuhl über den Boden, und danach ein zitterndes »Ach, Süße«. Darauf folgt ein unterdrücktes Schluchzen, und Noras Stimme murmelt: »Nicht weinen, Mama. Bitte weine nicht. Es tut mir leid, dass ich euch enttäuscht habe. Es tut mir unglaublich leid …«

Ich ertrage es nicht mehr, zuzuhören. Ich springe von meinem Stuhl und eile aus der Bibliothek, da ich entschlossen bin, mir Nora zu schnappen und sie nach oben zu bringen. Dieser Schuldgefühlstrip ist das Letzte, was sie gerade gebrauchen kann, und wenn ich sie vor ihren eigenen Eltern beschützen muss, werde ich das auch tun.

Während ich gehe, höre ich, dass sie weiterreden, und verlangsame meine Schritte, um zuzuhören.

»Du hast uns nicht enttäuscht, Süße«, sagt Noras Vater mit belegter Stimme. »Das ist es überhaupt nicht. Es ist lediglich, dass wir jetzt erkennen, dass du nicht mehr das gleiche Mädchen bist … dass du, selbst wenn du zu uns zurückkämest, nicht mehr dieselbe sein würdest.«

»Nein, Papa«, erwidert Nora ruhig. »Das wäre ich nicht mehr.«

Einige Sekunden vergehen, bevor ihre Mutter erneut spricht. »Wir lieben dich, Süße«, sagt sie mit leiser, angespannter Stimme. »Bitte zweifele nie daran, dass wir dich lieben.«

»Ich weiß, Mama. Und ich liebe euch, alle beide.« Zum ersten Mal bricht Noras Stimme. »Es tut mir leid, dass sich die Dinge so entwickelt haben, aber ich gehöre jetzt hierher.«

»Zu ihm.« Erstaunlicherweise hört sich Gabriela nicht verbittert an, eher resigniert. »Ja, das haben wir jetzt auch erkannt. Er liebt dich. Ich hätte niemals gedacht, dass ich das einmal sagen würde, aber er tut es. Die Weise, wie ihr beide zusammen seid, die Art, wie er dich anschaut ...« Sie lacht zitternd auf. »Ach Süße, wir würden einen Arm und ein Bein dafür geben, dass es jemand anderes wäre. Ein guter Mann mit einem normalen Job, der dir ein Haus in unserer Nähe kauft ...«

»Julian hat mir ein Haus in eurer Nähe gekauft«, unterbricht Nora sie, und ihre Mutter lacht erneut auf, diesmal hört sie sich allerdings ein wenig hysterisch an.

»Das stimmt«, sagt sie, als sie sich wieder beruhigt hat. »Das hat er.«

Jetzt lachen beide Frauen, und ich atme erleichtert aus. Vielleicht braucht Nora meine Hilfe doch nicht.

Ein weiteres Stühlerücken, und dann meint Tony

schroff: »Wir sind für dich da, Süße. Egal, was passiert, wir sind immer für dich da. Sollten sich die Dinge jemals ändern, solltest du ihn jemals verlassen und nach Hause kommen wollen ...«

»Das wird nicht passieren, Papa.« Die ruhige Sicherheit in Noras Stimme erwärmt mich, verjagt den letzten Rest meiner Wut. Ich freue mich so sehr, dass ich es fast nicht höre, als sie mit leiser Stimme hinzufügt: »Außer, er möchte es.«

»Das wird er nicht«, erwidert Noras Vater und hört sich bitter an. »So viel steht fest. Wenn es nach dem Willen dieses Mannes ginge, wärst du nie weiter als drei Meter von ihm entfernt.«

Ich höre seinen Worten nur mit einem halben Ohr zu und grübele stattdessen über das nach, was Nora davor gesagt hat. *Außer, er möchte es.* Sie hat sich fast so angehört, als habe sie Angst, dass das der Fall sein könnte. Oder möchte sie, dass es der Fall ist? Eine hässliche Vermutung schleicht sich in meinen Kopf. War sie deshalb in den letzten Tagen so distanziert – weil sie möchte, dass ich sie gehen lasse? Weil sie nicht länger bei mir sein möchte und hofft, dass ich sie gehen lassen werde, um für das zu büßen, was passiert ist?

Mein Brustkorb verengt sich durch einen plötzlichen Schmerz, obwohl gleichzeitig eine neue Wut in mir entfacht ist. Ist es das, was mein Kätzchen erwartet? Eine Art große Geste, mit der ich ihr ihre Freiheit wiedergebe? In der ich um ihre Vergebung bettele und so tue, als täte es mir leid, sie überhaupt entführt zu haben?

*Das kann sie vergessen.*

Ich nehme die Kopfhörer ab, und dunkler Zorn fegt durch mich hindurch, als ich mich umdrehe und zwei Stufen auf einmal nehme.

Wenn Nora denkt, dass ich so verrückt bin, hat sie sich getäuscht.

Sie gehört mir, und das wird auch für den Rest unseres Lebens so bleiben.

ora

MÜDE UND TROTZDEM AUFGEKRATZT DURCH DAS Gespräch mit meinen Eltern gehe ich die Treppe zu unserem Schlafzimmer hinauf. Auch wenn ein Teil von mir mein neues Leben lieber von meinen Eltern abgeschirmt hätte, bin ich erleichtert, dass sie jetzt die Wahrheit kennen.

Dass sie die Frau kennen, die ich geworden bin, und mich trotzdem noch lieben.

Als ich am Schlafzimmer ankomme, öffne ich die Tür und trete ein. Es brennt kein Licht, und als ich die Tür hinter mir schließe, frage ich mich, wo Julian steckt. Ich bin zwar froh, die Gelegenheit gehabt zu haben, die Spannungen mit meinen Eltern auszuräumen, aber die Tatsache, dass er das Abendessen ohne eine weitere Erklärung verlassen hat, beunruhigt mich. Ist etwas passiert – oder hatte er einfach keine Lust mehr auf unsere Gesellschaft?

Hatte er keine Lust mehr auf mich?

Gerade als mich dieser zerstörerische Gedanke durchfährt, bemerke ich einen dunklen Schatten nahe des Fensters.

Mein Puls steigt an, und auf meiner Haut prickelt pure Angst, als ich versuche, den Lichtschalter zu finden.

»Nein.« Julians Stimme ertönt aus der Dunkelheit, und meine Knie geben vor Erleichterung fast nach.

»Gott sei Dank. Einen Moment lang habe ich nicht erkannt, dass …«, beginne ich, als mir sein grober Ton auffällt. »… du es bist«, beende ich meinen Satz unsicher.

»Wer sollte es denn sonst sein?« Mein Ehemann dreht sich herum und durchquert den Raum mit dem lautlosen Gang eines Raubtieres, um zu mir zu kommen. »Das hier ist unser Schlafzimmer. Oder hast du das vergessen?« Er legt seine Hände hinter mir auf die Wand und blockiert mich damit.

Ich atme überrascht ein und drücke meine Handflächen gegen die kalte Wand. Julian hat definitiv schlechte Laune, und ich habe keine Ahnung, warum. »Nein, natürlich nicht«, erwidere ich langsam und blicke in sein Gesicht, das sich allerdings im Schatten befindet. Es ist so dunkel, dass das Einzige, was ich erkennen kann, ein leichtes Glitzern in seinen Augen ist. »Was …«

Er tritt näher heran, legt seinen Körper auf meinen, und ich atme scharf ein, als ich sein hartes Geschlecht auf meinem Bauch spüre. Er ist nackt und erregt, sein heißer, männlicher Geruch umgibt mich, während er mich festhält. Selbst durch mein Kleid hindurch kann ich die Lust spüren, die in ihm pulsiert – Lust und etwas sehr viel Dunkleres.

Mein Körper erwacht schlagartig, und mein Puls rast durch die plötzliche Angst, die in mir aufsteigt. Das ist es: es muss die Bestrafung sein, auf die ich gewartet habe. Dadurch, dass mich die Ärzte heute für gesund erklärt haben, ist meine Schonfrist vorüber.

»Julian?« Sein Name ist eher ein ersticktes Atmen, als er mein Genick umfasst und seine langen Finger fast meine Kehle berühren. Sein ganzer Körper besteht aus Muskeln, die mich hart und kompromisslos umgeben. Ein fester Griff seiner Hand, und er würde meine Kehle zertrümmern. Der Gedanke beängstigt mich, aber trotzdem spüre ich ein leeres Schmerzen in meinem Innersten, und meine Nippel richten sich durch meine plötzliche Erregung auf. Die Wut, die er ausstrahlt, ist greifbar, und es ruft etwas Wildes in mir hervor, nährt das dunkle Feuer, das in mir glüht.

Falls er beschlossen hat, mich endlich zu bestrafen, werde ich verdammt nochmal sichergehen, das zu bekommen, was ich verdient habe.

Er lehnt sich nach vorn, ich spüre seinen Atem auf meinem Gesicht, und in diesem Moment reagiere ich.

Meine rechte Hand formt sich an meiner Seite zu einer Faust, und ich schwinge sie mit meiner ganzen Kraft nach oben, um auf die Unterseite seines Kinns zu schlagen. Gleichzeitig drehe ich mich nach rechts, löse mich aus seiner Hand um meinen Hals und ducke mich unter seinem ausgestreckten Arm hindurch, um ihn herumzuwirbeln und ihm auf den Rücken zu schlagen.

Aber er ist nicht mehr da.

In der halben Sekunde, die ich benötigt habe, um mich zu drehen, hat sich Julian bewegt, so schnell und tödlich wie ein Killer. Anstatt auf seinem Rücken aufzukommen, treffe ich seinen scharfen Ellenbogen, und ich schreie auf, als der Aufschlag eine Schmerzwelle durch meinen Arm jagt.

»Scheiße!« Sein wütendes Fauchen wird von einer blitzschnellen Bewegung begleitet. Bevor ich reagieren kann, hat er seine Arme um mich gelegt, meine Handgelenke vor meiner Brust überkreuzt und sein linkes Bein um meine Knie gelegt, damit ich nicht treten kann. Da er mich von hinten festhält, kann ich nicht beißen, und meine Versuche, mit meinem Kopf gegen sein Kinn zu schlagen, sind erfolglos, da er seinen Kopf außerhalb meiner Reichweite hält.

Trotz des ganzen Trainings hat er mich innerhalb von drei Sekunden unterworfen.

Frustration, gemischt mit Adrenalin, verstärkt die kochende Wut in mir. Wut auf ihn, dafür, mich diese zwei Wochen mit seiner Zärtlichkeit verhöhnt zu haben, und vor allem Wut auf mich selbst.

Meine Schuld, meine Schuld, es ist alles meine

Schuld. Diese Worte hallen wie bösartige Trommelschläge in meinem Kopf wider. Schuld, bitter und dick, steigt in mir auf, verschlägt mir den Atem, als sie sich mit der schmerzenden Trauer mischt.

Rosa. Unser Baby. Dutzende toter Männer.

Das Geräusch, das mir entweicht, ist eine Mischung aus Knurren und Schluchzen. Obwohl es sinnlos ist, beginne ich, zu kämpfen, mich in Julians eisernem Griff zu drehen und zu winden. Ich habe nicht viel Platz, aber dadurch, dass er mich mit einem Bein festhält, reichen meine frenetischen und ruckartigen Bewegungen aus, um ihn aus dem Gleichgewicht zu bringen.

Mit einem lauten Fluch fällt er nach hinten, allerdings ohne seinen Griff um mich zu lockern. Sein Rücken fängt den Aufprall ab. Ich spüre kaum, wie wir auf dem Boden landen, während er schnauft und sich sofort herumrollt, um mich an dem harten Holzboden festzunageln. Trotz seines schweren Gewichts auf mir kämpfe ich weiter, wehre mich mit all meiner Kraft. Das kalte Holz drückt mir ins Gesicht, aber ich nehme den Schmerz kaum wahr.

*Meine Schuld, meine Schuld, alles meine Schuld.*

Halb keuchend, halb schluchzend, versuche ich, nach hinten zu treten, ihn ein wenig von dem Schmerz spüren zu lassen, der mich innerlich auffrisst. Meine Muskeln schreien vor Anstrengung, aber ich höre nicht auf – auch nicht, als Julian meine Handgelenke nach hinten zieht und sie mit seinem Gürtel dort festbindet, und nicht einmal, als er mich an meinem Ellenbogen anfasst und mich zum Bett zerrt.

Ich kämpfe, als er mein Kleid und meine Unterwäsche zerreißt, als er mit seiner Hand in mein Haar greift und mich auf meine Knie zwingt. Ich kämpfe, als ginge es um mein Leben, so als sei der Mann, der mich festhält, mein schlimmster Feind und nicht meine größte Liebe. Ich kämpfe, weil er stark genug ist, um die Wut, die ich in mir habe, auszuhalten.

Weil er stark genug ist, sie von mir wegzunehmen.

Als ich mich in seinem brutalen Griff winde, zwingt er mit seinem Knie meine Beine auseinander, und sein Geschlecht drückt sich gegen meinen Eingang. Mit einem ungebremsten Stoß dringt er von hinten in mich ein, und ich schreie vor Schmerzen auf, vor unsäglicher Erleichterung darüber, dass er mich in Besitz nimmt. Ich bin feucht, aber nicht ausreichend, nicht einmal ansatzweise ausreichend, und jeder bestrafende Stoß reibt mich auf, verletzt mich, heilt mich. Meine Gedanken zerfallen, der beschwörende Gesang in mir verschwindet, und das Einzige, was übrig bleibt, ist das Gefühl seines Körpers in mir, der Schmerz und die quälende Lust unseres Verlangens.

Ich rase einem Orgasmus entgegen, als Julian beginnt, zu mir zu sprechen, knurrt, dass er mich immer behalten wird, dass ich nie jemand anderem gehören werde. Aus seinen Worten höre ich eine dunkle Drohung, ein Versprechen, dass ihn nichts aufhalten kann. Seine Rücksichtslosigkeit sollte mich beängstigen, doch als mein Körper erleichtert explodiert, ist Angst das Letzte, was ich empfinde.

Das Einzige, was ich spüre, ist reines Glück.

Danach legt er mich auf meinen Rücken, befreit meine Handgelenke, und mir wird klar, dass ich irgendwann aufgehört haben muss zu kämpfen. Der Zorn ist verschwunden, und an seine Stelle sind tiefe Erschöpfung und Erleichterung getreten.

Erleichterung darüber, dass Julian mich immer noch will. Dass er mich bestrafen, aber nicht wegschicken wird.

Als er meine Knöchel ergreift und sie auf seinen Schultern ablegt, leiste ich keinerlei Widerstand. Ich wehre mich nicht, als er sich nach vorn beugt und mich fast zusammenklappt, und ich versuche nicht, mich wegzubewegen, als er die reichlich vorhandene Feuchtigkeit von meinem Geschlecht abschöpft, um sie zwischen meinen Pobacken zu verschmieren. Erst als ich seine Dicke an der anderen Öffnung spüre, entweicht mir ein wortloser Protestlaut, und mein Schließmuskel zieht sich zusammen, während meine Hände sich auf seine Brust legen und versuchen, ihn wegzuschieben. Es ist eine schwache, eher symbolische Geste – ich kann Julian unmöglich auf diese Weise bewegen –, aber selbst dieser kleine Hinweis auf Widerstand scheint ihn zu verärgern.

»Oh nein, das wirst du nicht«, knurrt er, und in dem schwachen Licht, das durch das Fenster hereinscheint, sehe ich das dunkle Glitzern seiner Augen. »Das wirst du mir nicht verwehren, du wirst mir gar nichts verwehren. Du gehörst mir ... jeder Millimeter von dir.« Er drückt nach vorn, und sein riesiges Geschlecht zwängt sich in meine Öffnung während er rau flüstert: »Wenn du diesen Po nicht entspannst, mein Kätzchen, wirst du es bereuen.«

Ich erzittere mit perverser Erregung, und meine Nägel dringen in seine Brust ein, als der enge Muskelring unter seinem gnadenlosen Druck nachgibt. Dieses brennende Eindringen ist qualvoll, mein Inneres wird aufgewühlt, als er immer tiefer in mich eindringt. Es ist Monate her, dass er mich das letzte Mal so genommen hat, und mein Körper hat vergessen, wie er damit umzugehen hat, wie er sich mit diesem zu vollen Gefühl entspannen muss. Ich kneife meine Augen zusammen, versuche, langsam zu atmen, stark zu bleiben, aber Tränen – dumme, verräterische Tränen – steigen trotzdem auf, laufen aus den Ecken meiner Augen heraus.

Es ist nicht der Schmerz, der mich zum Weinen bringt, oder die perverse Reaktion meines Körpers darauf.

Es ist das Wissen, dass die Bestrafung noch nicht vorüber ist, dass Julian mir immer noch nicht vergeben hat.

Dass er mir vielleicht niemals vergeben wird.

»Hasst du mich?« Diese Frage rutscht mir heraus, bevor ich sie unterdrücken kann. Ich will es nicht wissen, aber gleichzeitig kann ich es nicht ertragen, weiterhin zu schweigen. Ich öffne die Augen und blicke die dunkle Figur über mir an. »Julian, hasst du mich?«

Er hält inne, sein Geschlecht ist immer noch tief in mir vergraben. »Dich hassen?« Sein großer Körper spannt sich an, und seine vor Lust raue Stimme wird ungläubig. »Was zum Teufel, Nora? Wieso sollte ich dich denn hassen?«

»Weil ich eine Fehlgeburt hatte.« Meine Stimme zittert. »Weil unser Kind meinetwegen gestorben ist.«

Einen Moment lang antwortet er nicht, bevor er sich mit einem leisen Fluch aus mir zurückzieht und mich vor Schmerzen aufstöhnen lässt.

»Scheiße!« Er lässt mich los und bewegt sich ein wenig auf dem Bett nach hinten. Die plötzliche Abwesenheit seiner Hitze und seines schweren Gewichts überrascht mich, genauso wie das Licht der Nachttischlampe, die er einschaltet. Ich brauche einen Moment, bevor sich meine Augen an das Licht gewöhnt haben und ich seinen Gesichtsausdruck erkennen kann.

»Du denkst, dass ich dir aus dem, was passiert ist, einen Vorwurf mache?«, fragt er rau und hockt sich hin. Seine Augen brennen intensiv, während er mich mit einem immer noch vollständig erigierten Geschlecht anschaut. »Du denkst, dass es deine Schuld war?«

»Natürlich war es das.« Ich setze mich auf und spüre ein brennendes, wundes Gefühl tief dort drinnen, wo er sich gerade noch befunden hatte. »Ich bin diejenige, die nach Chicago fahren wollte, in diesen Klub gehen wollte. Ohne mich wäre nichts davon …«

»Hör auf damit.« Sein grobes Kommando vibriert

durch mich hindurch, selbst als seine Gesichtszüge sich zu etwas verzieht, was Schmerzen ähnelt. »Hör bitte einfach damit auf, Baby.«

Ich verstumme und blicke ihn verwirrt an. Ist es nicht gerade noch genau darum gegangen? Meine Bestrafung dafür, ihn enttäuscht zu haben? Dafür, mich und unser Kind in Gefahr gebracht zu haben?

Er schaut mir immer noch in die Augen, atmet tief ein und bewegt sich auf mich zu. »Nora, mein Kätzchen …« Er nimmt mein Gesicht in seine großen Handflächen. »Wie kannst du nur denken dass ich dich hasse?«

Ich schlucke. »Ich hatte gehofft, dass du es nicht tust, aber ich weiß, dass du wütend bist …«

»Du denkst, dass ich wütend bin, weil du deine Eltern sehen wolltest? Ausgehen und Spaß haben wolltest?« Seine Nasenlöcher blähen sich. »Zum Teufel, Nora, falls überhaupt jemand an dieser Fehlgeburt schuld ist, dann ich. Ich hätte dich nicht allein zur Toilette gehen lassen sollen …«

»Aber du konntest ja nicht wissen …«

»Genauso wenig wie du.« Er holt tief Luft, legt seine Hand auf meinen Schoß und umfasst meine Hände mit seinen warmen Handflächen. »Es war nicht deine Schuld«, sagt er rau. »Nichts davon war deine Schuld.«

Ich befeuchte meine trockenen Lippen. »Aber warum warst du dann …«

»Warum ich wütend war?« Sein wunderschöner Mund verzieht sich. »Weil ich dachte, dass du mich verlassen wolltest. Weil ich etwas missverstanden habe, was du heute Nacht zu deinen Eltern gesagt hast.«

»Was?« Meine Augenbrauen ziehen sich zusammen. »Was habe ich – oh.« Ich erinnere mich an meinen abwegigen Kommentar, geboren aus Angst und Unsicherheit. »Nein, Julian, das habe ich nicht damit gemeint«, beginne ich, aber er drückt meine Hände, bevor ich weiterreden kann.

»Ich weiß«, sagt er sanft. »Glaub mir, Baby, jetzt habe ich es verstanden.«

Wir blicken uns schweigend an, und die Luft ist schwer mit dem Echo von brutalem Sex und dunklen Gefühlen, mit den Nachwirkungen aus Lust und Schmerz und Verlust. Es ist eigenartig, aber in diesem Moment verstehe ich ihn besser als je zuvor. Ich sehe den Mann hinter dem Monster, den Mann, der mich so sehr braucht, dass er alles tun wird, um mich bei sich zu behalten.

Der Mann, den ich so sehr brauche, dass ich alles tun werde, um bei ihm zu bleiben.

»Liebst du mich, Julian?« Ich weiß nicht, woher ich den Mut nehme, ihm jetzt diese Frage zu stellen, aber ich muss es ein für alle Mal wissen. »Liebst du mich?«, wiederhole ich und blicke ihm weiterhin in die Augen.

Einen Moment lang bewegt er sich nicht und sagt auch nichts. Er umfasst meine Hände so fest, dass es schmerzt. Ich kann seinen inneren Kampf spüren, das Verlangen, das gegen die Angst ankämpft. Ich warte, halte meine Luft an und weiß dabei, dass er sich vielleicht niemals so weit öffnen kann, sich selbst niemals die Wahrheit eingestehen wird. Als er endlich spricht, erschrecke ich mich fast.

»Ja, Nora«, sagt er rau. »Ja, ich liebe dich. Ich liebe dich so sehr, dass es verdammt nochmal wehtut. Ich wusste es nicht, oder vielleicht wollte ich es auch einfach nicht wissen, aber es war immer da. Ich habe den Großteil meines Lebens damit verbracht, zu versuchen, nichts zu fühlen, Menschen nicht zu nahe an mich heranzulassen, aber ich habe dich vom ersten Augenblick an geliebt. Ich habe einfach nur zwei Jahre gebraucht, um es zu erkennen.«

»Woran hast du es erkannt?«, flüstere ich, und mein Herz schmerzt vor Erleichterung und Freude. *Er liebt mich.* Bis zu diesem Moment hatte ich nicht gewusst, wie verzweifelt ich diese Worte gebraucht habe, wie sehr ihr Fehlen mich belastet hat. »Seit wann weißt du es?«

»Seit der Nacht, in der wir zurück nach Hause gekommen sind.« Sein muskulöser Hals bewegt sich, als er schluckt. »Als ich neben dir lag. Ich habe meine Gefühle wirklich zugelassen – den Schmerz darüber, unser Baby verloren zu haben, den Schmerz darüber, die ganzen anderen Menschen in meinem Leben verloren zu haben –, und ich habe erkannt, dass ich versucht habe, mich vor dem quälenden Gefühl zu schützen, dich verlieren zu können. Ich habe versucht, dich nicht zu lieben, damit es mich nicht zerstören würde. Aber es war zu spät. Ich habe dich bereits geliebt. Das habe ich seit einer langen Zeit. Besessenheit, Abhängigkeit, Liebe – es ist alles das

Gleiche. Ich kann nicht ohne dich leben, Nora. Dich zu verlieren würde mich zerstören. Ich kann alles überleben, aber das nicht.«

»Oh, Julian …« Ich kann mir kaum vorstellen, wie schwer es für diesen starken, rücksichtslosen Mann gewesen sein muss, das zuzugeben. »Du wirst mich nicht verlieren. Ich bin hier. Ich gehe nirgendwohin.«

»Ich weiß.« Seine Augen verengen sich, und jegliche Spuren von Verletzlichkeit verschwinden aus seinem Gesicht. »Nur weil ich dich liebe, bedeutet das nicht, dass ich dich jemals gehen lassen würde.«

Ein zitteriges Lachen entweicht mir. »Natürlich nicht. Das weiß ich.«

»Niemals.« Er scheint das Bedürfnis zu haben, diesen Punkt zu unterstreichen.

»Das weiß ich auch.«

Dann blickt er mich an, hält weiterhin meine Hände in seinen, und ich kann seinen wortlosen Befehl spüren. Er möchte, dass ich ebenfalls meine Gefühle zugebe, meine Seele vor ihm genauso freilege, wie er gerade seine vor mir ausgebreitet hat. Ich gebe ihm, wonach er verlangt.

»Ich liebe dich, Julian«, sage ich und lasse ihn die Wahrheit meiner Worte von meinen Augen ablesen. »Ich werde dich immer lieben – und ich möchte nicht, dass du mich jemals gehen lässt.«

Ich weiß nicht, ob er sich auf mich zubewegt oder ob ich den ersten Schritt mache, aber irgendwie finden sich unsere Münder, und seine Lippen und seine Zunge verschlingen mich, während er mich in einer unausweichlichen Umarmung festhält. Wir vereinigen uns – in Schmerzen und Lust, in Gewalt und Leidenschaft.

Wir vereinigen uns auf unsere Art der Liebe.

~

AM NÄCHSTEN MORGEN STEHE ICH NEBEN DER Landebahn, als das Flugzeug, das meine Eltern nach Hause bringt, abhebt. Als es nur noch ein kleiner Punkt am Himmel ist, drehe ich mich zu Julian um, der neben mir steht und meine Hand hält.

»Sag es mir noch einmal«, bitte ich ihn leise und blicke ihn an.

»Ich liebe dich.« Seine Augen leuchten, als sich unsere Blicke treffen. »Ich liebe dich, Nora, mehr als mein Leben.«

Ich lächele, und mein Herz fühlt sich viel leichter an als in den letzten Wochen. Der Schatten der Trauer ist immer noch in mir, genauso wie das unterschwellige Schuldgefühl, aber die Dunkelheit zieht sich langsam zurück. Ich kann mir einen Tag vorstellen, an dem der Schmerz weniger werden wird, an dem alles, was ich fühle, Zufriedenheit und Glück sein wird.

Unsere Schwierigkeiten sind nicht überwunden – das können sie, so, wie wir beide sind, auch nicht – aber die Zukunft flößt mir nicht länger Angst ein. Bald werde ich die hübsche Ärztin und Peters Rachepläne ansprechen müssen, und irgendwann später werden wir über die Möglichkeit eines zweiten Kindes reden müssen und darüber, wie wir mit der allgegenwärtigen Gefahr für unser Leben umgehen werden.

Aber in diesem Augenblick müssen wir nichts anderes tun, als unser Zusammensein zu genießen.

Es genießen, zu leben und verliebt zu sein.

Julian

»Nora Esguerra!«

Als der Präsident der Stanford University ihren Namen aufruft, sehe ich zu, wie meine Frau über die Bühne geht, in der gleichen schwarzen Robe und der Kopfbedeckung wie der Rest der Absolventen. Die Robe fällt locker um ihren zierlichen Körper und verdeckt den kleinen aber schon sichtbaren Bauch — das Kind, das wir diesmal beide kaum erwarten können.

Nora hält vor dem Präsidenten an, schüttelt unter Beifall seine Hand und dreht sich danach herum, um in die Kamera zu lächeln. Ihr zartes Gesicht leuchtet in der hellen Morgensonne.

Der Blitz der Kamera erschreckt mich, auch wenn ich wusste, dass er losgehen würde.

Ich erwische mich dabei wie ich die Waffe, die ich an meiner Taille trage umfasse und zwinge meine Hand dazu sich zu öffnen und sich von der Waffe wegzubewegen. Mit hundert meiner besten Männer die das Gelände kontrollieren ist meine Waffe unnötig. Trotzdem fühle ich mich besser wenn ich sie bei mir habe — und ich weiß, dass Nora froh ist ihre Halbautomatik in ihrer Handtasche liegen zu haben. Obwohl die Eröffnung ihrer zweiten Kunstausstellung in Paris letztes Jahr ohne Zwischenfälle verlief, sind wir momentan mehr als paranoid, entschlossen alles zu tun was sein muss, um die Sicherheit unserer ungeborenen Tochter zu gewährleisten.

Ein weiterer Blitz geht genau neben mir los. Ich blicke zu den Sitzen auf meiner rechten Seite und sehe, dass Noras Eltern Fotos mit ihrer neuen Kamera machen. Sie sehen genauso stolz aus wie ich mich fühle. Als sie meinen Blick auf ihnen ruhen spürt, dreht sich Noras Mutter zu mir um und ich lächele sie warm an bevor ich meine Aufmerksamkeit erneut der Bühne zuwende.

Der nächste Absolvent ist bereits oben, aber ich achte nicht darauf wer es ist. Alles was ich sehe ist mein Kätzchen, dass vorsichtig die Stufen auf der linken Seite der Tribüne hinabsteigt. Nora hält den Lederordner mit ihrem Abschluss in ihren Händen und die Quaste ihrer Kappe hängt auf der anderen Seite ihres Gesichts um ihren neuen Status, den Erhalt des Abschlusses, anzuzeigen.

Sie ist wunderschön, noch schöner als bei ihrem Highschoolabschluss vor fünf Jahren.

Als sie sich ihren Weg durch die anderen Absolventen und deren Familien bahnt, treffen sich unsere Blicke und ich merke wie sich mein Herz ausdehnt, sich mit dieser Mischung aus dunklem Besitzanspruch und zärtlicher Liebe füllt, die sie immer in mir auslöst.

Meine Gefangene. Meine Ehefrau. Meine ganze Welt.

Ich werde sie bis in alle Ewigkeit lieben und sie niemals gehen lassen.

Vielen Dank dafür, dass Sie *Hold Me - Verbunden* gelesen haben! Ich würde mich sehr freuen, wenn Sie eine Buchkritik hinterlassen würden.

Wenn Ihnen *Verschleppt: Die komplette Trilogie* gefallen hat, könnten Sie auch diese Bücher von Anna Zaires mögen:

- *Ergreife Mich: Die komplette Trilogie* – Lucas' & Yulias Geschichte
- *Mein Peiniger* – Die Geschichte von Peter Sokolov
- *Mia & Korum: Die komplette Krinar Chroniken Trilogie* – Ein dunkler Science-Fiction-Liebesroman
- *Die Gefangene des Krinar* – Ein abgeschlossener dunkler Science-Fiction-Liebesroman

Gemeinschaftsprojekte mit ihrem Ehemann,
Dima Zales:

- *Mindmachines* – Techno-Thriller
- *Gedankendimensionen 0, 1 und 2* – Urban Fantasy
- *Die letzten Menschen: Die komplette Trilogie* – Dystopische/postapokaliptische Science-Fiction
- *Der Zaubercode* – High Fantasy

Wenn Sie über Neuerscheinungen benachrichtigt werden möchten, besuchen Sie bitte meine Homepage www.annazaires.com/book-series/deutsch/ und tragen Sie sich für meinen Newsletter ein.

Auf der nächsten Seite finden Sie Leseproben aus Capture *Me – Ergreife Mich, Gefährliche Begegnungen* (der Beginn von Mias & Korums Geschichte) und andere meiner Werke.

**Anmerkung der Autorin:** Dieser Ausschnitt wird aus Yulias Perspektive erzählt. Für alle diejenigen, die die Twist Me – Verschleppt Reihe kennen: diese Szene spielt sich zu dem Zeitpunkt in Moskau ab, als Lucas und Julian sich dort mit den russischen Funktionären treffen.

Er betritt mein Apartment sobald sich die Tür öffnet. Er zögert nicht, er grüßt nicht – er tritt einfach ein.

Überrascht weiche ich zurück und der kurze, enge Flur fühlt sich plötzlich bedrückend klein an. Ich hatte ganz vergessen wie groß er ist, wie breit seine Schultern sind. Für eine Frau bin ich groß – groß genug um so zu tun als sei ich ein Model, falls es für einen Auftrag nötig ist – aber er überragt mich um einen Kopf. Mit der schweren Daunenjacke die er trägt, nimmt er fast den ganzen Flur ein.

Immer noch schweigend schließt er die Tür hinter sich und kommt auf mich zu. Instinktiv trete ich noch weiter zurück, da ich mich wie eine in die Ecke getriebene Beute fühle.

»Hallo Yulia«, murmelt er und hält an, als wir aus dem Flur treten. Sein blasser Blick ruht auf meinem Gesicht. »Ich habe nicht erwartet, dich so zu sehen.«

Ich schlucke und mein Puls rast. »Ich habe gerade gebadet.« Ich möchte ruhig und selbstsicher wirken, aber er hat mich völlig aus dem Konzept gebracht. »Ich habe keine Besucher erwartet.«

»Das kann ich sehen.« Ein leichtes Lächeln erscheint auf seinen Lippen und die harte Linie seines Mundes wird weicher. »Und trotzdem hast du mich hineingelassen. Warum?«

»Weil ich mich nicht weiter durch die Tür hindurch unterhalten wollte.« Ich atme beruhigend ein. »Kann ich dir einen Tee anbieten?« Es ist dumm das zu fragen wenn man bedenkt weshalb er hier ist, aber ich benötige noch einen Augenblick um mich zu fangen.

Er zieht seine Augenbrauen in die Höhe. »Tee? Nein, Danke.«

»Kann ich dir deine Jacke abnehmen?« Offensichtlich kann ich nicht damit aufhören die Gastgeberin zu spielen, da ich mit der Höflichkeit meine Angst überspiele. »Sie sieht ziemlich warm aus.«

Ein Hauch von Belustigung flackert in seinem eisigen Gesichtsausdruck auf. »Gerne.« Er zieht seine

Daunenjacke aus und reicht sie mir. Er trägt einen schwarzen Pullover und eine dunkle Hose, die er in schwarze Winterstiefel gesteckt hat. Die Jeans sitzt eng an seinen muskulösen Oberschenkeln und kräftigen Waden, und an seinem Gürtel sehe ich eine Waffe in einem Holster.

Ungewollt atme ich bei seinem Anblick schneller und muss mich anstrengen, damit meine Hände nicht zittern während ich ihm die Jacke abnehme und sie in meinen winzigen Kleiderschrank hänge. Es ist keine Überraschung, dass er eine Waffe trägt – ich wäre entsetzt wenn das nicht der Fall wäre – aber die Waffe erinnert mich deutlich daran, wer Lucas Kent ist.

Was er ist.

Das ist keine große Sache, sage ich mir um meine angespannten Nerven zu beruhigen. Ich bin an gefährliche Männer gewöhnt. Ich wuchs unter ihnen auf. Dieser Mann ist nicht anders. Ich werde mit ihm schlafen, so viele Informationen herausholen wie ich kann und dann wird er aus meinem Leben verschwunden sein.

Genauso wird es sein. Je schneller ich es hinter mich bringe, desto eher wird das ganze vorbei sein.

Ich schließe die Schranktür, setze mein geübtes Lächeln auf und drehe mich herum um ihn anzuschauen, da ich endlich bereit bin, in die Rolle der selbstsicheren Verführerin zu schlüpfen.

Aber er befindet sich bereits neben mir, da er offensichtlich lautlos den Raum durchquert hat.

Mein Puls rast erneut und ich verliere meine

neuerrungene Fassung. Er steht so dicht neben mir, dass ich die grauen Schlieren in seinen blassblauen Augen erkennen kann, so nahe bei mir, dass er mich berühren könnte.

Und eine Sekunde später tut er es auch.

Er hebt seinen Arm, um mit seinem Handrücken über mein Kinn zu streichen.

Ich blicke ihn an und werde von der augenblicklichen Reaktion meines Körpers überrascht. Meine Haut erwärmt sich, meine Nippel werden hart und meine Atmung beschleunigt sich. Es ergibt keinen Sinn, dass mich dieser harte, rücksichtslose Fremde so sehr erregt. Sein Chef sieht besser aus, und trotzdem reagiert mein Körper auf Kent. Er hat nur mein Gesicht berührt. Das sollte mir nichts bedeuten, aber trotzdem geht es mir nahe.

Es geht mir nahe und verwirrt mich.

Ich schlucke erneut. »Herr Kent – Lucas – bist du sicher, dass ich dir nichts zu trinken anbieten kann? Vielleicht einen Kaffee oder –« Meine Worte enden damit, dass ich nach Luft schnappe als er nach dem Gürtel meines Bademantels greift und so selbstverständlich daran zieht, als würde er ein Paket auspacken.

»Nein.« Er sieht dabei zu, wie der Bademantel zu Boden gleitet und meinen nackten Körper freigibt. »Keinen Kaffee.«

~

*Capture Me – Ergreife Mich* ist jetzt erhältlich. Falls Sie mehr darüber erfahren möchten, besuchen Sie bitte meine Homepage www.annazaires.com/book-series/deutsch/.

**Anmerkung der Autorin**: *Mein Peiniger* ist das erste Buch in Peters dunkler Romanreihe. Der folgende Auszug ist aus Peters Sicht geschrieben.

Er kam mitten in der Nacht zu mir, ein grausamer, auf dunkle Art und Weise schöner Fremder aus den gefährlichsten Ecken Russlands. Er hat mich gepeinigt und gebrochen, meine Welt für seine Rache zerstört.

Jetzt ist er zurück, aber er will nicht länger meine Geheimnisse.

Der Mann, der meine Albträume beherrscht, will mich.

»Werden Sie mich umbringen?«

Sie versucht – erfolglos –, ihre Stimme ruhig zu halten. Trotzdem bewundere ich ihren Versuch, gelassen zu bleiben. Ich habe mich ihr an einem öffentlichen Ort genähert, damit sie sich sicherer fühlt, aber sie ist zu clever, um darauf hereinzufallen. Wenn sie ihr etwas über mich erzählt haben, muss sie wissen, dass ich ihr schneller den Hals umdrehe, als sie nach Hilfe rufen kann.

»Nein«, antworte ich und beuge mich dabei weiter nach vorn, da ein lauterer Song beginnt. »Ich werde dich nicht töten.«

»Was wollen Sie dann von mir?«

Sie zittert in meinen Armen, und etwas an dieser Tatsache fasziniert mich und stört mich gleichzeitig. Ich will nicht, dass sie Angst vor mir hat, aber gleichzeitig mag ich es, dass sie mir ausgeliefert ist. Ihre Angst spricht das Raubtier in mir an, verwandelt mein Verlangen nach ihr in etwas Dunkleres.

Sie ist eine gefangene Beute, weich und süß und meine, die ich verschlingen kann.

Ich beuge meinen Kopf nach unten, vergrabe meine Nase in ihrem gut riechenden Haar und flüstere ihr ins Ohr: »Triff mich morgen um zwölf in dem Starbucks in der Nähe deines Hauses, und dort werden wir reden. Ich werde dir alles erzählen, was du wissen möchtest.«

Ich ziehe mich zurück, und sie starrt mich mit riesigen Augen in ihrem herzförmigen Gesicht an. Ich weiß, was sie denkt, also beuge ich mich erneut nach vorn, bis mein Mund sich neben ihrem Ohr befindet.

»Wenn du das FBI kontaktierst, werden sie versuchen, dich vor mir zu verstecken. Genauso wie sie versucht haben, deinen Ehemann und die anderen auf meiner Liste zu verstecken. Sie werden dich entwurzeln, dich von deinen Eltern und deiner Karriere trennen, und das alles wird nichts bringen. Ich werde dich finden, egal, wohin du gehst, Sara … egal, was sie tun, um dich von mir fernzuhalten.« Meine Lippen fahren auf dem Rand ihres Ohres entlang, und ich spüre, wie ihre Atmung stockt. »Alternativ könnten sie dich als Köder nutzen wollen. Sollte das der Fall sein, sollten sie mir eine Falle stellen, werde ich das herausfinden, und unser nächstes Treffen wird nicht bei einem Kaffee sein.«

Sie erschaudert, und ich atme tief ein, nehme ein letztes Mal ihren zarten Duft in mich auf, bevor ich sie loslasse.

Ich trete zurück, verschwinde in der Menge und schreibe Anton eine Nachricht, dass sich die Mannschaft auf ihre Positionen begeben soll.

Ich muss sicherstellen, dass sie wohlbehalten nach Hause kommt, ohne von jemand anderem außer mir belästigt zu werden.

~

*Mein Peiniger* ist überall erhältlich. Wenn Sie mehr darüber erfahren möchten, besuchen Sie bitte meine Website unter www.annazaires.com/book-series/deutsch/.

**Anmerkungen der Autorin**: *Die Gefangene des Krinar* ist ein abgeschlossener Roman, der ungefähr fünf Jahre vor der Trilogie *Die Krinar Chroniken* spielt.

Emily Ross hatte in keinem Moment erwartet, ihren tödlichen Absturz im costa-ricanischen Dschungel zu überleben, und mit Sicherheit hatte sie nicht damit gerechnet, in einer eigenartig futuristischen Unterkunft aufzuwachen und von dem schönsten Mann gefangen gehalten zu werden, den sie jemals gesehen hatte. Einem Mann, der mehr als menschlich zu sein scheint …

Zaron befindet sich auf der Erde, um die krinarische Invasion vorzubereiten – und die schreckliche

Tragödie zu vergessen, die sein Leben zerstört hat. Als er den verletzten Körper des menschlichen Mädchens findet, ändert sich allerdings alles. Zum ersten Mal seit Jahren fühlt er mehr als nur Wut und Trauer, und Emily ist der Grund dafür. Sie gehen zu lassen, würde seine Vorhaben verraten, aber sie zu behalten, könnte ihn erneut zerstören.

～

*Ich will nicht sterben. Ich will nicht sterben. Bitte, bitte, bitte, ich will nicht sterben.*

Diese Worte wiederholten sich in ihrem Kopf, ein hoffnungsloses Gebet, das nie erhört werden würde. Ihre Finger rutschten weitere Zentimeter auf dem hölzernen Brett entlang, und ihre Nägel brachen ab, als sie versuchte, nicht den Halt zu verlieren.

Emily Ross krallte sich – im wahrsten Sinne des Wortes – an einer kaputten, alten Brücke fest. Hunderte Meter unter ihr rauschte das Wasser über die Felsen, da der Gebirgsbach durch die jüngsten Regenfälle angeschwollen war.

Diese Regenfälle waren zum Teil verantwortlich für ihre derzeitige Notlage. Wäre das Holz auf der Brücke trocken gewesen, wäre sie vielleicht nicht ausgerutscht und hätte sich auch nicht den Fuß dabei verdreht. Und sie wäre mit Sicherheit nicht auf das Brückengeländer gefallen, das unter ihrem Gewicht zerbrochen war.

Allein ihr verzweifeltes Zugreifen in der letzten

Sekunde hatte verhindert, dass Emily nach unten in den Tod stürzte. Während des Fallens hatte ihre rechte Hand einen kleinen Vorsprung an der Seite der Brücke zu fassen bekommen, so dass sie jetzt einige hundert Meter über den harten Steinen in der Luft hing.

*Ich will nicht sterben. Ich will nicht sterben. Bitte, bitte, bitte, ich will nicht sterben.*

Das war nicht fair. Das hätte nicht passieren dürfen. Das waren ihre Ferien, ihre Zeit, wieder zu sich zu finden. Wie konnte sie jetzt sterben? Sie hatte noch nicht einmal begonnen zu leben.

Bilder der letzten zwei Jahre gingen Emily durch den Kopf, wie die PowerPoint-Präsentationen, mit deren Erstellung sie so viele Stunden verbracht hatte. Jedes Arbeiten bis spät in die Nacht, jedes Wochenende, das sie im Büro verbracht hatte – das alles war umsonst gewesen. Sie hatte ihren Job während der letzten Entlassungswelle verloren, und jetzt war sie kurz davor, ihr Leben zu verlieren.

*Nein, nein!*

Emily ruderte mit den Beinen und grub ihre Nägel tiefer in das Holz. Sie hob den anderen Arm in die Höhe und streckte ihn nach oben zur Brücke aus. Das würde nicht geschehen. Das würde sie nicht zulassen. Sie hatte zu hart gearbeitet, um sich von einem blöden Dschungel alles kaputtmachen zu lassen.

Blut lief an ihrem Arm hinunter, als sie sich an dem rauen Holz die Haut ihrer Finger abschürfte. Ihre einzige Hoffnung, doch noch zu überleben, war, zu versuchen, mit ihrer linken Hand die andere Seite der Brücke zu ergreifen, damit sie sich wieder hochziehen konnte. Es gab hier niemanden, der ihr helfen konnte, niemanden, der sie retten konnte, wenn sie sich nicht selbst rettete.

Die Möglichkeit, dass sie allein im Regenwald sterben könnte, war ihr nicht in den Sinn gekommen, als sie diese Reise angetreten hatte. Sie ging häufig wandern und zelten. Und trotz der Hölle, die ihr Leben in den letzten zwei Jahren gewesen war, war sie immer noch gut in Form, kräftig und durchtrainiert vom Laufen und den ganzen anderen Sportarten, die sie an der Highschool und an der Uni ausgeübt hatte. Costa Rica wurde durch seine niedrige Kriminalitätsrate und seine touristenfreundliche Bevölkerung als ein sicheres Reiseziel angesehen. Und ein billiges – ein wichtiger Aspekt bei ihrem schnell schwindenden Sparguthaben.

Sie hatte diese Reise schon vorher gebucht. Bevor die Börse erneut eingebrochen war, bevor eine neue Entlassungswelle kam, die Tausende von Menschen, die an der Wall Street arbeiteten, ihre Jobs gekostet hatte. Bevor Emily am Montag zur Arbeit gegangen war, übernächtigt von der ganzen Wochenendarbeit, nur um am gleichen Tag das Büro mit einem kleinen Karton zu verlassen, in dem sich alle ihre privaten Habseligkeiten befanden.

Bevor ihre Beziehung nach vier Jahren zerbrochen war.

Ihr erster Urlaub in zwei Jahren, und sie war kurz davor, zu sterben.

*Nein, das darfst du nicht denken. Das wird nicht passieren.*

Aber Emily wusste, dass sie sich selbst belog. Sie konnte spüren, wie ihre Finger weiter abrutschten und ihr rechter Arm und ihre Schulter von der Anstrengung brannten, das Gewicht ihres ganzen Körpers halten zu müssen. Ihre linke Hand war nur noch einige Zentimeter davon entfernt, die andere Seite der Brücke zu erreichen, aber diese Zentimeter hätten genauso gut Meter sein können. Ihr Halt war nicht stark genug, um sich mit nur einem Arm hochzuziehen.

*Tu es, Emily! Denk nicht lange darüber nach, tu es einfach!*

Sie nahm ihre ganze Kraft zusammen, schwang ihre Beine in die Luft und nutzte die Schwungkraft, um ihren Körper für den Bruchteil einer Sekunde etwas in die Höhe zu ziehen. Ihre linke Hand ergriff das hervorstehende Brett, hielt sich daran fest … und das schwache Holzstück zerbrach. Die überraschte Emily schrie entsetzt auf.

Ihr letzter Gedanke, bevor ihr Körper auf dem Boden aufschlug, war, dass sie hoffentlich augenblicklich tot sein würde.

∼

Der vollmundige und kräftige Geruch der Dschungelvegetation umspielte Zarons Nase. Er atmete tief ein, damit die feuchte Luft seine Lunge füllen konnte. Dieses winzige Fleckchen Erde hier war so sauber, so unverschmutzt wie sein Heimatplanet.

Genau das brauchte er gerade. Er brauchte die frische Luft, die Isolation. In den letzten sechs Monaten hatte er versucht, vor seinen Gedanken wegzulaufen, nur den Augenblick zu leben, aber das war ihm nicht gelungen. Selbst Blut und Sex reichten ihm nicht mehr. Er konnte sich zwar während des Fickens ablenken, aber der Schmerz kam danach sofort zurück, genauso stark wie immer.

Schließlich war ihm das alles zu viel geworden: der Schmutz, die Menschenmengen, ihr Gestank. Sobald er nicht von einem Nebel der Ekstase umgeben war, wurden seine Sinne von der vielen Zeit, die er in menschlichen Städten verbrachte, überreizt. Hier, wo er Luft holen konnte, ohne Gift einzuatmen, wo er Leben anstatt Chemikalien riechen konnte, war es besser. In einigen Jahren würde alles anders sein, und er könnte vielleicht erneut versuchen, in einer menschlichen Stadt zu leben, aber jetzt noch nicht.

Nicht, bis sie sich nicht vollständig hier niedergelassen hatten.

Das war Zarons Aufgabe: die Niederlassung zu überwachen. Er hatte jahrzehntelang Nachforschungen über die Flora und Fauna der Erde durchgeführt, und als der Rat ihn um seine Hilfe bei der anstehenden Kolonisation gebeten hatte, hatte er nicht gezögert. Alles war besser als zu Hause zu sein, wo die Erinnerungen an Laritas Gegenwart überall waren.

Hier gab es keine Erinnerungen. Trotz seiner Ähnlichkeiten mit Krina war dieser Planet fremd und exotisch. Sieben Milliarden Menschen auf der Erde – eine unglaubliche Anzahl –, und sie pflanzten sich mit einer schwindelerregenden Geschwindigkeit fort. Wegen ihrer kurzen Lebensspanne fehlte ihnen allerdings ein gewisses Langzeitdenken, und sie verbrauchten die Ressourcen ihres Planeten, ohne auch nur das kleinste bisschen an die Zukunft zu denken. Auf eine gewisse Weise erinnerten sie ihn an die Schistocerca gregaria – eine Spezies der Grashüpfer, die er vor einigen Jahren untersucht hatte.

Natürlich waren die Menschen intelligenter als Insekten. Einige Individuen wie Einstein ähnelten den Krinar in einigen ihrer Denkweisen sogar. Das überraschte Zaron nicht besonders; er hatte immer angenommen, dass das die Absicht des großen Experiments der Ältesten gewesen war.

Während er durch den costa-ricanischen Wald lief, dachte er über seine Aufgabe nach. Dieser Teil des Planeten war vielversprechend; er konnte sich leicht vorstellen, dass essbare Pflanzen von Krina hier gedeihen würden. Er hatte den Boden ausgiebigen Tests unterzogen, und jetzt hatte er einige Ideen, wie er ihn für die krinarische Flora noch verbessern könnte.

Der Wald um ihn herum war saftig und grün, roch nach blühenden Helikonien, und Zaron konnte das Rauschen der Blätter und das Gezwitscher der einheimischen Vögel hören. In einiger Entfernung ertönte der Schrei eines Alouatta palliata, eines in

Costa Rica heimischen Mantelbrüllaffen, und etwas anderes.

Zaron runzelte seine Stirn und hörte genauer hin, aber das Geräusch wiederholte sich nicht.

Neugierig eilte er in die Richtung, aus der es gekommen war, da seine Jagdinstinkte in Alarmbereitschaft versetzt worden waren. Eine Sekunde lang hatte das Geräusch ihn an den Schrei einer Frau erinnert.

Zaron, der mit Leichtigkeit die dichte Vegetation des Dschungels durchdrang, begann zu rennen, wobei er über einen kleinen Bach und einige Büsche sprang, die sich in seinem Weg befanden. Hier draußen, weit entfernt von menschlichen Augen, konnte er sich wie ein Krinar bewegen, ohne sich Sorgen machen zu müssen, dabei gesehen zu werden. Nach einigen wenigen Minuten nahm er einen durchdringenden, metallischen Geruch wahr, durch den sein Mund wässrig und sein Schwanz steif wurde.

Blut.

Menschliches Blut.

Als er sein Ziel erreichte, blieb Zaron stehen und starrte auf den Anblick vor ihm.

Vor ihm befand sich ein Bach, ein Gebirgsbach, der wegen der jüngsten Regenfälle angeschwollen war. Und auf den großen schwarzen Steinen in der Mitte, unter einer alten Holzbrücke, die über den Bach führte, befand sich ein Körper.

Der gebrochene und verdrehte Körper eines menschlichen Mädchens.

Die Gefangene des Krinar ist jetzt erhältlich. Falls Sie mehr darüber erfahren möchten, besuchen Sie bitte meine Homepage www.annazaires.com/book-series/deutsch/.

**Anmerkung der Autorin:** Wenn Sie actiongeladene Geschichten mit Sci-Fi-Elementen und ein wenig Romantik mögen, könnte Ihnen Mindmachines (Mensch++: Buch 1) gefallen, eine weitere meiner Kollaborationen mit Dima.

Mit Milliarden auf meinem Konto und meiner eigenen Risikokapitalgesellschaft bin ich der lebende amerikanische Traum. Mein einziges Problem? Nach einem Autounfall leidet meine Mutter an Gedächtnisproblemen.

Brainozyten, eine neue Technologie, die unser Gehirn verändern kann, könnten die Antwort auf alle meine Probleme sein – aber ich bin nicht der Einzige, der ihr Potenzial sieht.

Als ich in eine kriminelle Unterwelt gerate, die düsterer ist als alles, was ich mir jemals vorgestellt hätte, droht meine lebensrettende Technologie, mein Tod zu werden.

Mein Name ist Mike Cohen, und das ist die Geschichte, wie ich mehr als menschlich wurde.

~

»Ein Heilmittel gegen Demenz und Alzheimer?« Onkel Abes graue Augen funkeln vor Erregung, genau so, wie Mutters es oft tun.

»Es ist nicht wirklich ein Heilmittel«, erkläre ich im gleichen Moment, in dem Ada meint: »Es ist eher eine Behandlung der Symptome.«

»Wie niedlich«, sagt Abe auf Russisch. »Dein Mädchen beendet schon deine Sätze.«

*So als würde sie Russisch verstehen*, erhellt sich Adas Gesicht mit einem verschmitzten Grinsen.

»Wir sind nicht zusammen«, sage ich Onkel Abe auf Russisch.

»Noch nicht?« Er zwinkert mir wissend zu.

»Es ist nicht höflich, vor Ada Russisch zu sprechen«, erwidere ich auf Englisch.

»Das stört mich nicht«, meint Ada. Jetzt ist der Schatten ihres Lächelns nur noch in ihren Augenwinkeln zu sehen, und sie sieht aus wie eine punkige Version der Mona Lisa.

»Trotzdem tut es mir leid«, sagt ihr Onkel Abe, wobei sein Akzent die Buchstaben T und R weicher klingen lässt.

Während wir den Flur im Krankenhaus entlanggehen, übernimmt Ada die Führung. Sie ist eine typische New Yorkerin, immer unruhig und mehrere Dinge auf einmal erledigend. Ich schaue sie verstohlen von oben bis unten an, und meine Augen bleiben an dem hängen, das ich an ihr am liebsten mag – diese spezielle Stelle zwischen den Sohlen ihrer Doc Martens und den Spitzen ihrer stacheligen Haare.

Ada blickt über ihre Schulter, und ihre braunen Augen treffen einen Augenblick lang auf meine. Hat sie gerade gespürt, dass ich sie angestarrt habe? Bevor mir das peinlich sein kann, bleibt sie vor einer grauen Tür stehen und sagt: »Das ist das Zimmer.«

Wir drei treten ein.

Im Gegensatz zu meinem Traum ist es kein OP. Es ist ein geräumiger Raum mit großen Fenstern und fröhlich blühenden Blumen auf den Fensterbänken. Auf den ersten Blick erinnert er mich an mein stylishes Loft in Brooklyn – wenn der feuchte Traum eines verrückten Wissenschaftlers die Inspiration für die Inneneinrichtung gewesen wäre.

Angestellte von Techno, meinem Portfolio-Unternehmen, das die Behandlung entwickelt hat, warten bereits im Hintergrund. Meine Mutter sitzt mit einem weißen Krankenhauskittel bekleidet auf einem OP-Stuhl, und eine Unmenge von Kabeln verbindet sie mit unzähligen hochmodernen

Überwachungsapparaten. Ihre Aufmachung wird durch ein Headset vervollständigt, das aussieht, als käme es direkt aus dem alten Film *Die totale Erinnerung – Total Recall*. Das muss die »neueste Entwicklung in der tragbaren neuronalen Scantechnologie« sein, die J. C., der Vorsitzende von Techno, mir gegenüber erwähnt hat. Ich nehme mir vor, ihn *tragbar* definieren zu lassen.

Aus der hintersten Ecke des Raumes höre ich ein »Hallo«. Die Person, die spricht, muss hinter der Wand aus Servern und riesigen Monitoren versteckt sein. Die anderen Angestellten von Techno arbeiten schweigend, auch wenn ich nicht weiß, ob sie nicht gehört haben, dass ich eingetreten bin, oder ob sie sich einfach gerade unsozial verhalten.

Es würde so einigen Mitarbeitern von Techno nicht schaden, an ihren sozialen Kompetenzen zu arbeiten. Ein Psychiater würde einige von ihnen vielleicht sogar als leichte Autisten abstempeln. Ich persönlich finde solche Stempel lächerlich. Psychiatrie kann manchmal genauso wissenschaftlich und hilfreich wie Astrologie sein – an die ich, nur um keine Zweifel aufkommen zu lassen, nicht glaube. Ein Psychiater in der High-School wollte mich auch zum Autisten erklären, weil ich »zu wenig Freunde« hatte. Er hätte auch genauso leicht zu dem Entschluss kommen können, dass ich Tourette hätte, nachdem ich ihm gesagt hatte, wohin er sich seine Diagnose stecken könne. Aber vielleicht bin ich auch nur deshalb schlecht auf Psychiatrie und Neuropsychologie zu sprechen, weil sie so wenig für meine Mutter getan haben. Eigentlich ist das einzig Gute, was ich über Psychiatrie sagen kann, dass die Lobotomie nicht länger als Behandlung benutzt wird.

Ich schaue mich im Raum nach J. C. um. Ich kann ihn nirgendwo finden, also muss er sich in einem ähnlichen Raum mit einem anderen Teilnehmer der Studie befinden.

Meine Mutter dreht ihren Kopf zu uns, was sie offensichtlich trotz ihrer Kopfbedeckung noch kann.

Mein Herz zieht sich vor Angst zusammen, so wie immer, wenn meine Mutter und ich uns nach mehr als einem Tag Trennung wiedersehen. Wegen des Unfalls, der das Gehirn meiner Mutter beschädigt hat, ist es möglich, dass sie mich eines Tages ansehen, aber nicht erkennen wird.

Heute erkennt sie mich definitiv, da sie mir eines ihrer Lächeln schenkt, bei denen ihre Grübchen zum Vorschein kommen – ein Lächeln, das wir gemeinsam haben. »Hallo kleiner Fisch«, sagt sie auf Russisch. Dann blickt sie ihren Bruder an. »Abrashkin, Hase, wie geht es dir?«

»Meine Mutter hat gerade nicht übersetzbare russische Tiernamen für uns benutzt«, flüstere ich Ada laut zu und winke den immer noch nicht interessierten Mitarbeitern im Hintergrund zur Begrüßung zu.

Meine Mutter schaut Ada an, ohne sie zu erkennen, und ich seufze innerlich. Sie sind sich schon zweimal begegnet.

»Wer ist dieser Junge?«, fragt mich meine Mutter auf Englisch. »Ist er ein Praktikant bei Techno?«

»Sie ist kein Junge, und ihr Name ist Ada«, antworte ich und versuche angestrengt, mich nicht so anzuhören, als würde ich mit jemandem reden, der eine Behinderung hat, da mir meine Mutter das sehr übel nehmen würde. »Sie ist keine Praktikantin, sondern eine derjenigen, die diese Nanozyten programmiert haben, die dir helfen werden.«

»Es freut mich, Sie kennenzulernen, Nina Davydovna«, sagt Ada, so als hätte sie das nicht schon mehrmals getan.

Meine Mutter zieht ihre Augenbrauen in die Höhe, entweder wegen des kindlichen Klangs Adas glockenheller Stimme, oder weil Ada den russischen Vatersnamen richtig benutzt hat. Sie erholt sich allerdings schnell, genau wie das letzte Mal, und sagt, ebenfalls genau wie das letzte Mal: »Nennen Sie mich Nina.«

»Gerne. Danke, Nina«, erwidert Ada.

Mir wird klar, dass Ada meine Mutter absichtlich so förmlich anspricht, um ihren Stress zu lindern, und ich nicke Ada dankbar zu. Natürlich hätte Ada, wenn sie gewollt hätte, auch noch weitergehen und andere Kleidung tragen oder ihre Frisur verändern können, um die Verwirrung meiner Mutter über Adas Geschlecht zu verhindern. Aber die Verwirrung meiner Mutter könnte genauso gut auf ihren Zustand zurückzuführen sein, da Ada für mich trotz der Lederjacke und des schwarzen Kapuzenpullis die personifizierte Weiblichkeit ist.

»Ist sie seine Freundin?«, fragt meine Mutter Onkel

Abe verschwörerisch auf Russisch. »Bin ich ihr schon begegnet?«

»Ich bin mir nicht sicher, Schwesterherz«, antwortet Onkel Abe. »So wie er sie ansieht, vermute ich, dass es nur eine Frage der Zeit ist, bis sie zusammen sind.«

»Ach ja?« Meine Mutter lacht. »Denkst du, dass sie Jüdin ist?«

Blut rauscht in meine Wangen, und das nicht nur wegen dieses »Jüdin oder nicht«-Dings. Das ist etwas, was für meine Mutter erst nach dem Unfall wichtig geworden ist – außer natürlich, es hat ihr schon immer etwas bedeutet, aber sie hat erst angefangen, es anzusprechen, nachdem die Gehirnschädigung ihre Hemmungen etwas abgebaut hat. Meine Großeltern haben viel über derartige Dinge gesprochen und sind sogar so weit gegangen, die Situation mit meinem Vater der Tatsache zuzuschreiben, dass er kein Jude war – etwas, was ich als umgekehrten Antisemitismus ansehe.

Das ist bedauernswert, aber ihre Einstellung wurde damals in der Sowjetunion geprägt, in der Juden als ethnische Gruppe angesehen wurden, was ihre Diskriminierung auf Regierungsebene rechtfertigte. Da die ethnische Zugehörigkeit in der berühmten fünften Spalte aller Pässe angegeben werden musste, war Diskriminierung normal und unvermeidbar. Meine Mutter wurde von den ersten Universitäten, an denen sie sich bewarb, abgelehnt, weil diese ihre »3-Juden-Quote« bereits erreicht hatten. Sie hatte es außerdem schwer, einen Job in den Ingenieurswissenschaften zu finden, bis mein Vater ihr geholfen hatte, um sie später sexuell zu belästigen und sie dann zu verlassen, so dass sie mich allein aufziehen musste. Diese negative Einstellung hatte sogar Auswirkungen auf mich, bevor wir wegzogen. Als meine Klassenkameraden in der siebten Klasse aus der Schülerzeitung von meinem Glauben erfuhren, bemerkten sie, dass ich mit meinen blauen Augen und blonden Haaren (die im Laufe der Zeit nachgedunkelt sind, bis sie braun waren), überhaupt nicht wie ein Jude aussehe. Auch wenn sie den abwertenden russischen Begriff dafür verwendeten, war die Bemerkung als dickes Kompliment gemeint.

Was dieses Thema besonders eigenartig macht, ist, dass wir in Amerika, wo das Judentum eher als eine Religion als eine ethnische Zugehörigkeit betrachtet wird, auf einmal gar nicht mehr so jüdisch waren. Ich meine, wie könnten wir das sein, wenn ich erst im Teenageralter von Hanukkah erfahren und gestern Abend einen sehr nicht koscheren, mit Schinken umwickelten gegrillten Hummerschwanz gegessen habe.

Ja, ich habe die Bedeutung von koscher auch erst im Teenageralter erfahren.

Mir könnte Adas Judentum also nicht egaler sein – auch wenn sie, nur um es einmal erwähnt zu haben, mit dem Nachnamen Goldblum wahrscheinlich Jüdin ist. Ich weiß auch nicht, was ihr dieser Begriff bedeutet, da sie genauso weltlich ist wie ich. Ich denke, dass mein größtes Problem mit der Frage meiner Mutter ist, dass ich es einfach hasse, ganze Gruppen von Menschen in Schubladen zu stecken, besonders in solche Schubladen, die so viel Verantwortung mit sich bringen.

»Das ist schwer zu sagen«, antwortet Onkel Abe, nachdem er Adas zierliche Nase betrachtet, und dabei besonders auf ihr Piercing geachtet hat. »Mit diesem Haar ist sie definitiv keine Russin.«

Und schon wieder eine Schublade. Für meine Großeltern war der Begriff Russe ein Synonym für Goi oder Nichtjude, aber ich denke nicht, dass mein Onkel ihn gerade in diesem Sinn gebraucht. Auch wenn wir in Russland Juden waren, hier in den USA sind wir Russen – genauso wie alle, die aus der ehemaligen Sowjetunion kommen und Russisch sprechen. Ich nehme an, dass mein Onkel sagen will, dass Ada nicht so aussieht, als sei sie aus der ehemaligen Sowjetunion, da damit normalerweise eine bestimmte Art sich zu kleiden und sich zu frisieren verbunden ist, zumindest bei neueren Zuwanderern.

Ich beschließe, dieses Gesprächsthema abzubrechen, aber bevor ich die Gelegenheit bekomme, ein Wort zu äußern, sagt meine Mutter: »Als ich jung war, hießen solche Haarschnitte ›Explosion in der Nudelfabrik‹.«

Beide lachen, und auch ich kann mich nicht zurückhalten. Ich kenne den Haarschnitt, auf den sich meine Mutter bezieht, und es ist eine Frisur aus den Achtzigern, die entfernt mit dem verwandt sein könnte, was auf Adas Kopf passiert. Mit den gebleichten, spitzen Stacheln sieht sie aus wie ein Ameisenigel mit einem Irokesenschnitt – ein Eindruck, der durch ihren stacheligen Humor verstärkt wird.

Die Tür des Zimmers öffnet sich, und eine Schwester kommt herein.

Mein Blutdruck steigt an, als ich ihre OP-Bekleidung sehe, auch wenn ich mir nicht sicher bin, ob es sich dabei um das normale Weiße-Kittel-Syndrom oder einen Flashback zu meinem Albtraum handelt. Wahrscheinlich Ersteres. Als ich aufwuchs, wurden in der sowjetischen Zahnmedizin keine Betäubungsmittel verwendet, weshalb ich eine konditionierte Reaktion auf alles habe, was einem Zahnarztkittel gleicht. Jeder in einem weißen Kittel löst in mir etwas Ähnliches aus wie die Reaktion, die eine Person mit Coulrophobie – irrationale Angst vor Clowns – haben würde, sähe sie eine Dokumentation über John Wayne Gacy oder den Film *Es*.

Die Schwester geht zu meiner Mutter und greift nach der großen Spritze, die still und heimlich neben dem Stuhl meiner Mutter liegt.

Die Angestellten von Techno im Hintergrund halten geschlossen die Luft an.

Die Schwester scheint den glücklichen Anlass nicht zu verstehen. Sie sieht aus, als wolle sie hier fertigwerden, um sich danach etwas Interessanterem zuwenden zu können, wie zum Beispiel eine Dauerrede auf C-SPAN zu verfolgen. Auf ihrem Namensschild steht »Olga«. Diese Tatsache in

Kombination mit ihrem Haarschnitt aus den späten Achtzigern, dem Make-up und diesen slawischen Wangenknochen aktivieren meinen russischen Radar – in Kurzform Rudar. Das ist wie ein Homodar, nur zum Aufspüren von Menschen, die Russisch sprechen.

Ich wette, meine Mutter ist beleidigt, dass ihr das Krankenhaus diese Schwester zugeteilt hat. Es lässt den Gedanken durchblicken, dass sie Hilfe bräuchte, um sich auf Englisch zu verständigen. Da meine Mutter mit Mitte dreißig, nachdem sie in die USA gezogen war, ihren Bachelorabschluss in Elektrotechnik gemacht hat, ist sie zu Recht stolz auf ihre Beherrschung der englischen Sprache – eine Fähigkeit, die durch den Unfall nicht beeinträchtigt wurde.

In der Stille kann ich das flache Atmen meiner Mutter hören; ihre Angst vor medizinischem Personal ist um einiges schlimmer als meine.

Olga ergreift die Spritze und hebt ihre Hand.

Wenn Sie mehr darüber erfahren möchten, besuchen Sie bitte die Website von Dima Zales unter www.dimazales.com/book-series/deutsch/.

Anna Zaires ist eine *USA Today* und Internationale Nr.1 Bestseller Autorin. Anna Zaires hat sich schon im zarten Alter von fünf Jahren in Bücher verliebt, in dem ihr ihre Großmutter das Lesen beibrachte. Kurz darauf schrieb sie auch schon ihre erste Geschichte. Seitdem lebt Anna neben der realen Welt auch ständig in einer Phantasiewelt, in der ihr nur ihre eigene Vorstellungskraft Grenzen setzen kann. Zurzeit lebt die verheiratete Autorin in Florida, zusammen mit ihrem Traummann, dem Sience-Fiction und Fantasy Romanautoren Dima Zales, der auch eng mit ihr zusammenarbeitet.

Bitte besuchen Sie www.annazaires.com/book-series/deutsch/ um mehr zu erfahren.

www.ingramcontent.com/pod-product-compliance
Lightning Source LLC
Chambersburg PA
CBHW072159130726
47910CB00011B/1580